W0021282

Die Lofoten, hoch oben im Norden von Norwegen: Ein heftiges Unwetter tobt in der schroffen Bergwelt. Inmitten peitschender Stürme, tosender Brandung und prasselndem Regen löst sich ein schwerer Felsbrocken, stürzt donnernd nieder, reißt einen Graben ins Erdreich und bringt ein menschliches Skelett zum Vorschein. Inspektor Rino Carlsens Ermittlungen führen ihn weit in die Vergangenheit. Noch ahnt er nicht, dass er es mit dem wohl grausamsten Verbrechen seiner Karriere zu tun hat.

FRODE GRANHUS, geboren 1965, lebt und arbeitet auf den Lofoten, einer norwegischen Inselgruppe, die kurz vor dem Polarkreis liegt. Dort spielen auch seine Krimis »Der Mahlstrom« und »Tödliche Brandung«, die in Norwegen wegen ihrer Kombination aus idyllischer Landschaft und grausamem Plot für Furore sorgten.

FRODE GRANHUS

Tödliche Brandung

Roman

Aus dem Norwegischen
von Wibke Kuhn

btb

Die norwegische Originalausgabe erschien 2012 unter dem Titel »Stormen« bei Schibsted Forlag AS, Oslo.

Verlagsgruppe Random House FSC® N001967
Das für dieses Buch verwendete FSC®-zertifizierte
Papier *Lux Cream* liefert Stora Enso, Finnland.

1. Auflage
Deutsche Erstausgabe Dezember 2015,
btb Verlag in der Verlagsgruppe Random House GmbH, München

Umschlaggestaltung: semper smile, München
Umschlagmotiv: © Johner/Plainpicture
Satz: Uhl + Massopust, Aalen
Druck und Einband: GGP Media GmbH, Pößneck
LW · Herstellung: sc
Printed in Germany
ISBN 978-3-442-74641-5

www.btb-verlag.de
www.facebook.com/btbverlag
Besuchen Sie unseren LiteraturBlog www.transatlantik.de

You may walk and you may run
You leave your footprints all around the sun
And every time the storm and the soul wars come
You just keep on walking

C. Macdonald/R. Macdonald – Runrig

Liebe Aline,

es gibt da eine Sache, die hab ich Dir nie erzählt, und das hat mich über all diese Jahre wirklich gequält. Du warst so gut zu mir und hast mir mehr Verständnis entgegengebracht, als ich verdient hatte. Und Du hast mir immer ganz unvoreingenommen zugehört, hast mich nie verurteilt. Aber wie gesagt, ich habe es nie über mich gebracht, Dir dieses eine anzuvertrauen. Bis heute. Du wirst verstehen, warum ich so lange davor zurückgescheut bin, denn das, was ich zu erzählen habe, ist unverzeihlich. Meine einzige Entschuldigung ist die, dass es aus der bodenlosen Verzweiflung eines kleinen Jungen heraus geschah. Denn an dem Tag brach alles um mich herum zusammen, und ich kann mir niemals vergeben, was ich damals getan habe …

1. Kapitel

Die Wolkenberge kamen von Süden, dunkel wie der Qualm von verbranntem Moos, und führten Kaskaden von peitschendem Regen mit sich. Die Berge hier gehörten zu den steilsten und gefährlichsten auf den ganzen Lofoten, und Erdrutsche waren an der Tagesordnung, sommers wie winters. Die Menschen, die irgendwann einmal beschlossen hatten, sich am Fuß dieser Kolosse anzusiedeln, hatten sich zwar Grundstücke ausgesucht, die sie für sicher hielten, aber die Berge waren unberechenbar, und nicht wenige Anwohner waren ins Meer gefegt worden oder hatten ihr Leben in einem Grab aus Schnee beschlossen. Auf diese Art hatten die Naturgewalten die Neuankömmlinge zum Rückzug gezwungen, und die meisten der erdrutschgefährdeten Gebäude lagen mittlerweile öde und verlassen da. Nur vereinzelt kam das eine oder andere noch einmal zu Ehren, wenn die Sehnsucht der Touristen nach der guten, alten Zeit bedient werden sollte.

Der Wind nahm noch an Stärke zu und brachte den Fjord zum Kochen. Der Regen hämmerte gegen die Felswände, drang in Ritzen, die sich über Tausende von Jahren gebildet hatten, und wieder einmal setzte die Schwerkraft zum Gnadenstoß an. Ein großer Felsblock löste sich und gab nach, donnerte ein Stückchen weiter unten gegen die Felswand und brach sich dann in einen Regen aus kleineren Steinen. Ein dröhnendes Brüllen, das immer lauter wurde, setzte sich rund um den Fjord fort, als würden die Felsen einen gesammelten prähistorischen Seufzer ausstoßen. Der Erdrutsch breitete sich v-förmig aus und riss einen alten Bootsschuppen mit sich, der Sekunden später schon als Kleinholz auf der Brandung schwamm. Eine Wolke aus Erde und Steinen folgte den herabstürzenden Massen ins eisige Wasser, und die mächtigen Wellen, die der Erdrutsch erzeugt hatte, brandeten gegen die Windrichtung durch den Fjord.

Der Lärm erstarb ebenso jäh, wie er begonnen hatte. Die Staubwolken blieben noch eine Weile in der Luft hängen, bevor auch sie sich langsam auflösten und den Blick auf die veränderte Erscheinung des Fjords freigaben. Ein Riss war zu sehen, der aussah, als wäre er mit dem Laser hineingeschnitten – ein starker Kontrast zu dem grob zerklüfteten Fels in der Umgebung. Und am Ausläufer des Berges zeigte sich eine tiefe Rinne im grasbewachsenen Untergrund.

2. Kapitel

Landpolizist Berger Falch saß an Deck, obwohl der Wind alles andere als mild war und das Boot gut Fahrt machte. Er musste einen klaren Kopf kriegen. Sandra, seine einzige Tochter – die überdurchschnittlich besorgt war ums Wohl ihres Vaters – drängte ihn nun schon seit Jahren. *Du musst dir wieder jemanden suchen. Oder hast du vor, den Rest deines Lebens wie ein Eremit zu verbringen?* Solche Dinge. Er hatte nicht allzu viel zu seiner Verteidigung vorzubringen, außer dass er die Zahl der alleinstehenden Damen auf Reine an einer Hand abzählen konnte. Dann hatte er sie vor ihr heruntergeleiert und eine Kandidatin nach der anderen gestrichen. Sie kannte sie alle und wusste, dass nur eine von ihnen im selben Alter war wie ihr Vater, und auch, dass der mentale Ballast dieser Frau ihr einen eher zweifelhaften Spitznamen eingetragen hatte, ja, eigentlich wusste keiner mehr von ihnen, wie sie in Wirklichkeit hieß. Sandra hatte jedoch darauf hingewiesen, dass es auch außerhalb von Reine potentielle Freundinnen geben könnte. Er glaubte, sie meinte die nächstgelegenen Dörfer, aber sie klärte ihn auf, dass nur einen Mausklick entfernt eine ganze Welt von Frauen auf ihn wartete. Er wehrte ab, das komme überhaupt nicht in Frage, und es wirke kalt und berechnend auf ihn, jemandem auf diese Art den Hof zu machen. Wenige Tage später hatte er sich verschämt auf einer der vielen Datingseiten eingeloggt, die ihm überall im Netz entgegenlachten, und jetzt – knapp ein Jahr später – hatte er seinen ersten digitalen Annäherungsversuch gemacht.

Die Frau wohnte ein Stückchen weiter im Süden, hatte aber

Vorfahren aus Svolvær – also war sie dem Blute nach eine echte Nordnorwegerin, und das war doch schon mal was, so etwas sollte man sich nicht entgehen lassen. Fand sie. Er hatte ihr da zugestimmt, fürchtete er. Und während er hier so saß, vom Wind ordentlich durchgepustet, dämmerte es ihm, dass er da in etwas getappt war, das so weit wie nur irgend möglich von der Komfortzone des Berger Falch entfernt war.

»Kalt?« Der Kapitän der *Lofotfjord II*, Olav Rist, steckte den Kopf aus der Tür. Solange Falch zurückdenken konnte, hatte Rist die Verantwortung für die Route durch die Fjorde gehabt, außer letzten Winter, als ihn eine böse Krebserkrankung außer Gefecht gesetzt hatte. Den Gerüchten zufolge lag Rist damals schon im Sterben, aber vor ungefähr einem Monat war er wieder an seinen Platz zurückgekehrt, ein bisschen dünner zwar, aber ansonsten offenbar ganz der Alte. Rist ging auf seinen 75. Geburtstag zu, und wenn es nicht mal dem Krebs gelang, ihn in die Knie zu zwingen, dann konnte man sich schwerlich vorstellen, was ihn dazu bewegen sollte, seine Zulassung abzugeben.

»Bin auf dem Weg nach drinnen.« Obwohl sie immer noch ein gutes Stück vom Festland entfernt waren, konnte Falch schon die Wunde im Fels erkennen. Das war einer der größten Bergrutsche seit Menschengedenken, und was noch viel schlimmer war: Er verlief quer über den beliebten Wanderweg auf Vindstad, wo sich in der Touristensaison die reinsten Völkerwanderungen abspielten. Das Letzte, was die Gemeinde brauchen konnte, war, dass sich die Sommergäste auf andere Perlen der norwegischen Natur verlegten.

Erst als Falch in die Kajüte trat, merkte er, dass er ganz durchgefroren war. Rist bedachte ihn mit einem schiefen Grinsen. »Ist hoffentlich nichts Ernstes passiert da draußen?« Falch hatte ihm schon erzählt, dass man einen Totenschädel gefunden hatte, und war offenbar eine Erklärung schuldig, warum er außerhalb des regulären Fahrplans hierhergefahren werden wollte. Außerdem arbeiteten die Buschtrommeln hier auch nicht langsamer als anderswo, also würde Rist das Gerücht so oder so zu Ohren kommen. »Kann ich mir nicht vorstellen. Hier wäre ein Archäologe wohl nützlicher gewesen. Ich sag dir, das ist garantiert ein Kerl aus Höhlenmenschenzeiten.« In einem der verlassenen Fischerdörfer war unlängst eine Höhle entdeckt worden, die ebenfalls zu den Touristenattraktionen zählte, wenngleich sie so schwer zugänglich war, dass nur besonders Interessierte die Mühen des Weges auf sich nahmen.

»Bestimmt«, pflichtete Rist ihm bei, bevor er das Tempo verlangsamte. Auf der Landungsbrücke stand ein Mann mit einem Hund an der Leine. Ein Stück weiter hinten saßen eine Frau und ein zehn- bis zwölfjähriges Mädchen, die so aussahen, als wären sie gerade ganz in etwas vertieft. Gut gemeintes Ablenkungsmanöver, dachte Falch, der vermutete, dass die Frau im Watt herumgestapft war und die Hinterlassenschaften der letzten Flut aufgesammelt hatte.

Der Mann stellte sich mit einem schwitzigen Händedruck vor. »Laika hat ihn gefunden.« Ein Border Collie wedelte vergnügt mit dem Schwanz und zog an der Leine, um den Neuankömmling zu beschnuppern. »Cecilie – meine Frau – hat darauf bestanden, dass ich Meldung davon mache. Es ist höchstwahrscheinlich nur ein alter Schädel, aber egal.«

Falch nickte und sah sich um. Die Höhle lag auf der anderen Seite der Berge, zum offenen Meer hin. Nichtsdestoweniger konnte die Theorie stimmen: ein Höhlenmensch auf der Wanderung, in einer Zeit, in der die Jagdwaffen aus Speer und Axt bestanden. Mit einem diskreten Nicken grüßte er die Frau, die tatsächlich gerade dabei war, Muscheln zu sortieren. Dann ging er mit Hund und Hundebesitzer an die Stelle, wo die Felsmassen niedergegangen waren.

Der Bergrutsch war noch größer, als er ihn sich vorgestellt hatte. Eine tiefe Rinne, als hätte die Kralle einer riesigen Klaue die Erde aufgekratzt. Erde und Steine lagen zig Meter nach links und rechts verstreut. Eines der Sommerhäuschen war zwar gerade noch verschont geblieben, aber ein Bootshaus war zermalmt worden, wie um die Menschen daran zu erinnern, dass sich niemand in Sicherheit wiegen sollte.

Der Mann lief ein Stück schräg nach oben und zeigte in eine Vertiefung. »Da unten.«

Sofort erblickte Falch den Schädel, der auf einem kleinen Stein lag.

»Laika hat das Ding ganz stolz angeschleppt. Ich bin hingegangen, um genauer nachzusehen. Brauchte nur ein paar Minuten, bis ich die Stelle fand, wo sie gegraben hatte. Da lagen mehrere Knochen, und wie gesagt: Cecilie weigerte sich weiterzugehen, bevor wir nicht die Polizei benachrichtigt hatten.«

Falch warf einen Blick über die zerklüfteten Felsen, bevor er vorsichtig in die Senke hinabstieg. Mit einem Schauder sah er vor seinem inneren Auge, wie sich die Steinmassen innerhalb weniger Sekunden die fünf-, sechshundert Meter nach unten bewegt hatten, an die Stelle, an der er jetzt stand. Höchstwahrscheinlich war anschließend ein Miniatur-Tsunami durch den Fjord gerauscht, der jedoch verebbte, bevor er auf Land traf.

Auch wenn der Schädel in bester Absicht auf den Stein gelegt worden war, hatte dieses Tableau etwas äußerst Groteskes. Während er die letzten Meter zurücklegte, bemerkte er sofort mehrere Knochen und Knöchelchen rundherum. Er bückte sich und war nur noch Millimeter davon entfernt, den Knochen zu berühren, der seiner Schätzung nach ein Unterarmknochen sein konnte – dann aber hielt er inne. Diese Überbleibsel hatten nichts mit Höhlenmenschen zu tun. Ganz bestimmt nicht. Er sah sich um. Hatte eine Familie hier einen der Ihren außerhalb des Friedhofs begraben?

»Was meinen Sie?« Der Mann warf einen ungeduldigen Blick über die Schulter. Anscheinend war er ganz erpicht darauf, seine Wanderung fortzusetzen.

»Ein Skelett, nicht mehr und nicht weniger. Sie sagten, Sie sind auf dem Weg nach Bunes, oder?«

Der Mann nickte.

»Dann würde ich vorschlagen, Sie sehen zu, dass Sie weiterkommen. In einer halben Stunde verschwindet die Sonne hinter dem Berg.«

Der Mann verabschiedete sich, und Falch blieb alleine in der Senke stehen, ohne zu wissen, was er jetzt unternehmen sollte. Er hatte festgestellt, dass die Meldung den Tatsachen entsprach. Der Bergrutsch hatte ein Skelett zutage gefördert, aber Falch konnte nicht beurteilen, ob es nicht schon seit Jahrhunderten hier begraben lag. Er musste dem Präsidium in Leknes Meldung machen und den Polizeichef die nötigen Entscheidungen treffen lassen. Behutsam hob er den Schädel vom Stein. Sowohl der Hund als auch dessen Besitzer hatten Spuren darauf hinterlassen, also war es nicht mehr erheblich, wenn Falch ihn auch noch berührte. Außerdem bezweifelte er, dass der Polizeichef sehr viel mehr machen würde, als den Fund zu protokollieren. Wahrscheinlich wusste ein ehemaliger Bewohner der Gegend ja von einem privaten Friedhof zu berichten, irgendetwas, was eine natürliche Erklärung für den Fund lieferte.

Aber während er so dastand und auf den nackten Schädel starrte, flüsterte ihm sein Unterbewusstsein zu, dass die Erklärung eine völlig andere war, dass der Tote nicht im Kreis der trauernden Hinterbliebenen zur Ruhe gebettet worden war, sondern nur von dem Menschen, der ihm sein Grab gegraben hatte. Falch ging in die Hocke und schob mit dem Jackenärmel noch ein wenig Erde beiseite – er hatte sowieso vor, alle Schuld dem Köter zuzuschieben. Es kamen noch mehr Knochen zum Vorschein, und dazu noch etwas, das nach einem schlammverschmierten Kleiderbündel aussah. Es war das erste Mal in seinem 61-jährigen Leben, dass er ein Skelett in Augenschein nahm, was viel über das wohlbehütete Polizistendasein aussagte, das er geführt hatte. Trotzdem glaubte er zu sehen, dass hier irgendwas nicht stimmte. Kleine Fingerknochen. Zu klein. Weil sie nämlich gebrochen waren. Allesamt.

3. Kapitel

Wie immer wachte er auf, indem sein Traum die Form veränderte, die Geräusche immer gedämpfter und entfernter klangen, aber gleichzeitig auch deutlicher. Außerdem gab es im Schlaf keine Gerüche. Natürlich konnte er von stinkenden Wunden und duftenden Salben träumen, aber er *roch* nie etwas. Ein leerer Sinneseindruck, mehr nicht. Aber jetzt roch er etwas. Erst die trockene Luft, die durch die Lüftungsschächte zu ihm gedrungen war, danach den Geruch der Bettwäsche, irritierend neutral, aber trotzdem irgendwie intensiv. Sowie er wieder klar denken konnte, gesellten sich noch entferntere Gerüche dazu: Kaffee von der Kaffeemaschine auf dem Gang, der Duft von frisch gebackenem Brot – das waren Gerüche, die durch dieselben Lüftungsschächte drangen. Dann kamen die Geräusche. Erst die ganz deutlichen: die Metallwagen, auf denen die Pflegerinnen ihre Tablettenbehälter transportieren, klappernde Sandalen auf frisch gebohnertem Boden, daneben gedämpfte Gespräche und hie und da unterdrücktes Gelächter. Irgendjemand war heute morgen guter Laune. Dann nahm er das kaum hörbare Rauschen der Belüftungsanlage wahr, ein Rauschen, das sich jedes Mal leicht veränderte, wenn jemand seine Zimmertür aufmachte. Es kam immer wieder vor, dass sie sich plötzlich lautlos in sein Zimmer schlichen, in dem Glauben, dass er schlief, aber die Belüftung verriet sie.

Das Zimmer, in dem er lag, war ungefähr vier mal fünf Meter groß. Er hatte es noch nie gesehen, würde auch niemals mehr imstande sein, es zu sehen – trotzdem wusste er es. Er hatte die Schritte der Pflegerinnen gezählt, von der Tür zum Bett, aber auch, wenn sie ihn ins Bad schoben, das hinter einer Schiebetür auf der anderen Seite des Zimmers lag. Das Fenster befand sich zu seiner Linken, und es kam vor, dass er einen Lichtschimmer zu erkennen meinte, wenn die Gardinen aufgezogen wurden, aber in seinem tiefsten Inneren wusste er, dass sein Kopf diese Bilder selbst schuf. Nach den verhängnisvollen Sekunden in der Garage war er nicht mehr fähig, Licht und Dunkel zu unterscheiden.

Er spürte, wie sich sein Hals im Laufe der Nacht zusammengeschnürt hatte, aber er wusste, dass er den Gedanken daran beiseiteschieben musste, sonst würde der Durst Erstickungsgefühle hervorrufen.

Eine Tür mit gut geölten Scharnieren ging geräuschlos auf, gefolgt von einem verstärkten Rauschen der Lüftung. Die Pflegerin war hier.

»Sie sind also wach, Hero.«

Hero war der Spitzname, den sie ihm gegeben hatten, als ob irgendetwas Heldenhaftes daran wäre, sich ans Leben zu klammern. Er hatte nie ganz verstanden, woran sie merkten, ob er wach war oder nicht. Es musste daran liegen, dass er beim Schlafen einfach andere Atemgeräusche machte. Heute war die Blonde da, mit den hellblauen Augen und dem halblangen, gewellten Haar. Auf jeden Fall hatte er sie sich in seiner Fantasie so vorgestellt, weil es zu ihrer warmen, sanften Stimme passte. Leichte, kurze Schritte, ein Hauch von Shampooduft, der keinen Zweifel zuließ: Das war sie. Gleich danach spürte er das Glas an den Lippen, dann die ersten Wassertropfen. Offene Wunden zogen sich zusammen und schickten schmerzhafte Schockwellen durch seinen Körper, so brennend wie in dem Moment, als die Flammen ihm die Haut zu einem viel zu engen, schief sitzenden Kostüm zusammengeschmolzen hatten. Sein Stöhnen kam aus dem Bauch, weil er kaum fähig war, Laute mit Mund und Kehle zu bilden.

»Na, na.« Sie trocknete ihm die Tropfen mit einem weichen Tuch von den Lippen. Es roch wie die Bettwäsche.

Neue Tropfen. Diesmal war der Schmerz nicht ganz so intensiv. Trotzdem fühlte es sich an, als wäre das Wasser mit winzigen Glassplittern versetzt. Mehr als einen kleinen Schluck schaffte er nicht. Den Rest seiner Flüssigkeitszufuhr bekam er intravenös, ebenso wie alle Nahrung. Im Krankenhaus Haukeland hatten sie ihn mit kalter Suppe füttern können, aber hier nicht. Hier war er dem Teufel ausgeliefert.

Seit dem Brand hatte er sicher zwanzig Kilo verloren. Je weniger sein Körperfett wurde, umso größer wurde die Gefahr des Wundliegens. Aber noch gelang es ihm, sich einigermaßen hin- und herzuwälzen, sodass das Gewicht nicht nur auf Rücken und Hüfte lastete.

»Wollen wir's heute mal mit ein bisschen Frühstück versuchen?« Sie flüsterte die Worte, in der Hoffnung, dass sie so weniger drohend auf ihn wirkten. Sie wunderten sich, warum er sich weigerte zu essen, immerhin war er mit der Auskunft eingeliefert worden, dass er feste Nahrung zu sich nehmen konnte. Vorsichtig drehte er den Kopf von einer Seite zur anderen und spürte, wie sich die Haut unterm Ohr und am Hals straffte. Seine Versuche, durch Nicken oder Kopfschütteln ein Ja oder Nein zu signalisieren, waren die einzigen Kommunikationswege, die ihm geblieben waren. Seit seiner Einlieferung in Haukeland hatten die Therapeuten und Pflegerinnen versucht, Dialoge zu führen – einen Finger heben für Ja, zwei Finger für Nein – aber da es bei dem Kontakt nur um Unwichtiges ging, ließ er sie mit ihren Versuchen abblitzen.

»Etwas später vielleicht?«

Sie legte ihm vorsichtig eine weiche Hand auf die Wange,

bevor sie lautlos das Zimmer verließ. Er mochte sie. Sie war nicht nur ein netter, warmer Mensch, sie war auch unglaublich hübsch. Glaubte er. Allein dafür, dass sie es ertrug, in seiner Nähe zu sein, hatte sie Respekt verdient. Im Unterschied zu vielen ihrer Kollegen war ihr Mitgefühl auch echt, das fühlte er. Sie hatte sich ihm als Gøril vorgestellt. Er fand, dass der Name weder zu ihrem Charakter passte noch zu dem Aussehen, das er ihr gegeben hatte, aber er war okay. Gøril war gut.

Der nächste Punkt auf der Tagesordnung war der morgendliche Toilettengang. Er hasste es. Diese Demütigung. Im Sitzen, auf der Schüssel wie eine Frau, gestützt von einer Pflegerin, die den Blick abwendet. Die Geräusche, die Gerüche. Das Allerintimste, das man wirklich mit niemandem teilen mochte. In solchen Augenblicken fühlte er, wie die Pflegerinnen ihren Beruf hassten.

Gøril hatte die Tür angelehnt gelassen, sodass man das Klick-Klack der Sandalen deutlicher hörte. Von weichen, nahezu graziösen Schritten bis zu schlaffem Klatschen. Unter den Pflegerinnen gab es auch ein Schwergewicht. Ella. Er mochte Ella nicht, aus dem einfachen Grund, weil er bei ihr deutlicher als bei den anderen den Ekel und das Unbehagen spürte, das sie empfand. Auch in der Art, wie sie mit ihm redete: Worte ohne jedes Mitgefühl. Worte, die nur um der Worte willen gesagt wurden. Eine Weile hatte er versucht, ein Muster im Dienstplan der Pflegerinnen zu erkennen, um auf diese Weise zu wissen, wann er sich auf sie gefasst machen musste. Aber da ständig etwas geändert wurde, hatte er den Gedanken wieder aufgegeben.

Inzwischen lag er schon drei Monate hier. Anfangs hatte man ihn abends noch in den Gemeinschaftsraum gefahren, ein wohlmeinender Versuch, ihn nicht auszuschließen, aber es war ihm schrecklich gegen den Strich gegangen, denn er fühlte sich dort wie ein abstoßendes Monster auf einer Ausstellung. Er wollte allein sein. In Frieden gelassen mit seinen Gedanken.

Es war ein Schock gewesen, aufzuwachen und zu merken, was aus ihm geworden war, ohne zu verstehen, was eigentlich passiert war. Vor und nach den vielen Operationen hatte er die Gespräche der Ärzte belauscht und wusste daher, dass irgendein Verrückter seinen Rasenmäher mit Benzin in die Luft gejagt hatte. Er selbst konnte sich nur erinnern, dass er in die Garage gegangen war, um einen Briggs&Stratton-Motor zu reparieren, der schon längst hätte ausgetauscht werden müssen. Doch kaum hatte er sich über den Rasenmäher gebeugt, wurde es schwarz um ihn. Dass die Explosion kein Unfall gewesen war, ging ihm erst nach seiner Einlieferung ins Krankenhaus auf. Es war kein einziger Tag vergangen, ohne dass er nachgegrübelt hätte, wer das getan hatte und warum. Aber eines war ihm klar: Man hatte nicht versucht, ihn umzubringen. Die Strafe war nicht das, was vor sechs Monaten in der Garage geschehen war. Die Strafe war hier und jetzt, jeder schmerzhafte Atemzug, bis es endlich vorbei sein würde.

4. Kapitel

Berger Falch hatte vorsichtig noch ein bisschen mehr Erde beiseitegeschaufelt und starrte jetzt auf das, was einmal die Rippen des Toten waren. Kein einziger Knochen war heil. Selbstverständlich konnten diese Brüche von einem Sturz stammen, schließlich war der Berg mehr als steil. Aber irgendetwas sagte ihm, dass sich das nicht so verhielt, denn der Schädel zeigte keine Spur von Verletzung. Wenn man das Gesicht verschont, läuft man nicht Gefahr, Spuren zu hinterlassen, die andere sehen können.

Die Überreste verschwanden aus seinem Blickfeld, und er sah das Gesicht wieder vor seinem inneren Auge, das Gesicht, das er eigentlich am liebsten vergessen würde. Es hatte nicht oft gelächelt, aber selbst dann, wenn es nach außen hin fröhlich und unbekümmert war, schien immer ein latenter Hass durchzuschimmern. Falch hatte sein halbes Leben lang versucht zu verstehen, was der Grund war, bis er zum Schluss seinen Frieden damit machte, dass er eben niemals eine Antwort finden würde. Er hielt seine linke Faust in die Luft. Zwei seiner Finger waren schief, weil die Brüche schief zusammengewachsen waren. Ein letzter unvergänglicher Gruß von seinem eigenen Vater. Ein Vater, der für seine Untaten nie zur Rechenschaft gezogen worden war.

Es wurde Abend, bis Falch wieder zu Hause war. Eine Armada von wilden Katzen flitzte die Treppe hinunter, als er um die Ecke kam, um dann abwartend stehen zu bleiben, sobald sie sicher waren, dass er nicht doch ein anderer war. Aus Erfahrung wusste er, dass sie schon wieder auf der Treppe saßen, bevor er die Tür ganz hinter sich zugezogen hatte. Und dass er keinen Frieden fand, bis er ihnen nicht wieder etwas zu essen auf die Treppe gestellt hatte. Aber seine Gutherzigkeit hatte ihren Preis. Es roch nicht gerade nach Flieder auf dem mageren Rasenfleckchen. Die Wildkatzen waren seit Jahren ein Problem auf Reine, und die Leute, die die armen Viecher noch mit gnädigen Augen ansahen, wurden immer weniger. Vielleicht wurden es deswegen immer mehr vor seinem Haus.

Er nahm eine lange Dusche, um wieder ein bisschen Wärme in seinen Körper zu kriegen. Olav Rist hatte den Polizeichef dann auch noch gefahren, und in Absprache mit der Kripo waren die Überbleibsel vorsichtig ausgegraben worden. Jetzt war es an den Rechtsmedizinern, Schlussfolgerungen zu ziehen. Falch hatte mit seinem unguten Bauchgefühl beim Polizeichef nicht unbedingt Gehör gefunden. Der meinte, dass man bestimmt alles Mögliche fand, wenn man einen Friedhof auf den Kopf stellte.

Da mochte er vielleicht recht haben, aber so etwas fand man denn doch nicht. Dies war ein Kind. Ein misshandeltes Kind.

Er kochte sich das einfachste Abendessen, das man nur kochen konnte – Spiegelei auf Brot – und verzehrte es vor dem PC. Das Icon unten rechts meldete ihm, dass er eine neue Mitteilung erhalten hatte, und wie erwartet stammte sie von Olga. Mit einer Mischung aus Angst und Erwartung öffnete er ihre Mail, und aus irgendeinem Grund sah er die einzige Olga vor sich, die er kannte, eine grimmige Matrone aus Sørvågen. Diesmal jedoch hatte Olga ihm ein Bild angehängt. Er beeilte sich, den Anhang zu öffnen, in der Hoffnung, dass sie ganz anders aussehen würde als die streitsüchtige Frau aus Sørvågen, aber bitte auch nicht so hübsch, dass er das Abenteuer gleich wieder hätte abschreiben müssen, bevor es begonnen hatte. In der Tat sah sie überhaupt nicht so aus, wie er sie sich vorgestellt hatte, und plötzlich ging ihm auf, dass er von einer Frau geträumt hatte, die Kristine ähnlich sah.

Er schätzte, dass die meisten Männer Olga normal hübsch finden würden, während er selbst ihre Gesichtszüge extrem markant fand – dadurch bewegte sich sein erster Eindruck im Grenzbereich. Er las die Mail und merkte, dass er auf bestem Wege in eine neue Beziehung war. Sein erster Gedanke war, dass ihm das alles zu schnell ging, und er ärgerte sich, dass er sich hatte überreden lassen. Um die Wahrheit zu sagen: Sandra war in der Lage, ihn zu fast allem zu überreden. Er vergötterte seine Tochter, ja, in hohem Maße lebte er sozusagen durch sie, und vielleicht wünschte sie sich gerade deswegen eine Frau in seinem Leben. Um ihren Frieden zu haben. Er drückte auf *Antworten*, aber der Computer hängte sich auf. Der Appetit verging ihm auch, und er schob die Eier beiseite. Wollte er das alles? Er versuchte, in sich hineinzuhorchen, und stellte fest, dass sich seine Gedanken wieder um Kristine drehten.

Er hatte schon mehrmals die Stelle aufgesucht, wo das Auto von der Straße abgekommen war. Ein senkrechter Sturz fünfzig Meter in die Tiefe ließ nicht die geringste Überlebenschance. Es waren keine anderen Autos involviert, und die Obduktion zeigte keine Anzeichen von Versagen lebenswichtiger Organe. Das hatte ihn gezwungen, über ihre letzten gemeinsamen Jahre nachzudenken und verzweifelt nach irgendetwas zu suchen, was er übersehen haben könnte, was ihm bestätigen würde, dass die Dinge doch nicht ganz so gewesen waren, wie er sich das gedacht hatte. Nach einem halben Jahr, das ihn noch tiefer in die Depression getrieben hatte, hatte er versucht, sich damit abzufinden, dass manchmal eben Dinge zufällig passierten. Obwohl er angesichts der Umstände ihres Todes doch nie so richtig seinen Frieden finden konnte.

Er ging ins Arbeitszimmer, wo die Ordner Regale vom Boden bis zur Decke füllten. Als kleiner Junge hatte er bei den Sportübertragungen am Radio geklebt und seitenweise Zeiten und Resultate mitgeschrieben. Obwohl er inzwischen ein normaleres Verhältnis zu seinem Hobby entwickelt hatte, besaß er hier eine Sammlung, die höchstwahrscheinlich detaillierter war als jede Datenbank. Manchmal saß er abends hier, zog sich willkürlich irgendeinen Ordner heraus und tauchte in Erinnerungen ein – an eine Zeit, die sich für ihn überraschend nah anfühlte.

Aber das Idyll war zerbrochen.

Er blickte kurz zu einer Zeichnung, die er in der Ecke an die Wand geklebt hatte. Warum er die dort hingehängt hatte, wusste er nicht so recht, außer dass es ein Echo aus seiner Vergangenheit darstellte. Einmal, im Frühling, war er zum Schauplatz eines tragischen Unfalls gerufen worden, einer Garage, die nicht weit von seinem Haus entfernt lag. Obwohl die Beschreibung des Verletzten ihn schon mächtig beeindruckt hatte, hatten sich die Gerüche am stärksten festgesetzt. Da der Brandmeister die Schuld jedoch sehr schnell auf einen explodierten Rasenmäher geschoben hatte, war die Sache im Grunde im Handumdrehen aus der Welt. Trotzdem hatte Falch gestutzt, als er in der Garage noch etwas fand. An einer der Wände, ganz verrußt von der starken Rauchentwicklung, hing ebendiese Zeichnung – ganz oben unterm Dach. Das Motiv war ein hässliches Gesicht, und es weckte Erinnerungen, die er schon seit Jahren zu verdrängen versuchte. Unbemerkt hatte er die Zeichnung abgemacht und mitgenommen, und seitdem hing sie hier bei ihm an der Wand. Kaum ein Tag war vergangen, ohne dass er nicht einen Blick darauf geworfen und versucht hätte, irgendeine Bedeutung in dieses wilde Bild hineinzulesen. Das Gesicht, das ihm da entgegenleuchtete, in groben Strichen und mit scharfen Kontrastfarben gezeichnet, war alles andere als freundlich oder sanft. Er glaubte mit Sicherheit sagen zu können, dass die Zeichnung von einem Kind stammte, und auch, dass es eher eine Maske war als ein Gesicht. Eine versteinerte Zuckung, schwarze zornige Augen, blutrote Pupillen. Es war eine Maske, die vor Qual leuchtete. Als Junge hatte er dasselbe Motiv gemalt, und er erkannte den Schmerz allzu gut wieder. Der Blick hatte eine beinahe hypnotische Wirkung auf ihn. Was hatten diese blutroten Augen gesehen? Was hatte der Mensch hinter dieser Maske erlebt? Falch wusste, dass ihn der Unfall in der Garage niemals in Ruhe lassen würde.

5. Kapitel

Der Mann behielt sie durchs Fenster im Auge. Sie saß im Wohnzimmer und sah fern. Ihr Gesichtsausdruck war immer noch genauso neutral, als könnte sie weder Leid noch Freude fühlen. Aber er wusste es besser.

Sie kannte das Leid.

Sie stand auf, und er ließ den Blick zum anderen Fenster wandern. Sekunden später tauchte sie dort in der Küche auf, wo sie sich wahrscheinlich ein Brot machte. Sie arbeitete mit ruhigen, bedächtigen Bewegungen, als ob sie ein Leben in Zeitlupe lebte. Und vielleicht war es ja gerade das, was sie tat – langsam leben.

Heute hatte sie das gelbe T-Shirt an. Er hatte längst herausgefunden, dass sie feste Tage für verschiedene Kleidungsstücke hatte. Heute war Montag. Deswegen gelb. Nachdem sie eine Schüssel aus einem der Küchenschränke genommen hatte, ging sie wieder ins Wohnzimmer. Wieder wunderte er sich, wie sie essen konnte, ohne etwas dazu zu trinken. Egal, ob sie sich etwas Kaltes machte oder ein richtiges Abendessen kochte, sie holte sich grundsätzlich ein Glas Milch, zehn Minuten nachdem sie die Mahlzeit beendet hatte. Allein bei der Vorstellung bekam er schon Durst. Dann saß sie da und starrte auf den Fernseher, ohne ein einziges Mal umzuschalten, was ihm ebenfalls seltsam vorkam. Wenn sie sich erst mal einen Sender ausgesucht hatte, blieb sie bis zum Ende des Abends dabei. Ein leeres Leben.

Er blieb noch eine Weile bei ihr. Dann faltete er die Sitzunterlage zusammen, die Mutter ihm gestrickt hatte, und ging wieder hinaus in die Nacht. Die nächste Station war das Pflegeheim. Er hielt sich beim Abhang unterhalb der Straße, weil er nicht wollte, dass jemand seine Nachtwanderungen entdeckte. Das Terrain bestand aus überwachsenem Geröll, und er bewegte sich mit vorsichtigen, tastenden Schritten. Abend und Nacht, das war seine Zeit. Kein Motorengedröhn von Autos oder Booten, nur das dumpfe Geräusch der Dünung, und wenn der Wind auffrischte, hörte man, wie es schwer gegen Felsen und Steine klatschte. Sowie er die Landenge hinter sich gelassen hatte, hielt er sich in Wassernähe, um die Straßenlaternen zu umgehen, und er folgte dem Meeresrand, bis er sich dem Gebäude näherte. Er überquerte die Straße an der schattigsten Stelle, und kurz darauf saß er im Gebüsch und spähte zum Pflegeheim. Ein Blick auf die Uhr. Viertel vor elf. Noch fünfzehn Minuten, bis die Lichter ausgingen. Er verstand nicht, warum es überhaupt an war. Für den Mann in Zimmer 211 war es immer Nacht.

Nachdem er sich vergewissert hatte, dass niemand am Fenster stand, zog er eine kleine Leiter aus ihrem Versteck im Gras. Rasch und lautlos lehnte er sie an die orangefarbene Wand. Vier Sprossen, und schon konnte er in Zimmer 211 blicken. Das Monster lag auf dem Rücken im Bett – wie immer. Seine Augen waren geschlossen, besser gesagt: Seine Augenlider waren geschmolzen, sodass sie jetzt wie versteinerte Tropfen in den Augenhöhlen hingen. Der Rest des Gesichts waren Panzerplatten aus verbrannter Haut, und er schätzte, dass die helleren Partien Transplantate waren. Vielleicht tat es grässlich weh, auf diesem hautlosen Rücken zu liegen. Auch der Hals und die Brustpartie, die über der Bettdecke zu sehen war, trugen deutliche Spuren der Flammen. Er war wirklich kräftig flambiert worden.

Das Schicksal meint es gut, es holt den Bösen irgendwann

ein und lässt ihn für seine Taten bezahlen. Jetzt konnte er schön hier liegen und über sein Leben vor dem Brand nachdenken – lange vor dem Brand. Über all die Schmerzen nachdenken, die er anderen zugefügt hatte. Da ging die Zimmertür auf, und er duckte sich schnell. Die Pflegerinnen sahen immer noch einmal nach dem Verbrennungsopfer, bevor sie das Licht ausmachten, stellte er fest, während er so dalag und hinübergaffte. Es dauerte nicht lange, dann wurde das Licht ausgeschaltet. Er versuchte, in den Raum zu spähen, aber die Gardinen waren vorgezogen.

Er nahm denselben Weg zurück, hielt sich am Meeresufer und lief trittsicher über die algenbewachsenen Steine. Es roch nach Tang und salzigem Meer, und als er zwischen den Pfeilern der Landungsbrücken durchlief, nach Fisch und geteertem Holz. Es roch nach etwas Bekanntem, Sicherem. Er brauchte eine knappe Stunde bis nach Hause, auch wenn er die Strecke auf der Landstraße in zwanzig Minuten hätte zurücklegen können.

Auf Reine, wo sich der größte Teil der Häuser an den Fuß der Berge klammert, hätte keines einsamer liegen können als dieses »abgenutzte« Einfamilienhaus. An einem Hang, ein paar hundert Meter hinter der restlichen Siedlung, lag es eingequetscht zwischen kleinen und großen Felsen. Für ihn hatten die riesigen Felsen nie Gefahr bedeutet. Sie gaben Schutz vor Wind und Wetter und standen für Isolation und Geborgenheit. Er zog den Schlüssel aus seinem angestammten Versteck unterhalb der Bretterverkleidung. Er hatte sich mit Mutter darauf geeinigt, dass er abschloss, wenn er aus dem Haus ging, da sie ungebetene Gäste nicht wegschicken konnte. Der Geruch schlug ihm entgegen, als er die Haustür aufmachte, stark, aber bei Weitem nicht unangenehm. Das war der Geruch von Sjur Simskars Heim. Seinem Heim. Er rückte den

Flurteppich zurecht, bevor er weiter in die Küche ging. »Bin wieder da!«, rief er und hängte seine Jacke über einen Stuhl. »Sieht so aus, als würde es ihr ganz gut gehen.« Der Knoten in seiner Brust hatte sich gelöst, und er liebte es, wie ihm die Worte problemlos über die Zunge gingen, wie immer, wenn er mit Mutter redete. Vielleicht war er deswegen so gerne zu Hause. Er machte den Kühlschrank auf und nahm einen Schluck Milch direkt aus dem Karton. Sie schmeckte sauer, grässlich sauer. Er warf einen Blick aufs Haltbarkeitsdatum. Fünf Tage drüber. Er musste demnächst mal wieder einkaufen gehen, es blieb ihm keine andere Wahl. Alte Gewohnheiten waren eben schwer abzuschütteln. Früher hatte er die Einkäufe so lange hinausgeschoben, bis er fast am Verhungern war. Jetzt nicht mehr. Als das Prinzip der Selbstbedienung endlich auch den Konsumverein auf Reine erreichte, war das für ihn die größte Befreiung, seit er die siebenjährige Schulhölle hatte hinter sich lassen können. Er konnte die Waren aussuchen, die er wollte, nicht mehr nur die, deren Namen er aussprechen konnte. Milch zum Beispiel. Wie oft hatte er am Tresen gestanden, während ihm ein endlos in die Länge gezogenes M die letzte Luft nahm. Die alte Val hatte ihn verstanden, aber eine von den anderen Verkäuferinnen hatte ihn dann immer mit gespielt fragender Miene angesehen, ohne zu verhehlen, wie sie die Panik auf diesem rot gefleckten Gesicht genoss. Bei der Erinnerung daran ging ihm heute noch der Puls schneller. Über fünfzig Jahre mit unterdrückten Worten, die ihm in der Kehle stecken geblieben waren. Allein bei dem Gedanken verknotete sich alles in ihm. Aber jetzt war er in Sicherheit. Er war zu Hause. Zu Hause bei Mutter.

6. Kapitel

Falch hatte von seinem Vater geträumt. Nachdem er lange eine Nebenrolle in seinen Träumen gespielt hatte, hatte er sich doch wieder Bahn gebrochen, deutlicher denn je.

Die Nachbeben des Traumes hingen ihm immer noch im Körper, obwohl es schon halb elf am Vormittag war. Falch saß mit der ersten Kaffeetasse des Tages im Büro. Der Kaffee war kalt, und das schon seit ein paar Stunden. Kurz nachdem er gekommen war, hatte er einen Anruf bekommen. Es war Dreyer, der Polizeichef im Präsidium auf Leknes, der ihm mitteilen konnte, dass der rechtsmedizinische Bericht fertig war. Äußere Gewalteinwirkung, hatte er gesagt. Dann wissen wir also Bescheid.

Dann wissen wir also Bescheid.

Falch hatte Bescheid gewusst von dem Moment an, als er die gebrochenen Fingerknochen in die Hand genommen hatte. Er hatte auch schon versucht, den Pathologen ans Telefon zu bekommen, aber man sagte ihm, er solle nach zehn noch einmal anrufen. Wieder wählte er die Nummer, die er sich auf einem Post-it notiert hatte, und bat, den Mann sprechen zu dürfen, der dem Namen nach zu urteilen wohl deutscher Abstammung war. Die Frau, die ihn weiterverband, sprach den Namen anders aus. Ein paar Sekunden später hatte er den Mann am Telefon.

»Hertzheim.« Die Stimme klang überraschend norwegisch.

Er stellte sich vor und erklärte, worum es ging.

»Wir konzentrieren uns auf nackte Tatsachen«, sagte der Pathologe, bevor er seufzend fortfuhr. »Aber obwohl wir mit solchen Sachen arbeiten, sind wir gegen Gefühle nicht gefeit. Und wir machen uns so unsere Gedanken.«

»Misshandlung?«

»Mhm. Dass diese Verletzungen von einem Sturz herrühren sollten, halte ich für ausgeschlossen. Da muss man schon aus ganz schön großer Höhe fallen, um sich so viel zu brechen…«

Falch spürte, wie ihm kalt wurde.

»…außerdem hätte ein Fall auch mehr Brüche an den größeren Knochenstrukturen mit sich gebracht.«

»Soll das heißen, dass keine Brüche an den…«

»Ich sagte ›mehr Brüche‹. Ich fürchte, hier haben wir wirklich Brüche von oben bis unten. Dieser Kerl hatte kaum einen heilen Knochen mehr im Leibe.«

Falch umklammerte den Hörer.

»Ich habe so einige Sturzverletzungen gesehen, und da gibt es meistens doch so ein gewisses Muster. Ich fürchte, dieser Fall hier fällt völlig aus der Reihe. Mein professioneller Teil neigt zu der Ansicht, dass dem Jungen diese Verletzungen beigebracht worden sind, obwohl ich da vorsichtig sein will und muss. Mein Bauchgefühl lässt hingegen keinen Zweifel daran, dass die Verletzungen durch äußere Gewalteinwirkung entstanden sind. Und wir reden da von Gewalt, wie ich sie in meinen 32 Berufsjahren noch nicht zu sehen bekommen habe.«

Falch blieb mit dem Hörer in der Hand sitzen, bis das Summen des Freizeichens ihm schon im Kopf dröhnte. Mitten in dieser durchdringenden Kakophonie ging ihm auf, dass er seinen Vater gehasst hatte, seit er das erste Mal zugeschlagen hatte, und dass er ihn immer noch hasste. Sein Vater hatte ihm nicht nur die Jugend gestohlen, er nahm ihm auch immer noch große Stücke seines Erwachsenenlebens. Er spürte, wie ihm die Tränen hochstiegen, und obwohl er fand, dass es einer Niederlage gleichkam, wenn er sie zuließ, konnte er nicht verhindern, dass ihm die Tränen die Wangen herunterrollten.

7. Kapitel

Vor ungefähr einer Woche war ihm der Gedanke gekommen. Es war ein Strohhalm, noch dazu ein dünner und vertrockneter Strohhalm, aber trotzdem. Vom Korridor hatte er ein Geräusch gehört, nur Sekunden bevor die Pflegerinnen zur Tür hereinkamen, aber es war dennoch unverkennbar. Das Geräusch einer Tastatur. Es gab also einen gemeinschaftlichen PC für die Bewohner hier. Sein sozialer Umgang war schon immer mäßig gewesen, aber vielleicht könnte er einen elektronischen Hilferuf an Joar schicken, seinen Internetfreund, der sich hoffentlich schon wunderte, warum der Kontakt abgerissen war. Tja, der Grund war der, dass er hier lag, bis zur Unkenntlichkeit verbrannt, ohne Augenlicht und ohne Sprachvermögen. Sowie er den Keim zu dieser Hoffnung gelegt hatte, konnte er kaum noch an etwas anderes denken. Es ging ums Überleben. Als Erstes musste er herausfinden, wo im Korridor der PC stand. Dann das Einloggverfahren, und schließlich, welches Mailsystem bevorzugt wurde. Den Ort, an dem der Computer stand, hatte er rasch festgestellt – an der Wand gegenüber, auf halbem Weg den Korridor hinunter. Das Nächste war schwieriger, viel schwieriger, und ihm wurde klar, dass er auf häufige Besuche angewiesen war, am besten immer dann, wenn der PC gerade benutzt wurde. Auf diese Art hoffte er etwas aufzuschnappen, wenn die Pflegerinnen die Tür angelehnt ließen. Also drückte er auf die Klingel, sobald er hörte, dass jemand beim PC war. Er ignorierte die Fragen der Pflegerinnen und konzentrierte sich stattdessen darauf, ob er Worte vom Flur aufschnappen konnte. Er hatte sich schon gemerkt, dass einer der männlichen Benutzer eher brummte als redete und dass seine Stimme am deutlichsten zu ihm drang. Ganz bis zu seinem Bett. Nach ungefähr zehnmaligem Klingeln – alle bei Benutzung des Gemeinschaftscomputers – und ebenso vielen Pflegerinnen, die ihm die Kissen zurechtschüttelten, seine Temperatur maßen und freundliche Fragen stellten, hatte er festgestellt, dass man die Icons aller zugänglichen Programme auf dem Desktop anklicken konnte und dass der PC von morgens bis abends an war. Doch offenbar hatte keiner der Alten den Schritt vom Brief zur Mail getan, und er begriff, dass er die Strategie ändern musste. Er hob die Hand und machte eine abwehrende Bewegung, sobald die Pflegerinnen ins Zimmer kamen, aber anfangs wurde er nicht verstanden. Erst Gøril verstand allmählich und versuchte zu raten, was er sagen wollte. Endlich kam die Fingersprache der Therapeuten zum Einsatz, und am Ende konnte er mitteilen, dass er sein Zimmer verlassen wollte. Verneinende Geste, als Gøril den Gemeinschaftsraum vorschlug, und nach einem Ratespiel, das sie anscheinend amüsant fand, konnte er ihr endlich begreiflich machen, was er meinte: Er wollte einfach nur auf den Flur, direkt vor seinem Zimmer. Gøril entschuldigte sich lang und breit, und wie er hinterher hören konnte, gab Gøril seinen Wunsch an die anderen Pflegerinnen weiter.

Schon am nächsten Abend zahlte sich sein Ortswechsel aus. Eine der Heimbewohnerinnen beklagte sich, wie wenig Kontakt sie mit ihren Enkeln hatte, und der Brummer – der übrigens Kåre hieß, wie er aufgeschnappt hatte – führte sie in die Möglichkeiten des Computers ein. Hotmail. Das unterste Icon. Jetzt hatte er alle grundlegenden Informationen. Nun galt es nur noch einzufädeln, was nicht bloß schwierig werden würde, sondern geradezu eine helfende Hand von oben erforderte: Er musste eine Mail schicken. Natürlich konnte er durch weitere

Gesten Gøril bitten, ihm zu helfen, aber da sie bereits die frohe Botschaft verbreitet hatte, dass er aus seinem Zimmer herauswollte, würde sie sicher auch sein Interesse für den PC nicht geheim halten. Und dann würde es auch ihr zu Ohren kommen: der Teufelin.

8. Kapitel

Das Erste, was Rino Carlsen beim Aufwachen auffiel, war der Geruch. Der Geruch nach altem Haus und altem Besitzer. Dann merkte er, dass er ganz steife Hüften und Schultern hatte. Es war schon viele Jahre her, dass er auf einer einfachen Schaumgummimatratze geschlafen hatte. Er setzte sich auf und stellte die Beine auf den kalten Dielenboden. Wusste er überhaupt, worauf er sich hier eingelassen hatte? Wohl kaum. Vielleicht war er ein Nostalgiker, aber irgendwo gab es auch eine Grenze. Die interne Stellenausschreibung hatte ihn sofort angesprochen – eine fünfmonatige Vertretung auf den Lofoten. Außerdem hatte Joakim – sein vierzehnjähriger Sohn – nach ein paar Jahren gemeinsamen Sorgerechts beschlossen, bei seiner Mutter zu wohnen. Am Anfang hatte es sich wie eine Niederlage angefühlt, dass der Junge die Mutter wählte statt ihn, aber allmählich hatte er doch eingesehen, dass die ganze Pendelei seinem Sohn nicht guttat und dass dies die beste Entscheidung für alle war. Jetzt konnte der Junge ihn ab und zu mal am Wochenende auf Reine besuchen, mit zum Angeln rausfahren und die Zeit, die er mit seinem Vater verbrachte, mit anderem füllen als mit Fernsehen.

Rino konnte kostenlos im Haus seiner Tante wohnen und musste im Gegenzug nur ein paar dringend benötigte Renovierungsarbeiten durchführen. Seine Tante war ein paar Monate zuvor ins Pflegeheim gebracht worden, und sie hatte vor, das Haus zu verkaufen, sobald Rino den Standard ein wenig gehoben hatte. Damals hatte sich das nach einem guten Deal angehört, inzwischen war er sich da nicht mehr so sicher. Er heftete den Blick auf die Arbeitsliste, die an einer Schranktür klebte. Sie war lang. Und umfangreich. Und sie bezog sich bloß auf die Küche. Denn es gab noch mehr Listen, viel mehr, und er begriff, dass die Erwartungen seiner Tante meilenweit über dem lagen, was er sich selbst so vorgestellt hatte.

Heute war Rinos erster Arbeitstag, und ihm grauste. Er hatte den Vortag im Präsidium auf Leknes verbracht, aber das geplante Briefing verlief ganz anders, als er sich das vorgestellt hatte. Die Dienststelle auf Reine sollte nämlich ganz geschlossen werden, sobald der Landpolizist Berger Falch, der dort die letzten 35 Jahre seinen Dienst versehen hatte, abgedankt hatte. Falch hatte kaum mehr ein halbes Jahr bis zu seinem 62. Geburtstag, so gesehen war das eine sehr rücksichtsvolle Abwicklung. Aber dazu sollte es nicht kommen. Der Polizeichef teilte ihm unverblümt mit, dass Falch in letzter Zeit gar nicht mehr der Alte gewesen sei. Er wurde vergesslich, und seine Prioritäten waren zweifelhaft. Der Polizeichef hatte versucht, das zu kompensieren, indem er den einen oder anderen Bürotag auf Reine einlegte, aber vor ein paar Wochen hatte die Entwicklung darin gegipfelt, dass Falch, einen Tag nach einem Skelettfund, das Büro – unverschlossen und ohne sich abzumelden – verlassen hatte. Man fand ihn zu Hause, fast schon apathisch, und er wurde mehr oder weniger zwangsweise krankgeschrieben. Jetzt war er zurück, nach eigener Aussage gesund und munter, aber der Polizeichef ließ deutlich durchblicken, dass er nicht daran glaubte. Deswegen wünschte er sich jemanden, der das Büro in diesen letzten Monaten mit Falch teilte, auch deswegen, weil besagter Skelettfund sich zu einer ganz schön bizarren Geschichte ausgewachsen hatte.

Rino bekam die Kurzfassung davon zu hören, wie ein mächtiger Erdrutsch das Skelett eines kleinen Jungen zutage gefördert hatte. Man legte ihm den Bericht des Rechtsmediziners vor, der mit ziemlich hoher Wahrscheinlichkeit davon ausging, dass der Junge schwerer, umfassender Gewalt ausgesetzt gewesen war. Die Sache hatte Rinos Neugier spontan angefacht, aber er freute sich nicht unbedingt darauf, Falch kennenzulernen und dem Blick eines Mannes zu begegnen, der sicher nur allzu gut wusste, warum der Neuankömmling hier war.

Das Büro war nicht nur alt und abgenutzt, es war auch kleiner, als er es sich vorgestellt hatte, und der Schreibtisch, den man ihm zuwies, bot gerade mal Platz für einen PC und nur wenig mehr. Hinter dem anderen Schreibtisch saß der Mann, den er beaufsichtigen sollte – so fühlte es sich jedenfalls an – und den Neuankömmling mit erschöpfter Miene willkommen hieß. Krankschreibung nach Bedarf, hatte der Polizeichef erklärt, und hinzugefügt, dass Berger Falch kam und ging, wie er wollte, weil er es offiziell durfte. Tja, es war kurz nach acht, und hier saß der Mann, anscheinend fit for fight. Was auch immer Falch davon halten mochte, dass man ihm einen Vertreter ins Büro setzte, er kommentierte es nicht. Rino hatte vor allem den Eindruck, dass er mit einer Art erschöpfter Resignation begrüßt wurde, als hätte Falch keine Kraft mehr und würde einfach nur noch das Beste aus der Situation machen. Die ersten Minuten vergingen mit Höflichkeitsphrasen, dann lenkte Rino das Gespräch auf den Skelettfund. Er hielt sich an die Tatsachen, dass der Polizeichef ihn kurz orientiert hatte, dass er sich aber gerne selbst die Berichte durchlesen würde. Mit bedächtigen Bewegungen holte Falch einen Ordner und legte ihn auf den Tisch. »Ich schreib alles immer erst auf Maschine. Dann übertrag ich alles in den PC, wenn ich Zeit habe. Der forensische Bericht ist schon drin.« Er gab dem Monitor einen leichten Klaps. »Ehrliche Worte. Der Junge wurde zu Tode misshandelt.«

»Wissen wir, wer es ist?«

Falch schüttelte den Kopf. »Ich hab das hier zusammen mit den Überresten gefunden.« Er legte etwas auf den Tisch, was aussah wie eine dicke Socke mit aufgenähten Augen und einer Nase. »Ich hab die Erde abgewaschen.«

»Eine Art Kuscheltier.«

»So was in der Art.«

»Reine ist nicht groß«, sagte Rino, der sich nur schwach an ein paar sommerliche Besuche als Kind erinnern konnte.

»Er wurde im Fjord gefunden. Auf Vindstad.«

»Eine von den kleineren Gemeinden?«

Falch schenkte ihm einen nichtssagenden Blick. »Vindstad ist verlassen. Nur ein einziger Dickschädel hält noch die Stellung, mehr ist da nicht.«

»Die, die dort weggezogen sind, müssen doch irgendwo anders wohnen.«

»Stimmt.«

»Das muss doch jemand wissen.«

»Mindestens einer von ihnen.« Falch leerte seine Kaffeetasse mit einem letzten Schluck. »Ich war krankgeschrieben«, sagte er.

»Hab ich schon gehört.« In einem Versuch, das Ganze zu entdramatisieren, zog Rino den Ordner zu sich heran und überflog den maschinengeschriebenen Bericht. Er wimmelte nur so von Rechtschreibfehlern, aber er nahm an, dass das Rechtschreibprogramm Falch rettete, sobald er die Schriftstücke in den PC übertrug. Der Bericht enthielt nicht mehr als das, was der Polizeichef ihm erzählt hatte, aber Rino merkte, dass Falch dem Zustand des Skeletts in der Beschreibung besonders viel Raum gewidmet hatte.

»Alvilde Henningsen wohnt immer noch da draußen, aber die ist nicht alt genug, um sich an jemand von damals zu erinnern.« Falch war aufgestanden und sah jetzt aus dem einzigen Fenster.

»Haben Sie mit ihr geredet?«

»Dreyer, der Polizeichef.«

»Komisch, dass keiner was weiß, wenn doch nie so viele Leute da draußen gewohnt haben.«

»Auf Vindstad wohnten maximal hundert Personen.«

»Das sind nicht viele.«

Falch zuckte mit den Schultern.

»Der Bericht ... steht da was darüber drin, wie lange die Überreste in der Erde gelegen haben?«

»Der Bericht ist nur vorläufig und kalkuliert eine gewisse Schwankungsbreite ein. Aber schätzungsweise ist diese Sache irgendwann in der Mitte des vorigen Jahrhunderts passiert.«

»Puh.«

Falch seufzte tief. »Der Junge kann nicht alt gewesen sein.«

»Ziemlich seltsam, dass ...«

»Seine Fingerknochen waren gebrochen.« Falch presste seine steifen Finger mit solcher Kraft an die Schläfen, dass die Haut weiß wurde.

Rino beschloss, das Gesprächsthema zu wechseln, und deutete mit einer nickenden Kopfbewegung auf eine Zeichnung, die mit Klebeband an einem der Regale befestigt war. »Von Ihrem Enkel?«

»Nein, nein.« Falch betrachtete das Bild. »Die hatte ich schon ein paar Monate zu Hause hängen. Ist tatsächlich erst ein paar Tage her, dass ich sie mit hierhergenommen habe. Eine Weile hatte ich gehofft, dass ich da irgendeine Bedeutung herauslesen kann, aber ich weiß nicht so recht.«

»Wie meinen Sie das?«

»Ich hab das Bild im Frühjahr an einem Unfallort gefunden, da hat sich einer ganz schlimm verbrannt. Und es hat mir seitdem keine Ruhe gelassen.«

Rino sah ihn fragend an.

»Da ist ein Rasenmäher explodiert, und ein Benzinkanister noch dazu. Ein Wunder, dass der arme Kerl es überhaupt überlebt hat. Und in der Garage, in der das passiert ist, hing eben dieses Bild.«

»Haben Sie ihn danach gefragt?«

Falch schüttelte den Kopf. »Der kann nicht reden. Ich glaube, der ist nicht mal in der Lage, normal Nahrung zu sich zu nehmen.«

»Könnte doch von einem Kind oder Enkel sein. Ich meine, wenn er gerne in der Garage rumbosselte, warum sollte er da dann nicht so ein Bild aufhängen?«

»Ganz oben, unterm Dach?« Falch stand auf. »Ich gehe jetzt nach Hause«, verkündete er. Sein Blick wirkte wie in weite Ferne gerichtet, und aus seinem Gesicht war jede Farbe gewichen.

9. Kapitel

In den nächsten Wochen memorierte er, was er aufgeschnappt hatte. Gøril hatte die anderen Pflegerinnen genau instruiert, und man schob ihn jeden Tag auf den Flur, wo er so lange sitzen konnte, wie er wollte oder wie er es eben schaffte. Er merkte, dass die anderen Bewohner sich nicht ausschließlich darüber freuten, dass er dort saß, und man konnte leicht raten, warum. Er hatte versucht, sein eigenes Gesicht zu betasten, doch seine Finger hatten fast jedes bisschen Gefühl verloren. Aber er wusste auch so, dass er alles andere als ein schöner Anblick war, und konnte verstehen, dass sie ihn mit Ekel betrachteten. Nichtsdestoweniger saß er dort, hörte den Unterhaltungen zu und war hellwach, sowie sich jemand am PC einloggte. Die Tastatur hatte er noch von früher in den Fingern, und bald war er sicher, das Menü und die Zahl der Mausklicks bis zu Mailadresse und Passwort auswendig zu kennen. Er wusste, dass er sich keinen Fehler leisten durfte. Die Teufelin hatte die Dosierung erhöht, und es konnte sich nur noch um Wochen handeln.

Obwohl die Tage in einem monotonen Zustand reinen Überlebens ertranken, spürte er, dass Herbst war. Der eiskalte Luftzug bestätigte es jedes Mal, wenn das Fenster zum Lüften gekippt wurde. Auch Tag und Nacht konnte er auseinanderhalten, wobei es ihm sehr half, dass man hier einer festen Routine folgte, die meist auf den Gongschlag genau eingehalten wurde. Daher wusste er, dass es jetzt noch ungefähr zehn Minuten waren, bis die Lichter ausgemacht wurden.

Das stundenlange Sitzen hatte seinen Preis. Sein ganzer

Körper tat ihm weh, ein pochender Schmerz im Takt seines Pulsschlags. Ein paar Schichten noch, um jeden Zweifel zu beseitigen, dann war er bereit. Er hatte vor, Joar zu schreiben, was geschehen war: dass jemand mit voller Absicht ihn fürs Leben entstellt hatte, und dass die Misshandlung hier im Pflegeheim weiterging. Und er hatte vor, ihm von der Teufelin in Schwesterntracht zu erzählen, wie sie ihm mit Gewalt Säure einträufelte, eine Behandlung, die langsam, aber sicher darauf hinauslief, ihm das Leben zu nehmen. Es war nicht nur die Frage, wie viel Säure sein Körper vertrug. Es ging auch darum, wie lange er die Symptome aushielt, die intensiven Schmerzen, die daher rührten, dass er in der Kehle wahrscheinlich lauter offene Wunden hatte, und das Gefühl, nicht mehr genug Luft in die Lungen zu bekommen.

Am Anfang schien es, als würde sich der Körper nach jedem Tropfen wieder regenerieren, aber allmählich setzten Magenschmerzen und Fieber ein, und immer öfter befürchtete er, in seinem eigenen Erbrochenen zu ersticken. Er hatte schon öfter mit dem Gedanken gespielt, dass er ja einfach aufhören könnte, Luft zu holen, die Lungen noch ein bisschen brennen lassen könnte, bis …

Ein Hauch eines unverkennbaren Geruchs streifte ihn, und die Haut in seinem Nacken zog sich zusammen. Das war sie. Das Rauschen vom Lüftungsschacht verriet, dass sie die Tür halb offen hielt. Wahrscheinlich stand sie da und kostete seine Angst aus, die sie ihm sehr wohl anmerkte, obwohl er keine Augen hatte, die ihn hätten verraten können, und obwohl sein Gesichtsausdruck gleichsam erstarrt war. Trotzdem nahm sie sicher wahr, wie sein Körper sich zusammenkrampfte, in Erwartung des bevorstehenden Schmerzes, ein Schmerz, der mit jedem Tropfen schlimmer wurde. Die Tür wurde geschlossen, der Geruch verstärkte sich. Jetzt war sie an seinem Bett. Er kniff den Mund zusammen, wie er es immer tat, aber diesmal war er fest entschlossen, ihn auf keinen Fall aufzumachen.

Obwohl seine Haut eine gefühllose Schale war, meinte er, das Prickeln ihrer Anwesenheit zu spüren. In seiner Angst war er bald so weit, dass er das Ganze einfach nur hinter sich bringen wollte, dass sie ihm hart und brutal die Kiefer aufstemmte und den Tropfen neue Krater in seine Kehle ätzen ließ. Aber sie hatte andere Absichten. Die Angst war ein mindestens ebenso wichtiger Teil der Bestrafung. Denn darum ging es hier, um Bestrafung. Und er glaubte auch zu wissen, wofür. Irgendwo in seinen Gedanken hatte sich diese Idee herauskristallisiert. Die Bösartigkeit eines Jungen. Er war sein Leben gedanklich durchgegangen und dabei so weit in die Vergangenheit zurückgegangen, wie seine Erinnerung reichte, ohne etwas zu finden, was solch einen Hass rechtfertigen könnte. Deswegen musste es das sein. Ein Spiel, das damals zu weit gegangen war.

Das Gefühl, dass sie sich über ihn beugte, ließ ihn zusammenzucken. Durch die ewige Dunkelheit spürte er, dass sie lächelte. Komm schon mit deinem verfluchten Tropfen, bringen wir's hinter uns! Ein Stöhnen stieg aus seinem Bauch hoch, und ihm entfuhr ein wahnsinniges Zischen, als er den Mund öffnete. Mental war der Schmerz bereits da, eine Druckwelle, die ihm gegen das Skelett hämmerte und die das Maß dessen überstieg, was sein Hirn abfangen konnte. Aber es traf gar keine Säure auf seine Kehle, und dann merkte er, dass der Geruch wieder schwächer geworden war. Er hing zwar noch in der Luft, aber er begriff, dass sie den Raum wieder verlassen hatte.

In diesem Moment wusste er, dass er keine Sekunde länger warten durfte. Vorsichtig schob er die Hand unters Laken und holte den Gegenstand hervor, den er dort versteckt hatte. Einen Strohhalm. Zu Gørils größter Freude hatte er genickt, als sie ihm Suppe anbot, aber das hatte er nur getan, um einen Strohhalm zu unterschlagen. Die ersten paar Male blieb sie bei ihm sitzen, aber beim dritten Mal hatte er Glück. Das Servierbrett war über seinem Schoß, und als sie eilig auf den Gang hinausgerufen wurde, konnte er endlich den Strohhalm verschwinden lassen. Jetzt steckte er ihn unter den Gummizug seiner Hose. Er wartete, bis die Geräusche auf dem Korridor erstarben, dann schaukelte er auf die Seite. Vorsichtig ließ er sich auf den Boden hinab. Es fühlte sich an, als hätte man ihm die Haut eines kleinen Jungen übergestülpt, aber da er wusste, was auf dem Spiel stand, zwang er sich in stehende Stellung. Er zählte leise bis zehn, während er sich auf dem Bett abstützte. Der Schmerz kam in Wellen, aber er weigerte sich, ihm nachzugeben, und nach und nach verebbte er wieder ein wenig. Glücklicherweise hatten die Flammen bei seinem Unfall nicht die Fußsohlen erreicht, sodass er jetzt sehr gut fühlte, wo er über den Boden tapste. Obwohl seine Netzhäute weggeschmolzen waren, lagen doch Bilder des Zimmers in seiner linken Gehirnhälfte. Es hatte nur ein paar Tage gedauert, bis er sich geistig über den Grundriss klar geworden war, und dann hatte er schrittweise die Details eingefügt, bis ihm der Raum ganz deutlich vor Augen stand. Er ging mit kleinen Schritten und spürte dabei, wie die Haut an der Innenseite seiner Oberschenkel und an den Hüften spannte. Sein Rücken – der noch am wenigsten verbrannt war – war jetzt schon schweißnass. Er ging nach vorne bis zur Wand, und nach ein paar vorsichtigen Schritten hatte er die Tür vor sich. Er schob sie mit der Schulter auf und wäre nach vorn gestolpert, hätte er den Schwung nicht gleich genutzt, um auf den Flur hinauszutreten. Außer einem gedämpften Brummlaut, wahrscheinlich von einem Kühlschrank, war nichts zu hören. Obwohl er nur winzige Schritte machen konnte, glaubte er, die knapp drei

Meter genau berechnet zu haben, während er über den Flur ging. Er hob den einen Arm so hoch er konnte, was im Grunde nicht mehr besonders hoch war, aber doch genug, um sich vor den PC-Tisch zu manövrieren. Während er eine Hand auf den Stuhlrücken stützte, versuchte er, die Knie zu beugen. Doch es spannte und riss so sehr in der verbrannten Haut, dass er sich am Ende irgendwie auf den Stuhl rutschen lassen musste.

Der Schmerz radierte jedes Bild davon aus, wo er war und was passierte, im Chaos dieses einen Augenblicks drehte sich alles um ihn herum, bis er sich doch wieder fangen konnte. Er wusste, dass er einer Ohnmacht nah gewesen war, also konzentrierte er sich jetzt darauf, tief und ruhig zu atmen. Von der Anstrengung wurde ihm fast schlecht, aber er weigerte sich, dem aufkommenden Brechreiz nachzugeben. Stattdessen setzte er sich etwas bequemer zurecht. Die unterste Taste rechts. Ein fast unhörbares Knistern verriet ihm, dass der Bildschirm an war. Es sollte nur ein paar Sekunden dauern, aber er wartete lange ab, bis er ganz sicher sein konnte, dass alles benutzungsbereit war. Er zog die Maus so weit nach unten, dass er sicher sein konnte, den Cursor an der unteren Bildschirmkante positioniert zu haben. Nachdem er die Maus wieder ein Stückchen nach oben geschoben hatte, hoffte er, sich auf dem Start-Icon zu befinden. Noch einmal ganz leicht verschieben, dann doppelklickte er. Vielleicht war es ihm gelungen, Hotmail zu öffnen, vielleicht auch nicht. Er hielt die Hand weiterhin ganz ruhig, was bedeutete, dass der Cursor sich immer noch in der unteren linken Ecke befand. Dann ging er mit der linken Hand an der Unterseite des Bildschirms entlang, einfach, um sich ein Bild vom Format zu machen, bevor er auch die rechte dorthin führte. Ein Stückchen rechts von der Mitte und dann nach oben. Er konzentrierte sich intensiv auf die Mailseite, die er in seinem Kopf geschaffen hatte. Irgendetwas sagte ihm, dass der Cursor einen Tick zu tief war, also korrigierte er noch ein bisschen nach oben, bevor er auf etwas klickte, wovon er hoffte, dass es das Adressfeld war. Was er hier versuchte, war ein Schuss ins Blaue. Wenn er auch nur einen halben Zentimeter danebenlag, war alles umsonst gewesen. Er ließ die Maus los, hob die Hände auf die Tastatur und ertastete seine Position. Vielleicht war die Mailadresse des letzten Benutzers gespeichert und er hätte noch einmal klicken müssen, aber dieses Risiko musste er jetzt eingehen. Drei Reihen hoch, sieben Tasten nach innen – klick. Da war der Buchstabe h. So fuhr er fort, bis er zum »@« kam. Kåre hatte sich beklagt, dass die »AltGr«-Taste nicht funktionierte, sodass er jedes Mal drei Tasten drücken musste. Es war kein Problem, diese drei zu finden, aber viel schwieriger war es, die drei verbrannten Finger gleichzeitig daraufzulegen. Deswegen der Strohhalm. Mit dem Strohhalm im Mund versuchte er die drei Tasten zu drücken, aber seine Lippen waren zwei stramme Gürtel aus verbrannter Haut, und der Strohhalm hing ihm schlaff aus dem Mund. Er beugte sich vor, aber das dünne Plastik gab nach und rutschte zwischen die Tasten. Er nahm einen neuen Anlauf, nur um zu sehen, wie sein rechter Zeigefinger abrutschte, und auf einmal wurde er von Hoffnungslosigkeit übermannt. Was hatte er sich hier eigentlich erhofft? Ein Wunder? Er hätte genauso gut versuchen können, auf dem Wasser zu gehen. Trotzdem musste er noch einen Versuch unternehmen. Ohne Hoffnung würde er sterben, bevor der erste Schnee gegen das Fenster prasselte. Wieder ertastete er sich das Keyboard, aber seine Finger fühlten sich tauber an denn je zuvor, und als er hörte, wie eine Tür klappte, fiel ihm auch noch der Strohhalm aus dem Mund. Dann näherte sich das Geräusch von Schritten, und er begriff, dass jeden Augenblick die Pflegerin um die Ecke kommen würde.

Die Aus-Taste, wo zur Hölle war die Aus-Taste?

»Na so was! Hero?«

Er rutschte vom Stuhl, und im Fallen streifte er mit der Hand das Kabel. Mit allerletzter Kraft versuchte er, den Stecker aus der Wand zu ziehen.

10. Kapitel

Rino stand auf und klopfte sich den Staub vom Hosenboden. Das Büro war klein, aber es gab genug Platz am Boden, dass er seine täglichen Sit-ups machen konnte. Obwohl es vielleicht verfrüht war, von »täglich« zu sprechen – aber als er hierherkam, hatte er sich selbst auferlegt, dass er sich diese Plauze abtrainieren wollte. Er hatte zunächst an regelmäßige Bergtouren gedacht, aber um diese Berge zu besteigen, hätte er Seil und Kletterausrüstung gebraucht. Deswegen wurden nun Sit-ups draus, um wenigstens irgendwie einen Anfang zu machen. Zumindest schnaufte er wie nach einer Bergtour, als er sich hinsetzte und den Ordner zum Skelettfund aufmachte. Er hatte den Vormittag dazu verwendet, sich durch alle Berichte zu ackern, die ihm im Großen und Ganzen das Bild lieferten, das ihm auch Falch geschildert hatte. Die Rechtsmedizin schätzte das Alter des Jungen auf dreizehn, vierzehn Jahre. Dasselbe Alter wie Joakim, der letzten Sommer nach langem Tauziehen zwischen Mutter und Vater auf Ritalin gesetzt worden war. Rino hatte sich gesträubt und sich geweigert einzusehen, dass die Zappeligkeit seines Sohnes nicht als ganz normaler Hormonaufruhr einzuordnen war. Doch zum Schluss hatte er eingewilligt, dass sie die umstrittene Behandlung ein paar Monate ausprobierten – mittlerweile lief sie fast schon ein halbes Jahr. Joakim war ein anderer Junge geworden, ruhiger, aber alles andere als zahm oder identitätslos. Wie die meisten Eltern wollten auch Rino und seine Exfrau eben doch nur sein Bestes. Aber es gab Ausnahmen, und vielleicht war dieser tote Junge eine davon gewesen. Denn nur selten hatte die

Rechtsmedizin eine klarere Schlussfolgerung ausgesprochen: Es handelte sich um einen Fall schwerer Misshandlung. Rino hatte sich mit dem Polizeichef in Leknes beraten, der ihm jedoch berichten konnte, dass in den Gemeinden auf den Lofoten kein Kind als vermisst gemeldet worden war. Das eröffnete mehrere Möglichkeiten: Entweder waren die Überbleibsel sehr alt, oder die Aufzeichnungen der Polizei waren lückenhaft. Eine andere Möglichkeit bestand darin, dass der Junge nie hier gewohnt hatte, was der Polizei die Arbeit mehr oder weniger unmöglich machte. Rino warf einen Blick auf die Uhr. In fünfzehn Minuten ging die Fähre über den Fjord. Eigentlich hätte er sich gewünscht, dass Falch mitkam, aber der pensionierungsreife Polizist wirkte geistesabwesender, als Rino nach dem Briefing erwartet hatte, und er wusste nicht recht, wie er sich ihm gegenüber verhalten sollte.

Er machte einen kleinen Abstecher zur Statoil-Tankstelle, und aus alter Gewohnheit setzte er sein charmantestes Lächeln auf, als er sah, dass eine Frau hinterm Tresen stand. »Die drei B«, sagte er, als er ihren Blick auffing.

»Hä?«

»Banane, Brötchen und Bacon-Chips.« Im Grunde hatte er auf Letzteres gar keine Lust, aber es gehörte zum Witz.

»Ach so.« Die Röte stieg ihr in die drallen Wangen. »Und vielleicht noch ein bisschen Benzin, damit es vier B werden?«

»Got me!«, sagte er und formte eine Pistole mit den Fingern.

»Grade erst hergezogen?« Ungeschickt packte sie seine Einkäufe in eine Tüte.

»Ich bin für ein paar Monate Lofotenbewohner. Bis Februar, genauer gesagt.«

Die Frau, die er auf Mitte dreißig schätzte, wurde noch röter – wenn das überhaupt noch möglich war –, als sie ihm die Tüte reichte.

Ein paar Minuten später ging er auf den alten Fähranleger hinaus, und der Geruch von Tang und salzigem Meer schlug ihm entgegen, vermischt mit einem Hauch von Imprägniermittel. Nur alte Holzplanken und ein rostiges Geländer erinnerten daran, was hier einmal gewesen war.

Die Fjordfähre war nicht das nostalgische Holzboot, das Rino vor seinem inneren Auge gehabt hatte, und zu seiner Überraschung war er der einzige Passagier.

»Es lässt langsam nach.« Kapitän Olav Rist hatte ein sonnenverbranntes Gesicht, obwohl der Sommer in Nordnorwegen wirklich nicht der Rede wert gewesen war und der letzte Sonnentag schon Wochen zurücklag. »Nur Minusgeschäft«, fügte er hinzu, während er die Leine losmachte. »Sind Sie neu hier?«

Rino nickte. Den Leuten hier war sicher nicht entgangen, dass Falch in letzter Zeit nicht mehr ganz der Alte gewesen war, und hatten wohl eins und eins zusammengezählt.

»Geht's um den Skelettfund?« Rist grinste schief. Bestimmt wusste er, dass Rino nicht vorhatte, über den Fund der Knochenreste zu plaudern, die hier für so heißen Tratsch gesorgt hatten.

Rino nickte, stellte den Kragen seiner Jacke hoch und setzte sich aufs Freideck. Das Schiff glitt ruhig aus der hufeisenförmigen Bucht, auf der einen Seite Reine, auf der anderen Marka und Bollhaugen und die Landenge als Scheitelpunkt. Rasch passierten sie die erste der Brücken, die Reine mit dem Festland verbinden, und nachdem sie nach Backbord gedreht hatten, lag der Fjord offen vor ihnen. Sowie die Fähre Fahrt aufnahm, fühlte sich die Herbstluft gleich viel beißender an, aber als sie Kurs in den trichterförmigen Fjord nahmen, vergaß Rino völlig, dass er fror. Die Verwerfungen, die irgendwann einmal diese wilden und schönen Berge geschaffen hatten, hatten mit aller Gewalt gedrückt und gearbeitet. Und nachdem diese Gipfel der Reibung der Eiszeit nicht ausgesetzt gewesen waren, gehörten diese Berge zu den steilsten im ganzen Land. Auf halbem Weg in den Fjord beschloss er, dass er sich ein bisschen aufwärmen musste, und während er aufstand, ließ er die Hand über ein Ruderboot gleiten, das leicht schräg in einer Art Ständer lag.

»Eigene Erfindung.« Rist streckte den Kopf aus dem Fenster. »Die habe ich schon als Zwanzigjähriger gemacht. Sehen Sie, was daran so genial ist?«

Rino sah nichts, was einem Geniestreich ähnelte.

»Die Tonnen da hinter Ihnen…« Rist machte eine kurze, nickende Kopfbewegung. »… da liegen Rettungsboote drin. Ist sicher ein tolles Patent, aber wer kann schon richtig klar denken, wenn ein Unglück passiert? Die Tonnen sollen sich trotzdem lösen. Aber das da…« Neues Nicken. »… das sorgt dafür, dass das Ruderboot frei schwimmt, ohne dass Sie irgendwas Besonderes tun müssen. Man braucht nur ganz leichten Druck, um es vom Bügel zu lösen, der Auftrieb erledigt den Rest.«

Vielleicht war es ein geniales Patent, aber Rino selbst hätte im Falle eines Unglücks sicher lieber zu einer der Tonnen gegriffen.

Wenige Minuten später steuerte die Fähre auf den Kirkefjord zu, und die pflugförmigen Felswände kamen näher und näher. Sie fuhren an fünf, sechs Häusern mit einer entsprechenden Anzahl Bootsstegen vorbei, und Rino dachte sich, dass das nachbarschaftliche Verhältnis wohl nicht besonders gut gewesen war, als die Landungsstege gebaut wurden. Am Ende des Fjordes stand eine einsame Figur auf dem Kai und wartete.

»Der Einzige, der hier dauerhaft wohnt.« Die Worte kamen mit einem Seufzer. Vielleicht bekümmerte es ihn, dass er seinen Beruf langsam aussterben sah.

»Aber doch wohl nicht im ganzen Fjord, oder?«

»Einer hier und einer auf Vindstad.«

Der Mann stand mit den Händen auf dem Rücken da und folgte ihnen mit dem Blick. Sein Tageshöhepunkt, dachte Rino, während die Fähre langsam die letzten Meter bis zum Kai zurücklegte. Rist ging an Deck und leierte ein paar Höflichkeitsphrasen herunter, bevor er sich mit erhobener Hand verabschiedete. Der Mann, der ungefähr Mitte siebzig sein mochte, blieb unbewegt stehen. Sein schütteres Haar flatterte im Wind, und Rino dachte sich nur, dass der Mann doch schrecklich frieren musste, mit seinem verwaschenen Baumwollhemd und der mehrere Nummern zu großen Jeans.

»Ich bin verpflichtet, alle Haltestellen meiner Route abzufahren«, sagte Rist, als er wieder in seinen Steuerstand trat. »Selbst wenn es Leerfahrten werden.«

Eine Bergreihe trennte die beiden Fjorde voneinander, und wenig später fuhr das Schiff auf Vindstad zu. Auf den letzten Metern stand Rino an Deck und betrachtete den Graben aus Erde und Stein. Irgendwo in dieser Rinne hatte der Junge begraben gelegen. Vergessen, bis die Naturgewalten es anders wollten.

»Was hoffen Sie hier eigentlich zu finden? Falch war schon dreimal hier draußen.« Rist nahm Tabak aus einem Lederbeutel und begann sich eine Zigarette zu drehen. Er hatte Rino angeboten, auf ihn zu warten, da die Touristensaison schon vorüber war.

»Ich hab irgendwie so ein Bauchgefühl.«

Als Rino auf die Landungsbrücke trat, kam er sich vor, als wäre er in eine Zeitkapsel getreten, die ihn fünfzig Jahre zurückbrachte. In diesem Ort hatten also maximal hundert Personen gewohnt, aber jetzt war es schwierig, sich Vindstad überhaupt als lebendigen Ort vorzustellen. Hie und da stand ein Haus, das war's.

Der Wind blies ihm entgegen, als er langsam auf die Stelle zuging, wo der Erdrutsch seinen Graben gezogen hatte. Er ging an dem Gebäude vorbei, das früher offenbar die Schule gewesen war, und weiter über einen schmalen, holprigen Weg, der nur deswegen noch nicht überwuchert war, weil hier in den Sommermonaten die Touristen entlangmarschierten. Von den windschiefen Häusern gähnten ihn leere Fenster an, in denen sich Berge und Himmel matt spiegelten. Irgendwann hatten sie wohl auch den Menschen gespiegelt, der den Jungen hier begrub.

Ein in die Erde gesteckter Metallstab bezeichnete die Stelle, wo die Knochenreste gefunden worden waren. Das nächste Haus war nur einen Steinwurf entfernt. So nah, dass jemand den Spaten gehört haben könnte, der hier in die Erde gerammt worden war. Er nahm sich vor, Falch zu fragen, wer in diesem Haus gewohnt hatte, und nicht zuletzt, ob sie Kinder gehabt hatten. Das war immer noch eine der naheliegendsten Alternativen. Er hob den Blick zum Berg dahinter, eine fünf-, sechshundert Meter hohe Missgeburt aus rauem, klobigem Gestein. Die Felsblöcke, die die Rinne in den Hang gepflügt hatten, mussten groß, riesengroß gewesen sein, und hatten sich mindestens ein paar Meter in den Hügel hineingefressen. Jetzt lagen sie irgendwo im Fjord, den Blicken für immer entzogen. Aber auf ihrem Weg nach unten hatten sie ein grausames Verbrechen ans Licht gebracht, als wäre es schon bei der Beerdigung vorherbestimmt gewesen, dass alles einmal ans Licht kommen würde.

Die Berge waren Zeugen.

Als Rino eine halbe Stunde später zurückkam, saß Rist rauchend an Deck. Seine Haltung verriet, dass er alle Zeit der Welt hatte.

»Fahren Sie auf dem Rückweg am Kirkefjord vorbei?«

»Dann kommt Åsmund Mikalsen ganz aus dem Takt. Die Fähre und ihre Anlaufzeiten sind wie eine Uhr für ihn.«

»Ich könnte mir vorstellen, ein paar Worte mit ihm zu reden.«

»Der war vor einer Stunde auch schon bereit zum Reden.«

»Tut mir leid. Ist mir erst jetzt eingefallen.«

Rist lächelte nachsichtig. »Ich setz es auf die Rechnung.«

Eine Viertelstunde später ging Rino auf das kleine, graue Haus zu, das Rist ihm gezeigt hatte und das auf den ersten Blick so aussah, als wäre es verlassen. Der Zaun war morsch und windschief, und was irgendwann einmal ein kleines Rasenstück gewesen war, war jetzt so zugewuchert wie die Wiesen im Umkreis. Der Alte stand hinterm Haus über einen Schleifstein gebeugt. Er hatte immer noch nicht mehr an als sein Baumwollhemd, obwohl der Wind ständig zunahm. Er zuckte zusammen, als er Rino entdeckte, und warf dann einen verdatterten Blick auf die Fjordfähre.

»Könnte ich wohl ein paar Worte mit Ihnen reden?«

»Worüber?«

»Über den Skelettfund auf Vindstad.« Rino hatte beschlossen, direkt zur Sache zu kommen. Er ging davon aus, dass seine Uniform für sich sprach.

»Weiß ich nichts drüber.« Mikalsen spuckte einen braunen Strahl auf den Boden.

»Die Knochenreste stammen von einem kleinen Jungen.«

Der Alte sah ihm in die Augen. »Hab ich gehört.«

»Hier im Fjord sind die Dörfer ja eher klein ...«

»Ich werde zwar langsam alt ...« Mikalsen, dessen Hände und Gesicht verrieten, dass die See sein Arbeitsplatz gewesen war, kratzte seinen Dreitagebart. »... aber mein Gedächtnis ist immer noch gut.«

»Es kommt mir nur komisch vor, dass der Junge nicht mal vermisst gemeldet wurde. Er kann natürlich von außerhalb gewesen sein, aber trotzdem. Wenn Sie hier im Fjord verschwinden, werden Sie ja auch vermisst gemeldet.«

Der Alte steckte ein Schnitzmesser in die hölzerne Halterung des Schleifsteins. »Vindstad hat seine eigene Tragödie, aber das Skelett …«

»… gehört nicht hierher?«

Mikalsen schüttelte den Kopf. »Es gab da mal einen Jungen«, sagte er, bevor er sich auf einen ausrangierten Küchenstuhl setzte, der an der Hauswand stand. »Der ist ertrunken. Der war wohl so vierzehn oder fünfzehn. Das ist schon ein halbes Leben her, wohlgemerkt, und ich hab schon ganz schön lange gelebt.« Wieder ein Kautabakstrahl ins Gras. »Der Arme konnte nicht schwimmen. War ein Krüppel. Übrigens nicht der Einzige, der sein Leben in diesem Fjord gelassen hat.«

»Was ist passiert?«

»Ich befürchte, das werden wir nie erfahren.«

11. Kapitel

Ein Würgereiz holte ihn ins Bewusstsein zurück. Jäh fiel ihm ein, wo er war und was geschehen war. Sie trugen ihn ins Zimmer und manövrierten ihn wieder auf sein Bett zurück. Er merkte, dass auch Gøril dabei war und dass sie weinte. Offenbar weinte sie über das Leben, das er lebte, und über die Möglichkeiten, die ihm für immer genommen waren. Zum Beispiel, mit seiner Umwelt zu kommunizieren. »Ich hätte ihm mehr als gern geholfen«, hörte er sie sagen. »Wenn er sich doch bloß hätte verständlich machen können.«

Er nahm das Gespräch der Pflegerinnen nur stückweise wahr, aber sie schienen davon auszugehen, er habe sich nur bis zum Computer geschleppt, nicht aber eingeloggt. Ein armseliger Trost in diesem Moment der Niederlage. Denn er hatte seinen einzigen Trumpf gespielt und verloren.

Es mochte gerade mal eine halbe Stunde vergangen sein, da wurde die Tür aufgemacht, und er erkannte den Geruch sofort. Wieder stand die Teufelin im Zimmer und betrachtete ihn. Sie hatte sicher von seinem Versuch gehört, den PC zu benutzen, doch sie war wohl kaum so naiv wie Gøril. Die Teufelin verstand alles. Eine Stimme drang vom Korridor herein. Das war die Heimleiterin, die ihn empfangen hatte, als er hierher überführt worden war. Seitdem hatte sie in regelmäßigen Abständen bei ihm hereingeschaut und ein paar höfliche Worte gesagt. Aber ohne Gørils aufrichtiges Mitgefühl. Die Heimleiterin war eine kalte Frau, doch als er in diesem Moment ihre nasale Stimme hörte, hätte er kaum glücklicher sein können.

Sie sprach mit der Teufelin, und obwohl sie es zu kaschieren versuchte, klang ihr Ton tadelnd. Eine der anderen Pflegerinnen brauchte Hilfe. Sie bat die Teufelin, der Kollegin beizuspringen. Dann eilte die Heimleiterin weiter, doch die Teufelin blieb stehen. Offenbar überlegte sie, ob es sich noch einrichten ließ, ihm wieder einen Tropfen zu verabreichen.

»Schläfst du?«, flüsterte sie. Sie stand immer noch an der Tür.

Er tat angestrengt so, als würde er schlafen.

»Nein, du schläfst nicht.«

Sie durchschaute ihn.

»Ich wollte nur sagen, dass wir die Schichten ein bisschen umgestellt haben. Ich habe extra darum gebeten, bei dir sein zu dürfen, ist das nicht schön? Wir müssen wohl ein bisschen besser auf dich aufpassen. So was wie heute Abend … so was darf einfach nicht passieren.«

Er schluckte.

»Was wolltest du überhaupt am Rechner?«

Sie machte einen Schritt auf dem Linoleumboden, und ein knackender Laut verriet ihm, dass sie dabei auf den Strohhalm getreten war.

»Schlaf jetzt, Hero. Ich werde gut auf dich aufpassen.«

Er war eingeschlafen. Deswegen wusste er nicht, wie viel Zeit vergangen war, als der Tropfen in seine Kehle rann. Es konnten Minuten gewesen sein, aber genauso gut auch mehrere Stunden. Der Schock machte ihn innerhalb von Sekunden hellwach. Und der Schmerz überstieg alles, was er je zuvor gespürt hatte.

12. Kapitel

»Ich war damals Anfang zwanzig und war für eine Weile nach Svolvær gezogen. Svolvær war damals im Wachstum begriffen, und ich hatte nicht vor, in die Fußstapfen meines Vaters zu treten und Fischer zu werden. Wie man sich doch irren kann.« Åsmund Mikalsen blickte verträumt in den grauer werdenden Himmel. »Es geschah während eines Herbststurms, wie die meisten Schiffsunglücke und Ertrinkungsunfälle in der Provinz Moskenes. Wir sind dem Wetter hier auf Gedeih und Verderb ausgeliefert, und die See hat in all den Jahren gegeben… und genommen.« Der Alte schüttelte sich. »Ich war am Wochenende meistens zu Hause, und dieses Wochenende sollte ein ganz besonderes werden, das weiß ich noch ganz genau. Und der Krüppel… die meisten hatten wohl Mitleid mit dem armen Kerl.«

»Was hatte er denn?«

»Ich kann mich bloß noch erinnern, dass er im Rollstuhl herumgefahren wurde. Er wohnte mit seinem Vater und seinem Bruder zusammen. An eine Mutter kann ich mich nicht erinnern. Ich glaube, die ist gestorben, als die Jungs noch klein waren. Der Ältere lebte für sie beide, zumindest, was die Lausbubenstreiche anging. Der war hier draußen richtig berüchtigt, klaute wie eine Elster, war rotzfrech zu allen und jedem, so ein richtiger Bengel eben. Seinem Vater zum Verwechseln ähnlich. Der Vater war…« Mikalsens Augen wurden hart. »… ein alkoholisierter Taugenichts. Der wurde durch seine Trinkerei jeden Job los. Ein Mann, auf den man sich nicht mal verlassen konnte, wenn die Fischereisaison vor der Tür stand.

Nicht wenige kamen mit ihren Mannschaften in die Klemme wegen ihm.« Der Alte schüttelte den Kopf, als wollte er verdeutlichen, dass die Geschichte hiermit ihren Höhepunkt erreicht hatte. »Es gingen Gerüchte um, dass er die Jungs schlug, auch den Verkrüppelten. Böse Zungen behaupteten, dass seine Behinderung auf die Misshandlungen des Vaters zurückzuführen war. Ob das stimmt, weiß ich allerdings nicht.«

Rino begriff, dass diese Tragödie gehörigen Eindruck hinterlassen hatte.

»Wie auch immer, der Junge starb an jenem Herbsttag, ein Schicksal, das er mit seinem Vater teilte, der wurde nämlich am nächsten Morgen an einem steilen Bergabhang gefunden. Vielleicht gar nicht so dumm, dass er auch gleich mit abgedankt hatte. Die Vorwürfe gegen ihn wären erdrückend gewesen.«

»Und der andere Bruder?«

»Das ist es ja gerade.« Mikalsen runzelte seine rotfleckige Nase. »Nach den ganzen Jahren weiß ich das alles nicht mehr so ganz genau, aber ich meine mich zu erinnern, dass der Wildfang abgehauen ist, und zwar eine ganze Weile, bevor sein Vater und Bruder umkamen. Nur eines ist sicher, sein Bruder ist ertrunken.«

»Wie ist das passiert?«

»Ich glaube, das weiß keiner so genau. Der Fjord ist bodenlos. Wer da draußen ertrinkt, der wird nie gefunden. Niemals.« Der Alte warf einen Blick auf die Landungsbrücke. »Wissen Sie, ich bin gute vierzig Jahre Fischer gewesen, bin bei so gut wie jedem Wetter rausgefahren, aber der Gedanke ans Ertrinken … es stimmt nicht, dass das eine schmerzfreie Todesart ist. Das stimmt einfach nicht. Das Meer hat im Winter nicht mehr als drei, vier Grad. Sie können versuchen, Wasser zu schlucken, bis Sie ohnmächtig werden. Sie haben Zeit zum Denken und Zeit, Schmerz zu empfinden. Nein, wenn ich sterbe, will ich festen Boden unter den Füßen haben. Mir egal, wie ich sterbe, aber bloß nicht da draußen.« Ein rasches Zucken im wettergegerbten Gesicht. »Kennen Sie vielleicht die Sage von Utrøst?«

Rino ließ seinen uninteressierten Gesichtsausdruck für sich sprechen.

»Eine Insel westlich von Røst, die vor mehreren Tausend Jahren im Meer versunken ist und die wieder hochsteigen kann, um Menschen in Not zu retten.«

»Aber der Junge«, unterbrach Rino, der weder Zeit noch Lust hatte, sich auf alte Volksmärchen einzulassen, »der ist ertrunken, oder?«

Mikalsen sah ein bisschen gekränkt drein, dann nickte er. »Ich war damals nicht so oft auf Vindstad, aber ich kann mich an den Rollstuhl erinnern. Ein klappriges Ding. Wenn der Junge nicht auf der Treppe vorm Haus saß, dann saß er auf der Landungsbrücke. Damals war das Leben im Fjord noch ganz anders, und es spielte sich auf der Landungsbrücke ab. Da saß er dann, das dünne, bleiche Geschöpf, mit einer Decke auf dem Schoß.« Er blickte erneut übers Meer, als würde er einen besiegten Feind betrachten, dabei aber weiß Gott nicht sicher sein, ob der Rivale nicht schon heimlich neue Kräfte sammelte. »Der Sturm tobte ganz gewaltig an jenem Abend, und der Fjord schäumte noch Tage hinterher. Wenn das Meer erst mal richtig aufgewühlt ist, kocht es noch lange.« Mikalsen kratzte sich an der Schulter. »Sie fanden den Rollstuhl am nächsten Morgen. Sie waren vorhin da draußen, oder?«

Rino nickte.

»Dann wissen Sie es ja selbst. Direkt am Kai kann das Wasser ein paar Meter tief sein, bei Flut mehr als doppelt so hoch. Und der Rollstuhl lag auf dem Grund, direkt bei einem der

Brückenpfeiler. Der Junge war ins Meer gerollt und ertrunken.«

Mikalsen stand auf und hob den Blick zu den Bergen. »Natürlich gab es hinterher Gerede. Dass der Vater den Jungen ertränkt hatte, um sich hinterher selbst das Leben zu nehmen. Andere wieder meinten, dass der Bruder zurückgekommen war, um sie beide umzubringen. Ich habe keine Ahnung, aber wenn das Ertrinken keine natürliche Ursache hatte, dann würde ich zu der Annahme neigen, dass es der Vater war. Den eigenen Sohn schlagen, obendrein einen verkrüppelten Sohn – wie würden Sie so was nennen?«

»Wahnsinn«, sagte Rino.

»Teuflische Bösartigkeit, das sage ich zu so was.«

»Wann ist das alles denn passiert?«

»Dreiundsechzig. Neunzehnhundertdreiundsechzig.«

»Und der Junge war um die vierzehn?«

»So ungefähr, ja.«

»Haben Sie das Falch auch erzählt?« Rino ging davon aus, dass sein Kollege mit dem einzigen Bewohner am Kirkefjord gesprochen hatte.

»Der war hier, ja. Hat mich nach dem Skelett gefragt.«

»Und Sie haben ihm von dem ertrunkenen Jungen erzählt?«

»Musste ich gar nicht. Falch ging ja mit ihm zur Schule.«

13. Kapitel

Schon als er zur Grundschule ging, hatte seine Mutter ihm gesagt, dass er sich seiner Angst stellen müsste. Denn nur, wenn er ihr mal von Angesicht zu Angesicht gegenübertrat, konnte er sie besiegen. Diesen Rat hatte er nie befolgt. Allein bei dem Gedanken schnürte es ihm die Kehle zu. Stattdessen floh er und tat, was er konnte, um seinem Plagegeist zu entgehen und später auch allen Situationen, die ihn an ihn erinnerten.

Ein Leben auf der Flucht.

Noch heute konnte er die Erleichterung spüren, die er am letzten Schultag gefühlt hatte. Keine Scherze auf seine Kosten mehr, endlich nicht mehr laut vorlesen müssen, während die Klasse vor Schadenfreude kicherte. Er war frei. Mochte die Freude auch von kurzer Dauer sein, aber damals war es der Höhepunkt seines Lebens. Er nahm eine Arbeit in einem der Fischereibetriebe an, nur um zu erleben, dass er niemals ganz verschont bleiben würde. Sein Stottern würde ihm die Chance auf ein vollwertiges Leben immer verwehren.

Im Laufe der Jahre wurde er ein Meister der Vermeidungstaktiken, und nur ausnahmsweise stieß er mal auf jemanden, der ihn provozierte und sich an seiner Unzulänglichkeit weidete. Nach seinem neunten Geburtstag hatte er kaum mehr ein Gespräch geführt, nur noch vereinzelte Wörter gesprochen. Seine Mutter war die einzige Ausnahme. Wenn er mit ihr redete, bildeten seine Stimmbänder Worte aus Samt, ohne Widerstand, ohne auch nur den Gedanken an Widerstand. Du musst dich deiner Angst stellen. In all den Jahren sagte sie ihm das immer wieder, sie gab die Hoffnung nie auf, dass ihr

Sohn eines Tages einmal frei sein würde. Jetzt war er bald einundsechzig. Sie war eine geduldige Frau. Er öffnete die Tür zu ihrem Schlafzimmer, ihr Geruch stieg ihm in die Nase. Geistesabwesend starrte sie ihn an. »Heute werde ich es tun«, sagte er. »Heute werde ich mich der Angst stellen.« Er glaubte ein Lächeln zu erahnen, schwach und reserviert. »Heute werde ich ihm von Angesicht zu Angesicht gegenübertreten.«

14. Kapitel

»Ja, ich bin da zur Schule gegangen. Und danach auf die Hauptschule hier auf Reine.« Falch saß auf der Streckmetalltreppe vor der Eingangstür. Auf mehreren Stufen standen Schüsseln mit angetrockneten Katzenfutterresten. Die Schule auf Vindstad ist ja inzwischen Geschichte. Und hier …« Falch hob resigniert die Hände. »Hier hat die Kultur überhandgenommen. Die Schule ist jetzt ein Kulturzentrum, als ob Galerien und Literaturfestivals wichtiger wären als Dorfschulen.«

»Und was ist mit den Schülern?«

»Die gehen jetzt in die Schule auf Sørvågen.«

»Sie sind also auch auf Vindstad aufgewachsen?«

Falch schüttelte den Kopf. »Auf Tennes, einem kleinen Ort direkt auf der anderen Seite des Sunds. Die Entfernung per Luftlinie war nicht groß, aber wir waren trotzdem auf die Fähre angewiesen.«

»Wann sind Sie nach Reine gezogen?«

»Im selben Jahr, als ich hier in die Schule gekommen bin. Da war ich wohl so um die dreizehn.«

»Waren Sie schon umgezogen, als der Junge im Rollstuhl ertrank?« Rino hatte ihm bereits von seinem Gespräch mit Åsmund Mikalsen erzählt.

Falch sah ihm in die Augen, aber sein Blick war geistesabwesend. »Glaub schon.«

»Sie erinnern sich aber an den Vorfall, oder?«

»Ich kann mich erinnern, dass meine Eltern darüber geredet haben, ja.«

»Der ältere Bruder verschwand kurz vor diesem traurigen Herbsttag, oder?«

»Er verschwand …«

»Seltsam, dass er nie vermisst gemeldet wurde.«

»Das waren noch andere Zeiten.«

»Erinnern Sie sich von Ihrer Schulzeit her noch an die Jungs?«

Falch senkte den Blick. »Vage.«

»Åsmund Mikalsen zufolge war der Vater der beiden ein brutaler Taugenichts, der auf beide Söhne gleichermaßen losging.«

Falch rieb sich die Knöchel.

»Und die angebliche Misshandlung könnte noch schlimmer gewesen sein, als man so meinte«, fuhr Rino fort.

»Wie meinen Sie das?«

»Das Verschwinden. Es könnte doch sein, dass die gefundenen Knochen dem verschwundenen Bruder gehörten. Oder noch jemand anderem. Aber die Geschichte von den zwei Brüdern ist alles, was wir haben. Und da Sie nun mal auf dieselbe Schule gegangen sind, hatte ich gehofft, Sie erinnern sich vielleicht an irgendwas.«

»Das ist jetzt fast schon fünfzig Jahre her.«

»Das ist wahr.«

Falch schien mit seinen Gedanken woanders zu sein.

»Die Schulen haben ja bestimmt Klassenbücher, vielleicht sogar Bilder. Ich glaube, das könnte ein Anfang sein. Die Schule auf Vindstad … wie wahrscheinlich ist es wohl, dass sie die alten Klassenbücher dort noch haben?«

Falch stand auf und schob eine der Schüsseln beiseite. »Ich meine mich zu erinnern, dass die Schule irgendwann neunzehnhundertachtzig geschlossen wurde. Von da an wurden die Schüler hierher nach Reine geschickt.«

»Und jetzt also weiter nach Sørvågen?«

Falch nickte.

»Und die Klassenbücher?«

»Ich würde vermuten, dass Bücher und Klassenbücher erst mal nach Reine gebracht wurden.«

»Um dann vielleicht nach Sørvågen weitergeschickt zu werden?«

»Vielleicht.«

»Irgendjemand muss das doch wissen.«

Falch lockte eine spindeldürre Katze an, die vorsichtig hinter einem Busch hervorspähte. »Halvard Toften war hier über eine Generation Schuldirektor. Der weiß das wohl.«

»Und der ist noch am Leben und im Vollbesitz seiner geistigen Kräfte?«

»Ich weiß nicht, ob er noch der Munterste ist, aber er lebt auf jeden Fall.«

»Könnten Sie mir den Weg zu ihm beschreiben?«

Falch lächelte nachdenklich. »Das ist wohl das Mindeste, was ich tun kann.«

»Ach, übrigens…« Rino blieb auf halbem Wege auf der Treppe stehen. »…dieses Haus, das genau an dem Graben steht, den der Erdrutsch hinterlassen hat – wissen Sie, wer da gewohnt hat?«

»Eine Witwe, menschenscheu und mit leicht kaputten Nerven. Ich komm grad nicht auf den Namen.«

»Hatte sie Kinder?«

Falch schüttelte den Kopf. »Sie wurde wenige Tage nach ihrer Hochzeit Witwe. Dieser verdammte Fjord hat seine Opfer gefordert. Und sie blieb kinderlos.«

Fünf Minuten später parkte Rino vor einem gepflegten Haus, das seiner Schätzung nach aus den Fünfzigerjahren stammen mochte. Es überraschte ihn, dass Falch nicht mehr nach den Jungen gefragt hatte, sondern ihm einfach nur gleichgültig den Weg zu dem pensionierten Direktor beschrieben hatte. Sein Blick und seine Körpersprache verrieten deutlich seine Depression, und Rino verstand die Sorge des Polizeichefs immer besser.

Toftens Frau öffnete ihm die Tür. Sie teilte ihm mit, dass ihr Mann gerade hinterm Haus damit beschäftigt war, Rosen hochzubinden. Rino fand ihn gebückt zwischen zwei Büschen stehend, wo er Seile in Zwei-Meter-Stücke schnitt. Als er die Männer entdeckte, die über die Schieferplatten auf ihn zukamen, richtete er sich auf, begrüßte Falch mit einem Kopfnicken und reichte Rino zögerlich die Hand.

»Man hat mir gesagt, dass Sie an der Schule hier jahrelang Direktor waren«, begann Rino, nachdem er sich vorgestellt hatte.

»Fast schon zu lange, würden manche Eltern behaupten.« Toften setzte eine strenge Miene auf, vielleicht um zu verdeutlichen, dass er ein Direktor vom alten Schlag gewesen war.

»Ich hätte gerne Auskünfte über die Schülerjahrgänge aus Vindstad, und ich wollte auch wissen, ob die Klassenbücher hierhergebracht wurden, als die Schule da draußen geschlossen wurde.«

Toften warf einen Blick auf Falch, dann begann er das Seil auf eine Rolle zu wickeln. »Die Schule von Vindstad wurde 1982 geschlossen. Und die Klassenbücher wurden alle hierhergebracht, das ist richtig.«

»Und die sind immer noch hier?«, fragte Rino hoffnungsvoll.

»Der Zufall ist auf Ihrer Seite. Die Funktionäre der Kommune haben es vor ein paar Jahren für gut befunden, die Schule zu schließen, aber Reine ist eine lebendige Gemeinde.

Der Fremdenverkehr ist im Wachstum, und auf jeder Landzunge rundum schießen neue Bootshäuschen empor. Jetzt arbeitet man angeblich daran, die jungen Leute zurückzulocken, aber eine Schule haben wir ihnen nicht zu bieten. Das verstehe, wer will.« Der alte Rektor schüttelte den Kopf. »Wahnsinn ist das.«

Rino wartete ab, während Toften überprüfte, ob das Seil stramm genug an einem der Büsche saß. »Als die Schule geschlossen wurde, wollte man die Klassenbücher zunächst im Rathausarchiv aufbewahren, aber das war wohl schon voll bis obenhin. Das Letzte, woran ich mich erinnern kann, war, dass man sie in ein ein überregionales Archiv bringen wollte, aber wie üblich war das nur Gerede. Also blieben die Klassenbücher liegen, und sie liegen heute noch dort. Eigentlich grenzt das schon an Verantwortungslosigkeit, aber ich habe aufgehört, mich über Dinge aufzuregen, gegen die ich nichts tun kann.«

»Wenn ich jemanden finden könnte, der mir aufsperrt …«

»Da drüben ist immer Tag der offenen Tür, haben Sie das noch nicht gemerkt? Ausstellung hier, Ausstellung dort.« Toften machte eine wegwerfende Handbewegung. »Was meinen Sie, wer hatte wohl die Verantwortung dafür, dass die Schlüssel eingezogen werden, als die Schule für immer geschlossen wurde?«

»Sie?«, versuchte es Rino.

»Niemand. Heutzutage gibt es niemanden, der Verantwortung übernimmt. Ich habe vor zwölf Jahren als Rektor aufgehört, aber die Schlüssel habe ich heute noch. Die Eingangstür wurde zwar ausgetauscht, aber der Schlüssel zum Keller passt immer noch, würde ich sagen.«

»Wäre es wohl möglich, dass Sie mir aufsperren?«

Toften musterte ihn. »Jetzt gleich?«

»Am besten ja.«

»Wissen Sie, ich könnte die paar Meter bis zur Schule gehen, durch die Tür spazieren und den Keller aufschließen, ohne dass jemand eine Miene verziehen würde. Aber ich bin ein anständiger Mann. Ich gehe da nicht ohne Erlaubnis rein.«

»Von wem?«

Toften zuckte mit den Schultern. »Ein Schulrat müsste wohl in der Lage sein, so eine Entscheidung zu treffen.«

»Können wir den anrufen?«

»Sie. Wir haben eine Schulrätin. Und mit ›wir‹ meinen Sie in diesem Fall wohl mich?«

»Wenn es Ihnen nicht zu viele Umstände macht.«

»Sie tragen Uniform und kommen mit massivem Personalaufgebot, das kann ich schon richtig deuten. Aber ich bin so altmodisch, dass ich nur ein Festnetztelefon habe, also muss ich kurz ins Haus gehen, um den Anruf zu erledigen.«

Fünf Minuten später war Toften zurück. »Wollen Sie weiter da draußen stehen bleiben und glotzen?«

Die Schule bestand aus einem alten und einem neuen Teil, und der moderne Anbau passte gut zu dem klassischen zweigeschossigen Gebäude.

»Sind Sie hier zur Schule gegangen, Berger?«, fragte Toften, während er die Treppe in den Keller hinunterging.

Falch ließ den Blick über Decke und Wände wandern. »In die Hauptschule.«

Die Treppe knarzte, einige Stufen gaben ein wenig unter ihren Füßen nach.

»Wie das hier aussieht«, stöhnte Toften, und Rino merkte, wie es unter seinen Sohlen knirschte.

»Hab ich's mir doch gedacht.« Toften drückte mehrmals auf einen Lichtschalter, aber die Lampe über ihren Köpfen ging nicht an. »Dann wird es im Abstellraum wohl dasselbe Elend sein.«

Mit einem hohlen Klicken glitt die Tür auf. Toften tastete blind über die Innenwand, und Sekunden später war der kleine Abstellraum in gelbes Licht getaucht. »Schon paradox, finden Sie nicht? Hier stehen stapelweise Ordner, lauter Schriftstücke in säuberlicher, sorgfältiger Handschrift, und so wird das von den nachfolgenden Generationen gewürdigt: Das Zeug wird weggeräumt und vergessen.« Toften, der offensichtlich sehr kurzsichtig war, ließ einen Finger über die Buchrücken gleiten, während er suchte. »Vindstad ist plötzlich interessant geworden, habe ich gemerkt.« Er ließ den Satz in der Luft hängen und gab damit zu verstehen, dass er sehr gut wusste, weswegen sie hier waren. »Hier haben wir sie. Da gibt es mehrere Klassenbücher – hatten Sie an einen bestimmten Jahrgang gedacht?«

Rino, der schon eine Staubschicht im Mund hatte, tauschte einen raschen Blick mit Falch. »Mitte der Fünfzigerjahre, plus minus.«

Toften blätterte eine Weile schweigend, dann blinzelte er. »Hier haben wir ja Sie, Berger. Jahrgang 1957. Sie waren zu fünft in der Klasse?«

Falch wirkte leicht verwirrt. »So was um den Dreh, ja.«

»Ich suche nach zwei Brüdern, die ein oder zwei Jahre früher angefangen hatten. Der eine saß im Rollstuhl.«

Toften blickte vom Klassenbuch auf. »Manchmal behält man einzelne Schüler im Kopf, aus irgendeinem Grund verliert man sie nie aus dem Gedächtnis. Und der Junge im Rollstuhl gehört auch dazu, bestimmt, weil er der einzige Rollstuhlfahrer ist, an den ich mich erinnern kann. Ein armer Kerl. Der hatte es nicht lustig im Leben, das sah man ihm sofort an.«

»Inwiefern?«

»Seine Behinderung war ja offensichtlich, aber es war nicht

nur das: Der Junge war unglücklich. Die meisten hatten damals nicht viel, aber richtig arme Kinder waren selten. Doch diese Familie fiel ganz klar in diese Kategorie. Ich glaube, dass der Junge bei seinem Vater aufwuchs, einem Flegel und Trunkenbold. An eine Mutter kann ich mich nicht erinnern.«

»Und der Bruder?«

Toften stierte in die Luft. »Ich kann mich erinnern, dass er einen Bruder hatte, aber mehr auch nicht.«

Rino blickte rasch zu Falch hinüber, der nur mäßig daran interessiert schien, was hier passierte.

»Im Jahr davor … mal sehen. Sieben Schüler … und zwei Strøms. Hieß der Junge nicht Roald? Doch, ich glaube: Roald Strøm.«

»Waren die Brüder denn Zwillinge, dass sie in dieselbe Klasse gingen?«

»Nein, an Zwillinge würde ich mich wohl erinnern. Was meinen Sie, Berger?«

Falch zuckte mit den Schultern.

»Kann ja sein, dass er ein Schuljahr verpasst hatte durch seine Krankheit.« Toften schien sich seiner Sache sicher zu sein.

»Und wie hieß sein Bruder?«

»Oddvar.«

»Gibt es Bilder von den beiden Jungen?«

»Die gibt es bestimmt, aber da müssen wir woanders suchen.«

Mit unsicheren Bewegungen begann Toften, Ordner aus den Regalen zu ziehen. Mehrmals musste er sich abstützen, um sein wackliges Bein zu entlasten, aber man sah ihm an, dass er sich inzwischen richtig in die Suche hineingesteigert hatte. »Die Bilder, ach Gott, die sind über die Jahre ganz schön vergilbt. Wenn das Zeug aber auch hier in diesem Schimmelloch rumliegt … Sehen Sie her, selbst die schöne Sølvi sieht hier aus, als wäre sie fünfzig Jahre alt.«

Rino beugte sich vor, ebenso Falch, der jetzt endlich auch mal Anzeichen von Interesse zeigte.

»Das sind die Lehrer. Ich kann mich noch an Sølvi erinnern … ein Engel in Menschengestalt. Die Schüler vergötterten sie. Sie hatte eine Sanftheit und Fürsorglichkeit, die damals keineswegs an der Tagesordnung war. Damals waren die Lehrer noch streng, ich ja auch. Aber Sølvi war wie eine Mutter für sie. Wenn sie was auf dem Herzen hatten, vertrauten sie sich ihr an. Aber genug geredet, schauen wir weiter … Hier kommen die Schüler.« Toften blätterte langsam und konzentriert weiter. »Da haben wir ihn.« Sieben Kinder lächelten reserviert den Fotografen an, auch der Junge ganz links auf dem Bild, der in einem schlichten Rollstuhl saß. »Roald Strøm, genau. Das ist er.«

Der Junge war dünn und schlaksig, wie auch die anderen drei Jungs, trotzdem schimmerte noch eine ganz andere Verletztheit durch.

»Es gingen Gerüchte um, dass der Vater sie schlug«, sagte Rino.

»Das wundert mich nicht.«

»Aber Sie wissen weiter nichts darüber, oder?«

Toften schüttelte den Kopf. »Ich war nie Lehrer da draußen, und an meiner Schule hier waren sie nur sehr kurz.«

»Wer von den anderen ist der Bruder?«

Noch bevor Falch zögernd auf einen Jungen zeigte, der die Hände in die Seiten gestemmt hatte, sah Rino die Ähnlichkeit. Der Junge strahlte Macht aus. Der selbsternannte Chef der Klasse.

»Erinnern Sie sich jetzt an ihn?«, fragte Rino.

Falch zog das Klassenbuch näher zu sich heran und hielt es direkt unters Licht.

»Der Rollstuhl«, flüsterte er mit einem leichten Zittern in der Stimme. »Da, an der rechten Armlehne.«

Rino beugte sich über das Klassenbuch. Da sah er es. Um die Armlehne war eine gestrickte Socke gebunden, der man Augen und Nase aufgestickt hatte.

15. Kapitel

Er konnte kaum zwischen Traum und Wachzustand unterscheiden. Früher hatte er der Übelkeit und den schlimmsten Schmerzen entkommen können, indem er sich ablenkte – entweder träumte er sich von seinen Leiden davon, oder er fantasierte, dass die Teufelin aufflog – aber das funktionierte jetzt nicht mehr. Der Schmerz war konstant, und was noch viel schlimmer war: Er hatte angefangen, sich auszubreiten, ging von Kehle und Lungen auf die Ohren über, und als er hörte, wie das Pflegeheim zum Leben erwachte, kamen die Geräusche zu ihm wie aus den Tiefen eines Rohres, metallisch und weit weg. Ihm war klar, was das bedeutete: Er stand im Begriff, sein Gehör zu verlieren. Nachdem er so lange gekämpft hatte, immer versucht hatte, stark zu sein, fühlte er sich plötzlich schwächer und hilfloser denn je. Er begann zu weinen. Ohne Augen, ohne Tränenkanäle, aber trotzdem weinte er. Er wusste, dass er in wenigen Tagen sterben würde, und hatte widerwillig begonnen, sich mit diesem Gedanken zu versöhnen. Aber er wollte nicht so sterben, nicht gequält bis ins Letzte, nicht in der Gewissheit, dass der Mörder ungeschoren davonkommen würde. Auf einmal spürte er, dass jemand am Bett stand. Das veränderte Rauschen der Lüftung war ihm völlig entgangen. Weil er es nicht mehr hören konnte?

»Es ist Morgen.«

Als er ihre Stimme hörte, schnellte sein Puls in die Höhe.

»Du warst heute ganz weggetreten.«

Weggetreten? Er konnte kaum glauben, dass er überhaupt geschlafen hatte.

»Ich hoffe, es geht dir gut. Wir haben uns ein bisschen Sorgen um dich gemacht, weißt du.«

Er fand die Provokation unerträglich.

»Übrigens ist einer hier, der dich sprechen möchte. Der war um acht Uhr schon da. Ihr seid wohl alte Bekannte, jedenfalls hat er so was auf einen Zettel geschrieben.«

Das konnte nur Joar sein. Ein Zufall, zu gut, um wahr zu sein, aber warum sollte er seinen Namen auf einen Zettel schreiben?

»Ich weiß nicht, was du von dem Besuch haben solltest, aber vielleicht ist es ja trotzdem ganz nett. Soll ich ihn reinschicken, oder willst du warten bis nach der Morgentoilette?«

Er nickte, so gut es ging.

»Reinschicken?«

Er nickte wieder.

»Gut, dann mach ich das mal, aber er muss sich vorerst mit zehn Minuten begnügen. Lieber soll er noch mal wiederkommen.«

Er hörte ihre Stimme draußen auf dem Korridor, dann wurde die Tür wieder aufgemacht. Das Rauschen verriet, dass sie langsam geöffnet wurde, als würde der Besucher nur zögerlich eintreten. Zuerst war er erleichtert, dass er immer noch wahrnehmen konnte, wie die Tür geöffnet und geschlossen wurde, aber dann beschlich ihn Unbehagen. Joar hätte vor Schrecken darüber, ihn so zu sehen, sicher aufgeschrien, aber dieser Besucher blieb schweigend stehen. Er hatte noch nicht so viele Monate auf Reine gewohnt und noch keine Kontakte geknüpft, deswegen hatte er keine Ahnung, wer dieser Gast sein sollte. Ein widerlicher Gestank stieg ihm in die Nase. Es roch alt und verfault, vermischt mit einem Dunst, den er nicht recht einordnen konnte. Dann das Geräusch zögernder Schritte. Er wusste, dass der Fremde ihn jetzt eingehend musterte. Am liebsten hätte er sich die Decke über den Kopf gezogen, aber irgendetwas sagte ihm, dass es sich so verhielt, wie die Teufelin angedeutet hatte: Dieser Besucher kannte ihn. Er hörte sein Atemgeräusch, hektisch und zitternd, und er hörte, wie er den Mund öffnete, wie sich die Zunge vom Gaumen löste, gefolgt von kurzen, kleinen Seufzern – und da dämmerte ihm, dass der Fremde kein Wort herausbrachte. Zuerst dachte er, dass sein Anblick ihm die Sprache verschlagen haben könnte, aber plötzlich begriff er, warum keine Worte kamen. Und warum der andere hier war. Das Stottern. Als er es wiedererkannte, weckte es die dunkelste Todesangst, und im nächsten Moment übertönte sein pumpender Pulsschlag die tierartigen Laute, die der Mann ausstieß. Eine feuchtkalte Hand auf Mund und Nase ließ ihn zusammenzucken, und er dachte gerade noch, dass die Hand sauer roch, bevor der Druck zunahm und die Sauerstoffzufuhr zum Erliegen kam.

16. Kapitel

Rino nahm sich den ersten Punkt auf der Liste seiner Tante vor und hatte gerade den Küchentisch umgedreht, um herauszufinden, warum er so wackelte, da klingelte das Telefon.

»Was machst du grade?« Nachdem er eine Weile zwischen zwei Stimmlagen geschwankt hatte, schien Joakims Stimme jetzt eine Oktave tiefer ihren Frieden gefunden zu haben.

»Ich bin grade …«

»Du stöhnst ja wie ein Schwein.«

»Weil ich gerade in Gebetshaltung zwischen zwei verdammten Tischbeinen sitze.«

»Hä?«

»Ich versuche hier, einen Küchentisch zu reparieren.«

»Du?« Joakim wusste sehr gut, dass sein Vater zwei linke Hände hatte, wenn es um praktische Tätigkeiten ging.

»Verfluchte …«

»Scheiße?«

»Genau, Scheiße. Dieser Küchentisch ist hundert Jahre alt. Es geht mir nicht ein, warum sie sich nicht einfach einen neuen kauft.«

»Vielleicht gerade deswegen.«

»Mann, das ist keine Antiquität, das ist bloß …«

»Scheiße?«

Rino stand auf und gab einem der Tischbeine einen Tritt. »Ach, scheiß auf den Tisch. Wie geht's dir?«

»Gut.«

»Auf einer Skala von eins bis zehn?«

»Sechs.«

»Warum nicht acht?«

»Weil du nicht hier bist.«

»Glaub ich dir sofort. Aber ich komme ja in ein, zwei Wochen nach Hause. Oder kannst du herkommen?«

»Nach Reine?« Aus Joakims Mund hörte es sich so an, als befände sich sein Vater gerade auf einem Planeten im äußeren Sonnensystem.

»Na, wenn du mich besuchen willst, wäre es bescheuert, woanders hinzufahren.«

»Kann man da überhaupt was unternehmen?«

»Tja, wir könnten angeln gehen.«

»No thanks.«

»Irgendwas finden wir schon.«

»Bestimmt. – Du-hu?«

»Ja?«

»Mama hat sich einen neuen Typen zugelegt.«

»Und?« Er versuchte so zu tun, als wäre es das Natürlichste auf der Welt, aber aus irgendeinem Grund verspürte er einen kleinen eifersüchtigen Stich. »Magst du ihn nicht?«, fragte er, als vom anderen Ende der Leitung keine Antwort kam.

»Doch, schon.«

»Aber?«

»Neue Regeln.«

»Auf noch mehr Leute Rücksicht nehmen.« Rino spürte, wie eine leichte Gereiztheit in ihm aufstieg.

»Sie ist so bitchy geworden.«

»Er nicht?«

»Nein, Ron ist cool drauf.«

»Ron?«

»Er ist Niederländer.«

»Wo Mama doch meine Holzschuhe immer so gehasst hat.«

»Hä?«

»War bloß ein Witz.«

»Ich muss auflegen, ich hab 'ne SMS bekommen.«

»Eine Eil-SMS?«

»Jupp. Von René. Wir hören uns.«

Das Telefongespräch hinterließ einen unangenehmen Nachgeschmack. Er wünschte, er stünde jetzt in der Tankstelle, um hemmungslos mit der Frau hinter dem Tresen flirten zu können, aber dann besann er sich. Stattdessen warf er einen Blick auf die Holzschuhe, die er sich mitten im Zimmer von den Füßen gekickt hatte. Für die hatte er sich jahrelang sarkastische Kommentare anhören dürfen. Und jetzt hatte sie sich also einen Niederländer an Land gezogen. Das war ja wohl Ironie des Schicksals.

Rino unternahm einen halbherzigen Versuch, sich ein paar anderen Punkten auf der Liste zu widmen, aber am Ende war er nur noch wütender auf seine Tante. Ständig drehten sich seine Gedanken um den behinderten Jungen und ebenso sehr um die Frage, warum dessen Bruder ein paar Wochen vor den fatalen Ereignissen beschlossen hatte, die Familie zu verlassen. Im Grunde war es ein Rätsel, warum er nie vermisst gemeldet worden war. Rino machte sich eine geistige Notiz, dass er Falch später fragen musste, ob das Polizeipräsidium zu seiner Zeit verlegt worden war. Denn dann war es immerhin denkbar, dass die Papiere beim Umzug verloren gegangen waren.

Als er die Geschichte gehört hatte, war sein erster Gedanke gewesen, dass es dieser Lümmel von einem älterem Bruder getan hatte – er war in jener stürmischen Nacht nach Vindstad zurückgekehrt und hatte seinen Vater und seinen Bruder ermordet. Und wenn Rino knapp fünfzig Jahre danach so dachte, dann mussten die Gerüchte ja in eine ganz ähnliche Richtung gegangen sein. Dass Falch – der nur einen Steinwurf entfernt aufgewachsen war – sich kaum an die Tragödie erinnern konnte, war ihm ein Rätsel. Zumal er dann ja schließlich der Landpolizist dieser Region wurde.

Falch.

Anfangs hatte Rino gedacht, das mangelnde Engagement seines Kollegen sei darauf zurückzuführen, dass er das Leben als Eremitenpolizist satthatte und jetzt nur noch die Tage zählte, bis er endlich unter die Rentner gehen konnte. Inzwischen war ihm klar, dass es tiefer ging, denn Falch war nicht nur verschlossen, er war auch distanziert und sichtlich deprimiert. Irgendetwas belastete ihn.

Belastete ihn sogar schwer.

Die Bilder aus dem Klassenbuch bestätigten die Identität des Jungen im Graben. Wahrscheinlich war der Rollstuhl ins Meer gerollt worden, um eine falsche Fährte zu legen, und dann hatte der Täter den Jungen dort begraben, wo er sicher war, dass er nie gefunden werden würde. Dass er das selbstgemachte Kuscheltier mit ihm begraben hatte, war vielleicht ein schwacher Versuch von Anstand gewesen.

Die Socke, die an der Armlehne des Rollstuhls befestigt war, hatte sich in Rinos Gedächtnis eingebrannt. Joakim war dem Kuscheltierstadium schon lange entwachsen, aber er hatte immer noch seine Ersatzobjekte, bei denen er Geborgenheit suchte. Und obwohl er von Zeit zu Zeit wirklich eine Herausforderung für seine Eltern war, war es Rino nie eingefallen, die Hand gegen ihn zu erheben. Joakim war immer noch ein Kind. Obwohl Rino den Skelettfund für aufgeklärt hielt, wusste er, dass er das Bild der aus dem Ruder gelaufenen Familie noch vervollständigen musste. Er hoffte herauszufinden, was jemand zu so einer barbarischen Tat getrieben hatte. Alles andere wäre schlicht und einfach Verrat an dem Jungen gewesen.

Dunkle Wolken waren vom Meer herangezogen und verhüllten vorübergehend die steilen Majestäten. Ohne Himmel und offenes Meer schienen die Häuser zusammenzuschrumpfen, und Reine wirkte auf einmal wie eine kleine Ausbuchtung am äußersten Rand der Lofoten. Das Wilde und Zauberhafte war verschwunden, und Rino fühlte, dass er eine langsam dahinsterbende Fischergemeinde passierte, als er zum Pflegeheim hinuntertrottete. Bevor er eintrat, überprüfte er in einem Fenster sein Spiegelbild und merkte, dass er demnächst untersuchen musste, ob Reine wohl auch einen Friseursalon zu bieten hatte. Sein Vokuhila, der im dünnen Nieselregen feucht geworden war, nahm langsam, aber sicher überhand.

Er war nicht hier, um seine Tante zu besuchen, auch wenn er wusste, dass er wohl kaum darum herumkommen würde. Also zuerst der Pflichtbesuch. Er hörte ihre Stimme schon, bevor man ihm das Zimmer zeigte. Sie saß in einer Ecke, umgeben von gebrechlichen Gespielinnen, und Rino schätzte, dass deren ständiges Nicken eher auf mangelnde Impulskontrolle zurückzuführen war als darauf, was seine Tante zu erzählen hatte. Er blieb stehen und wartete. Im selben Augenblick, da sie ihn entdeckt hatte, waren ihre Untergebenen sofort Luft für sie. »Rino, wie schön!«, rief sie und warf einen prüfenden Blick auf seine Hände.

»Ich wollte bloß mal hallo sagen.«

»Wie gefällt es dir in meinem Haus?« Immer noch ruhte ihr Blick auf seinen Händen.

»Perfekt«, log er.

»Du wäschst dir die Hände ja sehr gründlich.« Sie zwinkerte schelmisch. »Gar keine Farbflecken«, erklärte sie, als sie merkte, dass er den Witz nicht verstanden hatte.

»Nein …« Unbegreiflicherweise musterte er selbst jetzt seine Handflächen.

»Ich dachte mir, vielleicht hast du schon den Korridor gestrichen.«

Jetzt fiel es ihm wieder ein. Den Flur streichen, das stand ganz oben auf einer der Listen.

»Ich wohn ja erst ein paar Tage hier«, entschuldigte er sich. »Aber ich hab mir den Küchentisch mal angeguckt. Ich glaube, das krieg ich schon hin.«

»Oh, das ist ja schön.« Sie klatschte feierlich in die Hände, als wäre sie königlichen Geblüts. »Im Frühjahr ziehe ich wieder in mein Haus. Aber ich komme auch bald mal zu Besuch. Ich bin schon so gespannt, wie es geworden ist.«

Spätestens jetzt wurde Rino klar, dass er einen Pakt mit dem Teufel geschlossen hatte. »Gib mir nur noch ein bisschen Zeit«, bat er und überlegte, ob er wohl irgendwo einen handwerklich begabten Typen auftreiben konnte.

»Wenn du nur bis Weihnachten fertig wirst, soll's mir recht sein.« Sie lächelte ihre Getreuen kameradschaftlich an, und die beiden starrten apathisch zurück.

»Ich hätte gern ein Wort mit der Heimleiterin gesprochen«, sagte er und sah sich um. Er zählte acht Heiminsassen, die mit einer Ausnahme alle so aussahen, als wäre sie schon über achtzig.

»Was willst du von ihr?«, fragte seine Tante ungeniert.

»Ach, das hat was mit der Arbeit zu tun.« Er versuchte zu lächeln, wenngleich es ihm schwerfiel.

»Mein Neffe ist Polizist.« Diesmal wandte sie sich an alle im Raum, was die Reaktion aber auch nicht lebhafter ausfallen ließ. Die geistig Wacheren unter ihnen hatten sicher schon längst seine Uniform bemerkt.

»Sie heißt Ingrid Eide«, erklärte die Tante.

»Die hat hier sicher irgendwo in der Nähe ihr Büro, oder?«

»Den Flur runter.«

»Na, dann schau ich mal, ob ich sie finde.«

»Was, das soll es schon gewesen sein mit deinem Besuch?«

»Das war nur mal so eine Stippvisite. Ich komm dich ein andermal richtig besuchen.«

»Eine Stippvisite …« Stolz sah sie die Frau ihr gegenüber an, als wäre das etwas ganz Besonderes.

Er riss sich los, bevor seine Tante ihn noch in weitere Plaudereien verwickeln konnte, und trat auf den Korridor, wo ihm eine lächelnde Pflegerin bereitwillig den Weg zum Büro der Heimleiterin beschrieb.

Die Frau, die von ihrem Schreibtisch aufstand und ihm entgegenkam, mochte Mitte fünfzig sein. Sie war grobschlächtig wie eine osteuropäische Kugelstoßerin, und die Hand, die sie ihm reichte, war mindestens so groß wie seine eigene. Nachdem sie sich vorgestellt und höflich erkundigt hatte, wie es ihm auf Reine gefiel, kam er direkt zur Sache. »Ich suche Informationen über einen Mann, der seit ungefähr fünfzig Jahren tot ist.«

»Oh. Das ist ein bisschen lange her für mich.«

»Ich dachte eher daran, dass vielleicht jemand hier im Pflegeheim wohnt, der ihn gekannt hat.«

»Von wem ist denn die Rede?«

»Der Mann hieß Strøm und wohnte auf Vindstad. Er stürzte in einer Sturmnacht 1963 von einem der Berge.«

Die Frau, deren Gesicht perfekt zu seiner Vorstellung von einer Heimleiterin passte, vierschrötig und mit strenger Miene, runzelte die Stirn. »Nein, da fällt mir hier niemand ein. Der einzige Bewohner vom Reinefjord ist Karsten Krogh, aber der wohnte im Kirkefjord. Das ist der Fjord direkt nebendran.«

»Es wäre auf jeden Fall den Versuch wert.«

»Das Problem ist nur, dass …« Die Heimleiterin biss sich auf die schmale Unterlippe. »Karsten ist nicht immer so ganz klar im Kopf, um es mal so zu sagen. Man wird nicht einfach mal eben neunzig Jahre alt.«

»Aber er ist doch noch Herr seiner Sinne, oder?«

»Manchmal gleitet er zwar in seine eigene Welt, aber wir rechnen ihn auf jeden Fall zu den geistig klaren Patienten.«

»Könnte ich vielleicht ein paar Worte mit ihm sprechen?«

»Wir haben da selbstverständlich nichts dagegen.« Die Heimleiterin versuchte ein Lächeln, das jedoch verriet, was sie wirklich wollte: dass der Alte in Ruhe gelassen wurde. »Aber ich glaube, Sie sollten sich keine allzu großen Hoffnungen machen. Entweder erinnert er sich an gar nichts … oder vielleicht erinnert er sich auch an ein bisschen zu viel.«

»Soll das heißen, er hat eine lebhafte Fantasie?«

»Na ja, ich würde ihm das, was er erzählt, auf jeden Fall nicht vorbehaltlos abkaufen. In diesen Fluren werden eine Menge Flunkergeschichten erzählt.«

Rino dachte an seine Tante. »Ich werde es im Hinterkopf behalten«, versprach er.

Die Heimleiterin begleitete ihn zu einem Zimmer. Ein handgeschriebener Zettel neben der Tür verriet, wer hier wohnte, Namensschilder gab es nicht. Die Fluktuation schien also ziemlich hoch zu sein. Karsten Krogh saß in einem zerschlissenen Sessel. Anscheinend hatte er ihn mitgebracht, als er hier einzog. Obwohl Krogh in seinen besten Tagen leicht seine 1,90 Meter groß gewesen sein mochte, konnte er unmöglich mehr als sechzig Kilo wiegen. Seine Unterarme waren ungefähr so dünn wie eine Lyoner, und das Hemd hing ihm um den Körper wie ein windschiefes Zelt. Nachdem man ihm etwas ins Ohr geflüstert hatte, reckte er den Kopf, um den Besucher in Augenschein zu nehmen. Die Heimleiterin fuhr ihm rasch mit dem Handrücken über die Wange, zupfte ihm kurz sein Hemd zurecht und verließ dann das Zimmer.

Rino reichte dem Mann die Hand, und Krogh begrüßte ihn mit einem schlaffen Händedruck. Sein glotzender Blick war stumpf und geistesabwesend. »Sie sind also vom Kirkefjord?«, fragte Rino, als er sich auf besagten Sessel setzte.

Krogh verbeugte sich.

»Sind Sie vielleicht auch dort aufgewachsen?«

Erneute Verbeugung, als würde der Respekt vor Autoritäten tief sitzen.

Rino zog die Jacke aus, in der Hoffnung, auf diese Art weniger nach Polizist auszusehen. »Können Sie sich an jemanden aus Vindstad erinnern, der Strøm hieß?«

Wieder der stumpf glotzende Gesichtsausdruck.

»Er hatte zwei Söhne. Einer von ihnen saß im Rollstuhl.«

Der Alte nickte langsam, aber Rino war nicht ganz sicher, ob zwischen seiner Körpersprache und dem, was er tatsächlich begriff, irgendeine Verbindung bestand.

»Er stürzte von einer Bergkuppe und starb.«

Das Nicken hielt an.

»Können Sie sich an den Mann erinnern?«

Der Alte schwieg ein paar Sekunden, dann befeuchtete er sich die Lippen mit der Zungenspitze. »Strøm?« Seine Stimme rasselte. Offenbar waren Lungen und Hals verschleimt von einer herbstlichen Erkältung.

»Ja, Strøm.«

»Ja.«

Es war ein bestätigendes Ja, und Rino wartete gespannt auf die Fortsetzung.

»Sind Sie mit ihm verwandt?«

»Nein.« Rino lächelte. Krogh wollte wohl vorher sichergehen, dass er nicht einem Vertreter des Gesetzes auf die Zehen trat.

»Er war berüchtigt.«

»Das hab ich auch schon gehört.«

»Alkohol.« Krogh rümpfte die Nase, als würde er sich an den Geschmack von schlechtem Selbstgebranntem erinnern. »Und ein Schläger. Wenn irgendwo gefeiert wurde, tauchte er auf und fing Streit an.«

»Er hatte zwei Söhne«, sagte Rino, um das Gespräch in die gewünschte Richtung zu lenken.

Abwesend starrte der Alte in die Luft. Vielleicht hing er gerade Bildern aus alten Zeiten nach, von Festen im Dorf.

»Können Sie sich an die erinnern? Der eine war behindert und saß im Rollstuhl.«

»Ja, der Rollstuhl, an den erinnere ich mich.«

»Er hieß Roald.«

»Roald…«

»Und er hatte einen Bruder namens Oddvar, der wohl nur ein knappes Jahr älter war.«

»Boa?«

»Oddvar«, versuchte Rino es noch einmal.

»Wenn wir hier von Eldar Strøms Sohn reden, der wurde nur Boa genannt.«

»Ein Unruhestifter, nach allem, was ich so gehört habe.«

Krogh sah ihm in die Augen und wirkte auf einmal viel mehr bei der Sache. »Boa war ein Lümmel.«

»Erinnern Sie sich an ihn?«

Neuerliches Nicken. »Der stromerte hier durch die Gegend. Im Kirkefjorden war er auch ab und zu. Ich hatte einen kleinen Bauernhof.« Wieder rümpfte Krogh die Nase. »Eines Morgens stand die Tür weit offen, und alle Boxen waren geöffnet. Die Kühe waren schön an ihrem Platz geblieben, aber es dauerte eine ganze Weile, bis ich die Schweine wieder alle drinnen hatte.«

»Und das war er?«

»So hieß es, ja.«

»Aber er hat es nie zugegeben?«

»Zugegeben … so was machte der halt. Wo immer er sich herumtrieb, hinterließ er irgendeinen teuflischen Streich.«

»Haben Sie mit dem Vater Kontakt aufgenommen?«

»Das hatten andere schon vor mir versucht. Dem war das egal.«

»Gut, und dieser Boa verschwand vermutlich ein paar Wochen vor der Sturmnacht, in der sein Vater starb.«

»Verschwand?« Krogh sah aufrichtig überrascht drein.

»So behauptet man.«

»Der kam und ging doch, wie es ihm passte. Wahrscheinlich war er unterwegs auf irgendeinem Raubzug.«

»Erinnern Sie sich noch an irgendetwas von dieser Nacht?«

»Ach, es gab viele stürmische Nächte.« Krogh zupfte an seinem Hemd. »Wenn Sie im Kirkefjord wohnen, gewöhnen Sie sich an Schlechtwetter.«

»Der Junge im Rollstuhl starb in derselben Nacht.«

Wieder kam etwas Leben in den Alten. »Das weiß ich noch«, sagte er. »Der ist ins Meer gerollt und ertrunken.«

Rino wusste es besser, ließ aber Krogh bei seiner Geschichte, wie sie auch seit knapp fünfzig Jahren im Umlauf war. »Ja, stimmt. Aber sein Bruder – dieser Boa – ist nie wieder aufgetaucht.«

»Nicht?«

Wieder wunderte sich Rino, dass Roalds Verschwinden nicht mehr Anlass zu Tratsch und Gerüchten gegeben hatte. »Nein, Roald wurde nie gefunden, und Oddvar verschwand für immer.«

»Ich glaub, den hat auch keiner vermisst. Also, Boa meine ich.«

Vielleicht deswegen. Die Leute da draußen hatten ihn einfach herzlich sattgehabt.

»Wissen Sie, ob der Vater seinen Söhnen gegenüber gewalttätig war?«

Wieder befeuchtete Krogh sich die Lippen. »Allerdings war er das.«

»Nach dem, was man mir erzählt hat, muss Roald ganz schön was abgekriegt haben. Es wird sogar behauptet, dass er dadurch überhaupt erst im Rollstuhl gelandet ist… aufgrund der jahrelangen Misshandlung durch seinen Vater.«

»Bei dem Penner wundert mich nichts.«

»Aber Sie wissen nichts darüber?«

Krogh streckte sich und hob ein leeres Glas an den Mund.

»Könnten Sie Gøril wohl bitten, mir ein Glas Wasser zu holen?«

»Ist das eine von den Pflegerinnen?«

»Haare wie Gold hat sie. Gøril ist ein gutes Mädchen.« Seine Stimme begann plötzlich zu zittern.

»Ich frage mal nach.« Rino bat die erstbeste Pflegerin um Wasser, die ihm begegnete, auch wenn sie, der Haarfarbe nach zu urteilen, wohl kaum Gøril sein konnte. Der Alte nahm vorsichtig ein paar Schlucke, bevor er fortfuhr: »Man erzählte sich, dass er die Jungen schlug, das stimmt schon. Boa verdiente es sicher, aber jemanden schlagen, der im Rollstuhl sitzt…« Krogh warf einen Blick auf seinen eigenen Rollstuhl, der zwischen Bett und Kleiderschrank stand. »Doch, ich erinnere mich jetzt. Die Leute auf Vindstad redeten davon, dass der Junge von seinem Vater misshandelt wurde. War das nicht so, dass man ihn nie gefunden hat?« Seine Augen wirkten inzwischen etwas glasig.

»Von den Meeresströmungen erfasst und weggeschwemmt«, log Rino. Auf einmal war er gar nicht mehr sicher, ob es so schlau war, die Wahrheit zu verschweigen. Eines Tages würde sie sowieso herauskommen.

»Das hat garantiert Boa getan.«

»Was getan?«

»Die beiden umgebracht.«

»Wieso glauben Sie das?«

»Wenn Sie ihn gekannt hätten, würden Sie das auch glauben.«

Er hatte Hunger und entschied sich für die einfachste Lösung: die Statoil-Tankstelle. Wie immer, wenn er in einem Geschäft oder einer Tankstelle war, ging er kurz am Ständer mit den CDs vorbei. Aus dem Augenwinkel registrierte er, wie Leben in die Verkäuferin hinterm Tresen kam. Sie mochte ihn. Dieses Phänomen war ihm nicht unbekannt. Er hatte immer attraktiv auf Frauen gewirkt, was seine Exfrau gleichermaßen stolz und wütend gemacht hatte. Während er so dastand, fiel sein Blick auf seine Holzschuhe, und er beschloss, dass sie jetzt endlich mal ausgedient hatten. Holzschuhe waren etwas für Niederländer. Er fischte sich eine Compilation mit alten Heavy-Metal-Klassikern heraus, remastered und im Sonderangebot. Die meisten Songs hatte er im Original auf alten Kassetten, aber solange die andere Musik auf diesem Regal den Achtzigern nicht mal ansatzweise das Wasser reichen konnte, fiel seine Wahl eben auf diese CD.

»Und einen Burger«, sagte er, als er die CD auf den Tresen legte.

»Sie bleiben also bei den Bs.«

»Hä?«

»Die drei Bs. Wissen Sie nicht mehr?« Sie lächelte ihn an, als teilten sie ein vergnügliches Geheimnis.

»Diesmal ist es aber Zufall.«

»Weißbrot oder Vollkornbrot?« Das »B« in »Brot« betonte sie extra. Offensichtlich hatte sie nicht gemerkt, dass es langsam nicht mehr lustig war.

»Weiß. Ach nein, lieber Vollkorn.« Sit-ups allein reichten nicht.

»Wohnen Sie hier auf Reine?«

Er erkannte das Lächeln von anderen flirtenden Frauen wieder, die es hoffnungslos übertrieben, und ihm wurde klar, dass er sich ein Problem geschaffen hatte.

»Gleich hier den Hügel hoch.«

»Alleine?«

»Alleine. Vorläufig.« Er ahnte, dass man diesen Kommentar auf zwei Arten interpretieren konnte, und nach ihrem Gesichtsausdruck zu urteilen, deutete sie ihn auf die schlimmstmögliche Weise.

»Das kann auf die Dauer ganz schön einsam werden.« Sie sabberte beinahe auf den Burger, als sie ihn Rino reichte. »Dann sagen wir hundertzwanzig zusammen.«

Das bedeutete wahrscheinlich, dass sie den Preis abgerundet hatte, aber er brachte es nicht über sich zu fragen. Er bezahlte mit Visa-Card, hob dann seinen Burger, als würde er ihr zuprosten, und machte Platz für einen wartenden jungen Mann. Auf dem Weg nach draußen spürte er ihren Blick im Rücken, sogar noch durchs Fenster, als er von der Mole hochging.

Seinen alten 240er-Volvo hatte er kaum benutzt, seit er hier wohnte. Reine war im Grunde genommen kaum mehr als eine ins Kraut geschossene Landzunge, auf der sich alles bequem zu Fuß erreichen ließ. Nur der Coop lag auf der anderen Seite der Bucht. Er ging die paar hundert Meter weiter zum Büro, durch eine Siedlung, der man ansah, dass hier früher einmal Großgrundbesitzer gewohnt hatten. Das Büro selbst sah hingegen nicht so aus, als wäre es eines Großgrundbesitzers würdig, vielmehr waren es Teile des Kellergeschosses in einem alten Einfamilienhaus, aber Rino fühlte sich hier schon wie zu Hause.

Falch saß wieder nicht an seinem Schreibtisch. Die Krankschreibung nach Bedarf wurde gerade wohl zu hundert Prozent ausgeschöpft. Rino setzte sich und ließ den Blick auf der Zeichnung ruhen, die Falch neben eines der Regale geklebt hatte. Er war immer noch der Ansicht, dass das Bild von einem Kind stammte. Vielleicht von einem wütenden Kind? Vor ein paar Jahren hatte Rino sich mit einem Fall von schwerer Körperverletzung beschäftigt, bei dem der Täter seine Visitenkarte in Form von imitierten Kinderzeichnungen hinterließ. Daher war er lieber vorsichtig mit seinen Schlüssen. Das Gesicht beziehungsweise die Maske hätte man kaum zorniger darstellen können. Große schwarze Augen mit blutroten Pupillen und eine Grimasse, aus der der Hass strahlte. Warum hängte sich jemand so eine Zeichnung auf? Und wäre es nicht naheliegender gewesen, sie auf Augenhöhe zu platzieren statt direkt unter der Decke? Je länger er das Bild ansah, desto übler wurde sein Bauchgefühl. Nicht ohne Grund hatte Falch dieses Bild mitgenommen und monatelang darüber nachgegrübelt. Es hatte irgendeine Bedeutung, aber die Person, die darüber Auskunft hätte geben können, war durch ihre Verbrennungen restlos entstellt und außerstande, sich verständlich zu machen.

Da fiel ihm wieder ein, dass der Verletzte ja auch in diesem Pflegeheim lebte. Also hatte der Unfall ihn gleich doppelt getroffen, denn jetzt hatte er obendrein noch Rinos Tante zur Nachbarin.

Ein Blick auf die Uhr verriet ihm, dass es noch eine Viertelstunde bis Feierabend war. Er wählte die Nummer der Gemeinde Moskenes und bat darum, mit dem Brandmeister verbunden zu werden, auch wenn es vielleicht schneller gegangen wäre, wenn er eben zu Fuß zum Gemeindehaus spaziert wäre. Doch nach ein paar Minuten hatte er einen Astor Wiik am Apparat. Die Stimme verriet, dass der Mann viel Rauch ausgesetzt war. Entweder brannte es auf Reine so häufig, oder er war Kettenraucher.

»Mir selbst lässt die Sache auch keine Ruhe«, gestand Wiik, nachdem Rino sich vorgestellt und erklärt hatte, worüber er nachdachte.

»Inwiefern?«

»Ich weiß auch nicht. Der Rasenmäher wurde untersucht, aber es fand sich keine Erklärung, warum der plötzlich explodiert ist. Nach den Angaben des Herstellers ist so etwas noch nie vorgekommen, und die Firma hat uns auch gebeten, sich das Gerät selbst ansehen zu dürfen, wenn wir damit fertig sind. Sie behaupten hartnäckig, dass die Explosion durch Fremdeinwirkung herbeigeführt wurde. Aber die sind natürlich nicht ganz objektiv, deswegen wird man es wohl nie mit Sicherheit entscheiden können.«

»Könnte der Unfall arrangiert worden sein?«

»Na ja, was soll ich darauf jetzt antworten … Nein, glaub ich eigentlich nicht. Wenn jemand dem Mann etwas Böses wollte, dann hätte es wesentlich unkompliziertere Alternativen gegeben. Ich würde eher drauf tippen, dass er unvorsichtig mit Benzin und offenem Feuer umgegangen ist, schlicht und einfach. Vielleicht haben wir dem Rasenmäher etwas vorschnell die Schuld gegeben, ich weiß es nicht.«

»Sie haben gesagt, Ihnen lässt die Sache auch keine Ruhe.«

Wiik räumte seine Stimmbänder mit einem energischen Räuspern frei. »Tja, nein, im Grunde weiß ich auch nicht, woran es liegt. Vielleicht hat es was mit der Schwere der Verletzungen zu tun. Der Kerl ist ja mehr oder weniger ans Bett gefesselt, wenn ich das richtig verstanden habe.«

»Das muss ja eine grauenvolle Explosion gewesen sein.«

»Absolut. Der Rasenmäher enthielt nur gut einen Liter Benzin, aber der Kanister ist auch noch explodiert, und wenn der voll war, dann reden wir hier von sechs Litern insgesamt. Damit kann man schon ganz schön was abfackeln.«

»Aber von Ihrer Seite her ist die Sache vom Tisch, oder?«

»Vom Tisch ja, aber nicht aus dem Kopf. Irgendwie kommt es mir so vor, als ob … ich weiß auch nicht.«

»Als ob was?«

»Ich bin seit über zwanzig Jahren Feuerwehrmann, und ich verstehe was von meinem Job. Ich weiß, dass ich damals in dieser Garage auch gründliche Arbeit geleistet habe, aber trotzdem … irgendwas ist da einfach an diesem Unfall.«

Rino sah der Maske in die blutroten Augen. *Irgendwas ist da einfach.*

17. Kapitel

Olga war nicht gerade die Geduld in Person. Oder vielleicht war sie gerade das, denn sie hielt den Kontakt ja weiter aufrecht, obwohl sein Interesse so flau war. Jeden Tag schickte sie ihm eine neue Mail, auch wenn er es noch nicht mal geschafft hatte, die vom Vortag zu beantworten. Obwohl »schaffen« nicht der richtige Ausdruck war – die Tage glitten ihm einfach so durch die Finger.

Er hatte die Erinnerungen an seinen Vater jahrelang verdrängt, er hatte akzeptiert, dass sie als Bodensatz in seinem Gedächtnis lagen, aber der gebrochene Fingerknochen eines kleinen Jungen hatte seinen Vater wieder auferstehen lassen, ganz lebendig und verhasster denn je. Mitten in seinem Hass war plötzlich die Sehnsucht nach Kristine stärker geworden, und jedes Mal, wenn er eine Mail seiner Internetfreundin öffnete, fühlte es sich für ihn an, als würde er seine verstorbene Frau hintergehen.

Olga wollte ihn nur an den Ausflug nach Svolvær erinnern, und dann hatte sie wieder ein Bild von sich als Anhang mitgeschickt. Das half aber nicht viel. Sie blieb die Strenge, Resolute, eine Frau ohne Kristines Sanftheit, eine Frau, die er ohnehin nie würde lieben können. Er schaltete den PC aus und massierte sich die Schläfen, bis es dunkel wurde. Und während er mit gesenktem Kopf dasaß und Olga langsam vergaß, kamen die Erinnerungen von damals wieder hoch.

Reinefjord anno 1961. Obwohl sie durch einen Fjordarm getrennt waren, konnte man den Wildfang ganz deutlich erkennen. In aller Seelenruhe ging er über die Landungsbrücke, als suchte er wieder ein passendes Opfer. Und als er den Blick hob und den Jungen auf Tennes sah, war es, als würde ein kalter Schauder über den Fjord laufen. In seinem tiefsten Inneren wusste Berger Bescheid. Dass er eines Tages an die Reihe kommen würde. Sie entwickelten eine Art von telepathischem Kontakt, eine wortlose Verständigung darüber, dass der Jäger sich seine nächste Beute ausgespäht und dass die Jagd begonnen hatte. Mehrmals stellte sich der Junge an den äußersten Rand des Anlegers und starrte ihn demonstrativ an. Pass bloß auf. Bald komme ich. Und so war es auch.

18. Kapitel

Die Hand hatte ihm ein paar Sekunden den Mund zugedrückt, dann ließ sie wieder los. Erst nachdem der Besucher das Zimmer verlassen hatte, begriff er, wie er diese Geste zu deuten hatte. Das Stottern. Worte, die nur in Bruchstücken hervorgestammelt werden konnten, nach dem, was der Junge ihm damals angetan hatte. Ein letzter Gruß. Und eine freundliche Erinnerung an ihre letzte Begegnung. Wieder drohte ihn ein Weinkrampf zu überwältigen. Wenn der Besucher seine Hand nicht weggenommen hätte, wäre jetzt alles vorbei gewesen. Keine Tropfen mehr, keine unmenschlichen Schmerzen mehr, nur ewiger, sorgenfreier Schlaf. Er wünschte sich an diesen friedlichen Ort, er spürte mehr denn je, dass er sich dorthin wünschte.

Glücklicherweise besorgte Gøril seine Morgentoilette, und sie war sanfter und behutsamer denn je. Sie pflegte ihn wie ihr eigenes Kind, fürsorglich und einfühlsam, und holte ihn damit aus seiner Resignation. Gøril, die immer wieder betonte, dass sie ihm gerne bei der Benutzung des PCs behilflich sein würde, machte das Leben lebenswert. Er begann sogar schon zu glauben, dass die Drohung mit dem geänderten Schichtenplan nur leere Worte gewesen waren, da wurde Gøril auf einmal zur Heimleiterin bestellt, noch bevor sie mit ihm fertig war. Eine halbe Minute später ging die Tür wieder auf, und der Geruch verriet ihm, wer da hereinkam.

Die Teufelin.

Er wartete darauf, dass Gøril zurückkam, dass sie zumindest ihr Bedauern darüber ausdrücken würde, ihn jetzt nicht weiter betreuen zu können, aber sie kam nicht. Das sah ihr nicht ähnlich. Und die Teufelin setzte zum Gnadenstoß an.

Bei jeder Bewegung, ob er sie nun freiwillig ausführte oder von der Teufelin dazu gezwungen wurde, fühlte es sich so an, als würde seine Haut bis an die Belastungsgrenze verdreht und gedehnt. Sie führte die Pflege kalt und mechanisch durch, mit einer Gleichgültigkeit, die ihn verwirrte. Genoss sie es, mal die Gute und mal die Böse zu spielen? Hoffnung in ihm zu wecken, um sie im nächsten Moment wieder zu zerschmettern? Er versuchte, seine Sinne zu schärfen und die Signale aufzufangen, die ihm seine Umwelt verstehen halfen, aber es gelang ihm nicht. Manchmal glaubte er zu merken, dass die Teufelin leichtfüßig daherkam, manchmal wirkten ihre Schritte so schwer, als würde sie Säcke schleppen. Ihm wurde klar, dass er langsam, aber sicher das letzte bisschen Kontrolle über seine Sinne verlor.

19. Kapitel

Das Haus seiner Tante gab ihm einen Vorgeschmack aufs Alter. An der Wand bestickte Glockenzüge und kleine gerahmte Verse, zwischen bekannten Landschaftsmotiven in Kreuzstich. Der ganze Nippes war eine Parade des schlechten Geschmacks, und es kam ihm so vor, als hätten die Wände über die Jahre hinweg den Geruch der Tante in sich aufgenommen, um ihn nun großzügig an jeden abzugeben, der das Haus betrat. Als wäre das alles noch nicht genug, fungierten die Arbeitslisten – die in Augenhöhe an Türen und Wänden hingen – als konstante Erinnerung daran, dass er niemals zur Ruhe kommen würde.

Er hatte sich gerade auf ein altehrwürdiges Sofa gesetzt, das sich unter der hauchdünnen Polsterung hart wie Asphalt anfühlte, als sein Handy mit einem akustischen Signal das Eintreffen einer SMS verkündete. Die Nummer war ihm unbekannt, aber der Absender gab sowohl Namen als auch Arbeitsplatz an, und da Reine nur eine Statoil-Tankstelle kannte, erklärte sich die Sache von selbst. Sie schlug ihm vor, ihm als Ortskundige eine Führung angedeihen zu lassen – zu Brücken, Badestellen und Booten. Das »B« hatte sie jeweils hervorgehoben. Er warf das Handy beiseite und fluchte. Dass er es aber auch nie lernte. Flirten war einfach seine Art, nett zu sein, mehr nicht. Nur mal kurz probieren, was vielleicht sein könnte. Aber er und dieses Frauenzimmer von Statoil? Ganz bestimmt nicht.

Er stand auf und riss eine der Listen seiner Tante von der Wand. Daraufhin fühlte er sich sofort wieder besser. Er las die

SMS noch einmal und sah ein, dass er nicht so tun konnte, als hätte er sie nicht gesehen. Also schickte er eine geschickt unverbindliche Antwort, die er noch ein paarmal korrigierte, bis er ganz zufrieden war. Es lief auf ein bedingtes »Ja« hinaus … aber ein andermal. Er ärgerte sich über seine Feigkeit, sagte sich aber, dass es ihm für spätere Gelegenheiten eine Lehre sein würde. Sekunden nachdem er seine SMS abgeschickt hatte, klingelte sein Handy – er hatte einen alten AC/DC-Klassiker als Klingelton eingestellt. Wieder verfluchte er sich selbst dafür, dass er seinen Charme zu jeder möglichen und unmöglichen Gelegenheit aufdrehen musste, aber er nahm das Gespräch an. Zu seiner Freude rief man ihn aus dem Pflegeheim an.

»Sind Sie der Mann, der heute bei Karsten Krogh war?«, erkundigte sich eine Pflegerin, nachdem sie sich vorgestellt hatte.

»Ja.«

»Also, er besteht darauf, dass er Sie noch mal sprechen muss. Ich habe ihm zwar erklärt, dass Ihre Bürozeiten schon vorbei sind, aber…«

»Kein Problem. Meinte er jetzt sofort?«

»Das meint er wohl eigentlich schon seit einer Stunde. Wir wollten Sie ungern in Ihrer Freizeit belästigen …«

Rino warf einen Blick auf die Liste, die zerknüllt auf dem Küchenboden lag. In seiner Freizeit wurde er schon genug belästigt. »Bin in fünf Minuten da«, sagte er.

Der Alte sah ihm mit festem Blick entgegen, als er die Tür aufmachte. Rino sah ihm an, dass er ganz erpicht darauf war, ihm etwas zu erzählen. »Sie haben etwas auf dem Herzen«, sagte er, als er sich hinsetzte.

Es vergingen ein paar Sekunden, bevor Krogh reagierte. »Allerdings«, erwiderte er. »Es geht um Boa.«

»Und zwar?«

»Boa hat einmal jemanden fast umgebracht.«

»Wen?«

Der Alte schüttelte langsam den Kopf. »Der war im gleichen Alter wie er.«

»Und was ist da passiert?«

»Der Junge war ein Teufel, durch und durch.«

So viel hatte Rino auch schon kapiert.

»Also, es gab da mal einen Kerl … einen, der Schwierigkeiten beim Sprechen hatte …«

»Hat er gestottert?«

»Ja, genau, gestottert hat er.« Krogh wischte sich einen Speicheltropfen vom Mundwinkel. »Es gingen Gerüchte um, dass das mit dem Stottern anfangs gar nicht so schlimm gewesen war … aber Boa hackte die ganze Zeit auf ihm rum und quälte ihn, bis der Junge für immer den Mund hielt.«

»Aber ihm wurde doch geholfen, oder?«, erkundigte sich Rino.

Wieder Kopfschütteln.

»Sie meinen, dass er nie mehr gesprochen hat?«

»Nie mehr.«

Rino wusste nicht, was für eine Geschichte er sich von Krogh erwartet hatte, aber so etwas war es bestimmt nicht gewesen.

»Über die Jahre haben sich immer welche ein bisschen über ihn lustig gemacht. Es gibt immer jemanden, der sich am Leid anderer freut.«

»Und das Stottern war also Boas Schuld?«

»Er hat ja von Anfang an ein wenig gestottert, aber Boa hat er es zu verdanken, dass er so gut wie stumm ist.«

»Lebt dieser … dieser Stotterer noch?«

Es sah so aus, als sei Krogh eine Weile ganz in Gedanken

versunken, doch dann nickte er. »Als ich das letzte Mal was von ihm gehört habe, war er noch am Leben.«

»Wenn er in Boas Alter war, dann ist er jetzt wohl so um die sechzig, oder?«

Krogh schien schweigend zuzustimmen.

Rino hatte keine Ahnung, inwieweit diese Geschichte sich noch als wichtig erweisen würde oder nicht. Falls es sich um den Boa handelte, der Vater und Bruder ermordet und sich dann für immer aus dem Staub gemacht hatte, war es mehr oder weniger unmöglich, ihn zu finden. Fünfzig Jahre waren eine lange Zeit. Eine sehr lange Zeit. Und selbst wenn Boa gleichaltrigen Jungen durch sein Mobbing bleibende Schäden zugefügt hatte, war das nur eine Fußnote neben dem Verbrechen, dessen er hier verdächtigt wurde.

»Es war gut, dass Sie Bescheid gesagt haben.« Rino glaubte einen halbwegs zufriedenen Zug in dem Gesicht des Alten zu entdecken. »Vielleicht unterhalte ich mich mal mit dem Mann.« Er merkte selbst, wie blöd sich das anhörte. Nach dem zu urteilen, was Krogh gerade erzählt hatte, war der Mann in seinem ganzen Erwachsenenleben nicht mehr in der Lage gewesen zu sprechen.

»Mir ist übrigens noch etwas eingefallen, nachdem Sie gegangen sind.« Krogh, der schwer und hörbar schnaufte, musste eine kleine Pause einlegen. »Etwas, das Aslak … der ist jetzt schon seit Jahren tot …« Eine wegwerfende Handbewegung unterstrich, dass dieser Aslak schon längst im Jenseits weilte. »… was der mal gesagt hat. Er wohnte draußen auf Vindstad. Der war so eigensinnig wie nur was, weigerte sich, da wegzuziehen, bis sie ihn irgendwann mehr oder weniger weggetragen haben. Aber egal, was ich erzählen wollte: Er hat einmal erwähnt, dass irgendwann eine Frau zu ihm rauskam und sich nach den Umständen der Todesfälle erkundigte. Er fand das komisch. Jahrelang hatte niemand von Eldar Strøm und seinen Söhnen geredet, und dann kam da diese Frau, um in der Vergangenheit zu graben.«

»Hat er gesagt, wer sie war?«

Krogh schüttelte den Kopf. »Daran kann ich mich nicht erinnern.«

»Sonderbar.«

»Genauso sonderbar, wie dass Sie heute gekommen sind.« Der Alte schien ziemlich erschöpft, deswegen bedankte sich Rino für die Auskünfte und verabschiedete sich. Er war gerade zu dem Schluss gekommen, dass der Stotterer warten musste, da begegnete er auf dem Korridor einer Pflegerin. Es war dieselbe, die ihn schon am Nachmittag empfangen hatte, und aus einem Impuls heraus fragte er sie, ob sie den Mann kannte, der sich in die ewige Stummheit gestottert hatte.

»Sie meinen Sjur Simskar?«

Er zuckte mit den Schultern. »Es sei denn, dass hier noch mehr stottern.«

»Sie müssen Sjur meinen. Der tut mir immer so leid.« Die Pflegerin setzte einen bekümmerten Gesichtsausdruck auf. Vielleicht dachte sie, dass es zu ihrem Beruf gehörte, Mitleid mit allem und jedem zu zeigen. »Er war übrigens heute Morgen hier.«

»Hier im Pflegeheim?«

»Ich hab ihn hier noch nie gesehen, ich glaube, das war das erste Mal, dass er hier war. Er wollte Hero besuchen, unseren schlimmsten Pflegefall, der durch einen Verbrennungsunfall zum Invaliden geworden ist.«

Zum ersten Mal an diesem Tag spürte Rino einen erwartungsvollen Stich. Rein aus Prinzip glaubte er nicht an Zufälle.

»Das muss ein seltsames Treffen gewesen sein.« Die Pflegerin lächelte bitter. »Weil keiner von beiden sprechen kann. Wie ich mitbekommen habe, war er wohl nur fünf Minuten oder so im Zimmer. Die kennen sich anscheinend irgendwie.«

»Wohnt dieser Simskar hier irgendwo in der Nähe?«

»In Bollhaugen. Auf der anderen Seite des Sunds.«

Also nicht weiter weg, als sich innerhalb einer Viertelstunde zu Fuß bewältigen ließ. »Dieser Hero, wie Sie ihn nennen …« Rino assoziierte den Namen mit dem Pferd eines alten Comichelden, aus einem Heft, in dem er ab und zu immer noch heimlich las. »… ist der in der Lage, sich irgendwie verständlich zu machen?«

»Er hat starke Verbrennungen am ganzen Körper. Ganz selten bekommen wir eine Reaktion, wenn wir ihn etwas fragen, meistens nickt er dann oder hebt einen Finger, aber die meiste Zeit liegt er ganz reglos da, als wollte oder könnte er nicht mit uns kommunizieren.«

Die Worte des Brandmeisters kamen Rino wieder in den Sinn. *Irgendwas ist da einfach an diesem Unfall.* »Kann ich wohl mal kurz bei ihm reinschauen? Wir sind nämlich gerade dabei, den Bericht zu dem Unfall abzuschließen.« Das war eine spontane Lüge, aber die Pflegerin kaufte ihm die Erklärung ab und lotste ihn zu einem etwas weiter entfernten Zimmer. »Ich glaube, er schläft«, flüsterte sie und legte einen Finger auf die Lippen, während sie vorsichtig die Tür aufmachte. Das Zimmer lag im Halbdunkel, die Gardinen waren vorgezogen, und nur ein schwacher Schein drang vom Fenster herein. Als Erstes fiel Rino der Geruch auf, eine Mischung aus Parfüm und Desinfektionsmittel. Er konnte nur die Konturen der Gestalt im Bett erkennen. Von seinem Platz aus wirkte es, als wären die Gesichtszüge des Patienten halb ausradiert worden, was ihn an einbalsamierte Mumien erinnerte. Die Tür fiel hinter ihm wieder zu. Der Geruch wurde stärker. Es fühlte sich unangenehm an, auf diese Art ins Heim eines anderen Menschen einzudringen, aber trotzdem ging er leise hin zum Bett. Ein schwacher, gurgelnder Laut verriet ihm, dass das Verbrennungsopfer schlief. Obwohl Rino über die Verletzungen im Bilde war, war die Entstellung – verursacht von einem explodierten Rasenmäher und ein bisschen Benzin – noch viel schlimmer, als er es sich vorgestellt hatte. Augen hatte er keine mehr, nur noch einen Krater, der so erstarrt war, wie die Flammen ihn zurückgelassen hatten. Die Ohren waren geschmolzene Zapfen aus Knorpel und Haut, und die Nase … Rino musste den Brechreiz unterdrücken und wandte sich ab. Während er so abgewandt dastand, glaubte er, eine Bewegung im Bett zu bemerken. Er blieb kurz stehen, bis er seine Kehle und ihre Reflexe wieder unter Kontrolle hatte, dann drehte er sich wieder um. Der Verletzte lag immer noch reglos da. War es nur eine Zuckung im Schlaf gewesen, oder hatte er doch gemerkt, dass jemand im Zimmer war? Rino zog sich langsam und lautlos vom Bett zurück. Vielleicht war es die mangelnde Beleuchtung, die ihm einen Streich spielte, aber er konnte den Gedanken nicht abschütteln, dass das verbrannte Gesicht einer Maske ähnelte. Fehlten nur noch die blutroten Pupillen.

20. Kapitel

Berger Falch stand auf der Treppe und band sich die Schnürsenkel. Er hatte vor, im Büro vorbeizuschauen, um dem neuen Kollegen zu helfen, der dem Knochenfund ja großes Interesse entgegenzubringen schien. Die Sache war im Grunde vom Tisch: Der Tote war der Junge im Rollstuhl. Aber er war gar nicht ertrunken, wie die Leute jahrzehntelang geglaubt hatten. Sein Vater hatte ihn geschlagen, das war eine Tatsache. Alles deutete darauf hin, dass die Misshandlungen schließlich eskaliert waren und dass der Vater sein Verbrechen zu vertuschen versucht hatte, indem er den Rollstuhl ins Meer schob. Gewalttätige Väter waren oft wahre Meister im Vertuschen. Selbst im blinden Zorn flüsterte ihnen eine innere Stimme zu, dass sie die Spuren ihrer Taten besser verbargen und immer dorthin schlagen mussten, wo man die blauen Flecken am wenigsten sah. Und vor den Leuten achteten sie darauf, als liebevoll und fürsorglich dazustehen.

Beim Gedanken an seinen Vater, der vor anderen immer ein joviales Lächeln aufsetzte und ihm kameradschaftlich auf die Schulter klopfte, zog er die Schnürsenkel mit aller Kraft stramm. Und während er so dastand und sich über seinen linken Schuh beugte, sah er den Jungen vor sich. Er versuchte, das Bild wegzublinzeln, aber statt der Metalltreppe und der Schale mit den angetrockneten Katzenfutterresten sah er sich selbst, wie er auf einer Betontreppe saß. Und wie durch einen grünen Schleier konnte er den Jungen ausmachen, der ihm halb abgewandt über die Schulter ein schiefes Grinsen zuwarf.

Plötzlich fiel Falch schlagartig die ganze Umgebung wieder ein, und er blieb stehen und versuchte krampfhaft, sich genauer zu erinnern. Er hatte auf einer Treppe gesessen und gesehen, wie der andere dem Weg folgte, der von dem Gebäude wegführte. Der Junge hatte ihn angelächelt, obwohl sie alles andere als Freunde waren. Wo war er damals nur gewesen? Er ging wieder ins Haus und kramte ein Fotoalbum in Zeitungsformat hervor, in das er Schwarz-Weiß-Bilder aus einer anderen Zeit geklebt hatte. Ein paar Fotos von irgendwelchen Verwandten, die abgedankt hatten, bevor er selbst auf die Welt kam, andere von Berger als kleinem Jungen und Jugendlichem. Konzentriert blätterte er weiter, und auf einer der letzten Seiten sah er sie, die Treppe, die er eben ganz kurz vor seinem inneren Auge gesehen hatte. Die Tür dahinter stand halb offen und führte ins gelobte Land der Kinder: den alten Krämerladen auf Reine. Langsam begann es ihm zu dämmern. Er hatte ein bisschen Kleingeld von seinem Vater bekommen, der sich mal wieder von seinem schlechten Gewissen freikaufen wollte. Falch hatte sich einen Löffel braunen Kandis gegönnt, und obwohl es nicht allzu viel war, was er da in seiner Tüte hatte, fühlte er sich unsäglich reich. Diese braunkristallenen Diamanten konnte er sonst immer stundenlang sehnsüchtig durchs Schaufenster anschauen. Aber heute hatte das Geld zu mehr als bloß Kandiszucker gereicht. Er hatte sich auch noch eine Flasche Cola gekauft. Eine kleine Flasche aus grünem Glas. Wieder und wieder hob er sie zum Mund, und durch die Flasche sah er den Blick des anderen Jungen. Seltsamerweise hatte er sich über dessen Aufmerksamkeit gefreut, obwohl das Schreckliche erst ein paar Jahre zurücklag.

21. Kapitel

Endlich hatte er getan, worum seine Mutter ihn in all den Jahren gebeten hatte: Er hatte sich seiner Angst gestellt. Aber es wurde ganz anders, als er es sich ausgemalt hatte. Denn der Mann im Bett besaß keine Augen und konnte seinen Blick nicht erwidern, und so konnte er auch nicht erkennen, ob er es bereute oder nicht. Aber irgendwie hatte er trotzdem das Gefühl, dass jedem zischenden Ausatmen eine Bitte um Verzeihung gefolgt war. Das war immerhin etwas.

Sjur hatte das Zimmer mit einem seltsam leeren Gefühl verlassen, und jetzt saß er zu Hause in seiner Küche und wälzte Gedanken, aus denen er nicht ganz schlau wurde. War er jetzt frei von seiner Angst oder nicht? Er ließ den Blick zum Fenster wandern und bemerkte sofort die Gestalt, die den Weg zu seinem Haus einschlug. Er brauchte ein paar Sekunden, bis ihm klar war, dass er da eine Polizeiuniform vor sich hatte.

Er stürmte hinaus auf den Flur, wo er einen Augenblick ratlos stehen blieb, dann öffnete er die Schlafzimmertür seiner Mutter. Hastig verabschiedete er sich, aber erst als er eine halbe Minute später in einen Graben hinterm Haus stürzte, begriff er, dass das gerade ein endgültiger Abschied gewesen war. Er würde seine Mutter nie wiedersehen. Und ihm wurde bewusst, dass er damit sein letztes Wort gesprochen hatte.

22. Kapitel

Rino beschloss, den Weg um die Bucht zu nehmen, wo sich die Straße in die steilen Berge schnitt wie ein grober, horizontaler Riss. Die magere Vegetation klammerte sich an den Abhang, der zum Meer hin abfiel, feuchtes Moos wand sich um einen mächtigen Geröllhaufen. Häuser und Stege, die hier hingebaut wurden, waren ihrer Umgebung auf Gedeih und Verderb ausgeliefert. Von den Riesenbergen im Hintergrund musste nur etwas abblättern, und schon wurde alles, was Menschenhand geschaffen hatte, einfach ins Meer gefegt.

Rino zog die Schultern hoch, um sich gegen den auffrischenden Wind zu schützen, der vom Meer her blies und Vorboten des bevorstehenden Winters brachte. Ein alter Mann kam mit langsamen Schritten von einer der Landungsbrücken herauf, und Rino wurde mit einem Mal bewusst, dass Reine eine überalterte Gemeinde war und die Einwohnerzahl dramatisch sinken würde, wenn die Älteren erst einmal weggestorben waren. Er fragte den Mann, wo Sjur Simskar wohnte, woraufhin der Alte in eine bestimmte Richtung deutete und ihm umständlich den Weg erklärte.

Wie angewiesen bog er nach links ab und ging über einen schlecht instand gehaltenen Kiesweg. Die Mehrzahl der Häuser war alt, und mehrere sahen so aus, als würden ihre Bewohner demnächst ausziehen. Schließlich erreichte er ein baufälliges Haus mit einer Verkleidung aus alten Eternitplatten, das einsam am Fuß des Berges stand, wo altes Geröll auf dem Boden von früheren Steinlawinen zeugte.

Ein quadratisches Fleckchen Unkraut wucherte neben etwas, worin Rino eine überwucherte Mauer vermutete, die verriet, dass das Grundstück einst umzäunt gewesen war. Neben der Treppe stand ein verrosteter Tretschlitten, und ausgeblichene Plastiktüten und anderer Müll gaben einen Vorgeschmack darauf, was den Besucher im Hausinneren erwarten mochte. Vielleicht lag es an dieser Voreingenommenheit, dass Rino plötzlich einen unangenehmen Geruch wahrnahm, als er die Vortreppe hochstieg. Keine Klingel, kein Namensschild. Durch das Fenster in der Tür hätte man einen Blick nach drinnen werfen können, doch auf der Scheibe war ein glitschiger Belag gewachsen, und auf der Innenseite hing eine Gardine vor dem Glas. Anstandshalber klopfte er an, bevor er versuchte, sie selbst aufzumachen. An der Unterkante klemmte sie etwas, aber mit einem vorsichtigen Ruck bekam er sie doch auf. Was draußen eher noch ein Hauch in der Luft gewesen war, schlug ihm jetzt mit voller Wucht entgegen. Es kam ihm vor, als würde er gegen eine Mauer aus Fäulnis laufen. Sjur Simskar lebte zweifellos in einem Müllberg.

An der nächsten Tür klopfte Rino ebenfalls leicht an, aber er wartete die Antwort gar nicht erst ab und trat ein. Das Inventar war dem im Hause seiner Tante gar nicht unähnlich, geprägt von einem Stil, der zu einer anderen Generation gehörte. Aber im Gegensatz zur Behausung seiner Tante herrschte hier das völlige Chaos. Gestapelte Zeitungen und Zettel auf Regalen und auf dem Boden, massenweise kleine Plastikbehälter, in denen einmal Marmelade gewesen war. Hier wohnte offensichtlich jemand, der in Sachen Brotaufstrich wenig Abwechslung brauchte. Rino versuchte es mit einem »hallo«, bekam aber keine Antwort. Die Küche, in der ebenfalls schiefe Türme aus Plastikbehältern standen, schrie nach einer Renovierung. Aber woher kam dieser Geruch? Jetzt, wo Rino sich mit ihm abgegeben hatte, war er nicht mehr ganz so intensiv, aber trotzdem noch so widerlich, dass man fast würgen musste. Er klopfte probehalber noch einmal an die Wand, um sich bei Simskar bemerkbar zu machen, aber es kam keine Reaktion. Die Tür war nicht versperrt gewesen, also war er wohl kaum weit weg. Hatte er sich vielleicht versteckt? Vielleicht hatte er die uniformierte Gestalt auf sein Haus zukommen sehen, hatte gefolgert, dass das der neue Polizist sein musste, und fürchtete, dass der nicht über seine Sprachbehinderung Bescheid wusste?

»Ich weiß, dass Ihnen das Sprechen schwerfällt. Sie brauchen auch überhaupt nichts zu sagen!«, rief er so laut, dass man seine Worte auch im Keller und im Dachboden hören musste. Reglos blieb er stehen, aber alles, was zu hören war, war das gleichmäßige Brummen des Kühlschranks. Er ging weiter in das angrenzende Zimmer. Ein Riss lief durch den knochentrockenen Bodenbelag, und auf den Fensterbrettern lagen kleine Häufchen versteinerter Fliegen. Auch hier lagen stapelweise Zettel. Zurück im Flur klopfte er an die erste der zwei verbliebenen Türen. Er gab sich fünf Sekunden, bevor er die Tür öffnete. Ein einfaches Schlafzimmer mit einem ungemachten Bett. Er bildete sich ein, dass der Gestank stärker wurde, und entdeckte, dass sich im Bettzeug allerlei Kriechtiere eingenistet hatten. Als er an die letzte Tür klopfte, merkte er, dass der Geruch aus genau diesem Zimmer drang. Noch bevor er die Tür ganz aufgemacht hatte, schlug ihm der Gestank entgegen, ebenso widerlich wie unwirklich. Er senkte den Kopf und schnappte nach Luft, aber es fühlte sich an, als würde eine zähe Masse aus Verwesung seine Lungen füllen. Der Anblick, der ihn erwartete, als er den Blick wieder hob, überstieg selbst das grässlichste Schreckensszenario, das er sich hätte ausmalen können.

23. Kapitel

Der Wind tastete sich an den Bergen entlang, und sowie er offenes Gelände erreichte, ließ er seinen Kräften freien Lauf. Er peitschte das Meer auf, jagte einen feinen Sprühnebel über die schäumenden Wellen und ließ die vertäuten Boote wild auf und nieder schaukeln.

»Ein steifer Nordwestwind«, hatte einer der ortsansässigen Alten gesagt, als Rino zu Sjur Simskars Haus ging. Rino hätte den schlimmsten Wind vermeiden können, aber stattdessen hielt er sein Gesicht direkt hinein, ließ ihn durch Nase und Mund wehen, in der Hoffnung, den Gestank hinauszublasen, der ihm immer noch anhing – und ihm wahrscheinlich noch so lange anhängen würde, bis die ersten grauenvollen Eindrücke verflogen waren. Er hatte ein paar Sekunden gebraucht, bis er begriff, was da in diesem Bett lag. Und erst als ihm das klar geworden war, hatte er die Druckwelle der Verwesung gespürt.

Er wusste wenig bis gar nichts über den Zersetzungsprozess eines Menschen, der nicht in der Erde begraben lag. Doch diese Gestalt im Bett musste zweifellos schon lange tot dort liegen. Er unterdrückte einen Brechreiz und spuckte kräftig aus, wobei er darauf achtete, mit dem Wind zu spucken. »Und niemand hat Verdacht geschöpft«, stellte er fest.

Falch stand neben ihm. Er hatte die Hände auf den Rücken gelegt, wie ein Wanderer, der stehen bleibt, um sich etwas Vergnügliches anzusehen. »Sie war nicht so oft draußen«, meinte er lakonisch.

»Der kann doch nie Besuch gehabt haben. Ich hab den Geruch ja schon gemerkt, als ich an der Haustür war.«

»Mit Sjur redet man ja auch nicht.«

»Wegen seiner Stotterei?«

Falch nickte.

»Aber irgendjemand muss doch die Mutter gekannt haben. Und reagiert haben, als der Kontakt abbrach.«

Falch senkte den Blick. Vielleicht hatte er Schuldgefühle, weil ihm dieser Todesfall entgangen war. »Sie war alt – sehr alt. Die Leute, mit denen sie zuletzt noch Umgang hatte, waren wohl schon lange vor ihr gestorben.«

Das war eine Möglichkeit.

In diesem Augenblick kam einer der Männer von der Ambulanz auf die Treppe heraus, wo er stehen blieb und sich übers Geländer beugte. Nachdem er mehrmals heftig erbrochen hatte, trottete er bleich wieder ins Haus. Dann tauchte der einzige Arzt von Reine auf, ein überbezahlter Däne. Den norwegischen Ärzten stand der Sinn nicht danach, allein eine Praxis in einem sterbenden Küstendorf zu führen. Der Mann hatte sich ein Palästinenser-Halstuch stramm um Nase und Mund gewickelt und machte es auch nicht ab, als er zu den beiden Polizisten trat.

»Können Sie denn einschätzen, wie lange sie schon tot ist?«

Der dünne, kleine Arzt schüttelte den Kopf. »Aber als sie starb, lag noch Schnee.«

Also mindestens ein halbes Jahr. Selbst wenn sich der Sohn allmählich daran gewöhnt hatte, musste der Gestank irgendwann einfach unerträglich geworden sein. Trotzdem hatte er sie im Haus behalten und den Todesfall nicht gemeldet. »Kann sein Stottern der Grund dafür gewesen sein, dass er nicht Bescheid gegeben hat?«

Falch kratzte sich auf der Glatze, über die er sich von links nach rechts die letzten dünnen Haare gekämmt hatte. »Er schreibt immer so Zettel.«

»Oder könnte es wegen der Rente gewesen sein? Er wäre nicht der Erste, der sich die Rente eines toten Verwandten auszahlen lässt.«

»Sie wird selbstverständlich obduziert.« Der Arzt wandte sich zum Haus, wo gerade der Fahrer der Ambulanz langsam aus der Tür trat. Direkt hinter ihm tauchte die Bahre auf. Die Überreste waren gut zugedeckt, aber die Grimassen der Träger verrieten, dass der Geruch immer noch massiv war.

»Aber wie gesagt: Sie liegt schon lange tot da drin.« Der Arzt verabschiedete sich und setzte sich in den einzigen Range Rover von Reine.

»Er schreibt also immer Zettel, sagen Sie.«

Falch nickte. »Früher hat er das zumindest immer gemacht. Im Laden und auf der Post. Die meisten hier wissen ja, dass er nicht reden kann, deswegen vermeiden sie es, ihn überhaupt anzusprechen.«

»Wenn ich ihn also zum Reden bringe, wird er mir antworten, indem er Zettelchen schreibt?«

Falch zuckte mit den Schultern. »Wahrscheinlich.«

»Haben Sie irgendeine Ahnung, wo er sein könnte?«

Falch hob den Blick zu einer unbezwingbaren Bergkette und zog eine Grimasse, die wenig ermutigend aussah.

»Er hat wohl einen eher kleinen Bekanntenkreis, oder?«

»Der dürfte wohl eher klein sein, ja.«

»Dann kommt er wohl einfach wieder nach Hause.« Rino versuchte seine Vokuhila zu glätten, die im immer stärker werdenden Wind flatterte. »Wir müssen die Fenster alle aufmachen. Bei dem Wind dürfte das ja ganz gut gehen mit dem Lüften.«

Der Geruch kam ihnen in einer zähen Welle entgegen, als sie den Flur betraten, und Rino konzentrierte sich darauf, nur durch den Mund zu atmen. Die Schlafzimmerfenster standen bereits sperrangelweit offen, doch Rino machte auch noch die anderen auf und ließ den Nordwestwind durch sämtliche Zimmer wehen. Es klapperte in den altersschwachen Fensterhaken, und verdreckte Gardinen flatterten stramm wie Flaggen im Wind, auf der einen Hausseite nach innen, auf der anderen nach außen.

»Machen Sie den Dachboden? Dann übernehm ich den Keller.«

Zur mentalen Verfassung von Falch, der mitten im Wohnzimmer stand, hätte das Kellergeschoss im Grunde wesentlich besser gepasst.

Die Treppe nach unten befand sich direkt unter der Treppe zum Dachboden, und Rino musste aufpassen, dass er sich nicht den Kopf anschlug. Alte Marmeladeneimer standen gestapelt auf einem schmalen Regal, begraben unter Staub und Spinnweben. Ein schwacher Lichtschein zeigte ihm den Weg, und als er unten war, sah er, dass das Licht von der offenen Kellertür kam.

Der Keller war weder unterteilt noch irgendwie eingerichtet – nur kalte, nackte Mauern, die einen Haufen Müll umgaben. Rino stellte sich in die offene Kellertür, wo der Wind einen Moment den schlimmsten Geruch wegblies. Wahrscheinlich war Simskar auf diesem Weg geflohen, war dem Fuß des Berges ein Stück gefolgt und hatte sich dann irgendwo anders hingeflüchtet. Er würde sicher einsehen, dass seine Flucht eine irrationale Tat war, und am Ende von selbst aus seinem Versteck gekrochen kommen. Ihn suchen zu lassen wäre ein hoffnungsloses Unterfangen, außerdem deuteten die Umstände darauf hin, dass diesem Fund eine persönliche Tragödie zugrunde lag und kein Verbrechen.

Gleichzeitig ließ ihm sein Unterbewusstsein wiederholt Warnungen zukommen. Simskar, Opfer jahrelangen Mobbings, hatte aus irgendeinem Grund das Verbrennungsopfer aufgesucht, obwohl keiner von beiden in der Lage war, ein Wort zu sprechen. Als wäre das noch nicht genug, umgab den Brandunfall ein Ruch von übersehenem Verbrechen. Und nun das mit Simskars Mutter, die seit Monaten tot in seinem Haus gelegen hatte. Vielleicht musste man auch damit rechnen, dass Simskar sich aus dem Staub machte. Dem wurde langsam der Boden unter den Füßen heiß.

Als Rino wieder ins Wohnzimmer kam, stieß er auf Falch, wie er geistesabwesend die gestapelten Marmeladeneimer anstierte. »Haben Sie was gefunden?«, fragte er.

»Nur Dreck und Chaos.«

»Und Sie ahnen nicht, wo er sich hingeflüchtet haben könnte?«

»Er ist ein Nachtwanderer. Die Leute sehen ihn ständig nach Anbruch der Dunkelheit herumschleichen.«

»Wissen Sie eigentlich, dass Sjur und das Opfer des Brandunfalls miteinander bekannt sind?«

»Ovesen?«

»Heißt der so?«

»Sigurd Ovesen.«

»Er war heute im Pflegeheim und hat ihn besucht.«

»Sjur war im Pflegeheim?«

»Hat mir eine der Pflegerinnen erzählt.«

»Sjur ist doch sonst so menschenscheu.«

»Trotzdem ist er mit einem Zettel dort aufgetaucht.«

Falch blinzelte zu einem Wandkalender, auf dem ein Magnetring ein Datum markierte, das mehrere Wochen zurücklag. »Ich glaube ja nicht, dass Sjur so etwas getan hätte, wenn es nicht unbedingt notwendig gewesen wäre.«

Rino kam ein Gedanke. Mit der Hand vor dem Mund ging er ins Schlafzimmer, in dem Simskars Mutter ihr Leben ausgehaucht hatte. Die Matratze hatte sich durch den monatelangen Fäulnisprozess verfärbt, und er meinte dort auch die Körperreste der Toten zu erkennen. Er kämpfte gegen seinen Brechreiz und steuerte auf die Kommode zu. Säuberlich zusammengelegte Unterwäsche lag in den obersten zwei Schubladen. In der dritten und letzten lagen ordentlich gestapelte Häkeldeckchen und in einer Ecke ein Stapel Zeitungsausschnitte. Er griff nach dem ersten, der Titelseite der *Lofotposten* vom 13. April. Der Garagenbrand. Es war nicht die größte Schlagzeile, dafür war die Krise der fischverarbeitenden Industrie zu wichtig. Der nächste Artikel stammte vom Tag danach. Diesmal hatte die Redaktion das ganze Ausmaß des Unfalls richtig erfasst und widmete dem Ereignis daher den Großteil der ersten Seite. Rino zählte insgesamt acht Zeitungsausschnitte, darunter drei aus der *Lofot-Tidende* und einen aus der *Avisa Nordland.* Es konnte keinen Zweifel daran geben, dass der Brand Simskar beschäftigt hatte, und Rinos Intuition flüsterte ihm immer deutlicher ein, warum.

24. Kapitel

Er merkte, wie die Säure ihn langsam, aber sicher zerstörte. Bei jedem Einatmen spürte er einen stechenden Schmerz in den Lungen, und der konstante Schmerz in den Nieren verriet ihm, dass sie auf Hochtouren arbeiteten, um all die Abfallstoffe zu filtern. Sein Magen krampfte sich zusammen, sein Fieber kam in Wellen, und ein paarmal hatten die Pflegerinnen ihre Besorgnis über seinen blutigen Stuhl ausgedrückt. Früher hatte er noch zwischen Hoffnung und Resignation geschwankt, aber nachdem ihm der Versuch, eine Mail zu versenden, misslungen war, wünschte er sich nur noch ein baldiges Ende.

Er konnte ja weiterhin davon träumen, dass Joar kam, um ihn zu retten, und er hielt immer noch die Luft an, wenn er auf den Fluren einen schwereren Schritt vernahm. Doch in seinem tiefsten Inneren wusste er, dass nur noch das Ende auf ihn wartete. Und dass seine Zeit langsam ablief.

Die Tage nach dem Unfall waren alle lang gewesen, aber diesmal kam der Abend früh, als würde sich alles schneller abspulen, jetzt, wo es aufs Ende zuging. Und als der ganz spezielle Parfümgeruch wieder den Raum erfüllte, ließ er alle Hoffnung fahren. Ihre Gegenwart kroch ihm unter die Haut, er konnte geradezu körperlich spüren, wie sie sich über ihn beugte. Während er die Hand spürte, die sich ihm näherte, kniff er die Lippen zusammen, wild entschlossen, sich nicht den Mund von ihr aufstemmen zu lassen. Die Sekunden vergingen langsam, ohne dass sie einen Versuch unternahm, und er begriff, dass sie einfach abwarten wollte, bis ihm die Kraft ausging. Da konnte sie aber lange warten, denn er hatte vor, die Lippen so lange zusammenzukneifen, bis er seinen letzten Atemzug getan hatte. Doch die Teufelin war von der kreativen Sorte, und auf einmal traf ihn der Schmerz intensiver denn je zuvor. Im ersten unmittelbaren Schock hätte er sich am liebsten aus der starren Hautschale gesprengt, die ihn hier festhielt, hätte ohne sie in die Nacht hinausrennen mögen, aber er konnte nicht mehr tun, als sich in Krämpfen zusammenzurollen. Sie hatte in seine Nase gezielt, damit die Säure sich einen Weg in sein Gehirn ätzen konnte.

25. Kapitel

Rino wusste, dass er nie hätte zusagen dürfen, weil er keine Zeit und noch viel weniger Lust hatte. Aber die Einladung hatte ihn überrumpelt, und in Ermangelung einer glaubwürdigen Ausrede hatte er sich auf ein schnelles Picknick eingelassen. Er beschloss, der Statoil-Dame eine Stunde zu geben, obwohl ihr Gepäck darauf hindeutete, dass sie die Gemütlichkeit gern noch etwas länger ausdehnen wollte. Sie waren nach Hamnøy gefahren, ein ehemaliger Knotenpunkt der Fährverbindungen von und nach Reine, aber mittlerweile war Reine ja durch zwei Brücken mit dem Land verbunden. Sie zeigte ihm den Weg zu einem alten Landungssteg, der nicht weit vom alten Fähranleger entfernt war. Dort hatte sie eine Decke auf den vom Wetter gezeichneten Holzbohlen ausgebreitet. Eine leichte Brise trug den Geruch von Tang herüber, manchmal einen Hauch von Kreosot und Diesel. Diskret sah er auf die Uhr, als sie den Picknickkorb auszupacken begann. Er befürchtete, dass sie sich den extra für diesen Anlass zugelegt hatte.

»Baguettes.« Sie lächelte schelmisch, bevor sie die nächsten Leckereien enthüllte. »Brause. Ich hab mich nicht getraut, etwas Stärkeres einzupacken, Sie sind ja im Dienst.« Ihr Lächeln bekam etwas Kokettes, als sie ein paar Bananen vor ihn hinlegte. Es folgten ein paar Käsesorten, von denen er noch nie gehört hatte, die aber beide französisch klingende Namen trugen, welche mit »B« anfingen. Als sie ihm endlich auch anvertrauen konnte, dass sie Bodil hieß, wuchs sich ihr wieherndes Gelächter zu völlig irren Lauten aus, und bevor er wusste, wie ihm geschah, sah er auf einmal Helene vor sich, seit drei Jahren seine Ex.

Es war eine friedliche Trennung gewesen, obwohl die Beziehung alles andere als unproblematisch verlaufen war. Sie hatte Seiten, an die er sich nie hatte gewöhnen können: ihr Kontrollbedürfnis und ihre aufreizend herablassende Art. Aber als er jetzt hier saß, umgeben von geschickt ausgewählten Picknick-Zutaten, musste er sich widerstrebend eingestehen, dass Helenes Eigenheiten Bagatellen gewesen waren. Trotzdem regte er sich über sie auf. Was zum Teufel wollte sie mit einem Niederländer? Er sah eine dünne, schlaksige Gestalt vor sich, die vor dem Fernseher saß und sich Eisschnelllauf ansah, und er kam zu der offensichtlichen Schlussfolgerung, dass sie vom Regen in die Traufe gekommen war.

Nach ein paar zähen Anfangsminuten, in denen Bodil alles tat, um ihre Lebensmittelscherze weiterzuspinnen, lief das Gespräch natürlicher dahin, und er musste widerwillig einräumen, dass er ihre Gesellschaft eigentlich ganz angenehm fand. Zuerst hatte er sie auf Mitte dreißig geschätzt, aber vielleicht waren ihre zehn Kilo Übergewicht daran schuld, dass sie ein paar Jährchen älter wirkte. Er hatte die Angewohnheit, Frauen, die er traf, mit Punkten zu bewerten, und auf einer Skala bis zehn schaffte Bodil eine schwache Fünf. Ihr Gesicht war faltenfrei und einigermaßen süß, aber ohne Charakter und Charme. Ihr Haar sah aus, als würde sie es selbst schneiden, und ihre Kleidung wirkte eher bequem als elegant. Er mochte bodenständige Damen, aber dann doch bitte so, dass sie ab und zu mal einen Blick in den Spiegel warfen.

Er warf das letzte Stück Baguette ins Meer, und es dauerte nicht lange, bis ein kleiner Möwenschwarm sich um die Krümel balgte.

»Die verhungern langsam alle«, meinte sie und warf ein

Stück von ihrem eigenen Baguette hinterher. »Früher hat man die Fischabfälle ins Meer geworfen, aber heute ist sogar das verboten. Keiner denkt an die Möwen.«

Rino warf den Vögeln ein Stückchen Schokolade zu, und wieder kämpften sie um das Futter. »Ich hab gehört, dass dieser Fjord ganz schön tief sein soll«, meinte er.

Sie zuckte mit den Schultern. »Mein Urgroßvater ist hier ertrunken.«

»Wurde er gefunden?«

»Nein. Es hieß, dass sein Bruder und er zum Fischen draußen waren, als sie von einem Unwetter überrascht wurden. Man hat nicht mal das Schiff gefunden.«

Bei dem Gedanken, dass einem von der Meeresströmung das Grab ausgesucht wurde, schauderte Rino. Vielleicht waren solche Ereignisse die Quelle für fantasievolle Märchen. Über Inseln, die aus dem Meer wuchsen, wenn man sie am nötigsten brauchte.

»Meine Mama hatte eine Freundin, die im Fjord ertrunken ist. Sie hat erzählt, dass sie immer im Bootshaus ihrer Eltern übernachtet haben. Das Aufregendste dabei war, durch eine Luke im Boden direkt ins Meer zu springen.«

»Aber dabei ist sie nicht ertrunken, oder?«

»Nein, das war bei einem der vielen Stürme. Das Boot sank, und sie ging mit auf den Meeresgrund. Ihr Mann wurde am nächsten Morgen gefunden, völlig erschöpft, aber er hatte überlebt. Es war ihm gelungen, an Land zu schwimmen. Die beiden waren frisch verheiratet gewesen. Ein Hobbytaucher fand irgendwann in den Achtzigern das Boot, also kann der Fjord wohl nicht *so* schrecklich tief sein.«

»In den Achtzigern? Dann ist das mit der Freundin Ihrer Mutter wohl schon lange her?«

»Das war irgendwann in den Sechzigern.«

Rino ließ den Blick über die Berge wandern, und ganz kurz sah er den Todeskampf in den schäumenden Wellen vor sich, mit den von den Wellen glattpolierten Felsen als einzigem Rettungsweg. Reine war zweifellos wild und schön. Aber die Natur hier war gnadenlos.

Die veränderte Windrichtung und ein spürbar kälterer Zug kamen wie bestellt, und nach einer knappen Stunde war das Picknick Geschichte. Er wehrte die Anspielung ab, dass man die Unternehmung ja bald mal wiederholen könnte, und begab sich wieder in sein Büro.

Eine halbvolle Kaffeetasse zwischen Simskars Zeitungsausschnitten verriet, dass Falch hier gewesen war. Der Todesfall hatte wohl mehr Eindruck auf ihn gemacht, als er sich hatte anmerken lassen. Simskar, der sich in ein Dasein als Ausgestoßener hineingeschwiegen hatte und zwangsläufig Groll gegen denjenigen hegen musste, der ihm diesen Schaden fürs Leben zugefügt hatte, war auf einmal äußerst interessant. Die gesammelten Zeitungsausschnitte deuteten darauf hin, dass er sich überdurchschnittlich für den Brand interessierte, und er hatte dem Opfer ganz offensichtlich einen stummen Besuch abgestattet. Rino hatte deswegen beschlossen, mehr über das Verbrennungsopfer herauszufinden, das Ende des letzten Winters nach Reine gezogen war.

Er begann, indem er sich in die Namenslisten des Statistischen Zentralamtes einloggte, wo er überaschenderweise nur drei Personen namens Sigurd Ovesen fand. Dann rief er im örtlichen Arbeits- und Sozialamt an, um sich bestätigen zu lassen, dass Sigurd Ovesen Invalidenrente bezog. Mit unverhohlenem Frust in der Stimme führte ihn die Frau am anderen Ende der Leitung durch ein Arsenal interner Datensysteme, bis sie ihm die Auskunft erteilen konnte, dass in der Gemeinde niemand dieses Namens registriert war. Ein Anruf beim Einwohnermeldeamt bestätigte dasselbe: In der Gemeinde Moskenes war kein Sigurd Ovesen gemeldet. Auf eine plötzliche Eingebung hin tippte er in die Suchmaschine »Masken« ein. Wie zu erwarten, war die Anzahl der Treffer hoch. Er sah sich ein paar der Seiten an und erfuhr etwas über rituelle Masken, sowohl göttliche als auch dämonische. Erst nachdem er auf einer ziemlich amateurhaften Homepage herumgeklickt hatte, blieb sein Blick an einer Maske hängen, die fast identisch mit der war, die gegenüber von ihm am Regal hing. Wie sich herausstellte, war ihr Symbolwert jedoch ein ganz anderer als der, den er sich vorgestellt hatte.

26. Kapitel

An den Felsen am Ufer waren neue Bootshäuser errichtet worden, deren Standard himmelhoch über dem lag, was die Fischer früher einmal gehabt hatten, und die lediglich so getarnt waren, um sich einen Geschmack vergangener Zeiten zu verschaffen. Der alte Kramladen war schon lange umgebaut worden, und nun befand sich in dem Gebäude ein jetzt schon sagenumwobenes Restaurant. Falch hatte ein paarmal hier gegessen, sich aber jedes Mal geärgert, dass die Preise eher an deutsche Touristen mit dicker Rente und vollem Konto angepasst waren. Da die Saison für dieses Jahr vorüber war, folgten ihm keine neugierigen Blicke, als er um das rot gestrichene Gebäude schlenderte, das rechts und links jeweils einen Anbau hatte, der an einen Vogelkäfig erinnerte. Der Krämerladen war am Nachmittag immer ein beliebter Treffpunkt gewesen, nicht zuletzt deswegen, weil die Kinder hofften, dass ihnen beschwipste Fischer vielleicht ein Bonbon kauften. Über die ursprüngliche Treppe war eine Holzüberdachung gebaut worden. Hier hatte er gesessen und dem Rebellen in die Augen gesehen, während er seine Cola genoss. Da er die Flasche nicht alleine austrinken konnte, hatte er ihm eine wortlose Einladung zukommen lassen: im Tausch gegen ein, zwei Schluck Cola. Obwohl er den anderen hasste und ihm nie verzeihen konnte, was er getan hatte, hatte er ihm dennoch einladend die Flasche hingehalten. Er hatte es sich selbst eingebrockt. Und der Rebell hatte getrunken, nicht nur einen Schluck, sondern den ganzen Rest in der Flasche. Dann seine ruckartige Bewegung mit dem Kopf: Komm mit! Als könnte er aufgrund seiner sadistischen Tat vor ein paar Jahren über ihn verfügen. Und Falch hatte das Undenkbare getan, er war aufgestanden und hatte sich auf den Fahrradgepäckträger gesetzt. Er hatte sich gefangen gefühlt, während er dort saß und auf diesen Rücken starrte, und wieder waren die Erinnerungen an die Untat in ihm hochgekommen, wirklichkeitsgetreuer denn je.

Das war, als er noch auf Tennes wohnte, jener Landzunge, die sich wie eine Gefängnisinsel mitten im Meer angefühlt hatte. Seine Mutter hatte eine ihrer seltenen Einkaufsfahrten nach Reine unternommen, und sein Vater war draußen beim Fischen. Falch hatte kein Problem, sich selbst zu beschäftigen, aber an diesem Tag hatte er seiner Mutter gerade noch zum Abschied zugewinkt, als plötzlich eine innere Warnlampe hysterisch zu blinken begann. Er beschloss, im Haus zu bleiben, aber es war, als hätte der andere einen Radar, der jede sich bietende Möglichkeit erfasste. Vom Fenster aus konnte Berger sehen, wie er das uralte Holzboot ins Meer schob, das schon seit wer weiß wie vielen Jahren nicht mehr geteert worden war. Und schon nach wenigen Ruderschlägen war offensichtlich, wo er hinwollte. Er vertäute das Boot, ohne auch nur einen Blick zum Haus der Familie zu werfen. Er wusste, dass Falch allein war, er hatte alle Zeit der Welt. Ruhig und bedächtig ging er hinauf zum Haus, wo er sich abwartend vor die Tür stellte, so als wollte er seine Erwartung demonstrieren, dass die Beute freiwillig herauskommen würde. Und so war es auch. Berger Falch schaffte es nicht, drinnen sitzen zu bleiben und auf das Unvermeidliche zu warten, also ging er hinaus. *Du bist allein. Du weißt doch, dass Weiber immer eine ganze Weile wegbleiben, wenn sie erst mal aufs Festland rüberfahren*. Er wartete. Sein Blick und seine Körpersprache strahlten Souveränität aus. *Man kann ja nicht viel unternehmen hier draußen. Ich seh dich oft auf dem Geröll rumklettern*. Im gleichen Augenblick begriff er. Er versuchte, einen zufälligen Blick über die Schulter zu werfen, in der Hoffnung, ein sich näherndes Boot zu entdecken, aber der andere grinste nur noch breiter. *Ich sag's dir doch: Weiber können stundenlang einkaufen.*

Falch hatte sich damals zwingen müssen, seine Tochter loszulassen, und Kristine glaubte, die Alarmglocken klingeln zu hören. Die Bindung wurde zu stark. Aber jetzt war er eine ganze Woche nicht bei ihr vorbeigegangen, und so ging er jetzt leichten Schrittes zu einem der Häuser hinauf, die ganz oben auf dem Hügelkamm lagen und die beste Aussicht über das Fischerdorf hatten. Als er eintrat, stand sie mit langen Gummihandschuhen über den Abwasch gebeugt. »Ach, du bist das! Ich hab dich gar nicht kommen hören.«

»Ich bin ein leiser Bursche.«

»Allerdings.« Sie schüttelte den Schaum von den Handschuhen, bevor sie sie von den Fingern zerrte. »Ich sehe, dass du ab und zu in der Arbeit bist.«

Er zuckte mit den Schultern.

»Wenn der Arzt dich krankschreibt, dann deswegen, weil er findet, du solltest nicht arbeiten.«

»Ach, ich weiß nicht …«

»Liegt es an diesem Skelett, dass du es nicht schaffst, zu Hause zu bleiben?«

»Vielleicht.«

»Und der neue Polizist, ist der nicht mit der Sache betraut worden?«

»Doch.«

»Kommt ihr gut miteinander aus?« Sie hatte eine mütterliche Miene aufgesetzt.

»Läuft alles prima.« Sein Blick fiel auf eine Korkpinnwand an der Küchenwand, an der um die zehn selbstgemalte Bilder kunterbunt nebeneinandergeheftet waren. Inzwischen machte er sich fast instinktiv auf grässliche Fratzen gefasst, wenn er eine Kinderzeichnung sah, obwohl er wusste, dass Sandra eine liebevolle Mutter war.

»Kommt ihr der Sache denn auf den Grund? Es gehen ja schon Gerüchte um, weißt du.«

»Was für Gerüchte denn?«

»Mord.« Sie drückte ihm einen nach Gummi riechenden Finger auf die Nase.

»Genau das versuchen wir gerade rauszufinden.«

»Du bist krankgeschrieben, vergiss das nicht.«

»Nach Bedarf.«

»Was ist das denn bitte?« Sie war dazu übergegangen, Kaffee aufzusetzen.

»Da gibt es was, was ich dich fragen wollte.«

»Dann frag.«

»Von der Zeit, bevor deine Mutter starb.«

Sie erstarrte eine Sekunde, bevor sie weiter Kaffee in den Filter löffelte. »Das ist sieben Jahre her.« Ihre Stimme verriet, dass sie diese Sache hinter sich gelassen hatte und sich wünschte, dass er dasselbe tat.

»Hast du ihr was angemerkt?«

Sie legte die Hand an die Stirn. »Jetzt bin ich rausgekommen. Waren das jetzt zwei oder drei Löffel?« Sie schüttete den Kaffee zurück in die Dose und fing von vorne an. »Darüber haben wir doch schon tausendmal geredet, Papa. Du weißt doch, dass ich damals in Bodø gewohnt habe und weniger denn je mit Mama zu tun hatte. Wir haben natürlich telefoniert, aber sie hatte ich nicht so oft an der Strippe wie dich.« Das war kein Seitenhieb, so etwas sah Sandra nicht ähnlich. Sie hatte einfach eine Tatsache festgestellt.

»Aber nichts Unnormales?«

»Ich weiß nicht, wie du darauf kommst.« Ein erster Anflug von Gereiztheit. »Es war ein Unfall. So etwas passiert, und leider ist es Mama passiert. Warum quälst du dich nach all den Jahren damit?«

»Ich weiß nicht.«

»Was willst du denn von mir hören? Dass sie mit voller Absicht von der Straße runtergefahren ist? Mama war glücklich.«

»Ja?«

Ein strenger Blick, bevor sie ihm die Handflächen auf die Wangen legte. »Mama hatte den besten Ehemann der Welt. Ich weiß, dass sie glücklich mit dir war, und ich weiß, dass sie sich nicht weggewünscht hat, weder von dir noch von dem Leben, das sie lebte.«

Er nickte resigniert.

»Warum kannst du nicht deinen Frieden machen mit diesem Unfall?«

»Ich weiß nicht, Sandra. Ich weiß es wirklich nicht. Ich war mindestens hundertmal am Unfallort. Es sollte gar nicht möglich sein, an dieser Stelle die Kontrolle zu verlieren.«

Sie ließ die Hände sinken. »Es könnte glatt gewesen sein.«

»War es aber nicht.«

»Sie könnte ...«

»Bei der Obduktion gab es keine auffälligen Befunde.«

»Eine Sekunde Unaufmerksamkeit reicht schon.«

»Ja ...«

»Was ist denn bloß los, Papa?«, fragte sie nach kurzem Schweigen.

»Ich hab dich lieb, Sandra.«

»Ich weiß«, erwiderte sie.

27. Kapitel

Der Schmerz und die Übelkeit raubten ihm jedes bisschen Aufmerksamkeit. Von schwelendem Unbehagen bis zu lodernden Flammen, die ihn allmählich Stück für Stück aufzehrten. Resigniert stellte er fest, dass er seiner unwiderruflichen Niederlage entgegenging. Er hatte sich blind zum PC vorgetastet, war aber darauf angewiesen, dass er auf den Millimeter genau arbeitete, wenn er Erfolg haben wollte. Der Versuch war zum Scheitern verurteilt gewesen. Er würde einen langsamen, qualvollen Tod sterben. Auge um Auge …

Die Tür ging auf, dann näherten sich hastige Schritte seinem Bett. Sein Puls schnellte hoch, doch dann drang eine Stimme zu ihm durch.

»Ich bin es«, flüsterte Gøril und legte ihm eine Hand auf die Wange.

Obwohl seine Haut eine tote Hülle war, genoss er die Berührung. Sie war liebevoll, und er wünschte, dieser Augenblick könnte für immer andauern.

»Du wirst verlegt, Hero.«

Er konnte kaum glauben, was er da hörte. Verlegt. War es jemandem gelungen, die Heimleiterin davon zu überzeugen, dass er hier grausamen Übergriffen ausgesetzt war? Aber warum entfernten sie dann ihn – und nicht die Pflegerin? Wussten sie vielleicht nicht, welche es war? Wollten sie das Risiko nicht eingehen, ihn hierzubehalten, bis sie sie überführt hatten? Natürlich. So musste es sein. Gøril weinte, wie so oft in letzter Zeit, und wenn er gekonnt hätte, dann hätte er mit ihr geweint.

Freudentränen.

Der Gott, der ihm einen Frühlingstag verzieh, hatte sich ihm endlich wieder zugewandt.

»Ich werde versuchen, dich zu besuchen. Aber das wird wohl nicht einfach werden.«

Sie würden ihn also weit wegbringen. Weit weg von der Teufelin.

»Ich glaube, jetzt kommen sie.«

Ein Kuss auf die Stirn, dann strich goldenes Haar über sein Gesicht.

Gøril war der einzige Wermutstropfen in seiner Freude. Er würde sie vermissen, aber wenn dieser Albtraum eines Tages vorüber war, wollte er wieder Kontakt mit ihr aufnehmen.

Sekunden später ging die Tür auf. Sie waren zu zweit, und ohne ein Wort zu sagen, lösten sie die Bremse und setzten das Bett in Bewegung. Schnell und effektiv. Während er von seinem Zimmer Abschied nahm, merkte er, dass eine dritte Person die Tür aufhielt. Sie verlangsamten das Tempo, bugsierten ihn vorsichtig durch die Tür, und als er gerade ein stummes Dankgebet an höhere Mächte sprach, roch er ihn. Den Geruch der Teufelin.

28. Kapitel

Die Garage – die kleinste, die Rino je zu Gesicht bekommen hatte – stand auf massiven Pfählen am Abhang zum Meer. Wenn hier ein Auto durch den Boden krachen würde, würde es die Felsen hinunterrollen und seine ewige Ruhe in zehn bis fünfzehn Metern Tiefe finden. Er machte die seitliche Tür auf, die nur mit einem einfachen Haken geschlossen wurde, und trat ein. Das magere Tageslicht sickerte unter der Holzverkleidung herein und durch die Ritzen, wo das Material trocken geworden war. Er fand, es roch versengt aus dem massiven Bretterboden, aber nach so vielen Monaten bildete er sich das wahrscheinlich bloß ein. Er fand keinen Lichtschalter, aber in weiser Voraussicht hatte er sich eine Taschenlampe mitgenommen. Abgesehen von einer alten Hobelbank und einem Stapel Übertöpfen war die Garage leer. Er schätzte, dass die Decke, die fast komplett verrußt war, früher Teil eines Landungsstegs oder eines stillgelegten fischverarbeitenden Betriebs gewesen war. Anscheinend waren es die riesigen Dimensionen, die verhindert hatten, dass sie komplett in Flammen aufging. Er hielt die Lampe hoch und stellte fest, dass sich mehrere Wellblechplatten durch die Hitzeentwicklung verfärbt hatten. Auch Teile der einen Wand trugen erste Brandspuren. Nur Zufälle und Glück hatten offenbar den armen Kerl gerettet, der in diesem Augenblick wie ein lebender Toter im Pflegeheim lag.

Konnte es sich bei dem Verbrennungsopfer um Boa handeln, den Mann, der als Junge alle Menschen terrorisiert hatte, die ihm über den Weg liefen? Hatte er sein eigenes Verschwinden inszeniert, um dann ein halbes Jahrhundert später aus dem Nichts wieder aufzutauchen? Und hatte sich eines seiner damaligen Opfer vielleicht auf diese Art bei ihm rächen wollen und das Verbrechen als Unfall hingestellt? Rino richtete seine Lampe in jene Ecke, wo die Zeichnung gefunden worden war. Ein hasserfüllter Blick hatte dem Kampf gegen die Flammen beigewohnt. Er ging näher heran, und als der Lichtkegel zu einem kleinen Kreis zusammenschrumpfte, begriff er.

Die Initialen.

Es war so eindeutig, dass es ihn blind gemacht hatte, und er sah ein, dass die Besorgnis seines Kollegen mehr als berechtigt gewesen war.

Sowie er durch die Bürotür getreten war, holte er den Bericht über den Brand wieder heraus. In einem Nebensatz fand er, wonach er gesucht hatte: den Namen der Person, die als Vermieterin des Hauses geführt wurde. Er recherchierte Telefonnummer und Adresse und beschloss, der Frau einen Besuch abzustatten. Diesmal nahm er den türkisen Volvo, seinen ganzen Stolz, der aus einer Zeit stammte, als die Schweden noch majestätische Fahrzeuge bauten. Zehn Minuten später hielt er vor dem wahrscheinlich einzigen Lebensmittelgeschäft auf Sørvågen. Eine Frau zeigte ihm, wo Oline Olsen wohnte, und als er vor ihrem Haus hielt, stellte er fest, dass es nicht nur zwei Stockwerke hatte, sondern auch noch knallrot war – die reinste Orientierungshilfe für Schiffe in Seenot.

Die Einfahrt war mit marmoriertem Kies bestreut, ein geradezu absurder Stilbruch, sowohl im Hinblick aufs Haus als auch auf die Nachbarschaft. Er beschloss, die Klingel zu ignorieren. Stattdessen ging er ins Haus und klopfte an die Tür, die er für die Küchentür hielt. Es dauerte eine Weile, bevor ein vorsichtiges »Herein!« erscholl, doch als er die Tür aufmachte, lächelte ihm eine bestimmt über achtzigjährige Frau freundlich entgegen. Ihr Haar hatte dieselbe Farbe wie der Kies in der Einfahrt, und ihre Ringellöckchen wären eines Königspudels würdig gewesen. Sie konnte unmöglich größer sein als eins fünfzig, obwohl sie Sandalen mit dicken Sohlen trug. Er stellte sich vor und fragte nach der Mietwohnung auf Reine.

»Das ist das Haus, in dem ich aufgewachsen bin.« Sie legte den Kopf schief und tat so, als wäre sie sehr erstaunt, dass ein Polizist bei ihr aufgetaucht war.

»Ich komme wegen des Brandes in der Garage.«

»Ach ja, schrecklich. Das ist doch grässlich, dass sich jemand wegen eines verdammten Rasenmähers das Leben zerstört.« Oline Olsen ließ sich auf einen kleinen, abgenutzten Holzschemel sinken. »Ich wollte ihn auch im Pflegeheim besuchen, aber man hat mir gesagt, dass er sich gar nicht verständlich machen kann.«

»Sie sprechen von Sigurd Ovesen?«

»Ja, von wem denn sonst?«

»Kennen Sie ihn denn ein bisschen, abgesehen davon, dass er Ihr Mieter war?«

»Nein. Aber er hätte in meiner Garage ja beinahe seinem Leben ein Ende gesetzt, und so was lässt einen nicht ganz unberührt. Der jetzige Mieter braucht keine Garage, und das ist ganz gut so. Am besten bleibt die für immer zugesperrt.«

Rino zog sich unbescheiden einen Küchenstuhl heran und setzte sich.

»Wann ist er eingezogen?«

»Tja …« Ein kurzer Blick aus dem Küchenfenster. »… Anfang März irgendwann.«

»Wissen Sie, wo er herkam?«

Sie schob die Hände zwischen die Knie und schüttelte den Kopf.

»Hat er nie was darüber gesagt?«

»Wohl nicht.«

»Ich würde doch meinen, dass jemand mal ein Wort darüber fallen lässt, wenn er wo einzieht.«

»Nein.« Sie zögerte. »Kann sein, dass er was gesagt hat, aber … aber nein, das wüsste ich noch.«

»Was für einen Eindruck hatten Sie so von ihm?«, fragte Rino. Sein Versuch, Augenkontakt mit der alten Dame aufzunehmen, misslang.

»Er hat die Miete pünktlich bezahlt.«

»Und ansonsten?«

»Nein, also, einen Eindruck …«

»Wie hat er überhaupt bezahlt?«

»Was meinen Sie mit ›wie‹?«

»Per Überweisung oder …«

»Nein, der hat immer bar bezahlt.«

Was wohl eher selten geworden war nach der letzten Jahrtausendwende. »Wie lief das dann praktisch ab – kam er her und lieferte das Geld an der Haustür ab?«

Zu seiner Überraschung nickte sie.

»Er kam also hier raus nach Sørvågen und drückte Ihnen die Miete in die Hand?«

»Er kam am letzten Freitag im Monat mit dem Zweier-Bus. Nun blieb es ja nur bei der einen Zahlung. «

»Haben Sie ihn gefragt, warum er bar bezahlen wollte?«

»Ja, das habe ich in der Tat.« Sie ließ die Hände weiter zwischen den Knien. »Aber warum fragen Sie eigentlich danach?«

Er entschied sich für die halbe Wahrheit. »Weil niemand weiß, wer er ist oder woher er kommt. Er könnte ja Angehörige haben, die nicht wissen, warum der Kontakt plötzlich abgerissen ist.«

»Daran hab ich gar nicht gedacht.« Sie legte zwei Finger an die Unterlippe. »Er meinte damals nur, er sei von der alten

Schule und habe für Überweisungsformulare und so was nicht so viel übrig.«

Und wenn man keine Banken mag, ist man von der ganz besonders alten Schule, dachte Rino. Er wiederholte seine Frage, welchen Eindruck sie von ihrem Mieter gehabt hatte.

»Er wirkte ordentlich. Vielleicht ein bisschen langsam.«

»Langsam?«

Sie zuckte mit den schmächtigen Schultern.

»Umständlich?«

»Ja, vielleicht ein bisschen umständlich.«

»Sonst nichts Auffälliges?«

»Ist er tot?«, fragte sie plötzlich.

»Als ich gestern bei ihm war, war er noch am Leben.«

»Ich dachte nur, weil Sie so fragen«, meinte sie.

Als er Oline Olsen verließ, war er ganz sicher, dass es sich bei dem Verbrennungsopfer um Oddvar Strøm handelte und dass er die Initialen seines Namens getauscht hatte, als er sich den Namen Sigurd Ovesen zulegte.

Als er wieder im Büro war, fiel ihm noch etwas ein. Erneut blätterte er Falchs Notizen zum Brand durch und landete bei Nummer und Namen des Rasenmäherlieferanten, der nach dem Unfall darauf bestanden hatte, das Gerät selbst noch einmal untersuchen zu dürfen. Sekunden später hatte er einen Herrn namens Mellevik aus Trøndelag am anderen Ende der Leitung.

»Ich dachte, die Sache wäre inzwischen abgehakt«, sagte er mit einem abweisenden Unterton.

»Im Grunde genommen ist sie das auch. Ich will nur hören, wie sicher Sie sich sind, dass der Rasenmäher nicht explodiert sein kann.«

»Wollen Sie eine ganz ehrliche Antwort?«

»Ja.«

»Dann kann ich Ihnen sagen, dass wir uns zu hundert Prozent sicher sind. Nachdem wir den Hersteller in Ipswich kontaktiert hatten, würde ich Frau und Hund darauf wetten, dass der Rasenmäher nicht von selbst explodiert ist. Das ist so gut wie unmöglich.«

29. Kapitel

Er saß im Regen, geschützt von einer kleinen Gruppe Zwergbirken. Der Rucksack, den er sich auf der Flucht noch gegriffen hatte, enthielt zumindest eine Packung Kekse und ein paar Bananen. Damit konnte er ein paar Tage überleben. Er nahm an, dass das Haus jetzt überwacht wurde, also konnte er eine Heimkehr vorerst abschreiben. Außerdem wusste er, dass es sinnlos war zu versuchen, der Polizei die Sache zu erklären. Die würden doch nur darauf schauen, dass die Pension sieben Monate nach dem Tod seiner Mutter immer noch weitergelaufen war, obwohl er das Geld nicht angerührt hatte und bereit gehalten hatte, es eines Tages zurückzuzahlen. Niemand konnte begreifen, was ihm seine Mutter bedeutet hatte, dass er ohne sie überhaupt kein Wort mehr herausgebracht hätte.

Er wusste in diesem Moment, dass sein Leben verloren war. Deswegen war es wichtiger denn je, dafür zu sorgen, dass es der anderen gut ging. Und sie hatte es gut. Er konnte es ihr ansehen – an der Art, wie sie sich bewegte, ob sie Appetit hatte oder nicht, solche Dinge eben. Ein unbeobachteter Moment konnte schon genügen, was er an einem Herbsttag vor knapp fünfzig Jahren schmerzlich hatte erfahren müssen. Und von jenem Tag an hatte er es sich zur Lebensaufgabe gemacht, über sie zu wachen.

Der Regen hatte nachgelassen, als er Kurs aufs Pflegeheim nahm. Eigentlich war es noch nicht dunkel genug, aber nachdem er seine Mutter verloren hatte, kochte der Hass in ihm stärker denn je. Er war unvorsichtig, das war ihm bewusst, aber er wollte ihn wiedersehen, den Mann, der sein Leben zerstört hatte und der jetzt endlich die Strafe bekommen hatte, die er verdiente.

Er lehnte die provisorische Leiter an die Wand und kletterte die paar Sprossen nach oben. Boa lag so da wie immer, auf dem Rücken, den lippenlosen Mund halb offen. Nur ab und zu verriet eine Zuckung, dass noch Leben in ihm war. Wenn es nach Sjur ginge, würde Boa noch viele Jahre leben. Der verdiente sein Leiden, der verdiente es so durch und durch. Während er so dastand und den Mann betrachtete, der ihm das Leben zur Hölle gemacht hatte, spürte er, wie sich ihm die Kehle zusammenschnürte. Trotzdem konnte er nicht leugnen, dass er sich betrogen fühlte. Sein Besuch in diesem Zimmer war nicht so gelaufen, wie er es sich erhofft hatte. Die Reue war noch unvollkommen.

In diesem Moment ging auf einmal das Licht an. Er duckte sich und blieb unbeweglich auf der Leiter sitzen. Gedämpfte Stimmen, kurzes Rumoren, dann wurde es wieder still. Als er wieder ins Zimmer blickte, war es leer.

Boa war fort.

30. Kapitel

Eine Wutmaske. Und nicht einfach irgendeine, wenn Rino glauben konnte, was er im Netz darüber gelesen hatte. Es ging um die Bewältigung von Traumata durch Zeichnungen, und die Maske war ein Teil der Therapie. Die Frau, der diese Homepage gehörte, gab an, dass sie sehbehindert war, was erklärte, warum die Buchstaben so groß und fettgedruckt waren. Er hatte ihr eine Mail geschickt und nach der Maske gefragt, und in ihrer Antwort erläuterte sie, dass diese Maske von einer Zeichenübung stammte, die sie in einem Zentrum für Blinde und Sehbehinderte gemacht hatte. Die kontrastreiche Farbgebung machte es leichter, das Motiv darzustellen. Von 1958 bis 1970 war sie mehrmals in der Blindenschule Huseby in Oslo gewesen, und dort hatte einer der Lehrer diese Masken im Unterricht benutzt, eine Maske für jeden Gemütszustand. Des Weiteren konnte sie ihm erzählen, dass Blinde und Sehbehinderte öfter Opfer von Übergriffen wurden als gesunde Menschen und daher auch häufiger unter unverarbeiteten Traumata litten. Die Wutmasken hatten die Aufgabe, unverarbeitete Wut hervorzuholen, aber soweit sich die Frau erinnern konnte, war das nicht Teil der normalen Ausbildung gewesen. Das war wohl eher als ein Experiment anzusehen.

Diese Erklärungen verstärkten Rinos Verdacht, dass der Brand gelegt worden war, obwohl es ihm nicht gleich gelang, eine Verbindung zwischen der Maske und Sjur Simskar herzustellen. Natürlich gab es Parallelen aufgrund der Traumatisierung, und er machte sich eine geistige Notiz, dass er noch einmal überprüfen wollte, ob Simskar auf eine Art Sonderschule gegangen war, auf der er entsprechende Zeichenübungen gemacht hatte.

Eines stand aber auf jeden Fall fest: Sie mussten Simskar zum Reden bringen, und zwar bald. Nachdem er mit dem Präsidium auf Leknes Rücksprache gehalten hatte, vereinbarte man, noch am selben Abend eine Suchaktion zu starten. Wahrscheinlich war sie so aussichtsreich, als würde man eine Flasche im Vestfjorden suchen, aber einen Versuch war es dennoch wert.

Rino rief Falch an und fragte, ob er sich vorstellen könnte, an der Suche teilzunehmen, und zu seiner Überraschung war sein Kollege mehr als bereit. Sie verabredeten sich um elf Uhr vor dem Büro, und Rino ließ sich zu einem schnellen, ungesunden Essen an der Statoil-Tankstelle verleiten. Erleichtert stellte er fest, dass ein Mann hinterm Tresen stand, und aus purer Freude beschloss er, einen Totozettel abzugeben, was er sonst nie tat. Als frischgebackener Alimentezahler konnte er ein paar leicht verdiente Kronen brauchen. Er musste Tipps für die Ergebnisse von Länderspielen abgeben, was aber egal war, denn er hatte generell keine Ahnung von Fußball, weder auf nationaler noch auf internationaler Ebene. Also wollte er seine Kreuze einfach blindlings setzen, doch er konnte sich nicht darüber hinwegsetzen, dass das erste Spiel Norwegen gegen die Niederlande war. Mit dem Hintergedanken, dass sich die Niederländer mit der größten Selbstverständlichkeit das Eigentum eines anderen Mannes unter den Nagel rissen, kreuzte er Heimsieg an, und das mit solcher Kraft, dass der Stift das Papier aufriss. Er knüllte den Schein zusammen und nahm sich einen neuen, doch bevor er den sicheren Heimsieg erneut eintragen konnte, klingelte das Telefon. Es war Joakim.

»Hallo, mein Erstgeborener.«

»Erster und letzter.« Aus irgendeinem Grund flüsterte Joakim.

»Warum so leise?«

»Hab mich schon hingelegt.«

Rino warf einen Blick auf die Uhr. Viertel vor zehn. »Ist das nicht ein bisschen früh für deine Verhältnisse?«

»Ich musste.«

»Neue Hausregeln?«

Am anderen Ende wurde es still, doch Rino konnte sich denken, wie sein Sohn mit den Schultern zuckte. »Ich hab hier kein Bildtelefon, Joakim.«

»Mama will mit Ron ihre Ruhe haben.«

Rino knüllte den Schein zusammen. »Hat sie das gesagt?«

»Nicht direkt … aber du-hu?«

»Am Apparat.«

»Kann ich mit René aufs Konzert gehen?«

»Jetzt?«

»Nein. Am Donnerstag.«

»Da musst du wohl Mama fragen. Sie bestimmt, wenn du bei ihr wohnst, ich, wenn du bei mir bist.«

»Dann bestimmt ja fast nur noch sie.«

»That's life, Joakim.«

»Sie sagt nein.«

»Also hast du schon gefragt.«

»Mama ist doch voll das Frauenzimmer. Die findet alles daneben.«

»Was für ein Konzert ist es denn?«

»Joddski.«

»Was zum Teufel ist das denn für ein Name? Ist das ein Joik-Konzert?«

»Oh Gott, Papa. Hast du noch nie von Joddski gehört?«

»Ist mir wohl entgangen. Aber irgendwie bin ich sicher, dass ich darüber nicht traurig sein muss.«

»Joddski ist echt genial.«

»Daran zweifle ich nicht, aber Joddski ist Mamas Domäne.«

»Mama ist so 'n richtiger alter Drachen geworden.«

»Jetzt entspann dich mal, Joakim. Mama tut, was sie für das Beste hält.«

»Ist es das Beste für mich, wenn ich hier sitze und in meinem Zimmer rumhänge, während meine Kumpels alle auf dem Joddski-Konzert sind, oder was?«

»Wenn ich deinen Musikgeschmack richtig einschätze, dann ja.«

»Blödmann.«

»Jetzt komm mal wieder runter, Joakim. Cheer up.«

»Ach Scheiße, kann ich nicht, wenn ich nicht zu Joddski darf.«

Die Verbindung wurde unterbrochen. Es war das erste Mal, dass Joakim das Gespräch beendete, indem er einfach auflegte, und Rino gefiel das ganz und gar nicht. Sein Sohn war ihm wie ausgewechselt vorgekommen, nachdem er mit der Ritalin-Einnahme begonnen hatte. Doch wer auch immer Joddski war, er hatte dazu beigetragen, wieder etwas vom alten Joakim zum Vorschein zu bringen. Das reichte Rino schon, um Joddski zu hassen.

Es war Viertel nach elf, als die fünf Mann starke Truppe in die Nacht aufbrach. Falch war sicher, dass Simskar sich im Freien versteckte, denn er war einer der einsamsten Wölfe auf Reine. Deswegen hatten sie sich darauf geeinigt, nur leer stehende Gebäude zu überprüfen, darunter auch Garagen und Schuppen. Der Polizeichef und einer seiner Polizisten konzentrierten sich auf die Landzunge als Suchgebiet, die anderen übernahmen die Gebäude auf der anderen Seite der Bucht. Sie verabredeten, sich um fünf Uhr im Büro zu treffen, und wenn sie Simskar bis dahin nicht gefunden haben sollten, wollten sie einen neuen Versuch starten, sobald es hell geworden war. Rino war klar, dass die Suchaktion ein Schuss ins Blaue war, denn obwohl Reine klein war, gab es unzählige Ritzen und Löcher, in denen Simskar sich verstecken konnte. Doch man hoffte, dass er es mit der Angst zu tun bekommen würde, wenn er merkte, dass die Polizisten ihn langsam einkreisten, und dass er sich dann freiwillig stellen würde.

Nachdem sie eine Weile ziellos durch unwegsames Gelände gestreift waren, ohne dass der Lichtstrahl ihrer Taschenlampen anderes eingefangen hatte als Stein und verwelktes Herbstgras, beschloss Rino, alles auf eine Karte zu setzen. Er knipste seine Lampe aus und steuerte Simskars Zuhause an. Wie erwartet stand das Haus leer. Trotzdem beschloss er, eine Weile dort zu bleiben, in der Hoffnung, dass der Ausreißer heimkehrte.

Simskar war höchstwahrscheinlich so geflohen, wie er war, als Rino anklopfte, also war er nun darauf angewiesen, sich Essen und Kleider zu besorgen. Und für einen menschenscheuen Mann, der nicht sprechen konnte, war die naheliegendste Alternative sein eigenes Zuhause.

Rino entschied, sich vor dem Haus auf die Lauer zu legen, denn der Geruch machte es sowieso unmöglich, sich im Hausinneren aufzuhalten. Er duckte sich hinter einen Stein, von dem aus er freie Sicht auf den Eingang hatte. Zuvor hatte er die Kellertür abgeschlossen und alle Fenster zugemacht – um Simskar zu zwingen, den Haupteingang zu nehmen.

Es wurde zwei Uhr, ohne dass Simskar aufgetaucht war, und eine Stunde später konnte der Polizeichef mitteilen, dass Reine simskarfreie Zone war und es Zeit für den Rückzug wurde. Rino selbst beschloss jedoch, noch ein wenig abzuwarten.

Obwohl er sich ein windgeschütztes Fleckchen gesucht hatte, kroch ihm die Kälte in die Knochen, und ihm wurde klar, dass Simskar schrecklich frieren musste, wenn er keinen Unterschlupf gefunden hatte.

Die Nacht veränderte die Umgebung. Die hoch aufragenden Berge wurden zu einer kompakten Wand, die langsam näher kroch, während man ihre Umrisse nur so gerade eben vom nachtschwarzen Himmel unterscheiden konnte. Überall rundum lagen Felsen, manche so groß wie Häuser, andere so überwuchert, dass sie in der Landschaft verschwanden. In regelmäßigen Abständen veränderte Rino seine Sitzposition und schüttelte seine taub gewordenen Glieder. Bis es vier Uhr war, hatten schon mehrere kleinere Felsen die Umrisse von Simskar angenommen, aber jedes Mal war ihm die Freude wenige Sekunden später bei genauerem Hinsehen wieder vergangen. Langsam begann er von frisch gebrühtem Kaffee im warmen Büro zu träumen, da weckte ein Geräusch plötzlich seine Aufmerksamkeit. Er blieb gespannt sitzen und konzentrierte sich darauf, ob er das knirschende Geräusch noch einmal hören würde. Dann reckte er den Kopf und versuchte, irgendwo eine Bewegung in den Schatten auszumachen. Doch da war nur der Wind, der durch das welke Gras strich. Dann ein neues Geräusch, jetzt mehr wie ein hohles Scheppern. In diesem Moment begriff er, dass Simskar ein Fenster auf der anderen Seite des Hauses eingeschlagen hatte. Rino schlich sich aus seinem Versteck, teils auf allen vieren, weil die meisten Steine von einer Schicht aus rutschigem, nassem Moos bedeckt waren. Er duckte sich an einer Längsseite des Hauses gegen die Wand, bevor er vorsichtig einen Blick um die Ecke warf. Eine Leiter stand an der Wand, und eines der Wohnzimmerfenster war zerbrochen. Simskar war im Haus.

Sein erster Gedanke war, dass er Verstärkung anfordern

musste, aber seine Kollegen würden mindestens fünf Minuten brauchen, bis sie hier waren, und er bezweifelte, dass Simskar vorhatte, sich so lange im Haus aufzuhalten. Rasch lief er zum Eingang, wo er beinahe über eine überwucherte Plastiktüte gefallen wäre. Es war seine Idee gewesen, die Haustür nicht abzuschließen, und jetzt schob er sie vorsichtig auf. Es gab ein gedämpftes Knirschen, aber er hoffte, dass der Wind das Geräusch schluckte. Der Geruch war immer noch durchdringend und übelkeitserregend, doch es gelang Rino, ihn auszublenden. Das Herz klopfte ihm heftig gegen die Rippen, während er vorsichtig auf den Flur trat. Er konnte Simskar hören, war aber nicht in der Lage zu orten, woher das Geräusch kam, es war eher ein gedämpftes Rumoren irgendwo im Haus. Ohne Verstärkung hier reinzugehen war eher dumm als mutig, daher benachrichtigte er den Polizeichef per SMS, dass Simskar sich in seinem Haus befand – und dass er selbst eben hineinging. Danach stellte er sein Handy stumm.

Die nächste Tür stand offen. Er tastete sich an den Wänden entlang, bevor er plötzlich merkte, dass es ganz still im Haus war. Absolut still. Das konnte nur eines bedeuten: Simskar wusste, dass jemand hier war. Vorsichtig ging Rino weiter ins Wohnzimmer. Ein Lichtreflex am Fußboden. Eine Glasscherbe. Rasch sah er sich um, dann schlich er weiter zu der Tür, die schätzungsweise in Simskars Schlafzimmer führte. Wie der Mann in diesem Gestank geschlafen hatte, war Rino ein Rätsel. Vorsichtig zog er sein Handy aus der Tasche. Zwei verpasste Anrufe, beide vom Polizeichef. Höchstwahrscheinlich waren sie nur noch ein, zwei Minuten entfernt. Prüfend griff er nach der Klinke. Während er die Tür aufdrückte, hörte er ein Knarren in den Dachbalken. Simskar war also im Obergeschoss.

Rino ging auf den Flur hinaus und schlich langsam die

Treppe hoch. Er konnte weder die Stufen erkennen, noch sehen, wo die Treppe aufhörte – vor ihm lag einfach nur Finsternis. Auf halbem Wege blieb er stehen und beschloss, auf seine Kollegen zu warten. Schließlich war Simskar im Obergeschoss gefangen – es sei denn, er hatte ein Seil zur Hand, mit dem er entkommen konnte. Also ging Rino ein Risiko ein, wenn er jetzt stehen blieb. Er nahm noch ein paar Stufen, aber die Treppe endete schneller, als er sich ausgerechnet hatte, und er stürzte. Bevor er sich berappelt hatte, trat ihm jemand mit voller Kraft gegen die Schulter. Er fiel mehrere Stufen hinunter, und gerade als er sein Gleichgewicht wiedergewonnen hatte, warf Simskar sich auf ihn.

Er spürte den Schmerz, als er die Treppe hinunterfiel, aber er dachte noch rechtzeitig daran, sich zusammenzurollen und den Kopf zu schützen. Es knackte in der Vertäfelung, als er gegen die Wand knallte, dann hörte er ein tierisches Gebrüll. Simskar verschwand im Haus, und etwas benebelt unternahm Rino einen Versuch, ihm zu folgen. Ein Lichtstrahl glitt durchs Dunkel, und Rino wurde klar, dass er von den Scheinwerfern des Autos kommen musste, mit dem der Polizeichef gerade eintraf. Gleichzeitig explodierte eines der Wohnzimmerfenster und hinterließ einen Regen aus Glas. Simskar hatte sich gewaltsam seinen Weg nach draußen gebahnt.

Rino zog noch in Erwägung, ihm hinterherzuklettern, aber im Fensterrahmen steckten immer noch ein paar Scherben, also torkelte er stattdessen zur Tür. Auf der Treppe lief er seinen eigenen Kollegen in die Arme, die ihn im ersten Moment gegen die Wand warfen, bis sie ihren Irrtum bemerkten.

»Er ist durchs Fenster gesprungen.«

»Wo?«

»Auf der Rückseite. Schnell.«

Obwohl das eine Bein unter ihm nachzugeben drohte,

hinkte Rino mit um die Hausecke, um seinen Kollegen zu helfen. Drei Lichtkegel glitten durch die Finsternis, wie in einer inszenierten Lasershow, erregte Stimmen schallten durch die Nacht, aber Rino wusste schon nach wenigen Sekunden, dass Sjur Simskar sich jetzt auf einem Terrain bewegte, das er besser kannte als alle anderen hier. Und dass es unmöglich war, ihn wiederzufinden.

31. Kapitel

Er wurde in den Fahrstuhl geschoben. Ihr Geruch folgte ihm in den engen Verschlag. Keiner der Pfleger sagte ein Wort, aber er wusste, dass sie dastanden und ihre Blicke nicht von seinem entstellten Gesicht losreißen konnten. Die Fahrstuhltür glitt wieder auf, und er wurde hinausgeschoben. Das Metallbett ächzte auf dem unebenen Zementboden. Ein paar himmlische Sekunden lang hatte er geglaubt, von der Teufelin befreit zu sein. Stattdessen hatte sie geahnt, dass sich irgendetwas zusammenbraute, und hatte beschlossen, ihn zu verlegen. Eine Autotür wurde geöffnet, das Bett hineingeschoben – wahrscheinlich war es ein Krankenwagen, nahm er an – und er hörte ein paar dahingesagte Grüße und Wünsche, dass Hero in seinem neuen Heim Ruhe finden möge. Dann ging die Tür zu. Der Geruch verriet ihm, dass sie neben ihm saß. Wahrscheinlich hatte sie Lügen unter den Kollegen verbreitet, um dafür zu sorgen, dass man ihn aus dem Pflegeheim entließ.

Während das Auto losfuhr, fiel er in resigniertes Dösen. Plötzlich sah er seine Mutter vor sich, deutlicher denn je. Sie hatte sich eine karierte Schürze um die Taille geknotet und das Haar zu einem Pferdeschwanz zusammengebunden, was ihr Gesicht noch schmaler als in Wirklichkeit erscheinen ließ. Sie sah unglücklich aus. Als er nachdachte, konnte er sich kaum erinnern, sie überhaupt jemals lächelnd oder glücklich gesehen zu haben. Damals hatte sie mit Marmelade gefüllte Wecken für die Jungs gebacken. Ein ganz neues Geschmackserlebnis, und sie hatten sich vollgestopft, bis ihnen fast der Magen platzte. Brause hatten sie auch gekriegt, jeder eine ganze Flasche, die gab es sonst nur zu Weihnachten oder am Geburtstag. Obwohl sein Bruder und er fröhliche Blicke tauschten, hatte die Freude doch irgendwie anders geschmeckt, als läge eine Tragödie in der Luft. Ihre Mutter wirkte geistesabwesend und teilte nicht den glücklichen Moment mit ihnen. Nachdem alle Wecken verzehrt waren, hatte sie beide geküsst und zur Tür geschickt. Der Abend war zu schön, um im Haus herumzulungern.

Es war der wärmste Sommertag des Jahres gewesen, und sie kamen erst spätabends nach Hause. Ihr Vater saß mit finsterem Blick da, doch ihre Mutter war weit und breit nicht zu sehen. In dem Moment wussten sie Bescheid.

Die Fahrt konnte nicht allzu lange gedauert haben. Ohne dass irgendjemand einen Ton sagte, wurde das Bett aus dem Wagen geschoben und in ein Haus gerollt. Die Gerüche waren anders, und die Resonanz verriet ihm, dass die Zimmer nicht so hoch waren wie sonst in offiziellen Gebäuden. Er musste immer noch auf Reine sein, aber bei wem bloß? Er war außerstande, hell und dunkel zu unterscheiden, trotzdem fühlte es sich für ihn an, als wäre er von ewiger Finsternis umschlossen. Die Rollen des Bettes wurden blockiert – er war also angekommen. Dann schloss sich eine Tür, und ihr Geruch verflog.

Es waren kaum zehn Minuten vergangen, als die Tür wieder aufging. Die Schritte waren ganz anders – schwerer, schlurfender – und sie brachten das Bett leicht zum Vibrieren. Es roch nicht nach ihr. Er hörte ein schweres, nasales Atmen. Offenbar versuchte man nicht, die Anwesenheit vor ihm zu verbergen. Gespannt lag er da und hatte keine Ahnung, was ihn erwartete. Sein Besucher benahm sich merkwürdig. Er zuckte zusammen, als ihm eine Hand über den Hals strich. In einem angstvollen Moment glaubte er schon, dass man ihn jetzt erwürgen würde, aber der Besucher blieb wieder passiv stehen und betrachtete ihn. Langsame, schleppende Schritte ums

Bett, begleitet von demselben nasalen Atmen, als ob es wichtig war, ihn aus allen Blickwinkeln zu sehen. Obwohl die Situation höchst bedrohlich für ihn war, sagte ihm eine innere Stimme, dass die Person, die jetzt wieder neben ihm stehen geblieben war, es nicht bewusst darauf anlegte.

Im gleichen Moment begriff er. Das war sie, das zurückgebliebene Mädchen. Und die endgültige Bestätigung, dass es nur um Rache ging. Lang ersehnte Rache.

Ich konnte ihr nie verzeihen, was sie getan hatte. Sie war zu der Erkenntnis gelangt, dass sie es nicht mehr aushielt, so weiterzuleben, und sie entschied sich für den einfachsten Ausweg. Den einfachsten und den feigesten. In der Zeit danach führte ich jeden Abend ein Gespräch mit ihr, fragte sie immer und immer wieder, warum sie mich verlassen hatte. Ich begriff, dass sie selbst genug zu tragen gehabt hatte, aber ich wollte sie trotzdem nicht in Frieden lassen, für den Fall, dass sie mich im Jenseits hören konnte und Gewissensbisse bekam. Deswegen setzte ich meine anklagenden Fragen fort, warum sie mich hier alleine ließ, allein mit ihnen: mit einem Vater, der nur hassen konnte, und einem Bruder, mit dem ich nichts gemeinsam hatte. An jenem Abend starb etwas in mir, Aline. Und in den Tagen, die darauf folgten, bildete sich in mir ein neues Ich heraus. Der Mann, zu dem ich später wurde.

32. Kapitel

Rino gestattete es sich, erst gegen neun im Büro aufzutauchen. Die Suche nach Sjur Simskar war wie erwartet ergebnislos geblieben, und sie hatten beschlossen, sie abzubrechen, weniger als eine Stunde, nachdem er ihnen entwischt war. Rino, der inzwischen fest davon ausging, dass der Brandunfall arrangiert worden war, begriff, dass die Sache eine neue Wendung genommen hatte. Mit dem Jungen im Graben hatte es begonnen, aber mittlerweile ging es um den, den er für den Bruder dieses Jungen hielt und der vor einem halben Jahr völlig entstellt worden war. Und genau dem wollte Rino an diesem Morgen einen Besuch abstatten. Denn auch wenn er weder sprechen noch schreiben konnte, war es ja trotzdem möglich, dass er sich irgendwie verständlich machen konnte. Was hatte die Pflegerin noch gesagt? Dass er nur manchmal mit einfachen Fingerzeichen antwortete. Vielleicht, weil ihn keiner nach dem gefragt hatte, was ihn wirklich beschäftigte? Vielleicht lag er ja da und war ganz wild darauf, endlich erzählen zu dürfen … von dem Unfall, der überhaupt kein Unfall gewesen war.

Rino war schon ganz schwindlig vor Schlafmangel, als er die paar Meter zum Pflegeheim hinübertrottete. Es kratzte ihn immer noch, dass sie sich die Chance hatten entgehen lassen, Simskar zu fangen. Es war doch logisch gewesen, dass er früher oder später nach Hause zurückkehren musste, und mit etwas besserer Planung hätten sie ihn jetzt in Gewahrsam. Stattdessen war er gewarnt worden und hatte sich jetzt wahrscheinlich ein besseres Versteck gesucht.

Zum zweiten Mal innerhalb kürzester Zeit wurde er zur Heimleiterin geführt. Als er seine Bitte vorbrachte, Sigurd Ovesen einen Besuch abstatten zu dürfen, erschien eine sorgenvolle Miene auf dem grobschlächtigen Gesicht. »Wir sahen uns leider gezwungen, ihn ins Krankenhaus auf Leknes zu verlegen. Dort brauchen sie ein, zwei Tage Vorlauf, um ein Zimmer für ihn vorzubereiten, bis dahin ist er an einer privaten Pflegestelle untergebracht.«

»Ist er schon verlegt worden?«

Die Heimleiterin seufzte resigniert. »Er hatte gestern Morgen doch Besuch von diesem Simskar. Im Nachhinein sehe ich ein, dass wir das niemals hätten gestatten dürfen. Nach den Angaben der Abteilungsleiterin war Ovesen nach dem Besuch schrecklich aufgewühlt, und man konnte ihn gar nicht mehr beruhigen. Er ist empfindlich und verträgt keine großen Belastungen mehr, deswegen sind die Pflegerinnen, die ihn am besten kennen, und ich zu dem Schluss gekommen, dass wir irgendetwas unternehmen müssen. Es war nicht zu übersehen, dass Simskar ihn furchtbar erschreckt hat, und bei dem Gedanken, dass wir die beiden miteinander allein gelassen haben …« Wieder seufzte sie resigniert. »Das ist jetzt eine Notlösung, bis die Situation mit Simskar sich hoffentlich geklärt hat. Wie ich gehört habe, ist er immer noch auf freiem Fuß, oder?«

Diese Erklärungen waren die letzte Bestätigung, die Rino noch gebraucht hatte. Simskar hatte sein Opfer aufgesucht, wohl wissend, dass seine bloße Anwesenheit den Patienten zu Tode erschrecken würde. »Darf ich fragen …« Rino fuhr sich mit der Hand durch die wuchernde Haarmähne. »… bis zu welchem Grad Ovesen, beziehungsweise Hero, wie Sie ihn nennen, sich verständlich machen kann?«

Die Heimleiterin musterte ihn prüfend, dann faltete sie die

Hände auf dem Tisch. »Eher weniger, fürchte ich. Ich selbst bin an seiner Pflege nicht beteiligt, aber ...« Sie drückte eine Taste auf ihrem Telefon und bat eine Pflegerin zu sich. »Kaspara leitet die Abteilung und kennt ihn am besten. Aber an Ihrer Stelle würde ich mir lieber keine allzu großen Hoffnungen machen. Hero kann ohne maschinelle Hilfe atmen, aber das ist im Grunde auch schon alles.«

Kurz darauf ging die Tür auf, und eine Pflegerin, die etwas über fünfzig sein mochte, kam herein. Sie war längst nicht so kompakt wie die Heimleiterin, aber auch weit entfernt vom Typ Frau, nach dem Rino sich umgedreht hätte. Er gab ihr die Hand und nahm zur Kenntnis, dass sie sich sichtlich unwohl fühlte. Wahrscheinlich nagte es an ihrem Gewissen, dass sie keinen anderen Ausweg gesehen hatten, als den Pflegebedürftigsten unter allen Bewohnern in ein neues Heim zu verlegen.

Die Heimleiterin wiederholte Rinos Frage, und die Abteilungsleiterin antwortete mit leidender Miene: »Ich bin nicht sicher, was er eigentlich so mitbekommt. Wir reden zwar ständig mit ihm, aber es kommt keine Reaktion. In der ersten Zeit haben wir versucht, eine Art Kommunikation zu etablieren, und er schien auch zu reagieren. Aber nach ein paar Wochen war es, als würde er dahinwelken, und ebenso die Versuche, sich verständlich zu machen. Es steht jedoch außer Zweifel, dass er große Schmerzen hat, und man sieht an den verbrannten Hautpartien, welche Bewegungen er verweigert oder welche er schlicht und einfach gar nicht mehr ausführen kann. Er hat besonders starke Verbrennungen an Hals und Schultern, und wenn wir ihn etwas fragen, antwortet er nur ausnahmsweise mit vorsichtigen Kopfbewegungen. Also, ehrlich gesagt ... ich glaube nicht, dass Sie zu ihm durchdringen können. Weder so noch so.«

Die Abteilungsleiterin schob die Hände in die Taschen ihrer Jacke. Rino stieg ein Hauch von Parfüm in die Nase, und ihm schoss durch den Kopf, dass starke Düfte in Krankenhäusern und Pflegeheimen doch eigentlich gar nicht erlaubt waren.

»Sie meinen also, dass es aussichtslos ist, wenn ich versuche, mit ihm zu reden?«

»Ich befürchte, ja.«

Er zählte fünf wilde Katzen hinter einer großen Weide ganz hinten im Garten, doch er bezweifelte nicht, dass das nur die Vorhut war. Falch hatte ihm erzählt, dass eine ständig wachsende Zahl wilder Katzen unter der Garage wohnte, wo sie sich in kleinen Hohlräumen und Rissen versteckten.

Er klopfte an die Tür, hörte eine leise Antwort von Falch und trat ein. Sein Kollege saß hinter einem Laptop.

»Du bist wach?«

Falch klappte den Deckel zu und warf ihm einen verdatterten Blick zu. »Mehr oder weniger.«

»Ist 'ne lange Nacht geworden gestern.«

Falch nickte. »Der ist jetzt weg.«

»Ich glaube, dass er den Brand gelegt hat.« Zum ersten Mal sprach Rino den Verdacht aus, der sich in ihm allmählich festgesetzt hatte. »Und ich glaube, Sigurd Ovesen und der berüchtigte Boa sind ein und dieselbe Person.«

Falch heftete den Blick auf einen Fleck auf dem Dielenboden.

»Vertausch einfach die Initialen S. O., und schwups, hast du Oddvar Strøm.«

»Da ist inzwischen mehr als ein halbes Leben vergangen.«

»Trotzdem. Ich glaube, er ist es.«

»Glaubst du wirklich?«

»Ich bin zu neunzig Prozent sicher. Aus irgendeinem Grund

ist er hierher zurückgekommen, und als man ihn nicht wiedererkannte, fühlte er sich beruhigt. Aber sein schlimmstes Mobbingopfer von damals hat ihn nicht vergessen.«

Falch schüttelte den Kopf. »Aber dass beide anno 2011 gleichzeitig wieder auftauchen sollten … erst Oddvar und dann die Überreste von Roald … also, ich weiß nicht.«

»Die Maske hat dir doch keine Ruhe gelassen, oder?«

»Stimmt.«

»Ich glaube, die hat Simskar gemalt.«

»Sjur … ich weiß nicht.«

»Ich hab herausgefunden, was sie für eine Bedeutung hat.«

Falch schien sich auf etwas gefasst zu machen.

»Das ist eine Wutmaske.«

»Eine Wutmaske …« Falchs Stimme schien wie aus weiter Ferne zu kommen.

»Wahrscheinlich eine Technik, um seine Traumata durch Zeichnen zu überwinden.« Rino zog sich einen Stuhl heran und setzte sich. »Ich hab im Internet recherchiert.« Er deutete auf den PC und erklärte in knappen Zügen, was er herausgefunden hatte.

»Aber warum sollte Sjur so eine Maske malen?«

»Anscheinend trägt der doch schwerste Traumata mit sich herum, und er ist ja auch auf die eine oder andere Art sinnesgeschädigt. Weißt du eigentlich, ob der auf so eine Art Sonderschule gegangen ist?«

»Nicht dass ich wüsste.«

»Ich weiß nicht, ob diese Masken eine fixe Idee des Lehrers waren, aber das war noch zu Zeiten, als man hierzulande Lobotomien durchgeführt hat. Also war das wohl noch ein verhältnismäßig harmloses Experiment.«

»Es müsste schon möglich sein herauszufinden, ob Sjur auf eine Sonderschule gegangen ist. Aber wenn ich das richtig verstanden habe, bist du auch ohnedies schon sicher, dass er es ist, oder?«

»Zu neunundneunzig Prozent.«

»Vor zwei Minuten waren es noch neunzig.«

»Jetzt, wo ich meine Theorie mit jemandem geteilt habe, bin ich eben gleich noch sicherer.«

»Er muss in all den Jahren einen Riesenhass mit sich herumgetragen haben.«

»Wenn er durch Boas grausames Mobbing sein Sprachvermögen gänzlich eingebüßt hat, ist das wohl nicht allzu verwunderlich.«

»Fünfzig Jahre sind eine lange Zeit.«

»Es gibt noch eine andere Möglichkeit.« Rino hatte beschlossen, dass sein Kollege die Spur mit der Maske weiterverfolgen sollte, wenn er nicht vollkommen in Apathie verfallen war. »Wenn wir berücksichtigen, was wir wissen, nämlich dass die Maske früher mal in einem Zentrum für Blinde und Sehbehinderte als Therapie benutzt wurde … kannst du rausfinden, ob jemand aus dieser Gemeinde in Huseby war, und wenn ja, wer?«

Falch stand auf und begann, im Zimmer auf und ab zu gehen.

»Blind oder sehbehindert?«

»Das können ja nicht allzu viele sein, Moskenes ist ja relativ klein.«

»Das müsste zu machen sein.«

Zum ersten Mal, seit er seine Vertretungsstelle angetreten hatte, konnte Rino so etwas wie eine positive, aufgeweckte Stimmung an seinem Kollegen beobachten. »Ich selbst möchte rausfinden, wo Boa sich all die Jahre aufgehalten hat.«

»Glaubst du denn wirklich, dass er es ist?«

»Allerdings.« Rino nickte entschieden. »Übrigens ist mir

was eingefallen: Das Präsidium ist doch sicher nicht am selben Ort geblieben, seit Boa verschwunden ist, oder?«

»In meiner Zeit sind wir einmal umgezogen. Wieso?«

»Es wundert mich bloß, dass er nie vermisst gemeldet wurde. Ich glaube, die Papiere könnten beim Umzug abhandengekommen sein.«

Falchs Aufgeräumtheit war offenbar nur von kurzer Dauer, denn er sah schon wieder so aus, als würde er in seinen eigenen Gedanken versinken.

»Ein Dreizehnjähriger verschwindet doch nicht, ohne dass er vermisst gemeldet wird.«

Falch stand bloß da und starrte in die Luft, und nach einer halben Minute Schweigen trat Rino diskret den Rückzug an.

Vage sah Falch den Fahrradausflug wieder vor seinem inneren Auge. Wohin sie fuhren oder was sie taten, war ihm entfallen, aber was er niemals vergessen konnte, war das, was ein paar Jahre zuvor geschehen war… Der Junge hatte Souveränität und stoische Ruhe ausgestrahlt. Obwohl er anscheinend aufs Geratewohl herumlief, visierte er bald das Geröllfeld an. Berger, der ihm widerwillig folgte, fühlte sich einsamer denn je. Sobald er die ersten Steine erreichte, zog der Junge mit triumphierender Miene eine Tüte mit Fischabfällen hervor. *Hätte ich auch den Möwen geben können, aber die undankbaren Viecher scheißen mir zum Dank nur das Boot voll. Vielleicht ist das ja was für deine Miezen?* Berger hatte den Kopf geschüttelt.

Nein? Aber was ist das denn für ein Katzenbesitzer? Triumphierendes Grinsen. Er war der Gott in seinem eigenen Universum, und er regierte mit eiserner Faust. Schleimige Fischabfälle glitten ihm aus der Hand, aber er bemerkte es kaum. Den Blick fest auf den erschrockenen Berger gerichtet, lockte er die Katzen zu sich. Er ließ sich Zeit, fürchtete nichts und niemanden. Seine geballte Faust ließ er hin und her pendeln, so dass immer weitere zerquetschte Fischreste heraustropften. Sein schelmischer Blick sagte: Du kannst mich nicht aufhalten. Keiner kann mich aufhalten. Berger sah, wie die erste Katze neugierig hervorspähte, und der Junge bemerkte es ebenfalls. Er lockte sie noch schmeichelnder, doch hungrige Katzen lassen sich ohnehin nicht lange bitten.

Er tötete zwei Katzen und vier Katzenjunge. Gedärme und Eingeweide klebten auf den Steinen, und irgendwo zwischen den Steinen hörte man ein Katzenjunges wimmern, das entkommen war. Der Junge blieb noch eine Weile stehen und wartete ab, in der Hoffnung, dass die letzten Katzenjungen auch noch angekrabbelt kamen. Bis er sich endlich umdrehte und zum Gehen wandte. *Wir sehen uns dann ein andermal*, sagte er zu dem schockierten Berger, trocknete sich die blutigen Hände am Hemd ab und winkte ihm freundlich zum Abschied.

33. Kapitel

Zwei Dinge waren ihm klar. Dass es hier ausschließlich um Sünden der Vergangenheit ging. Und wenn er lebend davonkommen wollte, musste er sich selbst helfen. Vorsichtig schob er sich aus dem Bett. Die Anstrengung verstärkte die Schmerzen in Rachen und Lungen, aber wenn er seinem Schmerz jetzt nachgab, war er schon so gut wie tot. Seine Hände fanden einen Halt am Metallbett, griffen dann aber plötzlich ins Leere, und er stürzte zu Boden. Einen Moment blieb er so liegen, das Gesicht im Teppich vergraben, doch er zwang sich wieder hoch und hievte sich in den Kniestand. Da seine Haut ihre Elastizität so gut wie vollständig eingebüßt hatte, konnte er kaum die Knie beugen, was er dadurch kompensieren musste, dass er die Arme schräg nach vorne streckte.

Dann begann er im Zimmer herumzukriechen. Er war mit dem Kopf voran in den Raum geschoben worden und wusste daher ungefähr, wo die Tür war. Schnell hatte er sie lokalisiert, und es gelang ihm kniend, die Klinke zu erreichen. Wie erwartet war sie verschlossen. Er nahm an, dass er sich in einem Schlafzimmer befand, was bedeutete, dass es höchstwahrscheinlich ein Fenster im Zimmer gab. Er brauchte nicht lange, um es zu finden, wenn auch hinter dicken Vorhängen. Nachdem er sie beiseitegeschoben hatte, konnte er den Griff ertasten. Zu seiner Überraschung ließ es sich öffnen, aber nach wenigen Zentimetern stieß er auf einen Widerstand. Das Geräusch, das er hörte, verriet ihm, dass irgendwo oben eine Sicherung montiert war. Obwohl er wusste, dass seine Feinmotorik nicht ausreichen würde, um diese Sicherung zu lösen, unternahm er einen jämmerlichen Versuch, bevor er erschöpft und zitternd auf den Boden zurücksank.

Kurz darauf bemerkte er das Geräusch von Schritten im Stockwerk über ihm, und er begann Richtung Bett zu robben. Als er den Teppich erreichte, streifte er etwas, was er schnell als eine Art Ring identifizierte. Er schob die Hand unter den grob gewebten Stoff und ertastete die Umrisse einer Luke. Wieder Geräusche von oben. War jemand unterwegs zu ihm? Er musste einen Schrei unterdrücken, als er sich wieder ins Bett hochkämpfte. Der Schmerz war so heftig, dass ihm speiübel war, als er sich endlich wieder auf seinen Platz gerangelt hatte. Ihm war klar, dass sein Ende mit schnellen Schritten näher kam. Bald würden ihm die letzten Kräfte ausgehen.

Er musste kurz weggetreten gewesen sein, denn er erwachte plötzlich mit einem Ruck und merkte, dass die Teufelin neben ihm stand. »Du hast dein Bettzeug ja ganz schön zerwühlt. Hattest du Albträume?« Sie hob seine Beine an, aber ohne die Behutsamkeit, wie sie im Pflegeheim üblich war, und ordnete seine Decke neu. »Astrid war wohl bei dir, hm? Die Arme wird um diese Jahreszeit immer so unruhig. Dann verschließt sie alle Türen. Am schlimmsten ist es, wenn sich der Jahrestag nähert, an dem es passiert ist. Diese grauenvolle Geschichte.« Die Teufelin seufzte. »Sie ist auf Lebenszeit zerstört … ganz schrecklich … und unverzeihlich.«

34. Kapitel

Rino saß in seinem alten 240er, auf dem Weg durch einen 1600 Meter langen Tunnel, der genau dort gegraben worden war, wo die Berge am launischsten waren und wo es im Winter regelmäßig zu Erdrutschen kam. Mehr als einmal waren Autos von der Straße gefegt worden, hinab auf die Steilhänge, die zum Meer hinuntergingen. Ein paarmal musste er kleinen Steinen auf der Fahrbahn ausweichen, ein Zeichen, dass es unmöglich war, sich hundertprozentig zu schützen, und dass hier auf ewig nur die Berge herrschen würden.

Er war bei einer Fahndungsbesprechung auf Leknes gewesen, wo er seine Theorien vorgestellt hatte. Was für ihn immer mehr zur Selbstverständlichkeit wurde, nahm der Polizeichef mit einem gehörigen Maß an Skepsis auf. Dass die Verbrechen ein halbes Jahrhundert zurücklagen und längst verjährt waren, dämpfte den ganz großen Enthusiasmus. Nur Sjur Simskar weckte ehrliches Interesse, und man versuchte gerade, eine neue Suchaktion auf die Beine zu stellen.

Er fuhr über die letzte der beiden Brücken, die Reine mit dem Festland verbanden, und verlangsamte das Tempo, als er sich dem höchsten Punkt der Brücke näherte. Eine Wochenzeitung hatte Reine zum schönsten Ort von ganz Norwegen gekürt. Warum, war nicht schwer zu verstehen. Die Kontraste. Das Idyllische und Verzauberte direkt neben dem Gnadenlosen, Unbarmherzigen.

Unterwegs war ein Gedanke in ihm gereift, und Rino beschloss, dem pensionierten Rektor einen weiteren Besuch abzustatten. Wieder machte ihm Toftens Frau die Tür auf, diesmal aber mit vom Schlaf leicht verquollenem Gesicht. Sie teilte ihm mit, dass ihr Gatte gerade ein Mittagsschläfchen hielt, aber nach kurzem Zögern bat sie ihn zu warten. Ein paar Minuten später erschien der alte Rektor in der Tür. Dem Gesichtsausdruck nach zu urteilen, hatte Rino ihn gerade aus dem Deltaschlaf gerissen. »Sie sind's wieder«, brummte er.

»Ich wollte Sie nicht wecken.«

Toften machte eine resignierte Handbewegung. »Ist wohl was Eiliges, vermute ich.«

»Entschuldigen Sie das schlechte Timing, aber es geht um die Sache, über die wir neulich gesprochen haben.«

»Die Strøm-Jungs?«

Rino nickte.

»Wenn sich vor fünfzig Jahren mal jemand so für die Jungen interessiert hätte, dann hätte die Geschichte vielleicht eine andere Wendung genommen. Was wollen Sie denn wissen?«

»Die Lehrerin, von der Sie gesprochen haben, die so gut mit den Schülern konnte …«

»Sølvi?«

»Sølvi, genau.«

»Was ist mit ihr?«

»Die hat hier doch nur ein paar Jahre unterrichtet, oder?«

»Das habe ich gesagt, ja.«

»Wissen Sie, wo sie hingezogen ist?«

»Wissen Sie, was Sie sind, Herr … jetzt weiß ich den Namen nicht …?«

»Rino Carlsen.«

»Rino Carlsen … Sie sind ein größerer Optimist als Demeles.«

»Wer ist Demeles?«

»Demeles setzte sich vor einen Berg und versuchte ihn mit der Kraft seiner Gedanken zu versetzen.«

»Ist es ihm gelungen?«

»Sie wären wohl vertrauensselig genug, es ihm nachzutun. Nein, tut mir leid, mein Lieber, aber nach fünfzig Jahren bin ich leider nicht mehr auf dem Laufenden über Sølvi Unstads Wohnort. Außerdem heißt sie wohl kaum mehr Unstad. Ich kann mir nicht vorstellen, dass eine Frau wie sie unverheiratet durchs Leben gegangen ist.«

Als er wieder im Büro war, rief er als Erstes Falch an, der mit seinem Bericht über die Sehbehinderten des Ortes noch nicht vorangekommen war, Rino aber in reserviertem Ton versprach, gleich anzufangen. Dann rief er das Einwohnermeldeamt an, das ihm mitteilte, dass im Ort keine Sølvi Unstad gemeldet war und dass die manuellen Register aus den Sechziger- und Siebzigerjahren schon längst ins Zentralarchiv überführt worden waren. Die Frau, die der Stimme nach zu urteilen bestimmt ein ganzes Menschenleben lang die An- und Abmeldungen von Bürgern bearbeitet hatte, konnte des Weiteren erzählen, dass sie große Mängel bei den alten Umzugsmeldungen entdeckt hatte, er solle sich also keine allzu großen Hoffnungen machen. Nichtsdestoweniger versprach sie ihm, Kontakt mit dem Zentralarchiv aufzunehmen und ihn sofort zurückzurufen, sobald sie etwas erfuhr. In der Zwischenzeit probierte er es mit der Telefonauskunft im Internet, doch leider ohne Erfolg. Er beschloss, sich die Wartezeit einfach mit einem dringend notwendigen Friseurbesuch zu verkürzen. Das Schild hatte er am Vormittag gesehen, und er setzte einfach darauf, dass der Andrang nicht allzu groß war und er ohne Anmeldung vorbeikommen konnte.

»Nur ein bisschen schneiden«, bat er, als er sich wenige Minuten später in den Friseurstuhl setzte.

»Dann sehen Sie aber hinterher nach nix aus.« Die Friseuse, eine gut genährte Dame Mitte zwanzig, musterte ihn mit strengem Blick im Spiegel. Fragend sah er sie an, und statt einer Antwort holte sie einfach einen kleinen Spiegel hervor, den sie ihm über den Kopf hielt. »Finden Sie etwa, dass das gut aussieht?«

Rino sah, dass ihm die Kopfhaut schon deutlich durchs zerzauste Haar schimmerte. »Mir guckt nur selten jemand auf den Kopf.«

»Na, wenn Sie drauf verzichten können, sich zu bücken, von mir aus. Aber wenn Sie mich fragen, das sieht ganz schön übel aus.«

Die Frau, die hinter ihm stand – in weiten schwarzen Klamotten, die sie wohl bewusst so gewählt hatte, um ihre überflüssigen Pfunde zu vertuschen – nahm wahrlich kein Blatt vor den Mund, was für Nordnorwegerinnen ihres Schlags durchaus typisch war.

»Was würden Sie mir also vorschlagen?«

»Ich kann dafür sorgen, dass Sie wieder aussehen wie ein Mensch, und nicht wie ein schmieriger Biker.«

Rino warf einen Blick auf sein eigenes Spiegelbild. Was hatte er schon zu verlieren? Er war am äußersten Rand der Lofoten, und bis die Zeit auf seiner Vertretungsstelle abgelaufen war, war er wieder ganz der Alte. »Okay«, sagte er. »Dann machen Sie mich mal schön.«

Eine halbe Stunde später saß er in seinem Volvo und fuhr ganz langsam über die schmale Straße. Aus dem Rückspiegel sah ihn ein Fremder an. Verschwunden die Vokuhila, die ihn seit der Spätpubertät begleitet hatte, aber der neue Look ließ ihn definitiv nicht weniger schmierig aussehen. An einer schmalen Abfahrt blieb er stehen, gegenüber von Falchs Haus. Eine frische Brise kühlte ihm die Kopfhaut, und er fühlte sich ganz nackt, als er die Straße überquerte. Nachdem er geklopft hatte, steckte er den Kopf in den Flur und versuchte es mit einem: »Hallo?«

»Bin im Arbeitszimmer. Komm einfach rein.«

Er fand Falch in einem Zimmer, das mit Ordnern vollgestopft war, alle fein säuberlich aufgereiht und durchnummeriert. »Mann, bist du ordentlich.«

Falch drehte sich um. »In manchen Dingen schon. Als Jugendlicher war ich total sportbegeistert. Wie du siehst, ist mir das noch lange geblieben.«

Rino zog einen Ordner heraus. *Eislauf 1969–1970.* »Sind das Zeitungsausschnitte?«

»Das auch, aber vor allem Resultate und Zwischenzeiten. In diesen Ordnern findet man fast alles.«

»Das hätte ich gar nicht von dir gedacht.«

»Ich blättere meistens nur der Erinnerungen wegen.«

»Eigentlich bin ich gekommen, weil ich mich nach den Blinden und Sehbehinderten erkundigen wollte. Hast du was rausgefunden?«

Falch drehte sich mit dem Stuhl halb herum und nahm ein Blatt von einem Regal. »Ich hab erst das Pädagogisch-psychologische Bezirkszentrum angerufen, das mir aus dem Stegreif einen Namen genannt und mir versprochen hat, weiter nachzuforschen.« Sein sonst so schwermütiger Kollege schenkte ihm ein vorsichtiges Lächeln. »Das Einfache ist oft das Beste. Ich habe Kontakt mit dem norwegischen Blindenbund aufgenommen. Wenn einer sehbehindert ist, dann hat er auf jeden Fall irgendwann mal mit denen zu tun, dachte ich mir. Und so ist es auch. Von denen hab ich vier Namen bekommen, da ist die Gemeinde Flakstad auch inbegriffen.« Flakstad war die Nachbargemeinde, die ungefähr genauso viele Einwohner zählte. »Ich hab gleich um alle Namen gebeten, die sie seit 1950 gelistet haben.« Falch faltete das Blatt auseinander. »Elf Stück, allerdings weiß ich, dass mindestens vier von denen schon tot sind. Drei sind weggezogen, bleiben also noch vier Personen, darunter ein Minderjähriger.« Falch reichte ihm den Zettel, auf dem vier Namen mit einem Kreuz markiert waren. »Zwei in Flakstad, zwei hier in Moskenes. Wenn wir uns an unseren Ort halten, hast du also zwei Namen, auf die du dich konzentrieren kannst.«

»Kennst du sie?«

»Na ja, was heißt schon kennen … Ich weiß auf jeden Fall, wer die beiden sind.«

»Und beide sind auf die Blindenschule gegangen?«

»In einen Kurs, nicht auf die Blindenschule. Beide haben so einen Kurs besucht, ja. Aber nur eine Person war in Huseby.« Falch zückte einen Rotstift und kreiste den Namen *Astrid Kleven* ein.

»Was kannst du mir von ihr erzählen?«

Falch zuckte mit den Schultern. »Wohnt nur einen Steinwurf von hier weg.«

»Jung oder alt?«

»Wohl so ungefähr mein Alter.«

»Wann war sie in Huseby?«

»Ende der Sechziger.«

»Stellt sich nur noch die Frage, ob sie die Wutmasken kennengelernt hat.«

»Ich befürchte, da gibt es noch ein zusätzliches Problem. Astrid hat nämlich obendrein Downsyndrom.«

»Heißt das, dass sie sich nicht verständlich machen kann?«

»Ehrlich gesagt weiß ich das nicht. Sie redet nicht viel, aber was sie sagt, verstehen wohl bloß die Leute, die ihr nahestehen.«

»Aha. Dann wäre es vielleicht ganz schlau, wenn wir als Erstes die Leute von der Schule befragen, vor allem den Lehrer, der diese Wutmasken da einführte.«

»Wutmasken ...« Es schien, als würde Falch noch nicht so recht an den Symbolwert der Masken glauben.

»Ich glaube, wenn Astrid Kleven von diesem Lehrer unterrichtet wurde, dann deutet fast alles darauf hin, dass die Zeichnung, die du da in der Garage gefunden hast, von ihr stammte. Und wenn der Lehrer noch am Leben und bei klarem Verstand ist, dann kann er uns vielleicht erzählen, warum sie Wutmasken gezeichnet hat. Um sich die Traumata von der Seele zu malen, oder?«

Falch schob einen Ordner mit einem Rums wieder ins Regal. »Traumata können alles Mögliche sein. Die Krankheit an sich kann auch schon ein Trauma bedeuten.«

»Ist sie blind oder sehbehindert?«

»Sie hat Brillengläser wie Flaschenböden, ein bisschen was muss sie also sehen können.«

»Also sehbehindert. Übergriffe auf Behinderte sind ein größeres Problem, als wir glauben. Astrid Kleven ist nicht nur sehbehindert, sie ist obendrein noch geistig zurückgeblieben. Und wenn sie Ende der Sechziger in Huseby war, dann muss das Trauma, das sie sich damals von der Seele zu zeichnen versuchte, aus der Zeit davor stammen.«

Falch saß auf seinem Stuhl und starrte leer in die Luft.

»Reine ist vielleicht ein Idyll, aber hier gibt's schon auch das eine oder andere Skelett im Schrank. Und ich habe das dumpfe Gefühl, dass es schon eine ganze Weile da liegt.«

Falch begann sich die Schläfen zu massieren. Sein trübsinniger Gesichtsausdruck und die glasigen Augen sagten Rino, dass ein Themawechsel angebracht war. »Kannst du dich an die Lehrerin erinnern, die Toften erwähnte, als wir in den alten Klassenbüchern blätterten, diese Sølvi Unstad?«

»Ich kann mich erinnern, dass er die erwähnte, ja.«

»Ich würde gerne versuchen, sie zu finden.«

»Was hat die denn mit der Sache zu tun?«

»Hoffentlich nichts, aber nachdem sie damals eine junge Lehrerin war, ist sie vielleicht die einzige von den Lehrern auf Vindstad, die immer noch am Leben ist. Ergo hoffe ich, dass sie mir ein paar Dinge von den Strøm-Brüdern erzählen kann.«

Falch schien wieder ganz in seiner Resignation zu versinken. »Sie ist nach Tromsø gezogen«, sagte er plötzlich.

»Nach Tromsø?«

»Ich hab sie zufällig mal getroffen. Das muss mindestens fünfundzwanzig Jahre her sein. Sie hat mich damals wiedererkannt.«

»Beeindruckend. Du warst ja wohl noch nicht sehr alt, als sie wegging.«

»Allerdings nicht.«

»Wo hast du sie getroffen?«

»In Svolvær. Sie wartete wohl auf eine Fähre.«

»Tromsø … ich hab schon beim Einwohnermeldeamt angerufen, um rauszufinden, wo sie jetzt wohnt.«

»Sie hat gesagt, dass sie weggezogen ist und sich dann auf Vestvågøy niedergelassen hat.«

Rino spürte einen prickelnden, erwartungsvollen Schauder am Rücken. »Hat sie gesagt, wo auf Vestvågøy?«

»Hat sie sicher, aber ich kann mich nicht erinnern.«

»Kannst du mir einen Gefallen tun?«

Falch sah ihn fragend an.

»Log dich in deinen Laptop ein und schau die Telefonnummer der Gemeindeverwaltung auf Vestvågøy nach.«

Eine halbe Minute später hatte er das Einwohnermeldeamt an der Strippe, und voller Hoffnung erkundigte er sich, ob in der Gemeinde eine Sølvi Unstad registriert war, wohl wissend, dass sie durchaus den Nachnamen gewechselt haben konnte. Die Antwort, die er erhielt, stimmte ihn heiter, verwirrte ihn aber auch ein wenig. Denn Sølvi Unstad wohnte immer noch auf Vestvågøy, und es war gelinde gesagt merkwürdig, dass nach ihrem Umzug hier keiner mehr etwas von ihr gehört hatte. Schließlich war sie nicht mal eine Stunde weit weg.

Als er Falch verließ, hatte sich seine Überzeugung gefestigt, dass das, was vor einem halben Jahrhundert auf Vindstad geschehen war, tiefe Spuren im Leben vieler Menschen hinterlassen hatte.

Es hatte schon angefangen zu dämmern, als er in den Tunnel einfuhr, der unter dem Meer hindurch nach Vestvågøy führte. Als er in der anderen Gemeinde wieder herauskam, rückte er den Rückspiegel zurecht und musterte sein neues Ich. Er sah aus wie ein geleckter Börsenhai.

Nachdem er das Gemeindezentrum auf Leknes passiert hatte, fuhr er weiter Richtung Svolvær. Ungefähr fünfundzwanzig Kilometer hinter Leknes, hatte ihm die Frau vom Einwohnermeldeamt mitteilen können, und noch hinzugefügt, dass das Altenheim circa einen Kilometer nach einer Haarnadelkurve kam. Wie sich herausstellte, war es das weiße Gebäude, das wahrscheinlich älter war als er selbst und dicht von Ebereschen und Fichten umwachsen. An einem Ort wie diesem könnte auch er sich vorstellen, seine letzten Lebensjahre zu verbringen, die Zeit langsam verstreichen zu lassen, während seine Kräfte allmählich verebbten.

Er stieg aus dem Auto und vertrat sich die Beine. Niemand konnte der Gemeinde nachsagen, dass sie ihre Alten in reinen Verwahrungsanstalten unterbrachte. Die Bewohner hier mussten nur einen Blick aus dem Fenster werfen, um ein komprimiertes Bild der Lofotennatur zu bekommen: ein Koloss von einem Berg auf der einen Seite, umgeben von sanften, langgestreckten Hügeln. Ein See teilte die Felsformationen auf idyllische Weise, und nur ein paar Landzungen verstellten den direkten Blick aufs Meer.

Doch sowie er eintrat, wurde deutlich, dass die Gemeinde zwar ums Wohl und Weh ihrer Alten besorgt war, aber die jahrelangen Einsparungen hatten trotzdem auch hier Einzug gehalten. Er nahm Augenkontakt mit einer Pflegerin auf, die ihm lächelnd entgegenkam. »Suchen Sie jemanden?« Das Funkeln in ihren Augen war nicht zu missdeuten. Er hatte also immer noch seine Wirkung auf Frauen, obwohl er den Großteil seiner Mähne eingebüßt hatte.

»Sølvi Unstad.« Er erwiderte das Lächeln.

»Ach, Sølvi. Können Sie wohl kurz hier warten?«

Die Wartezeit verbrachte er damit, sich noch einmal genauer zu überlegen, ob Orte wie dieser geeignet waren, einem Menschen in der letzten Phase seines Lebens ein Zuhause zu geben.

Eine andere Pflegerin kam zurück, eine etwas mollige Frau über sechzig, deren offenes Lächeln echt wirkte. »Sie wollen mit Sølvi sprechen?«

Er nickte.

»Das muss wohl über jemanden von uns laufen. Die Ärmste ist nicht mehr besonders redegewandt. Schlaganfall«, fügte sie zur Erklärung hinzu.

»Aber sie kann sich auf jeden Fall verständlich machen?«

»Wir verstehen sie im Großen und Ganzen recht gut.«

Man führte ihn in einen kleinen Aufenthaltsraum mit zerschlissenen Sesseln aus einer anderen Zeit. Vier Bewohner empfingen ihn mit neugierigen bis leeren Blicken. Rino sah sofort, wer von ihnen die alte Lehrerin war. Ihr Gesicht hing zwar etwas schief, aber trotzdem konnte er erkennen, dass Sølvi Unstad einmal eine hübsche Frau gewesen sein musste. Ihre Gesichtszüge waren fast puppenhaft, und obwohl der Blick geistesabwesend schien, strahlten ihre Augen Sanftheit und Wärme aus. Es war nicht schwer nachzuvollziehen, warum die Schüler ihre Lehrerin so vergöttert hatten.

»Sie müssen sich um Isak kümmern«, kam es von einer der anderen Bewohnerinnen. »Isak ist ganz allein.« Ihre Stimme war dünn und schrill.

Sølvi murmelte der Pflegerin irgendetwas zu, und diese übersetzte: »Isak ist ihre Katze beziehungsweise war ihre Katze. Er wurde weggegeben, als sie ins Heim zog.«

»Sie müssen sich um Isak kümmern.«

»Ich glaube, wir gehen mal ins Zimmer.« Die Pflegerin half der schmächtigen Frau aus dem Sessel in einen Rollstuhl. »Damit wir ungestört reden können«, fügte sie hinzu.

Das Zimmer war klein und spärlich möbliert, hatte aber trotzdem etwas Heimeliges. An einer Wand hing eine Zeichnung von drei Vögeln, die auf einem Stein saßen, umgeben von spiegelblankem Meer.

»So. Möchten Sie im Rollstuhl sitzen bleiben?«

Sølvi nickte fast unmerklich. Die Pflegerin stellte den Rollstuhl neben das Bett und setzte sich auf die Bettkante.

Rino nahm auf dem einzigen Stuhl im Zimmer Platz. »Ich bin hier wegen Ihres alten Jobs als Lehrerin … auf Vindstad.«

Er sah sofort, dass sich etwas in ihrem Gesichtsausdruck leicht veränderte. »Waren Sie eigentlich lange Lehrerin da draußen?«

Sølvi murmelte etwas, das er als »zwei Jahre« deutete, was die Pflegerin gleich im Anschluss auch bestätigte.

»Der Grund, warum ich mit Ihnen darüber sprechen will, ist der, dass dort neulich ein Skelett gefunden wurde. Wir können mit an Sicherheit grenzender Wahrscheinlichkeit sagen, dass die Überreste von einem Jungen stammen …«

»Nach dem Erdrutsch?«, unterbrach ihn die Pflegerin ungeniert.

Rino nickte. »Ja, der Erdrutsch hat eine tiefe Rinne hinterlassen, und da lagen die Überreste.« Er machte ganz bewusst eine kurze Pause. »Bei den Bemühungen, die Identität des Jungen festzustellen, kam mir eine ganz schön traurige Geschichte zu Ohren, von zwei Brüdern und von einem Vater, der die Jungen nicht so behandelte, wie es ein Vater tun sollte.« Rino fuhr sich mit der Hand durchs frisch geschnittene Haar. »Ich bin davon ausgegangen, dass die meisten Lehrer von damals schon verstorben sind. Deswegen war ich auch ganz überrascht, als ich herausfand, dass die junge Lehrerin, die obendrein extrem beliebt bei den Schülern war, nicht mehr als eine Autostunde entfernt wohnt.«

Die Pflegerin lächelte stolz, aber nach Sølvis Gesichtsausdruck zu schließen, schien sie die Begeisterung nicht zu teilen.

»Ich hab mit Halvard Toften geredet, dem ehemaligen Rektor der Schule in Reine, der nur Gutes von Ihnen zu sagen wusste.«

Wieder ein Lächeln von der Pflegerin.

»Er meinte, die Schüler hätten Sie geradezu vergöttert.«

Ihre Augen, die sich mit Tränen füllten, verrieten ihm, dass diese Gefühle auf Gegenseitigkeit beruht hatten.

»Mochten Sie Ihre Arbeit dort?«

Ein kurzes »Ja!«, das keine Übersetzung verlangte.

»Warum sind Sie nicht länger dort geblieben?«

Diesmal musste ihm die Pflegerin beispringen. »Auf die Dauer wurde es ein bisschen langweilig da draußen.«

Das konnte er gut nachvollziehen.

»Können Sie sich noch an die Strøm-Brüder erinnern? Der

eine hieß Roald und war behindert, der andere hieß Oddvar und war wohl ein ziemlicher Rüpel, nach allem, was man so hört.«

Sølvi nickte und murmelte dann wieder etwas, das er nur in Bruchstücken verstand. »Sie kann sich an sie erinnern«, sagte die Pflegerin.

Er konnte Sølvis Gesichtsausdruck entnehmen, dass es schmerzliche Erinnerungen für sie waren. »Der eine ist ertrunken. Der Rollstuhl ist ins Meer gerollt.«

»Oh Gott«, kam es von der Pflegerin.

»Können Sie sich an den Vorfall erinnern?«

Wieder ein halbes Nicken. Anscheinend war ihre Nackenmuskulatur auch teilweise gelähmt. Sie schwieg ein paar Sekunden, dann versuchte sie, Worte zu bilden. Speichel rann ihr aus dem einen Mundwinkel, und die Pflegerin wischte ihr das Kinn ab, bevor sie übersetzte: »Sie kann sich gut daran erinnern. Das war ein trauriger Tag in Reine.«

»Wenn ich das richtig verstanden habe, hat es in der gleichen Nacht einen Sturm gegeben?«

»Sie glaubt schon«, sagte die Pflegerin, die immer noch ganz erschüttert aussah.

Rino hätte eigentlich nicht verraten dürfen, dass der Ertrinkungsunfall auch inszeniert gewesen sein konnte, aber er pfiff auf alle geschriebenen und ungeschriebenen Regeln. »Es wird Sie sicher überraschen, das zu hören, aber es deutet vieles darauf hin, dass es sich bei dem gefundenen Skelett um die sterblichen Überreste von Roald Strøm handelt.«

Er las Erstaunen in Sølvis schiefem Gesicht.

»Dass der Rollstuhl im Meer gefunden wurde, kann natürlich Zufall sein, aber man stellt ja doch gewisse Überlegungen an. Vor allem, wenn man weiß, dass der Bruder ein paar Wochen vorher verschwunden ist. Nun war es aber nicht nur

Roald, der in dieser Nacht gestorben ist, auch der Vater wurde leblos am Fuße eines Berges aufgefunden.« Wieder griff er sich in seine neue Frisur. »Sie verstehen sicher, dass uns diese ganzen Geschehnisse zu denken geben. Vor allem die Sache mit Oddvar finde ich seltsam, wie er so einfach verschwand und seitdem nie wieder gesehen wurde. Und ich glaube – ganz egal, was für eine Erklärung sich letztlich finden wird, und wenn Sie mich fragen, wird sich eines Tages eine Erklärung finden ... aber trotzdem: Ich glaube, die Jungen mussten es zu Hause wohl wirklich sehr schwer haben.«

Eine Träne lief ihr langsam über die Wange zum Mund.

»Haben sie ab und zu mal von zu Hause erzählt?«

»Oddvar nicht«, übersetzte die Pflegerin.

»Aber Roald schon?«

Sølvi nickte.

»Was hat er gesagt?«

Neuerliches Murmeln. »Es erging ihm nicht gut«, sagte die Pflegerin.

»Inwiefern?«

Wieder konnte Rino das eine oder andere Wort ihrer Antwort verstehen. »Er wurde geschlagen«, sagte die Pflegerin mit großen Augen, bevor sie hinzufügte: »Einen Behinderten schlagen, das muss man sich mal vorstellen.«

»Die Knochen, die gefunden wurden, trugen deutliche Spuren von Misshandlung – lang andauernder, schwerer Misshandlung.«

»Mein Gott!«, entfuhr es der Pflegerin.

»Wissen Sie, was ihm fehlte?«, fragte Rino.

Diesmal schien es, als hätte die Pflegerin auch Schwierigkeiten, das Gemurmel zu deuten, und die alte Lehrerin brauchte ein Weilchen, um ihre Botschaft vorzubringen. »Juvenile Arthritis. Wir nennen es einfach Kinderrheuma.« Sølvi schien jetzt ganz erpicht aufs Erzählen, und sie unterbrach die Pflegerin, während diese noch übersetzte. »Er hatte oft starke Schmerzen und war in den meisten Dingen auf Hilfe angewiesen.«

»Aber nicht immer?«

»Das schwankt bei Kinderrheuma ganz stark«, erklärte die Pflegerin, bevor sie weiterübersetzte, was Sølvi erzählte. »Sie sagt, dass er es phasenweise schaffte, selber zu gehen.«

»Aber er wurde von seinem Vater geschlagen?«

Sølvi nickte.

»Was können Sie mir von Oddvar erzählen? Nach dem, was ich so gehört habe, war er eine Zeitlang der Schrecken des Reinefjords.«

Sølvi schloss ein paar Sekunden die Augen. Dann fuhr sie fort, während die Pflegerin mit großen Augen zuhörte. »Sie sagt, dass Oddvar nicht einfach bloß ein Unruhestifter war, von der Sorte gab es durchaus mehrere. Sondern er war geradezu bösartig.«

»Was weiß sie über sein Verschwinden?«

»Sie sagt, erst glaubten alle, dass er einfach auf einem seiner Raubzüge unterwegs war, aber nach ein paar Tagen begann sein Vater nach ihm zu suchen. In der Schule musste man den Schülern seines Jahrgangs irgendwann erzählen, dass er vermisst wurde, und eine Weile war es ein beliebtes Spiel, vor den Klassenkameraden damit zu prahlen, dass man Boa gesehen hatte – so nannten sie ihn –, aber es war wohl eher so, dass jeder Schatten gleich zu Boa wurde, und nach einer Weile verloren sie einfach das Interesse.«

»Galt er zum Schluss als tot? Und wurde dann eine Art Gedenkminute für ihn abgehalten?«

»Sie kann sich an keine Gedenkminute erinnern«, sagte die Pflegerin.

»Und Sie haben ihn nie wieder gesehen?«

Sølvi machte eine verneinende Kopfbewegung.

Seinen Verdacht, dass Boa wieder heimgekehrt war, behielt Rino lieber für sich. »Aber Oddvar hat Ihnen nie etwas gesagt, was sein späteres Verschwinden hätte erklären können, oder?«

»Sie hatte nie ein vertrauliches Gespräch mit ihm«, erklärte die Pflegerin.

»Und wissen Sie vielleicht etwas über die Mutter der Jungen?«

Die alte Lehrerin antwortete mit einem kurzen Nein, das keine Übersetzung verlangte.

Rino war in der Hoffnung ins Altenheim gekommen, Sølvi Unstad könnte irgendwie ein neues Licht auf Oddvars Verschwinden werfen, doch inzwischen war ihm klar, dass das nicht geschehen würde.

»Aber Sie haben weiter als Lehrerin gearbeitet?«, fragte er.

Sølvi nickte.

»In Tromsø?«

Sie schien überrascht, dass er darüber Bescheid wusste. »Sie ist nach Vestvågøy gezogen, als ihr Sehvermögen abnahm«, erklärte die Pflegerin. »Ihre Tätigkeit als Lehrerin musste sie in den frühen Achtzigern einstellen.«

»Und seitdem wohnen Sie hier?«

Neuerliches Nicken.

»Waren Sie noch mal draußen auf Vindstad, nachdem Sie wieder hierhergezogen waren?«

Es dauerte ein Weilchen, bis sie ein »Nein« murmelte.

»Warum nicht?«

Diesmal antwortete die Pflegerin, ohne sich mit der Patientin zu besprechen. »Sie sieht nicht mehr besonders gut, selbst mit Brille nicht.«

Jetzt verstand Rino besser, warum ihr Blick so distanziert wirkte. »Und wo auf Vestvågøy haben Sie gewohnt?«

Wieder antwortete die Pflegerin, ohne Sølvi einzubeziehen. »Auf Høynes. Waren Sie noch nie dort? Das ist einer der schönsten Orte auf der Welt, wenn Sie mich fragen.«

»Ist das weit weg?«

»Nein, so neun oder zehn Kilometer.«

»Gut. Dann will ich jetzt nicht weiter stören.«

Als er aufstand, kam einen Moment wieder Leben in Sølvi, und sie bemühte sich noch einmal zu sprechen. »Sie sagt, dass Roald oft zu ihr gekommen ist, um mit ihr zu reden. Er hatte wirklich ein hartes Leben zu Hause.«

»Wegen der Misshandlungen?«

Sølvi nickte.

»Wussten Sie, dass seine Finger gebrochen waren? Allesamt?«

Sølvi schüttelte den Kopf. Tränen strömten ihr über die Wangen.

»Hätte nicht mal jemand einschreiten müssen gegen den Vater?«

Erneutes Gemurmel. »Sie sagt, der Vater war gar nicht der Schlimmste. Boa hat ihn am heftigsten und am häufigsten geschlagen.«

Sølvi Unstads Zuhause lag genauso idyllisch, wie die Pflegerin gesagt hatte. Eine Landzunge führte mehrere Hundert Meter vom Ufer weg, und ungefähr zehn Häuser standen verstreut drumherum. Paradoxe Verschwendung, dachte Rino, als Sehbehinderte auf einem so schönen Grundstück zu wohnen. Er näherte sich dem alten, weißgestrichenen Haus, wollte die neuen Besitzer aber nicht erschrecken und drehte wieder um. Als er den Volvo gerade auf eine provisorische Abfahrt manövrierte, fiel sein Auge auf eine schwarze Katze am Straßenrand. Er stieg aus dem Auto und lockte sie an. Das Tier musterte ihn skeptisch. »Isak«, sagte er, aber die Katze reagierte nicht. Er versuchte es noch einmal, probierte es in einem anderen Tonfall, aber die Katze interessierte sich überhaupt nicht für ihn.

35. Kapitel

Die Fahrt nach Oslo kam wie ein Geschenk von oben. Seine Lust, Kontakt mit Olga aufzunehmen, war in dem Maße gesunken, in dem ihr Eifer gestiegen war, und ohne allzu schlechtes Gewissen sagte er das verabredete Treffen in Svolvær ab. Er fügte hinzu, dass sich ihre Wege vielleicht bei anderer Gelegenheit wieder kreuzen würden. Aber wie sich zeigte, war Olga eine Frau mit Intuition, und nur wenige Minuten später hatte sie seine Mail beantwortet. Sie nannte ihn einen komischen Sonderling und erklärte, dass sie keine weiteren Mails von ihm zu bekommen wünsche. Es versetzte ihm einen kleinen Stich, aber nach ein, zwei Minuten an Bord der SK 4004 von Bodø nach Oslo spürte er nur noch Erleichterung, dass er die aufdringliche Olga endlich los war. Aber das bedeutete nicht, dass er nun von allen Sorgen befreit war. Dunkle Erinnerungen aus seiner Kindheit kamen langsam näher, und er hatte grässliche Angst, was sich ihm offenbaren würde, wenn sich die Nebel erst einmal lichteten.

Falch, der seit der Verlegung des Flugplatzes aus Fornebu nicht mehr in der Hauptstadt gewesen war, fand Flugplatz, Flugzeug und Kassenautomaten gleichermaßen verwirrend. Erst als er vom Hauptbahnhof kam und in ein Taxi stieg, war er sicher, dass ihn seine Reise wirklich zu dem pensionierten Lehrer bringen würde. Er hatte am Vormittag schon mit ihm gesprochen und die Adresse eines Mietshauses in Grünerløkka bekommen. Beim Anblick der mitgenommenen, schmutzig grauen Fassade des sechsstöckigen Gebäudes wünschte Falch sich sofort wieder zurück zu seinem Haus und den Katzen. Glücklicherweise besserte sich der Eindruck etwas, als er eintrat, obwohl der Geruch im Treppenhaus an den Gestank halbvertrockneter Dorschköpfe erinnerte. Er ging die Treppe hinauf bis in den zweiten Stock und blieb kurz stehen, um wieder zu Atem zu kommen, bevor er auf die Klingel drückte.

Der Mann, der ihm aufmachte, trug eine große, viereckige Sonnenbrille, die so dunkel war, dass man die Augen dahinter nicht erkennen konnte. Er hatte einen schwarzen Rollkragenpullover an, und nur das dünne spinnwebenartige Haar lockerte sein düsteres Äußeres etwas auf.

»Sind Sie Aksel Westerman?«

»Die Chance, dass Sie hier jemand anders antreffen, liegt bei null. Kommen Sie rein.«

Westerman ging ziemlich krumm, und man sah ihm an, dass er schon rapide abbaute. Er führte Falch in eine mehr oder weniger abgedunkelte Wohnung. Ein paar Wandleuchten verbreiteten einen mattgelben Schein, aber das war auch schon alles.

»Nehmen Sie Platz, nehmen Sie Platz.« Westerman wies mit einer einladenden Geste auf ein durchgesessenes Stoffsofa und ließ sich selbst in einen sichtlich abgenutzten Sessel sinken. Sogar bei dem schummrigen Licht konnte Falch erkennen, dass der Teint seines Gegenübers gerötet und gereizt war.

»Sie müssen die Beleuchtung entschuldigen, besser gesagt, den Mangel an Beleuchtung, aber ich leide an einer ziemlich seltenen Krankheit mit dem klangvollen Namen erythropoetische Protoporphyrie. In erster Linie eine Hautkrankheit, und wenn ich mich dem Tageslicht aussetze, blüht sie auf wie verrückt. Aber das Schlimmste ist die extreme Lichtempfindlichkeit. Ich habe die Lampen erst angemacht, als Sie geklingelt haben, ansonsten sitze ich hier im Dunklen. Und die Birnen haben alle fünfzehn Watt, aber auch nur, weil's keine mit noch weniger gibt. Man könnte es sicher Ironie des Schicksals nennen«, Westerman tippte sich mit dem Finger gegen die Sonnenbrille, »nachdem ich fast zehn Jahre an der Blindenschule unterrichtet habe.«

»Es ist doch hell genug«, meinte Falch, der das Zimmer langsam, aber sicher ganz sehen konnte.

»Darf ich Ihnen etwas zu trinken anbieten? Ich mache das Getränk allerdings im Dunkeln, deswegen kann ich nicht dafür garantieren, was Sie hinterher in der Tasse haben.« Der Alte lächelte, offensichtlich vergnügt über seinen eigenen Witz.

Falch lehnte höflich ab und zog eine abgegriffene Dokumentenmappe hervor, die er sich auf den Schoß legte.

»Sie sind ja ganz schön eifrig.« Westerman kratzte sich durch seinen Rolli. »So weit zu fahren, bloß um mir eine Zeichnung zu zeigen.« Falch schlug die Mappe auf und nahm das Bild heraus. Die Farben des zornigen Gesichts verschwanden fast in diesem Schummerlicht. Er drehte die Zeichnung herum und schob sie Westerman hinüber. Der hob sie hoch und hielt sie in den mageren Lichtschein der Lampen. Auf der Stirn des alten Mannes glitzerte der Schweiß, aber das konnte unmöglich an der Raumtemperatur liegen, die bestimmt gut unter zwanzig Grad lag.

Falch hatte die Augen seines Gegenübers immer noch nicht gesehen, und irgendwie war ihm nicht ganz wohl dabei.

Westerman nahm eine Leselampe vom Boden hoch und hielt sie über das Blatt, bevor er sie einschaltete. Ein paar Sekunden rührte er sich überhaupt nicht, dann knipste er die Lampe wieder aus.

»Die haben Sie also am Ort eines suspekten Unfalls gefunden, oder?«

»Ich habe nie behauptet, dass der Unfall suspekt war.«

»Muss er wohl gewesen sein. Sie würden ja nicht von den Lofoten bis nach Oslo reisen, wenn die Sache nicht zum Himmel stinken würde.«

»Ein Mann hat so schwere Verbrennungen erlitten, dass er völlig entstellt ist. Er lebt, wenn man darunter verstehen will, dass er noch atmet, denn recht viel mehr ist es nicht. Und ja, es deutet so einiges darauf hin, dass jemand ihn mit Benzin übergossen und angezündet hat.«

»Und die Maske?«

»Das Ganze ist in einer Garage passiert. Die Maske hier hing ganz oben an der Wand.«

»Und hat auf ihn hinabgeblickt?«

Falch zuckte mit den Schultern.

Der Alte fuhr sich mit einer Hand übers Kinn. Sein Handrücken war übersät mit kleinen eitrigen Abszessen. »Ich kann den Schmerz darin erkennen«, sagte er.

»Eine Wutmaske?«

»Wer hat Ihnen das erzählt?«

»Ein Kollege, der schon ein paar Nachforschungen angestellt hat.«

Westerman sah sich die Zeichnung noch einmal an, aber diesmal, ohne die Lampe anzumachen. »Die meisten Teilnehmer in den Kursen sind und waren Kinder. Nicht alle kommen gleich gut mit ihrer Sehbehinderung zurecht, und das gilt für ihre Eltern ganz genauso. Aber manchmal ist der Verlust des Augenlichts nicht die größte Verletzung, die sie mit sich herumtragen. Man lernt schon sehr bald, ein Muster zu erkennen, ich zumindest. Unter meinen Kollegen waren meine Methoden umstritten, es gefiel nicht allen, dass ich mich auf andere Dinge stärker konzentrierte als auf die Sehbehinderung. Schließlich war es ja eine Schule für Sehbehinderte. Aber ich hätte die schwer traumatisierten Kinder herauslesen können, sobald sie nur das Klassenzimmer betraten. Diese Fähigkeit ist mir geblieben.«

Falch, der immer noch auf die Sonnenbrille starrte, spürte auf einmal, wie seine eigenen Verletzungen entblößt wurden.

»Es laufen so viele Sadisten herum, und diejenigen, über die man in den Zeitungen lesen kann, sind selten die schlimmsten. Die infamsten von ihnen kommen in der Regel ungestraft davon. Aber das Leid, das sie ihren Kindern zufügen, das können diese lichtempfindlichen Augen hier sehen.«

Falch schluckte und senkte den Blick.

»Eine Zeitlang hielt ich mich für einen Pionier, aber ich erfuhr, dass bereits mehrere Kinder versucht hatten, sich ihr Leid von der Seele zu malen, schon lange bevor sie nach Huseby kamen. Sie malten nicht unbedingt Masken, die sind und bleiben eben mein Ding. Aber überraschend oft waren es Gesichter, die unabhängig ihrer Gestaltung den Schmerz und die Wut zum Ausdruck brachten, den diese Kinder in sich trugen. Wenn Sie damals einen Kinderpsychologen gefragt hätten, hätte er wahrscheinlich geantwortet, dass die Maske den Hass auf den Täter wiedergibt. Eine völlig falsche Annahme.« Wieder trocknete Westerman sich den Schweiß von der Stirn. »Sagen Sie, Herr Detektiv, haben Sie Kinder?«

Falch nickte.

»Einen Sohn oder eine Tochter? Oder vielleicht beides?«

»Eine Tochter.«

»Können Sie sich erinnern, was sie so gezeichnet hat, als sie klein war?«

»Jedenfalls keine grausigen Gesichter.«

»Gut. Dann haben Sie als Vater keine groben Fehltritte begangen. Ich selbst hatte nie das Glück, Kinder zu haben. Vielleicht habe ich deswegen diese Art von Intuition entwickelt.«

»Und die Maske?« Falch spürte, dass der alte Mann gefährlich nah daran war, an Dinge zu rühren, an die er ganz bestimmt nicht erinnert werden wollte. »Was können Sie mir über die noch sagen?«

Westerman schwieg ein Weilchen. »Die wurde nicht von einem Kind gezeichnet«, sagte er.

»Nicht?«

Wieder dauerte es eine Weile, bevor der alte Blindenlehrer antwortete. »Die ist zu deutlich. Außerdem sieht sie wütend aus, ohne… ohne aufrichtige Wut.« Westerman stand auf. »Soll ich Ihnen mal was zeigen?«

Falch nickte.

»Nehmen Sie das Bild und kommen Sie mit.«

Westerman ging zur Kochnische und öffnete die Tür zum Nachbarzimmer. Vier kleine Leuchten gingen an, und der Alte drehte sich kurz weg. »Ich muss mich immer erst schrittweise dran gewöhnen«, erklärte er. Im Licht, das durch die halb offene Tür fiel, meinte Falch zum ersten Mal die Augen hinter den Brillengläsern zu erkennen. Schließlich machte Westerman die Tür ganz auf, und man sah eine Wand, die über und über mit Zeichnungen bedeckt war. Falch folgte ihm ins Zimmer und blieb wie gelähmt stehen. Von allen Wänden starrten ihm groteske Gesichter entgegen.

»Das Zimmer war unbenutzt.« Westerman erläuterte seine Feststellung nicht näher, aber egal, was er gesagt hätte, Falch hätte sich niemals einreden lassen, dass das, was er hier sah, irgendetwas mit einem Hobbyraum zu tun hatte. Dieses Zimmer glühte geradezu vor unterdrücktem Leid. »Für Sie ist das vielleicht nur ein Haufen von Wutmasken, wie Sie sie nennen, aber das stimmt nicht.« Westerman dimmte das Licht etwas herunter. »Hier an den Wänden hängen hundertdreißig Zeichnungen, und jede von ihnen erzählt ihre ganz eigene Geschichte. Kein Trauma ist genau wie das andere, deswegen sind auch die Zeichnungen unterschiedlich. Sie können auf jedes beliebige Bild zeigen, und ich kann Ihnen sofort erzählen, welche Geschichte sich dahinter verbirgt.«

Falch sah nur Leid, wohin er auch blickte: hasserfüllte Augen, weit geöffnete Münder und ein Übermaß an Rot und Schwarz. Er hatte immer noch seine mitgebrachte Zeichnung in der Hand. Sie stammte nicht von einem Kind, hatte Westerman gesagt. Aber vielleicht von einem Kind im Körper eines Erwachsenen?

»Diese hier zum Beispiel.« Westerman deutete auf ein Bild in der Mitte. Auf seiner Hand sah man ganz deutlich die kleinen Abszesse. »Was glauben Sie, was dahintersteckt?«

Falch war sich nicht sicher, ob er das überhaupt wissen wollte.

»Die wurde von einem siebenjährigen Mädchen gemalt. Und wissen Sie, was sie sich von der Seele zeichnen wollte? Im Grunde die Tatsache, dass sie sehbehindert war. Ihre Mutter hatte sich lange ein Kind gewünscht, aber irgendwelche Gebrechen kamen in diesem Traum nicht vor. Und dieses Versagen begleitete ihre Tochter nun jeden Tag. In vielfacher Hinsicht stellt dieses Gesicht das mildeste Trauma dar, denn das Mädchen wurde ja nicht körperlich misshandelt, und nicht einmal verbal. Aber sie nahm sich die Enttäuschung ihrer Mutter zu Herzen und machte so den Schmerz zu ihrem eigenen. Deswegen ist diese Zeichnung die bitterste für mich. Sie sagt mir, dass wir alle zerbrechliche Wesen sind und dass wir einander oft wehtun, auch wenn wir es gar nicht wollen.«

Westerman wandte sich einer anderen Zeichnung zu. »Und dann gibt es da noch andere Masken, die von klassischen brutalen Schicksalen berichten. So wie die da.« Das Bild, auf das er zeigte, war ausschließlich in Schwarz gehalten, und Falch musste sich schon sehr anstrengen, um darin ein Gesicht zu erkennen. »Sexuelle Übergriffe. Wir lebten damals in einer Zeit, in der wir kaum wussten, dass es so etwas gab, und als ich das Thema vor den anderen Lehrern zur Sprache brachte, gab es ein Riesengeschrei. Dieses Bild war für mich quasi der Anfang vom Ende. Huseby war eine Blindenschule, die es sich zum Ziel gesetzt hatte, Sehbehinderten den Alltag leichter zu machen, aber man wollte keinesfalls die Gräueltaten in norwegischen Haushalten ans Tageslicht bringen. Ich bekam eine Abmahnung nach der anderen, aber die Bilder – und die Geschichten, die ihnen folgten – sprachen eine ganz eindeutige Sprache. Ich konnte nicht einfach übersehen, was die Kinder mir da mitteilen wollten. Deswegen habe ich gerade mal zehn Jahre unterrichtet, bis man mir nahelegte zu gehen.« Wieder tippte Westerman sich gegen die Brille. »Die Krankheit war da schon seit einer ganzen Weile ausgebrochen, und ich hätte sowieso nicht mehr viel länger dort arbeiten können.«

Falch ließ den Blick über die Sammlung abstoßender Gesichter gleiten, als er plötzlich erstarrte. Ganz unten in einer Ecke hing eine Zeichnung, die ihm fast den Atem verschlug. Er selbst war nie in eine Sonderschule gegangen und war auch nie dem Mann begegnet, der für sich in Anspruch nahm, die Maltherapie erfunden zu haben, aber nichtsdestoweniger hatte auch er Gesichter gemalt, dunkle, verzerrte Grimassen unterdrückten Leidens. Und in diesem Augenblick leuchtete ihm eine fast identische Zeichnung entgegen. »Das da«, sagte Westerman, als er gemerkt hatte, welches Bild Falch anstarrte, »stammt von einem kleinen Jungen, der einen sadistischen Drecksack zum Vater hatte.«

Das Zimmer begann sich um ihn zu drehen.

»Da brauchte ich gar kein großer Psychologe zu sein, um

das zu diagnostizieren. Der arme Kerl trug deutliche Spuren der Misshandlungen an Händen und Unterarmen.«

»War er sehbehindert?«, stotterte Falch.

»Der Junge konnte seine eigenen Blutergüsse nicht sehen. Er war blind.«

Trotzdem hatte dieselbe Art von Misshandlung dazu geführt, dass sie ganz ähnliche Gesichter zeichneten.

»Solchen Vätern hätte man …« Westerman ballte eine Faust.

»… das Sorgerecht entziehen müssen«, vollendete Falch.

Der alte Mann schüttelte den Kopf. »Die hätte man mal windelweich prügeln müssen.«

Mehr als einmal hatte Falch sich gewünscht, seinem eigenen Vater die Finger zu brechen. »Wir haben ein Skelett gefunden«, sagte er.

»Ein Skelett?«

»Bei dem sämtliche Knochen gebrochen waren.« Er war nicht hergekommen, um von dem Knochenfund zu erzählen, aber die Worte schienen wie von selbst aus seinem Mund zu kommen.

Westerman betrachtete ihn durch seine Sonnenbrille. »Er könnte gestürzt sein«, sagte er und schaltete das Licht im Zimmer aus, bevor er hinzufügte: »Aus großer Höhe.«

»Nur der Kopf nicht.«

Westerman blieb stehen. Das einzige Licht im Zimmer kam von der halb offenen Tür. »Nur der Kopf nicht«, wiederholte er. Dann ging er zurück zu seinem Lehnsessel. »Sind Sie sicher, dass Sie nichts trinken wollen?«

Falch lehnte höflich ab.

»Wenn Sie mich fragen, würde ich sagen, ein rasender Zornesausbruch. Umbringen reichte nicht. Der Betreffende sollte zerschmettert werden.«

»Das Skelett stammt von einem Jungen, und wir haben die

ganze Zeit gedacht, dass sein Vater ihn ermordet hat. Es war weit und breit bekannt, dass er den Jungen misshandelte.«

Westerman schüttelte den Kopf.

»Weil der Kopf unverletzt ist.«

»Ein Vater, der im Zorn seinen eigenen Sohn umbringt, würde in dem Moment aufhören, in dem ihm klar wird, was er getan hat.«

Falch ließ die Worte auf sich wirken. Es musste also Boa gewesen sein, der seinen Bruder ermordet hatte. Ihm schauderte bei dem Gedanken daran, wie stolz er gewesen war, als er sich damals zum ersten Mal bei ihm auf den Gepäckträger setzte.

»Wer so etwas getan hat, muss einen unbändigen Hass gehegt haben.« Westerman hob die Brille kurz hoch und wischte sich den Schweiß von der Nase.

Falch erhaschte noch einen zweiten Blick auf seine Augen. Die Pupillen sahen riesig aus.

»Entweder war es der Vater oder der Bruder.«

»War?«

»Wir sind ziemlich sicher, dass der Junge vor ungefähr fünfzig Jahren gestorben ist. Der Vater ist genauso lange tot, und der Bruder wurde nach einem Brandunfall zum Invaliden.« Letzteres war Rino Carlsens Theorie, aber Falch beschloss, sie einfach als Tatsache vorzubringen.

»Und dort hing also diese Maske?«

Falch nickte.

Westerman zog die Zeichnung noch einmal zu sich herüber. »Die stammt nicht von einem Kind«, wiederholte er.

»Wir glauben zu wissen, wer das gemalt hat. Und sie ist kein Kind, wie Sie sagen … aber gleichzeitig eben doch.«

»Kommen Sie zur Sache, Herr Detektiv. Ich kriege gerade Kopfweh. Das befällt mich jeden Nachmittag um diese

Zeit, und ich kann es nur vermeiden, indem ich mich hier ins Dunkle setze.«

»Die Frau ist in meinem Alter, aber sie hat Downsyndrom. Und sie war Ende der Sechzigerjahre Schülerin in Huseby.«

Westerman ließ die Zeichnung auf den Schoß sinken und massierte sich den Kopf. »Kann sein«, sagte er, nachdem er das Bild eine Weile betrachtet hatte.

»Wie gesagt, ich hatte gehofft, dass Sie das eine oder andere herauslesen können.«

»Wollen Sie wissen, was ich glaube?«

Falch nickte.

»Vielleicht hat sie die Maske wirklich gemalt, aber sie war weder wütend noch verzweifelt. Da steckt kein echtes Gefühl dahinter. Entweder hat sie einfach bloß versucht, etwas nachzuahmen, was sie vor langer Zeit mal gemalt hat, oder jemand hat sie gebeten, das zu zeichnen.«

Falch spürte, wie sich seine Nackenhärchen aufstellten.

»Und Sie sagten, sie hat Downsyndrom? Ich kann mich an ein geistig behindertes Mädchen erinnern. Das könnte sie gewesen sein.«

»Ende der Sechzigerjahre?«

»So um den Dreh.« Westerman hielt sich das Blatt noch einmal vors Gesicht. »Die Mutter war mal hier mit ihr, aber die kapierte überhaupt nichts.«

»Wovon?«

»Von dem, was passiert war.«

»Sie meinen, abgesehen von der Behinderung?«

»Das Mädchen, an das ich mich erinnere, stand unter Schock. Und kaum einer hat hasserfülltere Bilder gemalt als sie. Wenn wir von demselben Mädchen sprechen, dann kann ich Ihnen versichern: Das Trauma, das sie mit sich herumschleppte, war von der allerschlimmsten Sorte, die man sich nur denken kann.«

Wieder trocknete sich der Alte den Schweiß von der Stirn. »Was man ihr da angetan hatte, war so schlimm, dass sie es überhaupt nicht begreifen konnte.«

36. Kapitel

Sjur Simskar erkannte, dass hier etwas ganz gewaltig schiefgelaufen war. Nachdem er sich die restliche Nacht und den Großteil des nächsten Tages versteckt hatte, wusste er, dass er nach ihr sehen musste. Deswegen hatte er sich aus seinem Versteck hervorgewagt, obwohl ihm natürlich klar war, dass man hinter ihm her war. Und jetzt saß er hier auf seinem angestammten Platz hinter den Büschen und blickte auf die Fenster im Erdgeschoss. Das Licht in der Küche war aus, und die vorgezogenen Vorhänge versperrten die Sicht ins Wohnzimmer. Eine grässliche Vorahnung beschlich ihn, während er sich gebückt zum Haus vortastete. Als draußen auf dem Wasser ein Licht aufglänzte, rettete er sich mit einem Hechtsprung hinter einen verrosteten Zementmischer, der hier seiner soundsovielten Überwinterung entgegensah. Er kroch ans Haus heran, wo er sich hinter einem Stapel Baumaterial verstecken konnte. Ein schwacher Lichtschein von drinnen zeichnete einen Umriss auf die Vorhänge. Er drückte das Gesicht ans Fenster, sodass er Teile des Raumes erkennen konnte. Dort stand ein Bett, und er konnte einen Fuß erkennen, der unter der Decke hervorsah. Er ging auf die andere Seite, und da kam das Monster zum Vorschein. Es lag auf dem Bauch und strampelte sich gerade die Beine frei. Simskar hatte geglaubt, dass Boa für immer unschädlich gemacht war, aber dem war nicht so. In diesem Augenblick ließ er sich gerade vom Bett auf den Boden herab. Und er befand sich in der Wohnung der Frau, über die zu wachen Simskar sich zur Lebensaufgabe gemacht hatte.

37. Kapitel

Er befürchtete, dass er das Bett das nächste Mal erst wieder verlassen würde, um in einen bereitstehenden Leichenwagen überführt zu werden. Also hieß es jetzt oder nie. Er hatte schon seit ein paar Stunden keine Nahrung mehr zu sich genommen, und er hatte auch keine Ahnung, ob die Teufelin vorhatte, ihm welche zu verabreichen oder nicht. Obwohl er sich fest vorgenommen hatte, den Schmerz zu ignorieren, wurde ihm ganz schwindelig, als er sich aus dem Bett auf den Boden herabließ. Er musste um jeden Preis vermeiden, dass er ohnmächtig wurde, deswegen legte er immer wieder kleine Pausen ein, auch wenn er wusste, dass jeden Moment die Teufelin auftauchen konnte. Er rutschte den Teppich beiseite und schob vorsichtig zwei Finger in den Ring. Die Frage war, ob er überhaupt noch genug Kraft hatte, um die Falltür zu öffnen. Nachdem er die Ränder der Luke abgetastet hatte, um festzustellen, wo die Scharniere saßen, versuchte er zu ziehen. Sie bewegte sich kaum, aber immerhin, glücklicherweise war sie nicht abgeschlossen. Er kroch auf die andere Seite und unternahm noch einmal eine Kraftanstrengung. Die Luke war nicht sonderlich schwer, aber seine Finger waren so kraftlos, dass ihnen der Ring entglitt und die Tür wieder zufiel. Der Knall hallte von den Wänden wider, ein Echo, das sich bestimmt bis ins Obergeschoss fortpflanzte. Doch mehrere Sekunden verstrichen, ohne dass jemand kam, um nach der Lärmquelle zu sehen. Er nahm einen neuen Anlauf, und diesmal drückte er ein Knie in den entstehenden Spalt. Die Tür schabte über seine verbrannte Haut, aber der Schmerz war jetzt nebensächlich.

Es ging nur noch darum, ob er die nötigen Kräfte aufbringen konnte, um seine Flucht zu bewerkstelligen.

Jetzt konnte er auch noch sein zweites Bein in die Lücke manövrieren und spürte, wie ihm ein kühler Hauch über die Waden strich, dort, wo seine Haut größtenteils unversehrt geblieben war. Modrige Kellerluft füllte seine Atemwege, ein Geruch, der jetzt Hoffnung bedeutete. Mit schaukelnden Bewegungen stemmte er sich vorwärts, bis die Falltür auf seinen Oberschenkeln ruhte. Seine Füße standen auf etwas, was er für die oberste Sprosse einer Leiter hielt. Er drehte sich auf den Bauch und schob sich rücklings nach unten, während er mit dem Fuß nach der nächsten Sprosse tastete. Bald hatte er die Luke im Nacken, und es wurde Zeit, sich einen Halt für die Hände zu suchen. Da er kaum Gefühl in den Fingern hatte, hakte er sich mit dem ganzen Arm zwischen den Sprossen ein. Anfangs ging es ganz gut, aber sowie sich die Falltür über seinem Kopf schloss, waren seine Kräfte erschöpft. Er dachte gerade noch, dass das Schlimmste nicht der Sturz war, sondern die Tatsache, dass er sich nicht schützen konnte – da schlug er auch schon mit dem Kopf auf dem Zementboden auf. Eine dumpfe Erschütterung fuhr ihm durch den Kopf, aber er spürte keinen Schmerz. Unbeweglich blieb er ein paar Sekunden liegen, dann rollte er sich auf die Seite. Sein Kopf war klebrig, er wusste, dass er sich aufgeschlagen hatte und blutete. Vorsichtig begann er in dem Raum herumzukriechen, in dem er gelandet war. Der grobe, unebene Boden scheuerte ihn an Knien und Händen. Er kroch weiter, bis er mit dem Kopf gegen eine Mauer stieß, dann schob er sich die Wand entlang, bis er eine Öffnung fand. Da drang ein Laut durch den Lärm seiner eigenen rasselnden Atemzüge. Er erstarrte und horchte angestrengt, ob sich das Geräusch wiederholte. Im Stillen schickte er ein Stoßgebet zum Himmel, dass sie nicht hier stand und seiner Flucht zusah. Plötzlich gab sein einer Arm unter ihm nach, und er landete unsanft auf dem Boden. Mühsam rappelte er sich wieder auf die Knie, immer nur das eine Ziel vor Augen: hier wegzukommen, koste es, was es wolle.

Als er wieder weiterkroch, riss er etwas um, was er für eine Schubkarre hielt. Das Geräusch von Metall, das auf Beton prallt, war gerade verhallt, als er eine neue Öffnung in der Wand fand. Gleichzeitig bemerkte er einen kühlen Luftzug. Wenn er Glück hatte, stand die Kellertür einen Spalt offen. Er kroch in den angrenzenden Raum und stellte plötzlich fest, dass seine Hände sich durch einen glitschigen Bodenbelag arbeiteten.

Dann nahm er den Geruch wahr, eine Mischung aus Öl und Kohle. Im selben Moment sah er sich selbst wie ein Außenstehender: eine verbrannte Missgeburt, die in zähem Öl kniete, keine Kraft mehr hatte und nicht mehr in der Lage war, sich auch nur einen Zentimeter weiter vorwärts zu bewegen. Direkt an der Tür stand jemand und wartete. Sie war es. Die Teufelin. Mit einem sadistischen Lächeln schob sie die Hand in die Tasche und holte ein Streichholz hervor. Sie riss es an und betrachtete die Flamme, während sie die Geräusche seiner Angst genoss.

Das Streichholz ging aus, und ohne ihn aus den Augen zu lassen, ging sie rückwärts aus dem Raum. Dann, als sie sich schon zum Gehen wandte, zündete sie ein neues Streichholz an. Nonchalant warf sie es über die Schulter nach hinten. Als das Trugbild seinen Höhepunkt erreichte, gaben seine Arme unter ihm nach, wieder stürzte er mit dem Kopf voran zu Boden und bekam etwas von der zähen Masse in den Mund – glücklicherweise schmeckte es mehr nach Kohle als nach Öl. Er unternahm mehrere Anläufe, sich wieder hochzurappeln, aber jedes Mal gaben seine Arme unter ihm nach, oder er glitt auf dem schmierigen Boden aus. Am Ende gelang es ihm doch vorwärtszurobben, aber er stieß überall rundum gegen kompaktes Mauerwerk. Wieder sank er in sich zusammen, aber nun zwang er sich, einmal ganz sachlich zu überlegen. Der Luftzug. Er glaubte ganz sicher, einen kühlen Hauch zu spüren, der über den Boden hinwegstrich. Langsam kroch er diesem Luftzug entgegen, bis er zu guter Letzt die Öffnung fand, die aus dem Raum hinausführte. In regelmäßigen Abständen hielt er inne und konzentrierte sich auf den Luftzug, der immer stärker wurde, wie er fand. Er sah sich schon selbst halbnackt auf einen Rasen in der Nachbarschaft kriechen, als seine Hand etwas streifte. Instinktiv ahnte er schon, was es war, dennoch befühlte er weiter das glatte Leder und wusste, dass es sich um einen Schuh handelte.

38. Kapitel

Falch setzte Rino darüber ins Bild, was der pensionierte Lehrer der Blindenschule ihm erzählt hatte. Obwohl seine Methoden und Interpretationen eher unorthodox waren, hatten seine Vermutungen doch einen empfindlichen Nerv getroffen. Verbarg sich eine Tragödie in der Vergangenheit des behinderten Mädchens? Und wenn ja, wo war die Verbindung zum Brand in der Garage?

Die Dunkelheit des Polarwinters brach schwer herein, und das magere Tageslicht war schon wieder im Schwinden begriffen, als Rino vor dem Haus einbog, das Falch ihm genannt hatte. Die Mauern des weiß gestrichenen Hauses waren kaum zu sehen, aber es musste auf jeden Fall einen Keller besitzen, da eine Treppe nach unten führte. Eine der Falltüren, die die Kellertreppe verdeckten, stand offen, und Rino konnte ein paar Stufen erkennen, als er daran vorbeikam.

Er ging um die Hausecke und einen mit Schiefer bestreuten Hang hinauf. Aus den Schatten an der Wand lösten sich ein Damenfahrrad und ein Rasenmäher. Die Treppe war aus grob zurechtgezimmertem Holz, und auch das Geländer war überraschend wackelig. Eine große Muschel diente als Türschild, aber der aufgemalte Name war durch Wind und Wetter so ausgewaschen, dass man nur noch vereinzelte Buchstaben erkennen konnte.

Ein paar Regentropfen fielen auf das Wellblechdach, zunächst noch zögerlich, doch wenig später begann es zu schütten. Er drückte sich an die Wand, fand aber keinen Schutz vor dem Regenguss. Schnell drückte er ein paarmal auf den Klingelknopf, dann probierte er die Tür aufzumachen, doch sie stellte sich als verschlossen heraus. Während er den Kopf einzog, um sich ein wenig vor dem Regen zu schützen, glaubte er, von drinnen ein gedämpftes Rumoren zu hören. Er horchte ein paar Sekunden, dann kam er zu dem Schluss, dass die Geräusche doch nur von Regen und Wind herrührten.

39. Kapitel

Er blieb regungslos liegen. Seine Hand ruhte immer noch auf dem Schuh. Er ahnte, dass die Teufelin mit einem Lächeln auf den Lippen dastand und ihn musterte. Unkontrolliertes Zittern durchlief seinen Körper. Langsam zog er seine Hand wieder zurück. Seine eine Wange lag auf dem rauen Boden, und er spürte, wie ihm ein kalter Schmerz in die Schläfe fuhr. In den Gestank nach Fäulnis und feuchtem Keller mischte sich ein Geruch, den er nicht einordnen konnte, nicht unähnlich dem Geruch der glitschigen Schmiere, durch die er gerade gekrochen war. Ein Geräusch. Der Schuh schabte über den grobkörnigen Untergrund. Dann hörte man ein unterdrücktes Räuspern. So leise es war, reichte es doch, um ihm zu verraten, dass hier nicht die Teufelin stand. Es war jemand anders, der unbeweglich vor ihm stand und ihn betrachtete, dem zusah, was wie ein Todeskampf wirken musste. Wieder streckte er die Hand aus und betastete den Schuh. Glattes Leder. Breite Spitze. Ein großer Schuh.

»Ich bin es«, flüsterte eine Stimme, die er seit fast fünfzig Jahren nicht mehr gehört hatte. Sie war zwar gealtert, aber es konnte überhaupt keinen Zweifel geben, wem sie gehörte.

Er weigerte sich, es zu glauben, und wartete auf eine Fortsetzung, die ihm verraten würde, dass es doch eine andere Stimme war.

»Wir müssen wohl zusehen, dass wir abschließen, was wir einmal angefangen haben, du zähes Aas.«

Starke Fäuste hievten ihn in stehende Position, und obwohl er nichts sehen konnte, wusste er, dass er dem Tod gegenüberstand – von Angesicht zu Angesicht.

40. Kapitel

Rino tropfte das Regenwasser von der Stirn, als er sich wieder ins Auto setzte. Es konnte Stunden dauern, bis Astrid Kleven auftauchte, und er hatte nicht vor, einfach passiv herumzusitzen und abzuwarten. Nachdem er sich von der Auskunft per SMS die Nummer von Olav Rist geholt hatte, rief er ihn an. Der alte Kapitän wirkte leicht geistesabwesend, als er sich meldete.

»Nur eine kurze Frage«, sagte Rino, nachdem er sich vorgestellt hatte. »Im Winter ist ein Sigurd Ovesen hierhergezogen. Und wenige Wochen später hätte er bei einem Brandunfall beinahe das Leben verloren. Weswegen ich Sie anrufe: Können Sie sich erinnern, ob sie ihn als Passagier mal mit nach Vindstad rausgenommen haben?«

»Im Winter hatte ich die letzten Bestrahlungsbehandlungen. Ich hab ja so manches Mal die Klappe aufgerissen und behauptet, dass mich so schnell nichts aus dem Boot wirft, aber da ging dann doch nichts mehr. Deswegen hat Reidar Holm von Ende Januar bis einschließlich August die Verantwortung für die Fjordroute übernommen. Da müssen Sie sich also bei ihm erkundigen.«

Kurz danach wählte Rino die Nummer, die Rist ihm gegeben hatte.

»Wie sieht er denn aus?«, fragte Holm, nachdem Rino ihm sein Problem erklärt hatte.

»Der liegt momentan mit schweren Verbrennungen im Pflegeheim.«

»Ach, der.«

»Kennen Sie ihn?«

»Ich kenne ihn bloß vom Sehen, mehr nicht. Aber er war drei-, viermal da draußen, wenn ich mich recht erinnere. Ist ja doch ein bisschen seltsam, wenn einer im Winter da rauswill, aber dieser Kerl war überdurchschnittlich interessiert.«

»Und was machte er dort?«

»Er hat die Eindrücke in sich aufgesaugt, könnte man sagen. Ist ganz ruhig losgeschlendert, und als es Zeit für den Rückweg war, stand er wieder am Anleger.«

»Besteht wohl die Möglichkeit, dass Sie mir seine Route zeigen?«

»Da gibt's nicht viel zu zeigen, da muss man bloß dem Weg folgen.«

»Ich will dem Weg folgen, und zwar jetzt gleich. Aber ich brauch jemanden, der mich rüberfährt.«

»Das kommt jetzt ein bisschen unerwartet ... Geben Sie mir eine halbe Stunde.«

Zwanzig Minuten später trottete Rino auf einen der kleinen Anleger in der Bucht, einen der wenigen, der nicht von Bootshütten umgeben war. Er war kurz zu Hause gewesen und hatte sich etwas zum Überziehen geholt, da es nicht so aussah, als würde der Regen in nächster Zeit nachlassen.

Der Mann, der von einer Bank aufstand und ihm langsam entgegenschlurfte, mochte Mitte siebzig sein. Er trug einen abgetragenen Overall und ein ausgeblichenes Käppi mit Coop-Schriftzug. »Allzu viel werden Sie da draußen jetzt aber nicht sehen.« In seinem Mundwinkel wippte beim Sprechen ein Zigarettenstummel auf und ab.

Rino zeigte ihm triumphierend seine robuste Lampe.

»Glauben Sie, mit der können Sie ganz Vindstad ausleuchten?«

»Die leuchtet immerhin so gut, dass ich sehe, wo ich hintrete.«

Kopfschüttelnd ging Holm auf einen alten, sichtlich abgenutzten Kutter zu.

»Haben Sie mit dem auch Ovesen rübergefahren?«

Holm warf ihm über die Schulter einen nachsichtigen Blick zu. »Nein, aber mit dem kommen Sie sicher rüber und wieder zurück.«

Der gut dreißig Fuß lange Kutter roch nach Jahrzehnten von Lofoten-Urlaubssaisons. Rino folgte dem Alten ins Steuerhäuschen, wo er sich auf eine kleine Kiste setzte. Eine Decke, die nicht unbedingt so aussah, als wäre sie nach der Jahrtausendwende schon einmal gewaschen worden, sorgte für ein Minimum an Bequemlichkeit. Während er dasaß, betrachtete er die Lichter der hufeisenförmigen Siedlung. Vielleicht hatte Boa sich dasselbe Lichterspiel angesehen. Doch sobald sie auf offener See waren, starrten sie nur noch in eine schwarze Wand.

Die mächtige Dünung brachte den Kutter erheblich ins Schaukeln, und Rino spürte, wie ihm ganz flau im Magen wurde. »Wie sah er eigentlich aus?«, fragte er, als Holm die Landzunge umrundet hatte und Kurs auf Vindstad nahm.

Holm sah ihn fragend an. Ein Netz aus ganz feinen Äderchen, das seine Haut fast durchsichtig wirken ließ, überzog seine Wangen.

»Ich hätte nur gern eine grobe Beschreibung, weil wir gar keine Bilder von ihm haben.«

»Na ja, der sah aus …« Holm zog weiter an seiner erloschenen Kippe.

»Dick oder dünn, blond oder dunkelhaarig?«

»Dünne Haare hatte er auf jeden Fall.« Holm grinste und kratzte sich hinterm Ohr. »Und allzu viele Mahlzeiten hat der auch nicht ausgelassen.«

»Also war er eher dick?«

»Na ja, rund und gesund, wie man so schön sagt.«

Das mumifizierte Wesen, das Rino im Pflegeheim gesehen hatte, war alles andere als rund gewesen. Die Monate im Pflegeheim hatten wohl an ihm gezehrt. »Keine besonderen Kennzeichen?«

Holm schwieg ein Weilchen, weil er sich darauf konzentrieren musste, die Wellen so geschickt wie möglich zu nehmen. »Nichts, was mir aufgefallen wäre. Vielleicht ein bisschen länglich.«

»Wie meinen Sie das?«

Wieder dauerte es einen Moment, bis die Antwort kam. »So ein längliches Gesicht irgendwie, obwohl er ansonsten wirklich wohlgenährt aussah.«

Das Schiff schwankte jetzt stärker, und wenn es sich besonders stark absenkte, schienen die Felsen rundherum in den Himmel zu wachsen. Rino machte die Beine ein bisschen breiter, um nicht von seiner Kiste zu rutschen, und musste immer heftiger schlucken, während seine Übelkeit von Minute zu Minute zunahm. Er reckte einmal vorsichtig den Hals, um nach den Lichtern von Vindstad zu spähen, doch es war nichts zu sehen.

Eine Sturzwelle türmte sich vor ihnen auf, und der Bug des Kutters hob sich beängstigend gen Himmel. »Jetzt zieht er aber alle Register.« Holm versuchte ein grimmiges Lächeln. »Ich glaube, wenn Sie auf Gedeih und Verderb da rübermüssen, nehm ich lieber eine andere Route.«

Rino bereute es schon, dass sie bei diesem Wetter ausgelaufen waren, aber Holm schien fest entschlossen, ihn nach Vindstad zu bringen, koste es, was es wolle. Auch Boa musste fest entschlossen gewesen sein, in Anbetracht seiner Vorgeschichte. Was hatte er herausfinden wollen? Hatte ihn nach all den Jahren die Reue befallen? Und wenn ja, war es das Grab seines Bruders, das er besuchen wollte?

»Hat er einfach den geraden Weg ins Inselinnere genommen?«

Ein unwilliger Gesichtsausdruck war die Antwort. »Sie müssen Ihre Ungeduld jetzt im Zaum halten, ich muss uns jetzt nämlich erst mal sicher zum Anleger steuern.«

Die Dünung war immer noch heftig.

»Hier liegt die *Rita*.« Holm, der offensichtlich seine liebe Mühe damit hatte, das Boot sicher durch die Wellen zu steuern, sprach, ohne sich umzudrehen.

»Wer ist Rita?«

»Meine Ex.« Holm warf ihm über die Schulter ein schiefes Grinsen zu. »*Rita* war ein Schiff. Hier geben wir unseren Schiffen zärtliche Namen. Dieser Kutter heißt *Ellen Katrine*.« Holm beschwor die Naturgewalten, während der Bug seines Schiffes steil nach oben ragte. »Sie hätten nicht zufällig bis morgen warten können?«

Rino auf seiner Kiste hätte dem Kapitän nicht aufrichtiger beipflichten können als in diesem Moment. Er gab sich noch zehn Minuten. Wenn sie bis dahin nicht an Land waren, musste er höchstwahrscheinlich hinaus, um sich zu übergeben.

»Die *Rita*«, fuhr Holm fort, »ist dreiundsechzig in einem heftigen Sturm gesunken. Zwei Turteltauben trotzten damals Wind und Wetter. Das hat eine der beiden das Leben gekostet.«

Das Schiffsunglück, von dem die Statoil-Dame erzählt hatte.

»Sie wurden nicht nur vom Sturm überrascht. Die Wolken hingen bis auf die Klippen runter, und da kamen sie vom Kurs ab. Sie glaubten schon weiter draußen zu sein, aber das Boot liegt ungefähr da.« Holm zeigte auf den Felsen, der beunruhigend nah schien, wie Rino fand. »Ein paar Taucher haben es dort irgendwann entdeckt.«

Wieder hob sich der Bug gen Himmel, und Rino hörte, wie hinter ihm irgendetwas zu Boden krachte. Diese Überfahrt gefiel ihm von Minute zu Minute weniger.

»Aber einer von beiden hat es also überlebt?«

Holm nickte. »Der liebe Herrgott wollte es so.«

»Er ist also an Land geschwommen?«

Holm drehte sich um. Sein Blick hatte etwas Anklagendes.

»Das ist er wohl. Trotzdem reden wir nicht gern über diese Geschichte. Der Mann hat sich wieder erholt und ist auch bald wieder mit dem Boot rausgefahren. Tja, wir rennen hier vor unseren Problemen nicht davon.«

Endlich schaukelte der Kutter nicht mehr so stark, und bald ging Holm auch etwas vom Gas.

»Sind ja nicht gerade viele Lichter zu sehen.« Rino konnte irgendwo in der Finsternis zwei weißgelbe Lichter erspähen.

»Sie haben ja Ihre Lampe«, gab Holm trocken zurück und schnipste seine Kippe aus dem Fenster.

Das Boot schlingerte immer noch, als Rino an Deck ging. Dem starken Wind war ein feiner Nieselregen gefolgt.

»Es war ja Winter und ziemlich kalt.« Holm machte seine Nebenhöhlen frei, indem er kräftig und geräuschvoll die Luft einsog. »Aber er verschwand erst ein Stück Richtung Inselinneres. Danach ist er den Weg da langgegangen.« Holm zeigte nach links, wo das Terrain unwirtlicher wurde und die Häuser sich an den Fingern einer Hand abzählen ließen. »Von hier aus sehen Sie ihn kaum, aber hinter dem letzten Haus, da gibt's eine größere Bergkuppe. Da ist er hochgegangen.«

Rino begann es langsam zu dämmern. »Haben Sie ihn nie gefragt, was er hier eigentlich wollte?«

Holm rückte sich das Käppi zurecht. »Das erste Mal hab ich schon gefragt, einfach, um überhaupt was zu sagen, aber da wich er mir aus. Ich hab keine richtige Antwort gekriegt.«

»Können Sie mir eine Stunde geben?«

»Wo wir jetzt Wind und Wetter getrotzt haben, um hier rauszukommen, kann ich wohl auch noch eine Weile warten. Also machen Sie ruhig.«

Rino torkelte über den Rollsteg auf den Anleger, von wo er im Dunkel die Umrisse von ungefähr zehn Häusern ausmachen konnte. Man hatte ihm erzählt, dass hier eine Frau wohnte, die unverdrossen die Stellung hielt. Nun, er hatte nicht vor, sie zu beunruhigen.

Ein auffrischender Wind blies ihm so stark entgegen, dass ihm das Regenzeug gegen den Körper schlug. Das dabei entstehende Geräusch wuchs sich zu ohrenbetäubendem Peitschenknallen aus, sowie er sich die Kapuze über den Kopf zog. Wie hatte es sich wohl für Boa angefühlt, nach all den Jahren in Vindstad an Land zu gehen? Er war als Dreizehn- oder Vierzehnjähriger von hier weggelaufen und war nie wieder gesehen worden. Wohin bist du verschwunden, Boa? Wie ist es dir gelungen, ein neues Leben anzufangen, ohne dabei aufzufliegen? Rino drehte sich um und versuchte, sich mit den Händen gegen Wind und Regen abzuschirmen. Er konnte nur mit einem Boot geflohen sein, aber wohin? Hat dich jemand aufgenommen, Boa? Hielt jemand den Jungen versteckt, der eine ganze Gemeinde terrorisiert hatte? Und später, als fast allen klar war, was hier draußen geschehen war, warum hat diese Person den Jungen weiter beschützt? Boa, der seinem Sadismus die Krone aufgesetzt hatte, indem er seinen eigenen verkrüppelten Bruder misshandelte. Höchstwahrscheinlich wusste er, dass alle Bewohner von damals gestorben oder weggezogen waren und dass die einzige dauerhaft ansässige Bewohnerin nicht alt genug war, um ihn wiederzuerkennen.

Rino ging an der alten Schule vorbei, wo er die Fensterläden scheppern hörte. Der Regen schoss wie Blitzstrahlen durch den Lichtkegel seiner Lampe, die er konzentriert auf den unbefestigten Pfad richtete. Bei einem der am stärksten verfallenen Häuser blieb er stehen. Die Fenster starrten ihm nackt entgegen. Im Lichtstrahl sah er ein verrostetes Wellblechdach und eine Holzvertäfelung, von der jedes bisschen Farbe abgewaschen war. Hatte er da eine Bewegung in einem der Fenster gesehen? Er ging näher heran, sodass der Lichtstrahl Teile der Innenwand erfasste. Das Haus konnte unmöglich bewohnt sein, schon seit Jahrzehnten nicht mehr. Er kam zu dem Schluss, dass er wahrscheinlich aus dem Augenwinkel seine eigene flatternde Kapuze gesehen hatte. Er ging weiter über den Pfad, jetzt allerdings über einen eher öden Abschnitt, mit großen und kleinen Steinen rechts und links am Wegrand. Ein pfeifendes Geräusch drang durch den Sturm, von der Stromleitung her. Rino hob den Blick und sah, wie die Kabel im Wind schaukelten. Egal, ob Boa den verkrüppelten Jungen umgebracht hatte oder sein Vater – es war sehr unwahrscheinlich, dass er zu Hause ermordet worden war. Er musste also über eine Strecke von mehr als einem Kilometer transportiert worden sein, mit dem ständigen Risiko, entdeckt zu werden. Rino schätzte, dass die Tat im Affekt begangen und Roald Strøm am Tatort begraben worden war.

Ein Stück vor ihm wuchs der Hügel aus Erde und Stein aus dem Dunkel. Wenn sich die rutschenden Erdmassen einen anderen Weg gebahnt hätten, nur ein oder zwei Meter weiter rechts oder links, hätte Roald Strøm höchstwahrscheinlich bis in alle Ewigkeit in Frieden ruhen können. Wusste Boa von dem Erdrutsch? Und wenn ja, wusste er auch, dass die sterblichen Überreste seines Bruders gefunden worden waren? Da im Pflegeheim niemand ahnte, wer er war, lebte er wohl noch in Unkenntnis der Dinge, die sich hier vor knapp einem Monat abgespielt hatten.

Als Rino sich auf den Rückweg machte, hatte sich der Regen gelegt, aber der Wind war noch so stark wie zuvor. Wieder näherte er sich dem verfallenen, abgelegenen Häuschen. In einem der Fenster sah er ein verschwommenes Spiegelbild seiner selbst, als er die letzten Meter zurücklegte. Die Kapuze, die sein Gesicht überschattete, verlieh ihm das Aussehen eines Henkers. Vielleicht hatte sich der Mann, der nach all den Jahren an den Schauplatz dieser Grausamkeiten zurückgekehrt war, ja auch zum Henker ernannt.

Rino ließ den Lichtstrahl seiner Lampe über die Fassade wandern. Auf der vermoderten Holzverkleidung war kaum mehr Farbe zu sehen, und die Mauern waren in einem so schlechten Zustand, dass sie das baufällige Gebäude bestimmt nicht mehr allzu lange tragen würden. Er hielt die Lampe an die Glasscheibe, die am Rand ganz schmutzverkrustet war, und blickte in einen Raum, den er für das Wohnzimmer hielt. Nackte Wände aus massivem Holz, ein Schaukelstuhl und ein selbst gezimmerter Tisch. Die halbe Familie war in jener Nacht ausgelöscht worden. War seit damals wohl alles unberührt stehen geblieben? Hatte Boa in ein Zuhause spazieren können, das genau so aussah, wie er es in Erinnerung hatte? Rino ging zum Eingang, wo er feststellte, dass die Tür abgeschlossen war. Hast du den Schlüssel mitgenommen, als du weggelaufen bist, Boa? Oder lag der hier all die Jahre in einem Versteck? Ein Blick auf die Uhr. Er war schon über vierzig Minuten unterwegs und beschloss, Holms Geduld nicht über die Maßen zu strapazieren.

Als Rino sich wieder auf den Weg zum Anleger machte, sah es nicht so aus, als hätte der Wind nachgelassen, und er dachte mit Grauen an die Rückfahrt. Als er auf einen schmalen Kiesweg bog, stellte er fest, dass der Kutter dort unten beängstigend auf den Wellen schaukelte und an seiner Vertäuung riss. Er hob die Hand zu einem Gruß, für den Fall, dass Holm ihn beobachtete. Dann überquerte er schräg das letzte Geländestück. Ungefähr fünfzig Meter über ihm wuchs ein grasbewachsener Abhang aus dem Berg, darunter fiel der Fels senkrecht ab. Der Regen hatte den Boden ganz glitschig gemacht, und er rutschte mehrmals aus, bis er endlich den obersten Punkt erreicht hatte.

Ist dein Vater immer hierhergekommen, Boa? Hat er von hier aus die Boote auf dem Meer beobachtet? Und bist du ihm in jener Sturmnacht gefolgt, um dich hinter ihn zu schleichen, als er so dastand und hinausstarrte? War es vielleicht einfach nur ein kleiner Schubs? Rino zitterten die Knie, als er hier stand. Er hatte einen bedeutenden Sicherheitsabstand zum Rand des Abhangs gelassen, dennoch spürte er, wie ihn der Abgrund anzog. Er sah die Positionslampen des Bootes und den Anlegesteg, der sich in der Schattenlandschaft wie ein dunkler Darm abzeichnete. Ganz vage konnte er auch die Häuser auf der anderen Seite des Sunds erkennen. Tennes. Der Ort, wo Berger Falch aufgewachsen war. Wo warst du in jener Nacht, Berger? Hast du in deinem Zimmer auf Reine gelegen und zugehört, wie die Wände im Wind ächzten? Und warum kannst du dich so schlecht daran erinnern, was damals passiert ist?

Rino hatte gehört, dass hier irgendwo im Sund ein altes Kraftwerk lag, aber er konnte nur Silhouetten von Bergen vor der kompakten Schwärze ausmachen.

Wonach hielt dein Vater Ausschau, als du dich an ihn herangeschlichen hast, Boa? Die Fischerboote waren doch bestimmt schon längst an Land. Passierte irgendetwas draußen auf Tennes? Obwohl die Dunkelheit ihm nur gestattete, die Konturen der Berglandschaft gerade so zu erahnen, konnte Rino sehen, dass die Berge hinter einer Landzunge mitten im Fjord einen Bogen beschrieben. Wenn er nicht so weit nach oben geklettert wäre, wäre es ihm nie möglich gewesen, diesen Bogen zu sehen, dachte er. Und während er so dastand und auf den trichterförmigen Fjord blickte, der sich vor ihm öffnete, regten sich in ihm plötzlich ganz neue Gedanken über jene Sturmnacht.

41. Kapitel

Den Flug von Oslo nach Leknes hatte Falch kaum bewusst wahrgenommen, ebenso wenig die Fahrt von Leknes nach Reine. Der Besuch bei Aksel Westerman wollte ihm die ganze Zeit nicht aus dem Sinn, insbesondere die Zeichnung, die so gut wie identisch mit einem Bild war, das er selbst als kleiner Junge gemalt hatte.

Er hatte in seinem Zimmer gesessen, gedemütigt und beschämt. Die brummende Stimme seines Vaters drang aus dem Wohnzimmer hoch, hie und da unterbrochen von einem unterwürfigen Kommentar seiner Mutter. Sie wusste sehr wohl von den Schlägen und Zurückweisungen, doch wenn sich die Dinge mal wieder zugespitzt hatten, erinnerte sie lediglich daran, wer hier das Essen auf den Tisch brachte, und das machte den Schmerz für ihn nur noch schlimmer. Auch lange Tage im Fischerboot konnten niemals diese Schläge rechtfertigen. Niemals. Rotz und Tränen tropften ihm auf sein Bild, sodass die Farben ineinander verliefen. Er hatte das Blatt auf den Boden geworfen, den Kopf auf den Schreibtisch gelegt und leise geschluchzt. Als er seine Zeichnung später wieder aufhob, hatten die Tränen den abstoßenden Gesichtsausdruck nur noch verstärkt. Eine versteinerte Grimasse und Erinnerungen, die ihn ein Leben lang verfolgen sollten.

Was er damals noch nicht wusste, war, dass er nicht das einzige Opfer war. Gleich auf der anderen Seite des Sunds, nur wenige hundert Meter entfernt, hatte ein behinderter Junge mit einem ebenso hasserfüllten Vater gelebt.

Das Böse in den kleinen Gemeinden.

Wenn die Misshandlungen damals allgemein bekannt gewesen wären, hätte es dann sein können, dass die Leute auch über den kleinen Berger Falch Bescheid wussten, dass sie wussten, wie er geschlagen wurde und dass er sich all seine Blutergüsse nicht bei Stürzen auf den Klippen zugezogen hatte?

Plötzlich war er auf der Landenge von Reine. Er nahm jene Abfahrt, wo von Juni bis August die Wohnwagen dicht an dicht standen. Wie zur Hölle konnte Aksel Westerman Bescheid wissen, wie konnte er da hinter seiner dunklen Sonnenbrille sitzen und wissen, dass der Fremde, der ihm gegenübersaß, von seinem Vater misshandelt worden war?

Die Scham war immer am schwersten zu ertragen gewesen, und Scham hatte er auch in Westermans dunkler Wohnung empfunden. Er stieg aus und lehnte sich an einen großen Stein. Er spürte, wie es über ihn hereinbrach, und er verbarg das Gesicht in den Händen, während er sich verzweifelt bemühte, die Tränen zurückzuhalten. Die Feuchtigkeit und Kälte des Steins drangen ihm durch die Kleider, und allmählich gewann er wieder seine Fassung zurück. Seine Finger zitterten, als er sein Handy aus der Tasche fischte. Wann immer ihn die Erinnerungen zu überwältigen drohten, hatte er Sandra mit Liebe überhäuft und ihr das gegeben, was er in seinem eigenen Leben so schmerzlich vermisst hatte.

»Ach nein, du bist das!« Sie sprudelte nur so, wie immer.

»Ich wollte bloß hören, ob's dir gut geht.«

»Ob es *mir* gut geht? Na, ich bin ja wohl nicht diejenige von uns beiden, die ein Rendezvous hatte.«

Ihrer Stimme war anzuhören, dass sie vor Neugier platzte.

»Ach das …«

»Was? Hat es deine Erwartungen nicht erfüllt?«

»Ich war nicht dort.«

Am anderen Ende der Leitung wurde es still.

»Wo bist du? Ich kann dich kaum verstehen.«

»Auf der Landenge nach Reine.«

»Was um Gottes willen machst du denn *da* bei diesem Wetter?«

»Frische Luft schnappen.«

»Davon kriegst du doch genug.« Sie stieß einen Seufzer aus, der keinen Zweifel daran ließ, dass sie ihren Vater für hoffnungslos borniert hielt. »Warum warst du nicht dort? Und hast du Bescheid gegeben, dass du nicht kommst, oder sitzt sie immer noch da und wartet auf dich?«

»Ich musste nach Oslo. Wegen dieser Sache mit dem Skelett.«

»Dieses Skelett hat da fünfzig Jahre gelegen, und dann musstest du unbedingt heute nach Oslo?«

»Die Sache ist tatsächlich wichtig.« Er blickte auf seine eigenen, schief gewachsenen Finger. »Sehr wichtig.«

»Bist du wieder depressiv?« Die Frage überrumpelte ihn. Seine Depressionen waren zwischen ihnen nie thematisiert worden. In der Phase nach Kristines Tod hatte er zugegeben, dass er sich einsam fühlte und sie sehr vermisste, aber das war nur menschlich. Eine Diagnose war es sicher nicht.

»Ja.« Die Antwort kam wie von selbst.

»Bedeutet dir diese Sache so viel … weil der Junge … es als Kind so schlecht hatte?«

Er drückte sich eine Faust gegen die Stirn. Sie hatten der Öffentlichkeit den Zustand des Skeletts nicht mitgeteilt, aber die Gerüchte machten eben doch ihren Weg.

»Willst du zu mir kommen?«, fragte sie.

»Morgen.« Seine Stimme war kurz davor nachzugeben.

»Komm, wann du willst. Ich bin immer für dich da.«

Er blieb noch eine Weile draußen sitzen, trotz des schneidend kalten Windes. Wahrscheinlich hatte sie es schon lange gewusst und ihm immer angesehen, jedes Mal, wenn er sich davon zu überzeugen suchte, dass sie sich mit den Jahren nicht voneinander distanzierten. Vielleicht waren seine Verletzungen sichtbarer, als er gedacht hatte, oder vielleicht hatte Kristine ihr von seiner Kindheit erzählt. Die sanfte Kristine, die für alle immer nur das Beste wollte und die ihn so früh verlassen hatte.

Nachdem er den Kloß in seinem Hals heruntergeschluckt hatte, beschloss er, im Büro vorbeizugehen und seine Spesenabrechnung zu schreiben, die sonst nur zu leicht in Vergessenheit geraten könnte. Noch bevor er die Tür aufgesperrt hatte, hörte er das Telefon klingeln. Also hatte der Vertretungspolizist wohl vergessen, den Apparat auf die nächste Wache umzustellen. Das Klingeln hörte auf, aber nur, um Sekunden später wieder neu anzufangen. Er hatte noch immer Sandras liebevolle Stimme im Ohr, als er den Hörer abnahm.

»Mein Name ist Joar Lyså. Es geht um einen Sigurd Ovesen.«

»Ja?« Falchs Gedanken wateten durch einen blubbernden Sumpf.

»Der ist vor ungefähr einem halben Jahr nach Reine gezogen. Wir haben meistens zwar bloß Kontakt via PC, aber Sie wissen ja – die Welt ist heutzutage digital.«

Eine digitale Welt. Was war das?

»Aber dieses Frühjahr ist der Kontakt abgerissen. Ich habe ihm eine Mail nach der anderen geschickt, von unterschiedlichen Servern, aber ich habe nichts mehr von ihm gehört. Dabei haben wir Gott weiß wie viele Jahre übers Internet Schach miteinander gespielt.«

Gott weiß. Warum hatte ihm damals keiner geholfen? Warum war niemand nach Tennes hinübergerudert und hatte ihn von seinem Vater befreit?

»Jetzt mach ich mir langsam doch Sorgen …«

Die Worte entglitten ihm. Sie waren fremd und ergaben keinen Sinn. Außerdem war die Welt nicht digital. Sie war verrückt, und das war sie schon immer gewesen. Er konnte auf keinen Fall viel älter als fünf oder sechs gewesen sein, und der Anlass stand ihm noch heute deutlich vor Augen. Er war über einen Eimer gefallen, sodass sich die aalglatten Fische über den ganzen Boden verteilten. Wie konnten seine Arbeitskollegen das Boot mit jemandem teilen, der sein Kind misshandelte? Wie konnten sie über seine Späße lachen und mit ihm jubeln, wenn sie einen guten Fang gemacht hatten, wie konnten sie einfach vergessen, was er tat, wenn er nach Hause kam?

»Ich wollte mich nur vergewissern, dass es ihm gut geht. Einen neuen Schachgegner werd ich schon noch irgendwann finden.«

Ein Knacken aus dem Telefonhörer. Oh Gott, wie er seinen Vater gehasst hatte.

»Ich finde bloß keine Ruhe, solange nicht doch mal jemand bei ihm vorbeischaut und nach dem Rechten sieht.«

Ruhe finden. Wann hatte er eigentlich jemals Ruhe gefunden? Jeden Tag, jede Stunde und jede Minute hatte er in äußerster Anspannung gelebt und auf das Unvermeidliche gewartet, das früher oder später immer über ihn hereinbrach.

»… ob Sie das wohl tun könnten?«

Er hätte das nie tun können – sein eigenes Kind schlagen. Im Gegenteil, er hatte Sandra Liebe für zwei geschenkt. Allerdings … war er nicht ganz unschuldig. Er war damals mit Boa mitgegangen, und er wusste, dass das, was jetzt noch irgendwo im Nebel lauerte, ihn zu Tode erschrecken würde, sobald es wieder in aller Klarheit vor ihm auftauchte. »Ich werde alles wiedergutmachen«, sagte er und legte auf. Plötzlich fiel ihm der Geruch wieder ein. Der Geruch von Nervosität und Angst, vermischt mit dem Dunst von saurem Schweiß. Der Geruch eines bestialischen Verbrechens. Damals, vor langer Zeit.

Wie lange er so im Büro sitzen blieb, wusste er nicht, aber als er ging, hatte er seine Reisekostenabrechnung vergessen und war zu dem Schluss gekommen, dass es in der Welt viele seltsame Menschen gab.

42. Kapitel

Er lag über einer Schulter, und bei jedem humpelnden Schritt, den sein Träger machte, wurde ihm die Luft aus den Lungen gepresst. In der Ferne hörte er Autos und ein Geräusch, das für seine Ohren nach einem Außenbordmotor irgendwo auf dem Meer klang. Er merkte, dass es bergab ging. Richtung Meer.

Der Mann sagte nichts, aber er atmete schwer und geräuschvoll. Es kostete einiges an Kraft, ihn so zu tragen.

Er verlor das Bewusstsein und wachte davon auf, dass man ihn auf eine harte Unterlage niederlegte. Das Geräusch von Wellen, die Felsen und muschelbewachsene Pfeiler polierten, ließ keinen Zweifel zu: Er lag auf einem Anleger. Wenig später wurde er wieder hochgehoben, verbrannte Haut wurde gedehnt und verdreht, bis er irgendwann spürte, wie seine Beine gegen den Rand des Stegs schlugen. Der Mann stieg die Leiter hinunter.

Noch bevor er hineingeworfen wurde, war ihm klar, dass es ein kleines Boot war. Er hörte es an dem dumpf platschenden Geräusch der unruhigen Wellen am Rumpf. Er blieb in verdrehter Stellung zwischen zwei Ruderbänken liegen und merkte sofort, dass Wasser im Boot stand, fühlte, wie es sich umverteilte, sobald sich die Gewichtsverteilung im Boot änderte.

Die Leinen wurden losgemacht, und sie legten ab. Jedes Mal, wenn sich das Boot seitlich neigte, bekam er Wasser in Mund und Nase, aber bald fand er einen Atemrhythmus, der dem Schaukeln des Bootes angepasst war. Während er so dalag – und jedes Mal die Luft anhielt, wenn sein Gesicht überspült wurde –, tauchten verdrängte Erinnerungen auf.

Sein Vater hatte noch am selben Abend angefangen, nach ihr zu suchen, und der Blick, mit dem er die Jungen ansah, als sie am nächsten Morgen aufstanden, verriet nur allzu deutlich, was er befürchtete. Sie zogen zu dritt los und bekamen nach und nach auch Unterstützung von einigen Nachbarn, obwohl sie alle insgeheim dem Vater die Schuld gaben und der Meinung waren, dass er sich das Geschehene selbst zuzuschreiben hatte.

Wie viele Tage vergingen, bis ihre Mutter angespült wurde, wusste er nicht mehr genau, aber er konnte sich noch an ihr Haar erinnern, das nicht mehr zum gewohnten strammen Zopf geflochten war, sondern lose herabhing, wie verhedderter Seetang. Sie lag mit dem Gesicht im Wasser, und als er so dasaß – alleine auf dem Fels, während seine tote Mutter keine fünf Meter entfernt angetrieben wurde –, fühlte er nur eines: Wut. Die Wellen trugen sie die letzten Meter ans Ufer, wo sie in einem Streifen aus gelbbraunem Tang liegen blieb. Lange blieb er sitzen und betrachtete sie, die kreideweißen Hände, das Haar, das kaum von den Tangknäueln zu unterscheiden war. Schließlich beugte er sich vor und fasste sie an der Schulter. Sie lag schwer im Wasser, und er musste seine ganze Kraft aufwenden, um sie umzudrehen. Ihr Gesicht war eine unidentifizierbare Masse aus Fleisch und geronnenem Blut, und wo einmal die Augen gewesen waren, gähnten ihn nun zwei leere Höhlen an.

Die Erinnerungen hatten ihn völlig vergessen lassen, wo er war, und plötzlich schluckte er Wasser. Gleichzeitig stieß das Ruderboot gegen etwas, das ein anderes, größeres Boot sein musste. Die Ruder wurden eingeholt, dann wurde er in das andere Boot geworfen und unter Deck getragen. Er sollte also nicht erfrieren. Der Plan war ein völlig anderer. Nur mit einer Matte unter sich, wurde er auf den Boden gelegt. Sein ganzer

Körper zitterte, aber er merkte kaum, dass er fror. Seine Sinne konzentrierten sich ganz auf das Boot, wie es langsam in Bewegung gesetzt wurde und eine weiche 180-Grad-Wendung vollzog, bevor es allmählich Fahrt aufnahm. Er merkte, dass sie sich in Richtung Steuerbord hielten und wie das Boot seine Fahrt verlangsamte, als sie auf einer Höhe mit dem Unterwasserriff waren, als sie in den Hafen einliefen.

Obwohl er die Stimme des anderen seit fünfzig Jahren nicht mehr gehört hatte, hatte er sie unmittelbar wiedererkannt. Und auch sofort gewusst, was ihn nun erwartete. Das Boot änderte den Kurs, und er sah vor seinem inneren Auge, wie sich der Reinefjord öffnete, mit Vindstad in der Ferne. Die Erinnerungen, die er ein Leben lang verdrängt hatte, wurden plastischer denn je, und es kam ihm vor, als würde ihm wieder der Sturm entgegenschlagen, der den Fjord in einen Nebel aus regenschweren Wolken und aufgewühlter See tauchte. Und vielleicht war das auch tatsächlich so, denn das Boot legte sich jetzt noch heftiger in die Wellen, sodass er auf seinem Platz hin und her rutschte.

Nun also zu dieser einen Sache, die ich dir nie erzählt habe. Es geht um meine Mutter. Ein paar Tage nachdem sie sich das Leben genommen hatte, wurde sie an Land gespült, und ich war derjenige, der sie fand. Ihr Gesicht war nicht mehr wiederzuerkennen, wahrscheinlich hatte ihr ein Seeadler die Augen ausgehackt, um sich dann über Wangen und Kinn herzumachen. Ich hätte vielleicht außer mir sein sollen vor Kummer, sie so zu finden, aber stattdessen empfand ich die Erniedrigung, die in so einem Tod lag, als verdiente Strafe dafür, dass sie mich im Stich gelassen hatte. Sie lag im Tang, nicht weit von der Stelle, wo ich saß, und starrte aus leeren Augenhöhlen in den Himmel – während ich ihr nur eines wünschte, nämlich die ewige Hölle.

Ich setzte ihr den Fuß auf die Schulter und schob sie wieder hinaus, überantwortete sie der Strömung, die sie davontrug. Das war das Letzte, was ich von ihr sah, wahrscheinlich trieb sie noch ewig im Meer, bis Vögel und Fische sie ganz verzehrt hatten. Ich ging noch oft hinunter zu dieser Klippe, nicht um nach ihr Ausschau zu halten, sondern um den Augenblick noch einmal zurückzuholen. Und als ich dort saß und das Bild vor Augen hatte, wie sie langsam vom Ufer wegtrieb, wusste ich, dass ich das Zeug dazu hatte. Ich war in der Lage zu töten.

43. Kapitel

Rino hatte schon zweimal die Fische gefüttert – und dabei immer schön mit dem Wind gespuckt – aber trotzdem musste er sich hinter einem Steg noch einmal übergeben, sowie er wieder festen Boden unter den Füßen hatte. Diese Fahrt hatte seine Gedanken genauso wild durcheinandergemischt wie seinen Mageninhalt. Vieles war immer noch unklar, zum Beispiel die Verbindung zwischen dem Brand in der Garage und der behinderten Frau, aber dass sie in den Zusammenhang der Grausamkeiten gehörte, die sich dort draußen auf Vindstad abgespielt hatten, war zumindest nicht auszuschließen.

Er blieb leicht gebückt neben einer Bootshütte stehen und wartete auf die nächste Revolte seiner Eingeweide.

»Zum Dank für die Überfahrt spucken Sie mir auch noch auf meine Landungsbrücke.« Holm klang eher triumphierend statt tadelnd.

»Nicht auf. Nur neben.« Rino wischte sich den Mund ab und versuchte zu lächeln.

Holm fischte eine halbgerauchte selbstgedrehte Zigarette aus der Tasche und inhalierte mit einem Gesichtsausdruck, der von grimmigem Genuss sprach. »*Sie* wollten doch auf Gedeih und Verderb bei diesem Wetter da raus.«

Ein paar Scheiben Brot und eine Tasse Kaffee später hatte sich der schlimmste Brechreiz wieder gelegt. Rino saß mit einer der Listen seiner Tante am Küchentisch – nicht weil er vorhatte, sie in Angriff zu nehmen, sondern eher aus einer Art bizarren Bewunderung heraus, wie weit ihre egoistischen Erwartungen gingen. Er musste ihr demnächst eröffnen, dass er weder die Zeit noch die Veranlagung hatte, dieses Monsterprojekt durchzuführen, dann musste sie auch nicht das Gesicht vor ihren Heimgenossinnen verlieren – denen sie sicher schon die Ohren vollgequatscht hatte mit Geschichten über ihren großartigen Neffen.

Der Wind war immer noch kräftig. Das Herbstlaub tanzte wirbelnd die Straße entlang, und die Bäume auf dem Nachbargrundstück schwankten bedrohlich. Ein starker Wind, aber kein Sturm wie in jener Nacht, als Boas Vater sich zu seinem Ausguck begeben hatte. Als Rino dort gestanden und auf den Ort geblickt hatte, an dem Berger Falch aufgewachsen war, war ihm die Gedächtnisschwäche seines Kollegen immer seltsamer vorgekommen. Er war damals zwölf oder dreizehn gewesen, und selbst wenn er erst ein paar Monate vorher nach Reine gezogen war, war es genau das richtige Alter, in dem man die Eindrücke nur so in sich aufsaugt. Und wie viel Abwechslung gab es damals schon in so kleinen Fischerdörfern? Eher wenig, schätzte Rino, und daher war es äußerst merkwürdig, dass von jener Sturmnacht beim guten Falch so gar nichts hängen geblieben war. Er konnte seinen Kollegen nicht mehr so weitermachen lassen, so apathisch und desinteressiert. Krankmeldung nach Bedarf hin oder her, Falch musste jetzt wirklich mal etwas mehr beitragen als »nach Bedarf« Überlegungen anzustellen.

Während er so dasaß und auf die kleine Landzunge blickte, auf der sein Kollege aufgewachsen war, sah er eine Frau, die mit hastigen Schritten und gesenktem Kopf angelaufen kam. Man sah ihr schon von Weitem an, wie verzweifelt sie war, und zu seiner Überraschung bog sie die Auffahrt zum Haus der Tante ein. Er stand auf und ging ihr entgegen.

»Herrgott, ich versuche Sie schon seit einer halben Stunde

zu erreichen.« Die Frau, die er aus dem Pflegeheim wiederzuerkennen glaubte, rang nach Luft. In diesem Moment fiel ihm ein, dass er vergessen hatte, das Bürotelefon auf sein Handy umzustellen. »Was ist passiert?«

»Es geht um Hero. Er ist verschwunden.«

Er brauchte ein paar Sekunden, bis er begriff. »Sigurd Ovesen?«

Sie nickte.

Jetzt konnte er sie auch wieder einordnen. Sie hieß Kaspara und war von der Heimleiterin ins Büro gerufen worden, um sich zu Ovesens Zustand zu äußern.

»Ich hatte Hero bei mir zu Hause untergebracht. Ich weiß, das war dumm, und wir haben damit bestimmt auch die eine oder andere Regelung verletzt, aber wir haben es in der besten Absicht getan. Er war total außer sich, nachdem ihn dieser Simskar besucht hatte, und ich glaube, jetzt hat uns eben dieser Simskar ein Problem eingebrockt.« Ihre Stimme überschlug sich. »Sie müssen etwas unternehmen. Hero hält nicht mehr viel aus.«

Rino wusste, dass er sich um so eine Angelegenheit nicht allein kümmern konnte. »Geben Sie mir einen Moment«, bat er und wählte Dreyers Nummer. Der versprach, sofort ein Team zusammenzustellen. Kaspara setzte sich zu ihm in den Volvo und zog ihren Mantel so fest um den Körper, als hätte sie Angst, unanständig auszusehen. Zu Rinos Überraschung dirigierte sie ihn zu dem Haus, das er am Abend zuvor erfolglos aufgesucht hatte. »Wohnt Astrid Kleven bei Ihnen?«, fragte er.

Kaspara schien verblüfft, dass er darüber Bescheid wusste. »Ja, aber die hat weder etwas gesehen noch gehört.«

Rino spürte, wie ihm eine unbehagliche Kälte unter die Haut kroch. »Die wohnen also alle beide bei Ihnen?«

»Nur für eine Nacht. Morgen sollte Hero ja nach Leknes verlegt werden.«

»Sind Sie mit ihr verwandt?«, fragte er, als sie aus dem Auto stiegen.

Sie warf ihm einen nachdenklichen Blick zu. »Nein, von Astrids Familie sind nicht mehr viele übrig. Aber wir sind unser Leben lang Nachbarn gewesen, und die letzten zwanzig Jahre hat sie eben bei mir gewohnt.«

Mit einem immer übleren Gefühl im Bauch folgte Rino der Pflegerin ins Haus.

»Ich habe mit Ingrid gesprochen – der Heimleiterin –, und sie ist auch völlig außer sich. Ich hatte ihn hierhergebracht, damit er wieder zur Ruhe kommt, und dann bricht dieser Simskar hier ein und holt ihn sich.« Kasparas Stimme drohte schon wieder zu kippen. »Hier, die Treppe runter. Er lag in einem Zimmer im Erdgeschoss.«

Rino folgte ihr in einen mehr oder weniger dunklen Flur, was er seltsam fand in Anbetracht der Tatsache, dass doch bestimmt alle Räume panisch durchsucht worden waren. An der Treppe gab es kein Licht, und er konnte die Stufen nur so gerade eben erkennen.

»Ich hab das ganze Haus durchsucht«, hörte er ihre Stimme durch die offenen Türen.

Die Treppe endete in einem kleinen Abstellraum, und er zuckte zusammen, als er dort eine Frau sitzen sah, die sich leicht hin und her wiegte und den Blick gesenkt hielt. Im nächsten Moment bemerkte er die unverkennbaren Symptome des Downsyndroms. Das war also Astrid Kleven, die Frau, die als Kind auf die Blindenschule Huseby gegangen war, wo ein fortschrittlich denkender Lehrer namens Aksel Westerman schwere, unverarbeitete Traumata aus ihren Zeichnungen herausgelesen hatte.

»Oh, Astrid …« Kaspara erschien in der Tür. Ihr volles silbergraues Haar klebte ihr jetzt feucht an der Kopfhaut. »… die Arme, sie hält Lärm und Stress nicht besonders gut aus. Sie hat ihre Wohnung an Hero abtreten müssen und versteht wohl nicht so ganz, was los ist.« Kaspara kniete sich neben die Frau und strich ihr sanft über die Wange. Man hatte ihm erzählt, dass Astrid Kleven ungefähr sechzig Jahre alt war, aber so alt hätte er sie niemals geschätzt. Ihr Gesicht war makellos und ohne eine Falte, und der Kurzhaarschnitt verlieh ihr ein mädchenhaftes Aussehen. »Ich kümmere mich seit zwanzig Jahren um Astrid, und ich habe versprochen, dass ich das so lange weitermache, wie ich kann.« Kaspara umarmte die Frau. »Aber jetzt müssen wir alles tun, was in unserer Macht steht, um Hero zu finden.«

Rino wurde in ein Zimmer geführt, in dem sämtliche Einrichtungsgegenstände in eine Ecke gerückt worden waren, bis auf ein einzelnes Krankenbett, das mitten im Zimmer stand. »Lag er hier?«, fragte er.

»Es ging ja um nicht mal vierundzwanzig Stunden.«

»Kann man … so etwas denn einfach machen?«

»Es geschah in bester Absicht.«

Rino schob einen fahrbaren Ständer beiseite und setzte sich auf das Bett. »Ich dachte immer, für so was braucht man eine Genehmigung vom Bezirksdirektor für Gesundheitswesen und was weiß ich nicht alles.«

»Sie können den Bezirksdirektor für Gesundheitswesen ja mal fragen, was er für Astrid getan hat.« Ihr Ton klang jetzt etwas schärfer. »Der hätte es wohl am liebsten gesehen, wenn sie in irgendeine Pflegeeinrichtung gesteckt worden wäre, wo keiner sie verstanden hätte. Außerdem war mir mit diesem Simskar gar nicht wohl, nachdem er Hero besucht hatte.«

»Wenn Sie Simskar als echte Bedrohung betrachtet haben,

dann war es eine Unterlassungssünde, ihn hier draußen unterzubringen, ohne uns Bescheid zu geben.«

»Aber was hätten wir denn tun sollen? Die Polizei hat eine Suchaktion veranstaltet, ohne Simskar zu finden, und Hero hatte Todesangst. Wir haben getan, was wir für das einzig Richtige hielten.«

»Und das hat es irgendjemandem ermöglicht, zu ihm vorzudringen. Wenn er immer noch im Pflegeheim gewesen wäre, mit Pflegerinnen an allen Ecken und Enden, wäre das alles nicht passiert.«

Kaspara schlug die Hände vors Gesicht. »Es war falsch, das sehe ich ja inzwischen auch ein, aber können wir jetzt bitte in Gottes Namen nicht einfach das Beste aus dieser Situation machen? Wir müssen ihn finden.«

»In einer Stunde ist die Verstärkung aus Leknes hier. Vorher kann ich nicht allzu viel tun, außer mir einen Überblick über die Situation zu verschaffen.«

»Aber du liebe Güte, in einer Stunde können die doch schon über alle Berge sein.«

»Wissen Sie, wie Simskar ins Haus eingedrungen ist?«

»Durch den Keller. Hier ist eine Falltür im Boden.« Sie hob den Teppich an, der zusammengerollt auf dem Boden lag.

»Und das hier ist also Astrids Wohnung?«

»Wohn- und Schlafzimmer in einem.«

»Und warum ist hier eine Falltür im Boden?«

»Das ist nicht ungewöhnlich in solchen alten Häusern.«

Rino hob den Ring in der Luke mit dem Fuß an. »Malt sie immer noch wütende Gesichter?«

Der Gesichtsausdruck der Frau war eindeutig. Sie wusste davon. »Was meinen Sie?«, stotterte sie.

»Ich meine genau das, was ich gesagt habe. Ob sie immer noch wütende Gesichter malt?«

»Ehrlich gesagt – kann das jetzt nicht warten? Hero ist irgendwo da draußen mit einem völlig gestörten Menschen und hat nicht mehr an als eine Pyjamahose. Hier geht es um Stunden.«

»Wie gesagt, ich versuche, die Zeit am besten zu nutzen, indem ich mir einen Überblick verschaffe, und ich würde gern noch einmal auf Astrid zurückkommen.«

»Aber wir suchen doch nicht sie!«, rief die Pflegerin.

»Nein, aber eine ihrer Zeichnungen wurde in der Garage gefunden, wo Sigurd Ovesen beinahe sein Leben gelassen hätte, und dass die beiden nun Zimmer an Zimmer bei Ihnen wohnen, ist ja wohl ein Zufall, der fast ein bisschen zu groß ist, um wahr zu sein.«

»Ich weiß nicht, worauf Sie hinauswollen.«

»Erzählen Sie mir von den Bildern.«

Ein Schatten fiel schräg über ihre Wange und das Kinn. Erst jetzt fiel Rino auf, dass ihr Gesicht ungewöhnlich groß war, bestimmt anderthalbmal so groß wie sein eigenes. »Ich wüsste nicht, dass sie seit ihrer Kindheit noch mal etwas gezeichnet hat. «

»Sind Sie sicher?«

Kaspara nickte.

»Und als kleines Mädchen malte sie also wütende Gesichter?«

Erneutes Nicken.

»Warum?«

»Herrgott, kann das denn nicht warten? Hero ...« Die Pflegerin krallte die Finger in die Matratze und ließ den Kopf sinken.

Rino ging in die Hocke. »Haben Sie eine Taschenlampe?«

Kaspara verschwand und wirkte erleichtert, als sie mit einer alten Lampe zurückkehrte.

»Aber nachher will ich wissen, warum«, sagte Rino und öffnete die Luke. Es roch nach Keller, vermischt mit einem anderen Geruch, den er nicht richtig einordnen konnte. Er leuchtete durch die Luke nach unten. Eine an der Wand befestigte Leiter, die in einen leeren Keller führte.

»Das war früher mal ein Kartoffelkeller.« Kaspara klang, als wollte sie sich entschuldigen.

Und von hier also kam Sjur Simskar heraufgekrochen, ein Mann, der sich ansonsten kaum traute, seinen Nachbarn in die Augen zu sehen? Rino wechselte einen raschen Blick mit der Pflegerin, bevor er rückwärts die Leiter hinabstieg. Die Öffnung war nicht so groß, dass Simskar Boa auf dem Rücken hätte hinuntertragen können, weswegen es gelinde gesagt befremdlich war, dass er nicht die Tür genommen hatte. Rino musste den Kopf einziehen, als er die ersten Schritte tat. Der Kellerraum, in dem er stand, war ungefähr drei mal drei Meter groß, und nur eine Öffnung in der Wand markierte den Übergang ins nächste Zimmer. Der Lichtstrahl fiel auf einen dunkleren Fleck am Boden. Er bückte sich und steckte prüfend einen Finger hinein. Blut. Hatte Simskar versucht, Boa durch die Falltür herabzulassen, und hatte ihn dabei fallen lassen? Rino wollte einfach kein Szenario einfallen, das zu den Indizien passen wollte, die er hier vorfand. Er ging ins nächste Zimmer, wo eine Schubkarre umgestürzt auf dem Boden lag. Hatte Boa Widerstand geleistet? Im angrenzenden Raum konnte er feststellen, dass der Boden mit einer zähen, öligen Masse überzogen war. Wahrscheinlich war der Raum als Lager für Kohle oder Koks verwendet worden, aber dann war es feucht geworden, und es sah aus, als hätte jemand versucht, auf dem schlammigen Untergrund Schneeengel zu machen. Warst du das, Boa? Rino blieb unbeweglich stehen und versuchte, die Situation intuitiv zu erfassen. Es kam ihm völlig unlogisch vor, dass Simskar Boa mit in den Keller genommen haben sollte, aber selbst wenn, dann hätte er ihn doch auf direktem Wege hinausgetragen. Stattdessen eine umgestoßene Schubkarre und Blutspuren. Hast du versucht zu fliehen, Boa? Bist du blind hier unten herumgekrochen und hast versucht, einen Weg nach draußen zu finden?

Rino ging zum Ausgang und richtete den Lichtstrahl auf den Boden. Kleine Rillen aus getrocknetem Dreck. Von den Sohlen eines Schuhs? Vielleicht waren die Spuren schon alt, aber wenn nicht … stand hier jemand und wartete auf dich, Boa? Bist du deinem Entführer direkt in die Arme gekrochen? Rino ging wieder zurück in die Mitte des Raums und lenkte den Lichtstrahl erneut auf den Blutfleck. Du bist gestürzt und hast dir den Kopf aufgeschlagen … bevor du weitergekrochen bist. Rino fand auch im angrenzenden Zimmer Spuren. Du hast also zunächst den falschen Weg eingeschlagen, Boa, du hast den Ausgang gesucht, bist aber in dem alten Kohlelager gelandet, wo du mit den Armen herumgefuchtelt hast. Jetzt sah er es auch, wie sich die klebrige Spur bis zum Ausgang zog. So war das also, nicht wahr, Boa? Nicht Simskar hat dich durch die Luke heruntergelassen, du hast selbst versucht zu fliehen. Warum, Boa? Wovor hattest du solche Angst? Plötzlich gab es einen dumpfen Rums, dann verschwand der Lichtschein an der Decke. Jemand hatte die Falltür zugemacht.

44. Kapitel

Der erste Stein, der sich löste, hatte die Größe eines Koffers, aber bevor er die sechshundert Meter bis zur Landstraße ganz zurückgelegt hatte, war er in faustgroße Meteoriten zerbrochen, die kaum eine Notbremsung erforderlich machten für die Fahrer, die den Hamnøyfjellet in den darauffolgenden Minuten passierten. Der nächste Stein folgte eine Viertelstunde später, prallte bei seinem Fall auf mehrere Felsvorsprünge und tanzte durch die Luft, bevor er auf die frisch asphaltierte Fahrbahn auftraf. Und dann kam der ganze Riesenfelsblock, der über Jahrtausende hinweg Millimeter für Millimeter seinen Schwerpunkt verschoben hatte. Mit einem resignierten Seufzer löste er sich von seiner Unterlage, wo Regenwasser seit Anbeginn der Zeiten lauter kleine Hohlräume ausgefüllt hatte. Ein Dröhnen erreichte die umliegenden Berge und wurde in Form eines gewaltigen Echos zurückgeworfen. An der Stelle, an der der Felsen aufschlug, stob eine Sandwolke in die Höhe, wie wabernde Nebelschwaden über dem Meer, und sowie die feinkörnigen Partikel alle zu Boden geschwebt waren, kam das ganze Ausmaß des Erdrutsches zum Vorschein. Meterhohe Steinhaufen, so weit das Auge reichte, und es hätten nur wenige Meter gefehlt, dass der Bergrutsch ein Auto von der Straße und hinab in die gierigen Wogen der herbstlichen See gefegt hätte. Der Fahrer stieg auf die Bremse, und das einzige, wovon das Polizeiauto getroffen wurde, war ein Regen aus Staub und kleinen Steinchen.

45. Kapitel

Falch spürte den beißenden Wind gar nicht, ebenso wenig wie den feinen Nieselregen, der ihm Haar und Stirn befeuchtete. Im Großen und Ganzen spürte er überhaupt nichts. Nur ein inneres Chaos aus Hass und Verzweiflung. Nachdem er die Landenge nach Reine passiert hatte, hatte er nicht mehr daran gedacht, dass sein Auto noch vor der Polizeistation parkte. Und als er so erschöpften Schrittes daherkam wie nach einer Wüstenwanderung, war er auch kein zweiundsechzigjähriger Mann mehr. Er war ein zehnjähriger Junge, der ausreißen wollte, aber keinen Fluchtweg fand. Tennes war eine isolierte Landzunge. Nur große, kantige Steine und der abgrundtiefe Fjord. Er kannte jeden Stein und jeden Berg auf dem kleinen Ausläufer am Fuße des Berges, und unzählige Male hatte er sehnsüchtige Blicke über den Sund geworfen. Nach Vindstad, in die Freiheit. Warum hatte niemand eingegriffen? Und warum hatte seine Mutter so getan, als ob sie nichts wüsste, oder noch schlimmer: Warum hatte sie vertuscht, was vorgefallen war?

Schon damals hatte er ein großes Herz für wilde Katzen gehabt, hatte ihnen Fischabfälle in ihre Verstecke im Geröll gebracht und dabei immer eine Todesangst, dass sein Vater dahinterkommen könnte. Mehr als einmal war er mit seiner Schrotflinte hinausgegangen, weil ihn die »stinkenden Viecher« in rasende Wut versetzten. Und wenn Berger widerwillig zum Fischen mit hinausgenommen wurde, drehte er sich jedes Mal angeekelt weg, wenn sein Vater die Fische mit geübtem Handgriff tötete, ihnen den Bauch aufschnitt und die blutigen Eingeweide herauszerrte. Er konnte es nicht ertragen, Leid und Schmerzen zu sehen, und es war ihm zuwider, was sein Vater den Tieren antat.

Da durchschnitt ein bitterliches Klagen die Luft. Niemand konnte herzzerreißender heulen als der Fuchs. Wieder lief ihm ein kalter Schauder über den Rücken. Genau wie damals, als er den Schrei gehört hatte. Das Schlimmste war die Gewissheit gewesen, dass etwas Grässliches geschehen würde. Etwas furchtbar Grässliches. Und dass er selbst daran beteiligt war.

46. Kapitel

Rino blieb reglos stehen. Schon von dem Moment an, als er durch die Tür getreten war, hatte ihm die Intuition gegen die Hirnrinde gehämmert und ihm mitteilen wollen, dass hier etwas faul war. Man hatte versucht, Boa umzubringen, und alles deutete darauf hin, dass die Maske, die man am Tatort gefunden hatte, von der Frau gemalt worden war, die gerade im Obergeschoss dieses Hauses saß. Rache. Es ging nur um Rache. Boa war in seine alte Heimat zurückgekehrt, in der Annahme, dass er längst vergessen war, und mit ihm auch seine Untaten, durch die er damals aller Leute Hass auf sich zog. Aber da täuschte er sich, denn Astrid Kleven, eines seiner damaligen Opfer, hatte ihn wiedererkannt. War es so gewesen? Und musste man annehmen, dass das, was vor ein paar Monaten in der Garage begonnen worden war, hier, im Hause einer seiner Pflegerinnen, zu Ende geführt werden sollte? Wenn Kaspara bei dieser Racheaktion irgendwie Regie führte, hätte sie alle Gelegenheit gehabt, ihm im Pflegeheim den Rest zu geben. Warum hatte sie ihn hierherverlegt?

Während er sich zur Kellertür wandte, hörte er aufgeregte Stimmen von oben. Dann wurde die Falltür wieder geöffnet. »Sie müssen entschuldigen.« Das war Kaspara.

Obwohl die Luke nur wenige Sekunden geschlossen gewesen war, hatte er Zeit genug gehabt, die Absichten der Frau zu bezweifeln, die jetzt zu ihm hinunterblickte.

»Ich wollte Ihnen keinen Schreck einjagen.«

Er machte seine Lampe aus und kletterte die Leiter hoch. »Es wird Zeit, dass Sie mir erklären, was hier vor sich geht.«

Kaspara setzte sich auf die Bettkante. »Es ist wegen Astrid. Sie ist um diese Jahreszeit immer völlig überdreht. Sie hat wohl mitbekommen, was hier vorhin passiert ist, denn sie wurde völlig hysterisch, als sie es da unten rumpeln hörte. Auf einmal kam sie hier reingerannt und hat die Falltür zugeschlagen. Ich musste sie erst mal beruhigen, bevor ich sie wieder aufmachen konnte.«

»Ich rede nicht von der Falltür. Ich rede von Astrids Zeichnungen. Warum hing eine davon in der Garage, in der Sigurd Ovesen um ein Haar verbrannt wäre?«

»Astrid kann unmöglich in dieser Garage gewesen sein.«

»Jemand war aber da. In ihrem Auftrag. Und da fast alles darauf hindeutet, dass jemand den Brand gelegt hat, ist es mehr als seltsam, dass das Opfer ausgerechnet hierherverlegt worden ist.«

Kaspara weinte, als sie antwortete. »Ich habe für meine Patienten immer nur das Beste gewollt, besonders für Hero, der uns allen so leidtut.«

»Was ist mit den Masken?«, beharrte Rino und schloss die Luke. »Ich will wissen, warum Astrid so was zeichnet und was das bedeuten soll.«

»Sie hat keinen Stift mehr in die Hand genommen, seit sie ein kleines Mädchen war.«

»Und warum hat sie Masken gemalt, als sie ein kleines Mädchen war?«

Kaspara biss sich auf die Unterlippe. Man sah ihr an der Nasenspitze an, dass sie log. »Astrid sieht nicht besonders gut, das hat sie noch nie. Trotzdem hat sie gern gezeichnet, obwohl sie kaum erkennen konnte, was sie da überhaupt darstellte. Aber auf einmal fing sie an, Gesichter zu malen, fast ausschließlich Gesichter, eines wütender als das andere.«

Rino sah ihr in die Augen. »Als Kind ging sie eine Weile auf die Blindenschule Huseby.«

Kaspara nickte.

»Da hat sie auch Masken gemalt, wütende Masken. Einer von den Lehrern hatte eine ganz bestimmte Theorie, warum sie malte, was sie malte.«

»Astrid hatte es ganz schlimm als Kind.« Kasparas Stimme war nur noch ein vorsichtiges Flüstern.

»Die Masken«, erinnerte sie Rino, als sie nicht weitersprach.

»Sie hat seit Jahren keine mehr gemalt.«

»Aber früher.«

Kaspara nickte wieder.

»Wissen Sie, warum?«

»Ich glaube, Astrid trug eine riesige Wut in sich.«

»Das meinte ihr Lehrer in Huseby auch. Seine Theorie lautete, dass diese Wut auf ein gewaltsames, unverarbeitetes Trauma zurückzuführen war.«

Kaspara verbarg das Gesicht hinter den leberfleckigen Händen.

»Ich gehe nicht eher hier weg, bis Sie es mir erzählt haben.«

»Ich werde es Ihnen erzählen«, sagte sie.

47. Kapitel

Der Bug hob sich gen Himmel, um Sekunden später wieder in ein Wellental gezogen zu werden. Er hatte keine Kraft mehr, um dagegenzuhalten, er ging einfach mit. Obwohl der Rumpf ächzte, spürte er keine Furcht. Was ihn erwartete, war viel schlimmer.

Bald hatten sie die gefährlichsten Strömungen hinter sich gelassen, und das Boot pflügte ruhiger durch die Wellen. Vor seinem inneren Auge sah er den Fjord, und während das Boot die Fahrt verlangsamte, auch den alten, abgenutzten Anleger, der mit einem angrenzenden Schwimmsteg aufgebessert worden war, nachdem er Vindstad verlassen hatte. Nun war er wieder hier. Der Kreis hatte sich geschlossen.

Das Boot glitt die letzten Meter an Land, und wenig später hörte er, wie die Taue über den Rumpf schabten. Der Mann, der das Boot gesteuert hatte, sprang an Land, um die Leinen festzumachen, dann wurde der Motor ausgeschaltet.

Nichts geschah. Saß er dort und rauchte? Oder genoss er einfach den Augenblick?

Damals, als es auf Vindstad noch eine richtige Gemeinde gegeben hatte, war der Anleger immer ein Treffpunkt gewesen, nicht nur für die, die auf dem Meer arbeiteten, sondern für alle Einwohner. Hier spielte sich das Leben ab. Die Jugendlichen kamen nach Schulschluss hierher, und wenn das Wetter gut war, blieben sie so lange, bis sie nach Hause gescheucht wurden. Früher hätten sie sich um dieses Boot geschart, kaum dass es angelegt hatte, weil sie erpicht darauf waren zu sehen, wer sie besuchte. Und der Mann, der jetzt auf dem Anleger stand, hätte das niemals umsetzen können, was er gerade ausheckte. Im Laufe der Jahre waren die Einwohner geschwunden – nur noch eine hielt die Stellung. Als er im Winter hier gewesen war, war er an ihrem Haus vorbeigegangen, hatte sie aber nicht gesehen. Konnte sie das Boot gehört haben? Nicht undenkbar, es ging schließlich auflandiger Wind. Und war sie herausgekommen, um nachzusehen, wer da war, stand sie vielleicht schon irgendwo und überlegte, was der Fremde hier vorhatte?

Nun hörte er den Fahrer des Bootes wieder einsteigen. Dann gab es ein metallisches Geräusch, gefolgt von schweren Schritten auf der Treppe. Und, ganz richtig, da war auch wieder der saure Tabakgestank. Ein Fuß gegen die Rippen, ein kräftiger Stoß, dann schoben sich ihm starke Hände unter Hals und Knie. Füße und Kopf schlugen gegen die Wände, während er die Treppe hochgeschleppt wurde, und bevor er recht begriff, was eigentlich passierte, wurde er auf den Schwimmsteg getragen und auf den Betonboden gelegt. Es fühlte sich an, als würde er auf einem Eisblock liegen, und schon nach wenigen Sekunden durchzuckten ihn eiskalte Schauder.

Ein letzter Wunsch.

In der Gewissheit, dass er bald sterben würde, meldete sich ein inbrünstiger, hoffnungsloser letzter Wunsch. Er wollte noch einmal den Himmel über Vindstad sehen. Vielleicht war der ja schwarz wie Nacht, aber wenn man Glück hatte, war er mit Millionen von Sternen übersät. Oder vielleicht gab es sogar Nordlicht? Oh Gott, er wollte so gern noch einmal das Nordlicht sehen, wie es grün über den Himmel flackerte, von den Bergen im Kirkefjord nach Reine hinüber. Und danach war er dann auch bereit zu sterben, aber jetzt noch nicht. Er hörte wieder das Geräusch, metallisch und bedrohlich.

»So, da wären wir also wieder unter uns.«

Die Stimme klang ungeschliffen und rau, als wären die Stimmbänder seit Ewigkeiten nicht mehr benutzt worden.

»Wer hätte das damals gedacht?«

Er hörte, wie der Mann neben ihm in die Hocke ging.

»Glaubst du an Schicksal?«

Glaubte er an Schicksal?

»Ich schon. Denn es sollte wohl so enden. Als die Gerüchte über die Identität des Verbrennungsopfers in Umlauf kamen, wusste ich sofort Bescheid. Aber du hättest mir durch die Lappen gehen können … wenn da nicht diese Alte gewesen wäre. Ich hatte hier über fünfzehn Jahre die Rettungsleitstelle betrieben, und als das Ganze zentralisiert wurde, kam mein Fahrer mit. Der ist furchtbar geschwätzig, weißt du? Die Schweigepflicht war noch nie so seine Sache. Und als das hilfloseste Geschöpf von ganz Reine zu einer Pflegerin nach Hause transportiert wurde, konnte er gar nicht schnell genug bei mir vorbeikommen und Bericht erstatten.«

Obwohl ein eiskalter Wind über den Schwimmsteg pfiff, roch er den sauren Atem.

»Hast du eigentlich noch einen letzten Wunsch?«

Den Himmel über Vindstad. Einen dunkelblauen Herbsthimmel hinter dem schattenhaften Umriss eines schroff abfallenden Berges.

»Ich glaube, das Beste, was du dir wünschen kannst, ist, dass es schnell geht. Und es wird auch schnell gehen.«

Der Himmel über Vindstad. In den Minuten, bevor es endgültig Nacht wurde, verschmolz er mit den Bergen.

»Wenn du dich nicht wehrst.«

Ein Geräusch in der Ferne. Nur ein ganz kurzes Brummen, aber trotzdem entzündete sich daran sofort ein Funken Hoffnung.

»Na, dann wollen wir's mal hinter uns bringen.«

Wieder das metallische Geräusch, dann wurde er in stehende Stellung hochgehievt, und der andere schob etwas unter ihn. Noch bevor er die kalten Bügel an den Armen spürte, begriff er. Ein Rollstuhl. Er hatte nicht mehr die Kraft, sich aufrecht zu halten, aber eine stützende Hand verhinderte, dass er aus dem Stuhl fiel.

»Was meinst du, was die Leute sagen werden?« Der Mann sprach ihm jetzt direkt ins Ohr. »Dass beide Brüder denselben Tod gefunden haben, hm?«

Plötzlich spürte er, wie entsetzlich er fror. Er saß auf einer dünnen Lederpolsterung, die nackten Hände und Füße auf eisigem Metall.

»Der Rollstuhl ist leider nicht derselbe.«

Seine Haut, die lange nach dem Unfall noch schmerzhaft gebrannt hatte, fühlte sich jetzt taub und gefühllos an. Nur die beißende Kälte bohrte sich ihm immer tiefer in die Knochen.

»Aber er erfüllt seinen Zweck genauso gut, du wirst schon sehen.«

Während der Rollstuhl in Bewegung gesetzt wurde, machte er sich klar, dass er jetzt sterben würde. Selbst wenn er sich in seiner Verzweiflung oft ein baldiges Ende seiner Qualen gewünscht hatte, hatte er doch die Hoffnung nie ganz aufgegeben. Jetzt wollte er mehr denn je weiterleben. Es wäre zwar ein Leben als Blinder und Pflegebedürftiger, aber immerhin ein Leben.

Der Stuhl holperte über den unebenen Zementboden, die Räder knirschten. Er wurde nach hinten gekippt und wusste, dass es geschah, um die Vorderräder über den Rand zu heben.

Dann wurde der Stuhl vom Anleger geschubst.

Ich habe meinen eigenen Bruder umgebracht. Er schlief tief und fest, als ihn der erste Schlag traf, er konnte gar nicht mehr reagieren. Aber er starb nicht am ersten Schlag. Der unterdrückte nur jeden Widerstand. Mein Bruder ist ertrunken. Und als ich sicher war, dass das Wasser seine Lungen gefüllt hatte, schlug ich wieder zu. Diese Schläge hätten einen Ochsen umbringen können, und egal, wie oft und wie hart ich zuschlug, ich machte immer weiter. Ich nahm dafür einen Hammer, so einen alten, verrosteten, und ich hörte seine Rippen brechen wie Streichhölzer. Für mich reichte es nicht, dass er tot war. Ich wollte ihn zermalmen, ihn vernichten, als hätte ich Angst, dass er sonst wieder auferstehen könnte. Ich zerschmetterte ihm die Arme, die Beine, ja, sogar seine Zehen und Finger. Am Ende steckte unter der blutigen Haut nur noch eine lose Masse aus zermalmten Knochen. Nur das Gesicht verschonte ich. Heute weiß ich nicht mehr, warum. Aber ich habe es verschont.

48. Kapitel

Das Papier war sorgfältig ausgesucht worden. Grob, aber nicht zu grob. Die Oberflächenstruktur musste genau richtig sein. Denn es war wichtig, dass die Wachsmalkreiden leicht darüberglitten. Und dass die Farben gut auf dem Papier hafteten. Erst ein einfacher Umriss, danach musste das Wichtigste eingezeichnet werden: die Augen. In den Augen lag der Schmerz. Der Schmerz und der Hass. Große Augen. Weit aufgerissene Augen. Rot. Obwohl der Hass diesmal nicht so intensiv war, gab es keine mildernden Umstände. Ein zerstörtes Leben konnte nie wieder heil gemacht werden. Schwarze Pupillen, blutrot umrandet. Dann die Nase. Große, ungeheure Nasenlöcher, die schon fast dazu einluden, einen Blick in die dunkle Wut zu werfen. Der Mund wurde ein blutleerer, schmaler Strich, bevor am Schluss noch Haut und Haare kohlschwarz gemacht wurden. Ein zorniges, hasserfülltes Gesicht. Für all den Schmerz, der gewesen war. Und für all den Schmerz, der noch kommen würde.

49. Kapitel

»Astrid!« Kaspara drehte sich um und rief durch die offene Tür. Wenig später tauchte Astrid auf, reserviert und vorsichtig.

»Es ist alles gut, verstehst du?«

Astrid, die Rino gerade so bis zum Nabel reichte, hielt hinter ihren dicken Brillengläsern den Blick gesenkt.

»Der Polizist ist in den Keller gegangen, um etwas nachzugucken.«

Es ließ sich unmöglich sagen, ob die Worte zu ihr vordrangen.

»Es gibt keinen Grund zur Beunruhigung. Wir wollen uns nur ein bisschen unterhalten. Einverstanden?«

Astrid verlagerte ihr Gewicht von einem Fuß auf den anderen. Rino schätzte, dass sie mindestens zwanzig Kilo Übergewicht hatte.

»Der Polizist ist hier, um uns zu helfen.«

Astrid hielt den Blick weiterhin gesenkt.

»Du kannst auch wieder zu mir hochgehen, wenn du willst.«

Astrid drehte sich um und ging, ohne ihm ein einziges Mal in die Augen geschaut zu haben.

»Sie ist sehr zurückhaltend.«

Kaspara schloss die Tür. »Weil sie eine Todesangst vor Männern hat.«

»Malt sie deswegen wütende Gesichter?«

»Früher. Ich habe nie gesehen, dass sie als Erwachsene noch gemalt hat.«

»Was ist denn passiert?«

Kaspara lehnte sich schwer ans Bett. »Astrid war das Kind

von Ada und Sverdrup Kleven. Die beiden waren wohl das, was man sozial schwach nennt, und für ihre Elternrolle waren sie noch nicht so richtig reif, geschweige denn für ein Kind wie Astrid. Sie haben sie keineswegs vernachlässigt, ließen ihr aber auch keine besondere Unterstützung angedeihen, und Astrid führte ein Leben ohne die Förderung, die Kindern mit dieser Diagnose heute zuteilwird. Ich glaube, bis die Schule eingriff, wussten sie gar nicht, dass sie sehbehindert war, und es lag also an Ada und Sverdrup, dass sie erst so spät nach Huseby kam.« Kaspara atmete tief durch, bevor sie fortfuhr. »Das waren noch andere Zeiten damals. In jeder Hinsicht. Man ließ Astrid in ihrer eigenen Welt leben. Ihr Körper entwickelte sich zu dem eines jungen Mädchens, während sie mental im Stadium einer Vier- bis Fünfjährigen stecken blieb.«

Rino begann zu ahnen, warum Astrid ihre wütenden Gesichter gemalt hatte.

»Was genau geschah, werden wir, fürchte ich, nie erfahren. Es war ein milder Herbsttag, und Astrid war wohl zwölf oder dreizehn Jahre alt. Sie spielte auf dem Feld, also da drüben.« Kaspara deutete in eine Richtung. »Ich bin in der Nachbarschaft aufgewachsen, nur ein paar Häuser weiter. Was damals passierte, veränderte alles. Seit damals hat sie mein wärmstes Mitgefühl, und da sonst niemand wollte oder konnte …«

Rino sah, wie weh es ihr tat, das alles zu erzählen.

»Wir wissen auf jeden Fall, dass sie an jenem Tag zu einer beliebten Feuerstelle gegangen ist.«

»Hier in der Nähe?«

Kaspara schüttelte den Kopf. »Hinter der Landenge, Richtung Sørvågen.«

»Wissen Sie, wer es war?«

»Astrid tut sich mit dem Sprechen nicht besonders leicht, und wenn man sie nach den Geschehnissen fragt, verschließt sie sich total. Immerhin konnte man so viel aus ihr herausbekommen, dass da zwei Jungs auf einem Fahrrad ankamen, einer fuhr auf dem Rad, einer saß auf dem Gepäckträger. Das heißt, Astrid sagte immer, dass da zwei Jungs *wegfuhren* – ich weiß nicht genau, was sie damit meint, glaube, sie sah die beiden nicht kommen, folgte ihnen aber mit dem Blick, während sie wegfuhren.«

»Und diese Jungs … taten ihr also etwas an?«

»Sie haben ihr die Kindheit genommen.« Kaspara senkte den Blick. »Und den Rest ihres Lebens gleich mit.« Ihre Stimme klang kalt.

»Sie haben sich also an ihr vergriffen?«

Er sah, wie Kaspara die Finger fester in die Matratze krallte. »Sie kam nach Hause, ganz blutig und offensichtlich unter Schock. Ihre Bluse war aufgerissen, der Rock lag noch da draußen. Er wurde am nächsten Tag gefunden, als sie endlich wieder sprechen konnte.«

»Hatten sie sie …«

Kaspara nickte heftig, wollte nicht, dass er das Wort aussprach.

»Und die Jungs?«

»Niemand hat etwas gesagt, und Astrid hat niemals Namen genannt. Vielleicht war es jemand von außerhalb, ich weiß es nicht. Ich weiß bloß, dass Astrid damals zerbrochen wurde.«

Dann hatte Westerman also sowohl seine Schülerin als auch ihre Bilder richtig eingeschätzt.

»Sie hätte ein erfülltes Leben haben können, mit einem Arbeitsplatz in einer Behindertenwerkstätte, und hätte im Rahmen ihrer Möglichkeiten sozialisiert werden können. Stattdessen hat sie ein verzagtes Leben voller Angst geführt, und sobald der Jahrestag dieses Ereignisses sich nähert, spitzen sich die Dinge immer ganz besonders zu.«

»Sie erinnert sich also an das Datum?«

»Das können Sie mir glauben. Weihnachten und Ostern berühren sie nicht weiter, aber dieses Datum hat sich ihr für immer ins Gedächtnis gebrannt.«

»Was ist das denn für ein Datum?«

»Der 12. Oktober.«

»Das ist ja morgen.«

»Ich weiß. Und sie weiß es auch.«

50. Kapitel

Erst als er nach Hause kam, fiel Falch ein, dass sein Auto noch vor der Polizeistation geparkt war. Er entschied, dass es da ganz gut stand, und schob das Gartentor auf. Das Gras, das sich schon auf den Winterschlaf vorbereitete, reichte ihm bis zu den Knöcheln. Er hatte den Rasenmäher seit zwei Wochen nicht mehr aus dem Keller geholt, was ihm gar nicht ähnlich sah.

Ein vorwurfsvoll maunzender Chor empfing ihn. Wie immer saßen sie unter dem Baum. Vorsichtig ging er über die Wiese auf sie zu, um die neu dazugekommenen Katzen nicht zu erschrecken. Auf halbem Wege blieb er stehen und blickte zum Küchenfenster. Ein verschwommenes Spiegelbild von Bergen und Dämmerhimmel. Aber keine Frau hinter der Gardine … wie damals.

Seine Mutter hatte ihm aus dem Fenster entgegengestarrt, als er nach Hause kam, und obwohl ihr Gesicht hinter der Gardine nur teilweise zu sehen war, konnte er erkennen, dass sie wütend war. Sehr wütend. Er hatte einen kleinen Umweg zum Kletterbaum gemacht, um die Konfrontation noch etwas aufzuschieben, aber seine Mutter hatte sofort das Fenster aufgemacht und ihm befohlen, ins Haus zu kommen. Als hätte sie an seiner Körpersprache abgelesen, dass etwas Grässliches vorgefallen war. Sie fragte ihn, wo er gewesen war und mit wem, aber nicht, was er gemacht hatte. Am Ende ermahnte sie ihn, dass er sich von dem anderen Jungen fernhalten sollte, dann wandte sie ihm den Rücken zu und fuhr mit ihrer Arbeit fort. Er konnte sehen, dass ihr Körper von unterdrückten Schluchzern geschüttelt wurde.

51. Kapitel

Eine Sekunde der Schwerelosigkeit, bevor sein Kopf aufs Wasser auftraf. Ein lautes Platschen, dann drang ihm das Seewasser in Nase und Ohren. Der Meeresgrund kam unerwartet schnell, und er folgerte, dass gerade Ebbe sein musste. Er blieb so liegen, wie er aus dem Stuhl gefallen war, bäuchlings mit leicht angezogenen Beinen. Er spürte den kompakten Sand an Wange und Stirn, während er gegen den Drang ankämpfte einzuatmen. Höchstwahrscheinlich war der feinkörnige Sand übersät mit Muscheln und Seeigeln. Als Junge hatte er beim Spielen große Muscheln ins Wasser geworfen, die dann langsam tanzend auf den Grund sanken.

Salzgeschmack füllte seine Kehle, und es fühlte sich an, als würde ihm gleich die Lunge explodieren. Die Rettung war gerade mal ein paar Meter über ihm, aber seine Hände und Füße waren kraftlos und taub. Er versuchte, sich mit dem einen Fuß vom Grund abzustoßen, aber der rührte sich nicht von der Stelle. Dann ein Versuch, den Kopf zu drehen, aber die Nervensignale schienen die Muskeln nicht zu erreichen. Seine Kräfte waren erschöpft. Panik ergriff ihn, aber das Einzige, was er zustandebrachte, war eine ganz leichte Krümmung seines Körpers. Seine Lunge brannte so, wie seine Haut es seit Monaten tat, aber als er plötzlich schluckte, kam ein Würgreflex, der sich seiner Kontrolle völlig entzog. Die Erkenntnis, dass er sterben würde, war schlimmer als der Schmerz. Ein heftiger Stich in der Brust, dann wurde es auf einmal ganz hell um ihn. Seit dem Brand in der Garage hatte er in totaler Dunkelheit gelebt, aber jetzt begann die Welt auf einmal hell zu glänzen.

Keine scharfen Umrisse, keine erkennbaren Bilder, nur verlockendes Weiß. Er nahm auch die Geräusche rundum wahr, die Wellen, die über die Kiesel wuschen, aber daneben noch ein schwereres, polterndes Brausen. Eine Gestalt wuchs aus dem Licht heraus, ohne Gesicht, ohne menschliche Züge, aber mit einer Aura aus Ruhe und Weisheit, und er wusste, dass er jetzt heimgehen würde. Da war es auf einmal, als würde das Licht anfangen zu flackern, die Gestalt glitt langsam davon, und er spürte, wie sehnsüchtig er sich wünschte, er könnte mit ihr gehen. Auf einmal wurden die Geräusche stärker, er nahm Wind und schäumende Wellen wahr. Wind? Hier unter Wasser? Da überwältigte ihn auch schon die Übelkeit, und ein Schwall Seewasser schoss aus seinem Mund.

52. Kapitel

Rino bat die Pflegerin, sich ruhig zu verhalten, aber als die Tür hinter ihm krachend ins Schloss fiel, wurde er das Gefühl nicht ganz los, dass er irgendetwas übersehen hatte. Die letzte halbe Stunde war wie ein Film gewesen, der völlig neu zusammengeschnitten war und so eine andere Geschichte erzählte als die wahre. Alles, was Kaspara ihm erzählt hatte, wirkte unverfälscht und glaubwürdig, aber die Summe der Eindrücke wollte am Ende doch nicht so recht passen. Er blieb stehen in der Hoffnung, dass sich aus dem, was sein Unterbewusstsein ihm mitzuteilen versuchte, noch irgendetwas Greifbares herauskristallisieren würde, dann zog er den Kopf ein und rannte durch den Regen zum Auto.

Die Fenster waren total beschlagen, und er drehte die Heizung voll auf. Während er so dasaß und zusah, wie sich der rosenförmige Fleck, durch den er ungehinderte Sicht hatte, auf der Scheibe immer weiter ausbreitete, wurde ihm langsam klar, dass Boa wohl kaum irgendwo auf den Geröllfeldern lag, während Sjur Simskar über ihn wachte. Jemand hatte ein behindertes Mädchen vergewaltigt, und wenn Rino als Zugezogener nach kurzer Zeit Boa verdächtigte, dann war der Rest von Reine wahrscheinlich schon längst zu dieser Schlussfolgerung gekommen. Kaspara eingeschlossen. Hätte sie geahnt, dass der Patient, für den sie solche Fürsorge an den Tag legte, ausgerechnet dieser berüchtigte Tyrann war, hätte ihre Pflege sicher ganz anders ausgesehen. Stattdessen hatte sie ihn mit zu sich nach Hause genommen, wo er Wand an Wand mit dem Mädchen wohnte, an dem er sich so vergriffen hatte.

Rino warf einen Blick auf das einzige Fenster, das er vom Auto aus sehen konnte. Der Regen verdunkelte die Sicht, aber sein Instinkt sagte ihm, dass sie dort stand, mit diskretem Abstand zum Fenster, um sicherzugehen, dass er wirklich wegfuhr. War die ganze Entführung am Ende eine inszenierte Lüge? Oder hockte er hier in seinem Volvo und malte sich Szenarien aus, die überhaupt nichts mit der Wirklichkeit zu tun hatten? Er stützte den Kopf aufs Lenkrad und versuchte, einen klaren Gedanken zu fassen. Er war ganz sicher, dass Boa als Ovesen ins Pflegeheim aufgenommen worden war – ein Fremder in diesem Ort –, aber konnten die Gerüchte Kaspara erreicht haben? Und war die Unruhe des Patienten vielleicht nur ein Vorwand, um ihn zu verlegen?

Der Blutfleck im Keller hatte eine deutliche Sprache gesprochen. Hast du wirklich versucht zu fliehen, Boa? Hast du sie wiedererkannt, die Frau, die du als junges Mädchen vergewaltigt hast, war es deswegen? Oder hattest du Angst vor Kaspara, der Pflegerin, die dich verlegen ließ, als sie von deiner wahren Identität erfuhr?

Rino war gerade losgefahren, als die Klänge von *Back in Black* aus seiner Hosentasche tönten. Der Polizeichef war am Telefon.

»Hier ist Dreyer. Ist er aufgetaucht?«

»Nein. Aber irgendjemand ist durch eine Falltür aus dem Keller in Ovesens Raum gekommen.«

»Was zum Teufel geht da draußen eigentlich vor?«

Das war definitiv die Frage. Was zum Teufel ging hier eigentlich vor? »Ich habe nicht die geringste Ahnung. Ich weiß nur, dass jemand einen Patienten mit schweren Verbrennungen entführt hat, und irgendetwas sagt mir, dass es sich um dieselbe Person handelt, die auch den Brand zu verantworten hat.«

»Soweit ich weiß, ist der Brand als Unfall zu den Akten gelegt worden.«

»Der Unfall stinkt zum Himmel. Alles deutet darauf hin, dass das arrangiert war.«

»Ist Berger bei Ihnen?«

»Nein.«

»Dann müssen Sie zusehen, dass Sie ihn holen, denn bis auf Weiteres sind Sie jetzt allein an der Sache dran.«

»Was ist denn passiert?«

»Was passiert ist? Ich will Ihnen sagen, was passiert ist: Der halbe Hamnøyfjell ist abgerutscht. Die Straße wird mehrere Tage lang gesperrt bleiben.«

Das Timing der Naturgewalten unterstrich nur einmal mehr, was schon seit einer ganzen Weile für ihn feststand: Dieses Lofotenabenteuer hatte sich zu einem seiner schlimmsten Albträume ausgewachsen.

Der Regen war wieder stärker geworden, und die Scheibenwischer arbeiteten auf höchster Stufe, als er die paar Meter bis zu Falchs Haus rollte. Als er an der Auffahrt parkte, fiel ihm auf, dass der braune Audi seines Kollegen nirgends zu sehen war. Vielleicht war er bei seiner Tochter, von der er mit so warmen Worten erzählt hatte. Andererseits wäre es seltsam gewesen, wenn er ausgerechnet jetzt seine Familienkontakte pflegen wollte, während sich rundherum die Ereignisse überschlugen. So wie die Dinge lagen, war es ohnehin eine hoffnungslose Aufgabe, Boa zu finden, aber ohne Falch, der Reine trotz allem eben doch in- und auswendig kannte, war Boa schon so gut wie tot.

Er zog das Handy aus der Tasche und wählte die Nummer, die er vor Kurzem erst zu seinen Kontakten hinzugefügt hatte. Keiner nahm ab. Auf der Uhr am Armaturenbrett war es zehn vor zehn. Noch gut und gern zwei Stunden bis Mitternacht –

und bis zum 12. Oktober. Holt dich jetzt das Schicksal ein, Boa? Soll heute zu Ende geführt werden, was in der Garage begann? Warum bist du heimgekehrt? Es stand doch so viel auf dem Spiel für dich.

Wieder wählte er Falchs Nummer. Es nahm immer noch keiner ab, und er beschloss, ins Büro zu fahren, wo er wenig später feststellen konnte, dass der Audi seines Kollegen vor der Tür parkte. Da die Tür nicht abgeschlossen war und das Büro voll beleuchtet, erwartete er, Falch am Schreibtisch vorzufinden, aber das Büro war leer. Papierstapel und der Kaffee in der Kaffeemaschine ließen keinen Zweifel daran: Sein Kollege war eben noch hier gewesen. Was mochte passiert sein, dass er plötzlich hinausgestürzt war?

Rino trat an Falchs Schreibtisch. Er entdeckte, dass in den Papieren, die ganz zuoberst auf dem Stapel lagen, mehrere Stellen angestrichen waren, und am Rand stand in großen Druckbuchstaben: SCHUFT. Rino drehte es um und sah, dass es der Bericht des Pathologen war. Weder an den Unterstreichungen noch an dem Kraftausdruck stieß er sich so sehr wie an der befremdlichen Tatsache, dass sein Kollege in einem Originaldokument herumgekritzelt hatte. Er ließ den Blick über die unterstrichenen Passagen gleiten und stellte fest, dass sie alle ganz unverblümt die Brutalität der Misshandlungen schilderten.

Sein Kollege hatte nach seiner Dienstreise nach Oslo also hier gesessen und nach Feierabend immer wieder die Schlussfolgerungen des Pathologen durchgelesen. Wieder sah Rino die Landzunge vor sich, auf der Falch aufgewachsen war. Wahrscheinlich hatte er das Leben der Menschen auf der anderen Seite des Sunds verfolgt, auch das der beiden Brüder: den kränklichen im Rollstuhl und Boa, der angeblich hyperaktiv gewesen war. Rino fiel wieder ein, was die Alte im Pflegeheim gesagt hatte, nämlich wie der Rowdy Boa seine Streifzüge durch die umliegenden Dörfer gemacht hatte. Also hatte er höchstwahrscheinlich auch mal den kurzen Ausflug über den Sund gemacht. Warst du dort, Boa? Warst du bei Berger Falch, und wenn ja, was hast du dort gemacht?

Rino setzte sich an Falchs Schreibtisch und schob die Papiere beiseite, damit er sie nicht volltropfte. Dann ließ er den Blick über die Regale gleiten. Es war zwar nicht besonders respektvoll Falch gegenüber, aber er zog trotzdem die oberste Schublade auf. Der Inhalt unterschied sich nicht besonders von den meisten Schreibtischschubladen, war aber äußerst penibel aufgeräumt. Rino zog auch die nächsten Schubladen auf, sie enthielten diverse Formulare. Der Archivschrank war ein Überbleibsel der Sechziger- oder Siebzigerjahre, hinter dessen Rolljalousie sich sechs Fächer verbargen. Noch mehr Formulare. Rino hatte die Jalousie schon fast wieder ganz heruntergeschoben, als er jäh in der Bewegung innehielt. Aus dem untersten Fach ragten ein, zwei Zentimeter Papier heraus, die seine Aufmerksamkeit fesselten: ein Stück schwarz bemaltes Blatt Papier. Er bückte sich und zog das Blatt ganz aus dem Regal. Zorn loderte ihm aus der Wutmaske entgegen.

53. Kapitel

Die Frau sammelte schmutzige Wäsche ein und warf sie in einen Korb. Es kam immer so schnell so viel zusammen. Sie manövrierte sich seitwärts durch die Badezimmertür und ging vorsichtig die Treppe hinunter. Der Korb war voll bis obenhin, sodass sie kaum sehen konnte, wohin sie die Füße setzte. Als sie unten im Flur stand, stellte sie den Korb auf einen Tisch und streckte den Rücken ein wenig durch. Eine ganze Stunde hatte sie auf dem Boden gekniet und die Dielen geschrubbt, das machte sich bemerkbar. Als sie in den Keller weiterging, meinte sie ganz leichte Zugluft von unten zu spüren. Typisch Tommy. Rannte einfach aus dem Keller, ohne die Tür hinter sich zuzumachen. Die Stufen der Kellertreppe waren steiler, und sie ging so vorsichtig wie möglich. Ganz richtig, die Kellertür stand halb offen. Sie zog sie zu, dann machte sie die Tür zum Waschraum auf. Nachdem sie das Licht eingeschaltet hatte, balancierte sie den Korb zwischen den voll behangenen Wäscheleinen hindurch und stellte ihn auf einen ausrangierten Küchentisch. Sie hatte sich gerade umgedreht, um den Deckel der Waschmaschine hochzuklappen, da schrie sie auf, weil sie Tommys kleinen Scherz an der Wand hinter der Tür entdeckte. *Dafür* hatte er dann wieder Zeit, seine Mutter zu Tode zu erschrecken! Sie wollte das Bild erst dort hängen lassen, aber das Gesicht war so widerlich, dass sie entschied, es abzunehmen und in den Müll zu werfen. Typisch Tommy!

54. Kapitel

Falch hatte seinen Teil daran. Irgendwie. Rino war schon früh stutzig geworden, als er merkte, an wie wenig sich der Kollege aus seiner Kindheit erinnerte. Es schien kaum glaubwürdig, dass ihm das Schicksal von Oddvar und Roald Strøm entgangen war. Dass Falch sich ganz bewusst so distanziert gab, dessen war sich Rino immer sicherer, während er vor der Zeichnung saß. Ebenso überzeugt war er davon, dass dieses Gesicht des Leidens von einem Kind gemalt worden war.

Hatte am Ende der junge Berger Falch dieses schwarze Gesicht gezeichnet? Er hatte ganz ruhig von seiner Dienstreise nach Oslo erzählt, von dem Treffen mit Westerman und dem Kabinett der Masken. Rino schauderte. Ihm war kalt. Und er war allein. Und die Geschehnisse rundherum bekamen ständig neue, ungeahnte Wendungen.

Er legte das Bild zurück in den Schrank und stand auf. Da klingelte sein Handy. Helene war am Apparat.

»Ich bin's«, meldete sie sich. Wahrscheinlich ging sie davon aus, dass es keine anderen Frauenstimmen in seinem Leben gab. »Ich möchte mit dir über Joakim reden.«

»Kann das nicht warten?«

»Du willst immer warten.«

»Worum geht's denn?«

»Er gerät wieder ins Schwimmen.«

»Wie meinst du das?«

Helene seufzte nachsichtig. »Mangelnde Konzentration und Impulskontrolle. Außerdem ist er in einem schwierigen Alter.«

»Das sagen wir, seit er sechs ist.«

»Die Pubertät verwandelt die charmantesten Kinder in Monster.«

»Ist dir noch nie in den Sinn gekommen, dass da was anderes dahinterstecken könnte?«

»Zum Beispiel?«

»Veränderungen, Mangel an Stabilität im Leben.« Rino zuckte mit den Schultern, um seine Andeutungen weniger drastisch zu gestalten, aber seine Körpersprache war für Helene freilich nicht sichtbar.

»Was willst du damit andeuten?«

»Wie ich gehört habe, ist da eine neue Vaterfigur aufgetaucht, mit der er umgehen muss.«

»*Das* ist also deine Diagnose – Ron ist an allem schuld? Verdammt noch mal, Rino, wie tief kann man eigentlich sinken?«

»Wenn seine Unruhe plötzlich wieder durchkommt, muss man die Ursache doch in den Ereignissen der letzten Zeit suchen.«

»Wie zum Beispiel die Tatsache, dass du es angemessen fandst, die Koffer zu packen und dich da im Trockenfischland niederzulassen?«

»Ich finde, dass es für einen Vierzehnjährigen bedeutend schwerer zu verdauen ist, wenn ein Niederländer in sein Heim einzieht und von morgens bis abends unverständliche Laute hervorgurgelt.«

»Ich hätte nie gedacht, dass ich das mal zu dir sagen würde, Rino, aber manchmal bringst du mich echt so weit, dich zu hassen. Hock dich doch unter ein Fischtrockengerüst und denk mal über deine eigene Gemütsverfassung nach. Und übrigens, lass dir das gesagt sein: Ron spricht besseres Norwegisch als du.«

Die Verbindung wurde unterbrochen, aber kaum hatte sich Rino ins Auto gesetzt, war sie wieder in der Leitung. »Bald sind Herbstferien.«

Das hatte er ganz vergessen.

»Ich habe mit der Schule gesprochen, und Joakim kann ein paar Tage extra freibekommen.«

Er konnte Joakim jetzt unmöglich bei sich aufnehmen. Er steckte bis zum Hals im Chaos, und vor allem war er allein. »Ich stecke hier mitten in einem Entführungsfall.«

»Du steckst immer mitten in irgendwas. Wäre besser gewesen, wenn Joakim im Mittelpunkt stünde.«

»Selbstverständlich kann er kommen. Nach dem Wochenende haben wir die Dinge hier hoffentlich wieder unter Kontrolle.«

»Ich dachte an morgen.«

»Morgen?«

»Joakim braucht dich.«

»Ich werde wahrscheinlich die ganze Nacht draußen sein und einen Entführten suchen.«

»Und?«

»Ohne eine Stunde Schlaf.«

»Schlafen kannst du, wenn du alt bist.«

Nach einer warmen Dusche trat er hinaus in die abendliche Dunkelheit. Er hatte sich mit dem Polizeichef besprochen, der ebenfalls berichtete, dass er Falch mehrmals vergeblich zu erreichen versucht hatte. Seine Kollegen und er waren wieder nach Leknes zurückgekehrt, aber wenn Boa im Laufe der Nacht nicht auftauchte, wollten sie sich jemanden suchen, der sie im Boot hinüberbrachte. Eine andere Alternative bestand darin, dass sie einen Helikopter aus Bodø anforderten. Sie hatten sich geeinigt, dass Rino eine vorläufige Suche unternehmen sollte, dass es aber auch nicht viel Sinn hatte, wenn er sich dabei die ganze Nacht um die Ohren schlug, denn morgen mussten alle Mann fit sein.

Bevor er loslegte, fuhr er noch einmal zur Pflegerin, die ihm nass und zerzaust auf der Treppe entgegenkam.

»Am Hamnøyfjellet hat es einen Bergrutsch gegeben«, sagte er.

»Was hat das mit Hero …« Dann begriff sie. »Es kommt also niemand, um Ihnen bei der Suche zu helfen?«

Er schüttelte den Kopf. »Nicht vor morgen.«

»Oh mein Gott.«

»Ich werde es selbst versuchen.« Er zog die Schultern hoch, um zu zeigen, dass er jetzt schon Bedenken hat.

»Ich war auch draußen und habe gesucht.« Ihre Miene verriet ihre Mutlosigkeit. »Und ich habe mit der Heimleiterin gesprochen. Wir wollen so viele Freiwillige wie möglich zusammentrommeln und ab zwölf Uhr noch mal losziehen.«

Das war vielleicht immer noch die beste Alternative – trotz allem. »Ihre Initiative ist wirklich lobenswert«, sagte er.

»Wir tun es für Hero.«

Er ging erst die eine Seite ab, vorbei an den Anlegestegen und Bootshütten, dann durch die Reihen der Fischtrockengestelle. Statt Helenes Vorschlag zu befolgen, ging er mit schnellen Schritten zwischen den skelettartigen Gerüsten hindurch, in denen immer noch der Fischgeruch hing. Er suchte aufs Geratewohl, wobei seine Überzeugung wuchs, dass halb Reine den Vermissten sowieso am liebsten tot und begraben sähe. Der Rebell aus Vindstad war ungefähr in Joakims Alter gewesen, als er verschwand. Nichtsdestoweniger war es ihm gelungen, dabei mehr Hass und Wunden hinter sich zu lassen als andere in einem ganzen Leben.

Nach anderthalb Stunden unablässigen Herumlaufens beschloss Rino, noch einmal bei Falch vorbeizugehen. Das Auto stand immer noch vor der Polizeistation, und sein Versuch, ihn telefonisch zu erreichen, landete wieder beim automatischen Antwortdienst von Telenor. Trotzdem stieg er die Treppe hoch und probierte, ob die Tür offen war. Zu seiner Überraschung war sie unverschlossen. Er steckte den Kopf in den Flur und rief nach seinem Kollegen. Keine Antwort. Vorsichtig ging er ins Wohnzimmer, wo das einzige Licht von einer einsamen Tischlampe kam. Er rief noch einmal, diesmal lauter, und obwohl er keine Antwort erhielt, setzte er seinen Weg fort ins Arbeitszimmer.

Dort blieb er stehen und betrachtete die endlosen Ordnerreihen. Falch war definitiv ein Ordnungsmensch. Der Schreibtisch hatte links und rechts Schubladen, und Rino konnte der Versuchung nicht widerstehen. Ohne richtiges Licht konnte er nicht viel erkennen, aber er nahm an, dass es sich bei dem, was er in der obersten Schublade sah, um Rechnungen oder Belege handelte. In der nächsten lag ein Stapel Papier, und noch bevor er ihn auf den Tisch gelegt hatte, wusste er Bescheid. Die Dunkelheit machte die Masken noch hässlicher, wenn das überhaupt möglich war, und nachdem er die Zeichnungen durchgeblättert hatte, wusste Rino, dass sein Kollege in tiefen Schwierigkeiten steckte. Was in Gottes Namen ging hier bloß vor? Hatte Falch am Ende selbst die Zeichnung in die Garage gehängt? Die Masken sprachen eine deutliche Sprache, ebenso wie Falchs aggressive Kommentare in dem medizinischen Bericht. Und während er so dasaß und in Gedanken noch einmal die markierten Abschnitte durchging, wurde Rino klar, dass er sich noch einmal mit dem Pathologen unterhalten musste.

55. Kapitel

Die Welt war kalt, unwahrscheinlich kalt, und sie schmeckte nach salzigem Meerwasser mit einem Hauch von saurem Erbrochenem. Er zitterte unkontrolliert, sein Atem kam in kurzen Schluchzern. Der Schmerz, der vor einer Weile noch überlagert worden war von der Angst, was ihm bevorstand, kam jetzt wieder an die Oberfläche und pumpte im Gleichtakt mit seinem schnellen Puls. Ein plötzliches Erstickungsgefühl ließ ihn zusammenzucken, da merkte er, dass er den Mund eines anderen Menschen auf seinen Lippen spürte. Er hörte schweren Atem, roch aber keinen Tabak. Irgendjemand musste ins nachtschwarze Meer gesprungen sein und ihn geborgen haben.

»D-d-d…«

Eine seltsame, schneidende Stimme.

»D-d-d… die Jacke.«

Er begriff, dass der andere seine Jacke geopfert hatte, konnte aber keinen Stoff auf seinem Körper spüren.

»D-d-du… b-b-b-b-ist… es.«

Er wurde aufgehoben, und diesmal trug man ihn auf den Armen wie ein Kind, nicht über der Schulter. Er verlor beinahe das Bewusstsein, zuckte aber jedes Mal zusammen, wenn seine Lunge nicht genug Luft bekam. Das Zittern wurde immer heftiger, und das Stöhnen, das aus seiner Kehle stieg, ähnelte den Lauten eines verwundeten Tieres.

Die Reise ging weiter durch eine Landschaft, die einmal die seine gewesen war. Dann erstarben die Geräusche von Wind und Wetter, offenbar befand er sich in einem der Häuser. Er wurde auf einen kalten Boden gelegt und hörte, wie der andere im Haus herumrumorte. Ein metallisches Rumsen zu seiner Rechten, und gleich darauf breitete sich ein Geruch nach Versengtem aus. Dann ein erstes Gefühl von Wärme, und er begriff, dass sein Retter eine Art Heizstrahler geholt hatte.

Das Echo von den Wänden verriet, dass das Zimmer sehr hohe Wände hatte. Die alte Schule? Natürlich. Die lag ja direkt hinter dem Anleger. Ein erstes leichtes Prickeln wurde zu stechendem Unbehagen, und wie es schien, verstand sein Retter sofort, denn ein schabendes Geräusch verriet, dass der Heizstrahler ein Stück von ihm weggerückt wurde.

»D-d-d-du.«

Die Stimme. So eine Stimme hatte er noch nie gehört.

»W-w-was …«

Es war nicht das Stottern, sondern die Art, wie die Stimme gebildet wurde, als wären diese Worte die ersten Worte überhaupt. Das Stammeln. Da begriff er. Der Mann, der neben ihm auf dem Boden saß und den Heizstrahler von ihm weggerückt hatte, war derselbe, der in seinem Zimmer ganz dicht neben ihm gestanden hatte. Er hatte gehört, wie seine Zunge schwerfällig gegen den Gaumen schlug und wie der Versuch, Worte hervorzubringen, gescheitert war. Deswegen war die Stimme auch so seltsam und so nasal – sie war fast noch nie benutzt worden.

Er hätte Angst empfinden müssen, als er hier so lag, aber der Mann hatte ihn ja offensichtlich vor dem Ertrinkungstod gerettet und versuchte ihn nun nach bestem Wissen und Gewissen am Leben zu erhalten. *Du bist es.* Das waren die Worte, die er hervorgestottert hatte. Warum die Fürsorge, warum ließ er seinen Peiniger nicht einfach unter dem Anleger ertrinken?

»Bist du.«

Wieder wurde er vorsichtig hochgehoben, um dann auf etwas gelegt zu werden, was er für einen Läufer hielt. Er fror, und ein trockener Salzgeschmack füllte seine Nebenhöhlen, trotzdem fühlte er zum ersten Mal nach der Überführung aus Haukeland so etwas wie Geborgenheit. Wochenlang hatte er jeden Tag angespannt dagelegen und auf die unvermeidlichen Tropfen gewartet, die ihm langsam das Leben raubten, während Gøril den einzigen Lichtblick in seinem Dasein darstellte, ein Lichtblick, der in dem Moment erstorben war, als er ins Haus der Teufelin gebracht wurde. Von da an war es bloß noch die Frage, wie lange es dauerte, bis der gnadenlose Plan zu seinem Abschluss gebracht wurde. Aber jetzt, als er auf dem Boden des längst verlassenen Schulgebäudes lag, glomm in ihm ein Fünkchen Hoffnung auf, dass es doch einen Ausweg gab.

Wieder hörte er Geräusche, die irgendwo aus dem Gebäude kamen, und er folgerte, dass der andere etwas suchen gegangen war. Ein Knall. Irgendetwas fiel auf den Boden. Dann näherten sich Schritte. Wieder wurde der Heizstrahler verschoben, aber diesmal ein wenig zu nah an seine Haut, denn er spürte sofort ein Brennen auf dem einen Oberarm. Ein leichtes Nachgeben der Bodendielen verriet ihm, dass der andere sich setzte, und auf einmal schlug ihm ein Hauch von Tabakgeruch entgegen.

Ich habe ihn in einem Schubkarren rausgebracht. Vorher hatte ich die Räder geölt, um Geräusche zu vermeiden, die Aufmerksamkeit auf sich ziehen könnten. Es war Nacht, und es war kein Vater zu Hause, der beobachtet hätte, wo seine Söhne hingingen. Meine einzige Sorge war, ihn nicht weit genug wegbringen zu können, denn er war schwerer, als ich gedacht hätte. Ich musste häufig Pausen einlegen und verfluchte ihn, wie er einfach nur dalag und mit leerem Blick in den Nachthimmel starrte. Unter ihm lag der Spaten, eine leblose Hand ruhte auf dem Griff. Wie lange ich brauchte, weiß ich nicht, aber zu guter Letzt erreichte ich die Stelle, die ich mir ausgesucht hatte. Das nächste Haus lag weniger als fünfzehn Meter entfernt, aber ich wusste, dass das Nervenwrack, das dort wohnte, die Fähre nach Reine genommen hatte, um ein paar Tage bei seiner Schwester zu verbringen. Also konnte mich keiner hören und sehen, da mir das Haus auch Sichtschutz vor dem einzigen Nachbargebäude gab. Der ganze Ausflug war anstrengender als erwartet, und vielleicht habe ich deswegen auch kein sonderlich tiefes Grab ausgehoben. Außerdem bestand der Boden mehr aus Steinen als aus Erde, und als ich endlich fertig war, stand die Uhr schon auf halb fünf. Ich wusste, dass die Fleißigsten schon um halb sechs mit der Stallarbeit begannen, und mir wurde klar, dass die Zeit langsam drängte. Ich wälzte ihn aus der Schubkarre, und er landete mit dem Gesicht auf dem Boden. Einen Augenblick überlegte ich, ob ich ihn besser zurechtlegen sollte, aber ich kam zu dem Schluss, dass es egal war. Also grub ich ihn ein und trampelte die Erde fest, so gut es ging. Mein Bruder war für immer verschwunden.

56. Kapitel

Es ging auf Mitternacht zu, als Rino das Büro aufsperrte. Er hatte noch einmal mit einem bekümmerten Polizeichef telefoniert, der sich ebenso sehr um Falch sorgte wie um den verschwundenen Patienten. Rino war nahe dran, ihm von den Masken zu erzählen, aber aus irgendeinem Grund ließ er es bleiben. Der Polizeichef konnte ihm mitteilen, dass er eine Absprache mit einem Bootsbesitzer von Mølnarodden getroffen hatte, der sie sofort bei Tagesanbruch hinüberfahren würde. Die Suche in völliger Finsternis zu beginnen würde die Beteiligten nur Kraft kosten und wäre kontraproduktiv. Außerdem würde die Mannschaft, die die Pflegerinnen auf die Beine gestellt hatten, wahrscheinlich genauso viel ausrichten.

Rino holte den Bericht des Pathologen auf seinen Schreibtisch. Immer wieder las er die unterstrichenen Passagen, dann ging er ins Internet und suchte in den Registern des Einwohnermeldeamts. Er fand nur zwei Hertzheims – Mann und Frau –, was die Wahl wesentlich erleichterte.

Der Pathologe nahm schon beim zweiten Klingeln ab. Rino stellte sich vor und erklärte, dass es um den Skelettfund ging.

»Und da konnten Sie nicht zu meinen Bürozeiten anrufen?«

»Tut mir leid. Ich fürchte, es ist eilig.«

»Das ist es immer.«

»Wie gesagt, es geht um …«

»Warten Sie, warten Sie, jetzt mal von Anfang an. Was sagten Sie, von wo rufen Sie an?«

»Aus Reine auf den Lofoten.«

»Also die Angelegenheit mit der Kindesmisshandlung. Die

werde ich wohl so schnell nicht vergessen. Ich hab noch nie so etwas Brutales gesehen.«

»Genau darüber wollte ich mit Ihnen reden.«

Der Pathologe seufzte. »Meine Frau wirft mir gerade einen strengen Blick zu. Sie behauptet, ich hätte die Tendenz, meinen Job mit nach Hause zu nehmen, und just in diesem Augenblick habe ich da schlechte Gegenargumente. Aber wenn es schnell geht, bitte. Was wollen Sie wissen?«

»Ich will wissen, wie die Knochen gebrochen wurden.«

»Wäre der Schädel nicht genauso unversehrt gewesen wie Ihrer und meiner, abgesehen von einer minimalen Fraktur, hätte ich auf einen Sturz getippt, und zwar vom höchsten Berg, den Sie auf den Lofoten auftreiben können.«

»Aber nachdem der Schädel nun mal heil ist …?«

Neuerlicher Seufzer am anderen Ende der Leitung. »Wiederholte Schläge mit irgendeiner Waffe, oder vielleicht auch ganz einfach mit einem Stein.«

»Wie lange kann man mit solchen Verletzungen überleben?«

»Ich befürchte, ich verstehe die Frage nicht.«

»Vorausgesetzt, dass die Schläge nicht alle auf einmal kamen, sondern verteilt über mehrere Wochen.«

Er hörte, wie der Pathologe seiner Frau etwas zumurmelte. Wahrscheinlich drückte er sich dabei das Handy an den Körper, damit Rino die unverhohlene Gereiztheit seiner Gattin nicht mitbekam. Als er sich das Handy wieder ans Ohr hielt, überlief Rino ein kalter Schauder.

57. Kapitel

Berger Falch ging. Die Dunkelheit selbst wies ihm den Weg zum dunkelsten Augenblick seines Lebens, und er folgte ihr, ohne Widerstand zu leisten. Endlich war ihm wieder eingefallen, wohin sie gefahren waren. Er hatte auf dem Gepäckträger gesessen und auf Boas Rücken gestarrt, hatte gespürt, wie die Mischung aus Stolz und Verachtung, die er empfand, zu kippen drohte, denn jetzt flüsterte ihm eine innere Stimme zu, dass hier etwas in eine ganz falsche Richtung lief. Boa hatte die ganze Fahrt über kein Wort gesprochen, als ob sie sich über den Bestimmungsort bereits geeinigt hätten, und mit der größten Selbstverständlichkeit war er auf einen schmalen Pfad gebogen. Es war derselbe ausgetrampelte Weg, dem Falch jetzt im Regen folgte. Er war schon lange bis auf die Haut durchnässt, merkte es aber kaum. Er musste herausfinden, was damals passiert war, musste sich wieder erinnern. Der Weg beschrieb eine Kurve, bevor er zu einem Grillplatz hinabführte, und plötzlich stand es ganz klar vor seinem inneren Auge, dass damals jemand dort gewesen war. Jemand mit einem roten Rock.

58. Kapitel

Das Sturmzentrum lag etwas nördlich der Färöer-Inseln, wo kalte Luft aus Nordwest auf einen milden südwestlichen Luftstrom traf. Das Tiefdruckgebiet, das dabei entstand, wurde rasch stärker, und der Wind blies Richtung Norden. Bevor der Sturm die nordnorwegische Küste erreichte, waren die Wellen schon zwanzig Meter hoch, bei einer Windstärke von über sechzig Knoten. Der Sturm hatte sich zu einem Orkan ausgewachsen – einem Orkan, der später den Namen Andrea bekommen sollte.

59. Kapitel

Falch erinnerte sich an die Geräusche. Erst war es ein verzweifeltes Schluchzen, dann brach sich die Angst in hysterischem Geheul Bahn. Und selbst aus diesen unkontrollierten Lauten war herauszuhören gewesen, dass sie anders war. Er setzte sich ins nasse Gras und legte das Gesicht auf die Unterarme. Wie er es damals auch gemacht hatte. Und während er so dasaß, mit gesenktem Kopf im leichten Regen, kam es ihm vor, als schallte ihm ein verspätetes Echo dieser Schluchzer von den Bergen her entgegen. Fünf Jahrzehnte lang war es ziellos von Felswand zu Felswand geprallt, um ihn nun endlich zu erreichen. Ihn, der die Ursache war für diese bodenlose Verzweiflung.

60. Kapitel

Es war halb eins, als Rino die Nummer von Reidar Holm wählte. Er ging davon aus, dass der alte Fischer schon zu Bett gegangen war, aber den Versuch war es allemal wert. Er begann allmählich Zusammenhänge zu sehen und musste sich unbedingt eine Transportgelegenheit organisieren, sobald es hell wurde. Es klingelte lange, und er war auf ein, zwei giftige Kommentare gefasst, doch als Holm endlich abnahm, klang er eher misstrauisch als gereizt.

»Hier ist Rino Carlsen.«

»Der Polizist?«

»Genau.«

Zu Rinos Überraschung glaubte er das Geräusch eines Bootsmotors im Hintergrund zu hören. »Sind Sie gerade auf dem Meer?«, fragte er.

»Ich glaube, Sie müssen noch das eine oder andere über Fischfang lernen. Nein, ich bin keineswegs auf dem Meer. Ich überhole nur meinen Motor. Als wir neulich nach Vindstad raus sind, hab ich da ein ungutes Geräusch gehört. Das musste ich mir mal näher ansehen.«

»Dann stehen die Chancen wohl eher schlecht, dass Sie mich noch mal rausfahren können?«

»Jetzt?«

»Morgen früh.«

»Ich fürchte, das wird schwierig. Sieht so aus, als müsste ich mit meinem Schiff auf die Helling.«

»Dann muss ich vielleicht mal bei Olav Rist anfragen.«

»Tun Sie das. Olav hilft immer aus, wenn Not am Mann ist.«

Er hatte das Gefühl, dass Rist der Typ Mensch war, der im Morgengrauen aufstand, und er beschloss, ihn am nächsten Morgen in aller Frühe anzurufen.

Er wachte vom Handyklingeln auf. Er hatte sich ein paar Stunden Schlaf auf dem Sofa gegönnt, und ein paar verwirrte Sekunden lang glaubte er sich zu Hause in Bodø. Zu seiner Überraschung fand er eine SMS im Posteingang. Sie war von Joakim, der ihm mitteilte, dass er am nächsten Tag mit der Fähre ankam. Die Meldung war zwei Minuten vor halb fünf abgeschickt worden. Joakim machte also wieder die Nacht zum Tag. Was zum Teufel dachte er sich dabei, seinem Vater mitten in der Nacht eine SMS zu schicken?

Rino schälte sich aus seiner Wolldecke, die den unverkennbaren Geruch älterer Frauen in sich trug, und schwang die Beine vom Sofa. Ein Blick aus dem Fenster verriet ihm, dass sich der Wind gelegt hatte und die vertäuten Boote sich kaum mehr bewegten. Er ging in die Küche und machte den Kühlschrank auf. In den Fächern lagen Lebensmittel, die Helene als »WG-Fraß« bezeichnet hätte. Er strich sich ein Brot mit halb angetrockneter Leberwurst und hatte dabei die ganze Zeit den strategisch günstig platzierten Plan mit den zu erledigenden Hausarbeiten im Blick.

Er hatte sich vorgestellt, dass er die Nachmittage frei haben würde und sich dann ans Werk machen konnte, aber bis jetzt hatte sein Aufenthalt in diesem Haus den Wohnstandard noch keinen Millimeter angehoben. Er spülte seine Stulle mit abgelaufener Milch herunter, und als er aufstand, um die Milch in die Spüle zu gießen, fiel sein Blick auf einen Kalender, der mit Tesa an die Küchenwand geklebt war. 12. Oktober. Der Jahrestag des Überfalls auf Astrid Kleven.

Er hatte Kaspara die Erklärung, warum Boa verschwunden

war, nur halb abgekauft, aber sie hatte sich zugegebenermaßen auf die Suche gemacht und wenige Stunden später noch einmal mit der Mannschaft gesucht. Sie hatte ihn angerufen und geweckt, kaum dass er auf seinem Sofa eingeschlafen war, und hatte erklärt, dass sie die Suche für diese Nacht vorerst einstellten, dass aber diejenigen Pflegerinnen, die keinen Frühdienst hatten, einen neuen Anlauf nehmen wollten, sobald es wieder hell war.

Und sie klammerte sich hartnäckig an die Version, dass es Sjur Simskar gewesen sein musste, der durch die Falltür hereingeklettert war und Boa mitgenommen hatte.

Wenn sie schauspielerte, dann schauspielerte sie wirklich gut.

Es war halb sieben, als er Olav Rists Nummer wählte.

»Was gibt's denn, haben Sie's eilig?« Die Stimme verriet, dass Rist jäh aus dem Schlaf gerissen worden war.

»Ich fürchte, ja. Ich habe schon mit Reidar Holm geredet, aber der hat Probleme mit seinem Schiffsmotor.«

»Die hat der doch ständig.«

»Ich hab mir vorgestellt, dass ich ein paar Stunden drüben bleibe. Sie müssten mich also bloß schnell dort abliefern und dann nach einer Weile wieder abholen.«

»Geht's immer noch um dieses verdammte Skelett?«

»Gewissermaßen ja.«

»Geben Sie mir ein paar Minuten. Ich kann nicht einfach so ohne Weiteres in die Klamotten springen.«

»Sagen wir halb acht?«

»Ich versuch's.«

Er beschloss, zum Anleger hinunterzugehen. Die Luft war beißend kalt, aber er hatte sich warm angezogen, weil er vorhatte, den Vormittag in unwirtlichem Gelände zu verbringen. Das Fernglas seiner Tante trug er an einem Riemen um den Hals.

Die *Lofotfjord II* schaukelte leicht auf den letzten Ausläufern der gestrigen Sturmdünung, aber Olav Rist war nicht zu sehen. Rino setzte sich auf eine der Bänke am Kai und ließ den Blick zur anderen Seite der Bucht wandern. Von seinem Standort aus war Sjur Simskars Zuhause nicht zu erkennen, man sah nur die Häuser davor, die ebenso heruntergekommen waren. Was hatte sich Simskar bloß dabei gedacht? Von der Bank hatte Rino erfahren, dass die Pension nie angerührt worden war, daher war es unwahrscheinlich, dass ökonomische Motive dahintersteckten. Am wahrscheinlichsten war es, dass Simskar ein verschrobenes Dorforiginal mit krankhafter Mutterbindung war. Aber war er auch ein Rächer? Wenn Simskar den Brand inszeniert hatte, musste es irgendeine Verbindung zwischen ihm und Astrid Kleven geben. Er hatte den Gedanken gerade fertig gedacht, als Olav Rist den alten Kai betrat.

»Ich glaube, über diesem verdammten Bergrutsch liegt ein Fluch. Sie werden sehen, der verschreckt noch die ganzen ängstlichen Touristen.« Rist hob seine Skippermütze an und kratzte sich am Kopf. »Und dann ist auch noch der halbe Hamnøyfjell eingestürzt. Das dauert mindestens eine Woche, bis die Straße wieder freigegeben ist. Und wer hat die Scherereien, was meinen Sie?«

»Viel zu tun für Sie?«

»Ich will es mal so sagen: Sie sind nicht der Einzige, der mich heute angerufen hat.« Rist begann die Vertäuung zu lösen, bevor er an Bord ging. »In fünfzehn Sekunden wird abgelegt«, rief er über die Schulter.

Als Rino zu ihm in den Steuerstand trat, drehte Rist sich gerade eine Zigarette. »Wollen Sie Vögel beobachten?« Ein schiefes Grinsen und eine nickende Kopfbewegung in Richtung Fernglas.

»So was in der Art.«

»Ich hab übrigens gehört, dass Sie Sjur suchen.«

»Haben Sie ihn gesehen?«

»Ständig.« Rist hatte sich seine Selbstgedrehte inzwischen angesteckt. »Der schleicht doch dauernd durch die Gegend. Schon seit Jahren.«

»Und in letzter Zeit?«

Rist spuckte ein paar Tabakkrümel auf den Boden. »Nee ... vor ein paar Tagen vielleicht. Ich würde sagen, der ist nicht unbedingt gut auf Sie zu sprechen.«

»Weswegen?«

»Weil Sie ihm seine Mutter weggenommen haben.«

»Ich finde es komisch, dass hier keiner was davon wusste.«

»Sjur will seine Ruhe haben.« Rist ließ den Motor an und legte rückwärts ab. »Und sie war schon eine alte Dame.«

Erst als das Boot unter der Brücke nach Sakrisøy durchglitt, fiel Rino auf, dass auf den Straßen nirgends ein Auto zu sehen war. Völlig klar, nach so einem Bergrutsch. Abgesehen von der Fähre, die nach Bodø verkehrte, war Reine von der Umwelt isoliert.

Rist war offenbar daran gelegen, ruhig in den Tag zu starten. Er hielt stumm den Kurs, bis sie sich dem Ort näherten, den Holm angegeben hatte.

»Können Sie kurz etwas langsamer fahren?«

Rist setzte eine Miene auf, die ihm deutlich sagte, wer der Kapitän auf diesem Kutter war, aber dann kam er der Bitte schweigend nach.

»Kennen Sie die *Rita*?«

Rist hielt seinen Blick ein paar Sekunden fest, dann zog er

einen Hebel zu sich heran. Das Motorengeräusch erstarb, und das Schiff glitt lautlos durch die sanfte Dünung. »Wollen Sie tauchen?«

»Ich möchte, dass Sie mich da rauslassen, wo die *Rita* untergegangen ist.«

»Bis auf zwanzig Meter ans Ufer. Näher fahr ich nicht ran.« Rist schob sich die Schiffermütze nach hinten.

»Ist das hier irgendwo?«

»Ich dachte, das Skelett war's, das Sie aus der Koje getrieben hat.« Rist setzte das Schiff wieder in Bewegung und korrigierte den Kurs leicht.

Rino musterte die glattgeschliffenen Felsen. Bei Ebbe war es mehr oder weniger unmöglich, hier an Land zu gehen.

»Da wären wir.« Rist drehte sich auf seinem Stuhl und schlug die Beine übereinander. »Wollen Sie schwimmen?«

»Sie haben doch ein Ruderboot da hinten drauf, oder?«

»Eine kurze Fahrt, haben Sie gesagt. Sie wissen schon, dass Sie mich mal können mit ihrem ›schnell‹?« Rist seufzte demonstrativ und ging an Deck. Der Wind hatte weiter nachgelassen und war jetzt nur noch eine schwache Brise. Der alte Kapitän wandte das Gesicht zum Morgenhimmel wie ein Spürhund, der Gefahr wittert. »Da braut sich was zusammen«, sagte er. Dann machte er mit entschlossenen Bewegungen das Ruderboot los. Es war schwerer, als Rino gedacht hatte, aber gemeinsam gelang es ihnen, es über die Reling zu hieven.

»Jetzt müssen Sie nur noch an Bord gehen.« Rist hielt nonchalant das Tau fest, das am Bug befestigt war. »In einer Stunde dann wieder?«

»Oder zwei«, antwortete Rino, während er die Ruder löste, die an den Ruderbänken festgeschnallt waren.

»Können Sie das denn überhaupt?«

»Rudern?«

Rist grinste breit.

»Wenn man's einmal gemacht hat, verlernt man es nie.«

Das Boot glitt leicht übers Wasser, und als er sich dem Ufer näherte, hob Rist eine Hand zum Abschied und nahm wieder Kurs auf Reine. Rino wartete kurz ab, bis Rist außer Sicht war, dann wendete er um 180 Grad und ruderte wieder hinaus, wie um unnötiges Gerede zu vermeiden. Sowie er auf der Höhe der Stelle war, an der das Boot gesunken war, holte er die Ruder ein. Ein Blick auf die *Lofotfjord II*, die inzwischen zu einem kleinen Legoschiffchen in der Ferne geschrumpft war. Er stand auf, stellte sich breitbeinig hin, um die Balance besser halten zu können, und hob das Fernglas an die Augen. Nachdem er die Einstellung seiner weitsichtigen, am grauen Star erkrankten Tante nachjustiert hatte, wuchs ihm eine vergrößerte Ausgabe von Vindstad entgegen. Von seinem Standpunkt aus war nur die Schule zu sehen, außerdem drei Häuser am Fuße des Berges auf der anderen Seite des Fjords. Seine Knie zitterten leicht, aber immerhin gelang es ihm, das Fernglas einigermaßen ruhig zu halten. Er ließ den Blick nach links wandern, doch schon bald verdeckte ihm ein Felsvorsprung die Linse. An dieser Stelle hätte ihn also niemand entdeckt, selbst wenn es im Fjord von Leuten nur so gewimmelt hätte. Er war allen Blicken entzogen. Naja, fast allen. Er zoomte den Hügel heran, wo Boas Vater gestanden und in den Sturm hinausgeschaut hatte. Von diesem Punkt aus wäre es möglich gewesen, das sinkende Schiff zu sehen.

Rino ließ das Fernglas sinken und setzte sich. Das Meer rundherum war ganz ruhig. Verräterisch ruhig. Langsam begann er, Richtung Ufer zu rudern. Er steuerte eine v-förmige Schlucht an, wo zwei Felsen steil zum Meer hin abfielen, und ruderte so lange, bis das Boot sich zwischen den Felsen verkeilte. Bei Flut hätte er eine faire Chance gehabt, hier an Land zu gehen, aber bei Ebbe war es ein Ding der Unmöglichkeit. Er hätte sich nur die Finger am glatten Stein blutig gekratzt, bis ihm die Kräfte ausgingen.

Er zog das Boot hinter sich her, so weit es ging, bevor er das Tau an einem kleinen Felsspalt festmachte. Dann kletterte er vorsichtig auf den Berg, wobei er sorgfältig darauf achtete, mit dem Fernglas nicht gegen den Stein zu schlagen. Vielleicht war der Mann, der wider alle Erwartungen meterhohe Wogen und eisige See überlebt hatte, an dieser Stelle aus dem Meer gekrochen. Er war erst tags darauf gefunden worden und hatte dem Tod gleich zweimal ein Schnippchen geschlagen. Nass bis auf die Haut in der kalten Herbstluft – es grenzte an ein Wunder, dass er die Nacht überlebt hatte.

Rino erreichte den Gipfel des Felsens und ließ den Blick einmal rundum schweifen. Wieder hob er das Fernglas vor die Augen. Diesmal konnte er ein paar Häuserdächer auf Vindstad ausmachen, aber er bezweifelte, dass ihn irgendjemand von dort sehen konnte. Es sei denn, er benutzte ebenfalls ein Fernglas. Rino ließ es wieder sinken und holte sein Handy hervor. Netz hatte er, zumindest schwach. Er wählte Falchs Nummer, aber der nahm immer noch nicht ab. Zwar hatte sich Rino inzwischen damit abgefunden, dass sein Kollege kam und ging, wie es ihm beliebte, aber nun begann er sich doch ernsthaft Sorgen zu machen. Wieder eine SMS von Joakim, der die ganze Nacht wach geblieben zu sein schien. Wahrscheinlich war sie gekommen, als die Motoren der *Lofotfjord II* gerade am lautesten dröhnten. Eine halb beleidigte Bitte um Antwort. Rino beantwortete die SMS und versprach, ihn am Kai von Sørvågen abzuholen, obwohl er sagen musste, dass der Besuch kaum zu einem weniger günstigen Zeitpunkt hätte kommen können.

Dann begann er zu suchen. Das Gespräch mit dem Pathologen hatte ihm klargemacht, dass er ganz neu denken musste. Und genau deswegen war er hier.

Mehrere Felsspalten waren vier bis fünf Meter tief. In manchen hatte sich Regenwasser gesammelt, andere waren mit Moos überwachsen. Aber keine enthielt das, wonach er suchte. Nach einer knappen Stunde begann er an seiner eigenen Theorie zu zweifeln. Er hatte ein Gebiet von ungefähr zweihundert Metern durchkämmt, aber nicht mehr als Treibholz und Abfall gefunden. Zurück am Ufer stellte er fest, dass der Wasserspiegel gesunken war. So suchte er unten weiter und hielt Ausschau nach Spalten im Fels. Erst ging er Richtung Reine, aber hier hatte er freien Blick auf mehrere Häuser auf Vindstad. Damit war die Entscheidung klar – er musste den anderen Weg nehmen.

Die Felsen waren nicht nur gefährlich glatt, viele von ihnen fielen auch metertief ab. Er musste häufig einen Umweg nehmen, doch bald wurde die Küste so flach, dass es an mehreren Stellen sehr einfach schien, an Land zu gehen. Von hier aus konnte man die alte Schule nicht erkennen.

Nach einer Stunde vergeblicher Suche stellte er sich auf eine kleine Anhöhe und ließ den Blick über den Fuß des Berges gleiten, wo der Fels steiler abfiel. Eine Strecke von fünfzig bis hundert Metern, und eigentlich war es nicht möglich, es sei denn …

Er beschloss, einen letzten Versuch zu unternehmen, und nachdem er eine Viertelstunde in den mächtigen Steinen herumgeklettert war, streifte ein Lichtstrahl etwas auf dem Grund eines schräg geschliffenen Felsspalts. Hier waren die Steine weniger glatt, sodass er mit den Händen und Füßen Halt fand. Er ging weiter hinein, bis seine Schultern für den v-förmig zulaufenden Spalt endgültig zu breit waren, und richtete einen konzentrierten Lichtstrahl auf das, was man hier zu verbergen versuchte. Und es war genau so, wie er gedacht hatte.

61. Kapitel

Mal verlor er das Bewusstsein, mal kam er wieder zu sich. In seinen wachen Augenblicken glaubte er, Wellen zu hören, die sich unter ihm brachen. Das Geräusch gefiel ihm, und er ließ es seinen Kopf ganz ausfüllen. Sobald er wieder in die Bewusstlosigkeit glitt, erlebte er die letzte Stunde bruchstückhaft noch einmal: den Geruch von Diesel und Öl, das Geräusch des knatternden Bootsmotors und das Vibrieren des Bodens im gleichmäßigen Rhythmus der Wellen. Wenn er wieder zu sich kam, war er jedes Mal ein wenig benommen, aber sowie er das Gemurmel der Wellen hörte, fiel ihm alles wieder ein.

Er fror. Hals und Kehle waren wie geschrumpft vom Flüssigkeitsmangel, und es fühlte sich an, als müsste sich die Atemluft ihren Weg durch enge Kanäle bahnen. Wieder glitt er weg, sah Bilder von sich selbst, wie er tot auf einem ausgetretenen Dielenboden lag, und er dachte sich, dass er nun endlich frei war, von allen Leiden befreit. Doch die Zeit, die ihm zugemessen war, war noch nicht vorbei, denn er wachte immer wieder in seinem malträtierten Körper auf, um wieder denselben Schmerz und dieselbe Angst durchmachen zu müssen.

In wenigen kurzen Augenblicken gelang es ihm, klare Gedanken zu fassen. Mit der Teufelin hatte es angefangen, einer Frau, die er gar nicht kannte. Zuerst hatte er nicht begriffen, warum das alles geschah, aber nachdem sie ihn mit zu sich nach Hause genommen hatte, war ihm alles klar geworden. Es ging um die Grausamkeiten einer anderen Zeit. Und mehr als alles andere ging es um eines: langersehnte Rache.

62. Kapitel

Der Lichtkegel traf auf Stücke von zerbrochenem Holz, vermodert und überwuchert, immerhin lagen sie hier ja schon knapp fünfzig Jahre. Rino hatte gefunden, was er suchte: die Überreste eines Ruderbootes. Alles sprach dafür, dass nicht nur der Moder das Boot zerstört hatte – offensichtlich hatte es jemand es nach bestem Vermögen zertrümmert und dann versucht, es unter den Steinen zu verstecken. Rino ging in die Hocke und steckte prüfend einen Finger in das Holz, während er versuchte, sich den Ablauf der Ereignisse vorzustellen: ein offenes Ventil und ein Boot, das sein Grab hinter einem Felsvorsprung fand, der jede Sicht verdeckte. An Bord befand sich eine ermordete Frau, während der Mann, der später behaupten sollte, er hätte gegen Sturm und eiskalte See gekämpft, in Wirklichkeit warm und trocken an Land ruderte. Der Kampf mit den Wellen hatte nie stattgefunden. Der Mann hatte das Boot zertrümmert und es so versteckt, dass es seines Erachtens unmöglich gefunden werden konnte. Als am nächsten Morgen die Boote hinausfuhren, um die Vermissten zu suchen, nahm er freiwillig ein Bad. Er erklärte, das Boot sei mitten im Fjord gesunken, um keinen Verdacht wegen der allzu günstigen Stelle aufkommen zu lassen. Allerdings sah er sich später gezwungen, sich auf die schlechten Sichtverhältnisse herauszureden, als das Wrack gefunden wurde. Doch eines wusste er nicht: dass nämlich auf Vindstad eine Gestalt ganz oben am Berg stand und beobachtete, was hinter dem Felsvorsprung vor sich ging. Hatte es sich so zugetragen?

Es war frei fantasiert, aber es passte alles zusammen. Das

Schiffsunglück war in derselben Nacht geschehen, in der Vater und Sohn umkamen, und was den Glauben an Zufälle anging, war Rino notorischer Atheist. Ein Teil von ihm wünschte sich, er müsste nicht glauben, dass die Dinge so zusammenhingen. Vielleicht waren seine Vorbehalte ja eine Art Selbstschutz, denn diese Theorie machte unmöglich, was er die ganze Zeit fast schon als selbstverständlich vorausgesetzt hatte, dass nämlich Boa der Mörder seines Vaters war.

Rino knipste die Taschenlampe aus und kletterte wieder aus der Felsspalte. Der Himmel leuchtete in einem für diese Jahreszeit ungewöhnlich hellen Schein, und der Wind war kurz davor, wieder zu drehen. Er blieb noch eine Weile sitzen und dachte über seinen Fund nach, bevor er sein Handy zückte und Rist anrief. Es dauerte recht lange, bis der Kapitän abnahm, aber er versprach ihm, in zwanzig Minuten wieder am Treffpunkt zu sein.

Da kam Rino ein Gedanke, und er überprüfte die Anruferlisten seines Handys. Dieser Anruf würde zwar Erwartungen wecken, die er keinesfalls einzulösen gedachte, aber er musste es versuchen.

»Na, halloooo! *Du* bist es!«, zwitscherte Bodil.

»Mir ist da bloß was eingefallen.«

Aus ihrem »m-hmmmm« triefte die Vorfreude.

»Dieses Schiffsunglück, von dem du erzählt hast, du weißt schon, wo die Frau eine Freundin deiner Mutter war.«

»Ja, was ist damit?«

»Was kannst du mir noch über sie erzählen?«

»Was ich über sie erzählen kann? Ich war damals ja noch nicht mal geboren.«

»Deine Mutter muss dir aber doch ein bisschen was erzählt haben.«

Er hörte zischende Geräusche im Hintergrund, und er befürchtete, dass irgendein LKW-Fahrer jetzt wohl mit einem verbrannten Hamburger vorliebnehmen musste. »Warte mal kurz«, sagte sie, und er hörte sie mit einem Kunden sprechen. »So, da bin ich wieder. Also … warum interessierst du dich denn so für die?«

»Mir wär's am liebsten, du würdest nicht nachfragen.«

»Ach so.« Sie ließ sich Zeit. »Ich weiß, dass sie die Tochter vom Inhaber eines Fischereibetriebs war, also stinkreich. Deswegen war sie bestimmt auch so begehrt.«

»Und der Überlebende des Schiffbruchs?«

»Was soll mit dem sein?«

»Wer war das?«

Am anderen Ende der Leitung wurde es still. »Meine Güte, stell dir vor, das könnte ich jetzt gar nicht mit Sicherheit sagen. Könnte es sein, dass es der war, der hier vor einer Weile mal den Fährdienst übernommen hat? Nein, ehrlich gesagt, ich weiß es nicht mehr. Aber ich kann es rausfinden, wenn du willst. Ich hab bloß so lange schon niemanden mehr von diesem Unglück reden hören.«

»Prima. Du warst mir so oder so schon eine große Hilfe.«

»Willst du, oder willst du nicht?«

»Bitte?«

»Dass ich rausfinde, wer es war?«

»Ich frag einfach Olav Rist«, sagte er und verabschiedete sich hastig, bevor sie ihn zu einem neuen Buchstabenspielchen einladen konnte.

Eine Viertelstunde später kletterte er an Bord der *Lofotfjord II*.

»Na, neue Skelette gefunden?«, erkundigte sich Olav Rist, bevor er mit roher Muskelkraft das Ruderboot über die Reling holte. Rino fasste pro forma mit an, trug aber nicht viel bei.

»Was können Sie mir über das Schiffsunglück erzählen?«

»Die *Rita*?«

Rino nickte.

Rist, der von seiner erst kürzlich überstandenen Krebserkrankung offensichtlich nicht nennenswert gezeichnet war, manövrierte das Ruderboot in das selbstkonstruierte Gestell auf seinen Platz. Und wieder hatte Rino das Gefühl, dass er eher im Weg stand, als dass er von Nutzen war. »Das war damals eine Yacht von knapp dreißig Fuß. Ist in einem Sturm gesunken.«

»Und die Frau ist ertrunken?«

Rist gab dem Ruderboot einen Tritt, und es rastete mit einem metallischen Klicken ein. »Allerdings«, sagte er.

»Wer war sie?«

Rist bedachte ihn mit einem strengen Blick, als wollte er ihm zu verstehen geben, dass er da in alten Wunden stocherte. »Sie hieß Rita«, sagte er, während er zu seinen Hebeln im Steuerstand zurückkehrte.

»Das Boot war also nach ihr benannt?«, fragte Rino, der ihm gefolgt war.

»Sie haben's erfasst.«

»Und er?«

Rist gab Gas. Offenbar wartete schon der nächste Auftrag auf ihn. »Es gibt einen Grund, warum wir die Geschichte ruhen lassen. Er hatte danach kein leichtes Leben und wird nicht gern an die Ereignisse erinnert.«

»Was ist denn passiert?«

Erneut ein gereizter Blick. »Sie hätten mal bei einem Herbststurm rausfahren sollen. Dann wäre Ihre Neugierde sicher erst mal eine Weile befriedigt gewesen.« Rist ließ das Boot mit maximaler Fahrt durchs Meer pflügen.

»Wir Menschen sind schon seltsam gestrickt«, meinte er schließlich. »Ich glaube, dass er am Ende ein schlechtes Gewissen hatte, weil er nicht auch mit dem Boot auf den Meeresgrund gesunken ist. Die Leute sind unbedacht, sie fragen und graben überall. So geht das dann. Ich glaube, Sie sollten dieses Schiffsunglück lieber vergessen. Diejenigen, die sich noch an diese Sturmnacht erinnern, sterben langsam, aber sicher weg, und die jüngere Generation interessiert sich genauso wenig für die Havarien der Vergangenheit wie für die Zeit während der Besatzung. Das gehört einfach einer anderen Epoche an.«

Sie blieben schweigend sitzen, während Rist das Tempo drosselte und den Kurs korrigierte. Bald näherten sie sich der Einfahrt in den Hafen von Reine.

»Hat er Geld geerbt?«, wollte Rino wissen.

»Verdammt, Sie sind wirklich unglaublich.« Rist seufzte resigniert. »Ja, er überlebte, ja, er bekam ein paar Kronen, und das hat ihn seitdem jahrelang verfolgt. Und jetzt lassen Sie die Geschichte endlich ruhen, verdammt noch mal. Konzentrieren Sie sich lieber auf Ihr Skelett.« Rist hob die Hand zum Gruß, als sie an zwei Jugendlichen in einem offenen Boot vorbeifuhren. »Außerdem habe ich das Gefühl, dass Sie bald einen erleben werden.«

»Einen was?«

»Einen Sturm.« Rist verlangsamte das Tempo noch mehr und steuerte den Kai an. »Da braut sich was zusammen.«

Rino warf einen Blick zum dunstigen Himmel. »Wie heißt er denn eigentlich?«

Rist steuerte das Boot an seinen Platz, fuhr aber mit solcher Wucht gegen den Anleger, dass Rino rasch einen Schritt zur Seite machen musste, um den Stoß abzufangen.

»Er hat nichts mit Ihrem Skelett zu tun.«

»Trotzdem hat er einen Namen.«

Rist hob die Schiffermütze. »Ich bitte Sie, eines zu berücksichtigen. Er hatte es schwer im Leben. Es verändert einen, wenn man dem Tod mal so ins Auge geblickt hat. Hier auf Reine reden wir nicht groß von dem Schiffsunglück, wir vermeiden das Thema aus Respekt vor ihm und dem, was er durchgemacht hat. Er konnte sich gerade eben selbst retten, da braucht er keinen Polizisten, der fünfzig Jahre später an seine Tür klopft und anfängt, Fragen zu stellen.«

Rino hob beschwichtigend die Hände. »Ich habe nicht vor, irgendjemandem Unannehmlichkeiten zu bereiten.«

Mit der Geschmeidigkeit einer Katze sprang Rist auf den Anleger und machte den Kutter fest. Nachdem er sich vergewissert hatte, dass der Tampen so saß, wie er sollte, kam er wieder an Bord. Rino merkte, dass der Name des Überlebenden schmerzlich tief unter der Oberfläche steckte. Reine war ein kleiner Ort, wo jeder jeden kannte.

»Dann sagen wir vielleicht mal danke für die Überfahrt«, schlug Rist vor, während er wieder auf das von Wind und Wetter gezeichnete Deck kam. Seine Stimme verriet, dass seine Stimmung unterwegs beträchtlich abgesackt war.

Rino fand diese Hinhaltetaktik langsam, aber sicher ziemlich ärgerlich.

»Ich hab Ihnen den Namen noch nicht genannt.« Rist machte ein paar Schritte, dann drehte er sich um. »Reidar Holm«, sagte er.

63. Kapitel

Falch erinnerte sich, dass er gewartet hatte, aber er wusste nicht mehr, wie lange und worauf. Nur, dass er gewartet hatte. Jetzt saß er wieder hier und wartete. Diesmal darauf, dass ihm der ganze Ablauf der Ereignisse wieder einfiel. In seiner Jackentasche vibrierte es. Rino schon wieder. Du kapierst doch gar nichts, dachte er. Überhaupt gar nichts.

64. Kapitel

Rino rief rasch bei Dreyer an, der ihm mitteilte, dass das Boot, mit dem er und zwei Kollegen nach Reine übersetzen sollten, in einer Stunde erwartet wurde. Der Polizeichef hatte kurz zuvor eine aufgeregte Heimleiterin an der Strippe gehabt, die befürchtete, dass die Zeit für den gekidnappten Patienten langsam, aber sicher ablief. Ein neuer Suchtrupp aus Pflegerinnen und Dorfbewohnern wurde gebildet, aber es sah im Großen und Ganzen so aus, als wäre die Sorge um den Mann berechtigt.

Rino versuchte, seine Gedanken zu sammeln, bevor er im Finanzamt anrief. Der Stimme nach zu urteilen hätte die Frau dieselbe sein können, die auch das Telefon des Einwohnermeldeamts besetzte. Nur mit unverhohlenem Widerwillen gab sie die Informationen heraus, um die er sie bat. Mit einem melodischen Seufzen teilte sie ihm mit, dass Reidar Holm kein Vermögen hatte, und dass er abgesehen von seiner Pension nur magere gewerbliche Einkünfte von 43.000 Kronen hatte. Von der Fischerei, fügte sie demonstrativ hinzu. Die Informationen erschütterten seine Überzeugung ein wenig, aber er beschloss trotzdem herauszufinden, wo Reidar Holm wohnte. Er musste dabei jedoch vorsichtig vorgehen. Vermoderte Bootsreste bewiesen noch überhaupt nichts.

Er ging wieder hinaus und fragte den erstbesten Passanten auf der Straße, eine Frau um die fünfzig, nach der Adresse. Statt zu antworten, deutete sie nur mit einem Nicken auf ein kleines braunes Haus, das keine fünfzig Meter entfernt stand. Es war nicht nur eines der kleinsten Häuser auf Reine – es sah außerdem so aus, als wäre es am schlechtesten instand gehalten.

Wo war das Geld geblieben? War Geld denn nicht das Motiv gewesen? Rino war sich völlig im Klaren darüber, dass seine Theorie auf einem wenig wahrscheinlichen Ablauf der Geschehnisse aufbaute. Denn wenn es sich so abgespielt hatte, wie er glaubte, dass Eldar Strøm nämlich diesen Schiffbruch beobachtet hatte, wäre es dann nicht normal gewesen, dass er einen oder mehrere Dorfbewohner alarmierte, damit sie gemeinsam in den Sturm hinausrudern konnten? Lag es nicht in der Natur jedes Fischers, einem anderen in Not zu helfen? Und wenn er wirklich alleine hinausgerudert war, warum hatte Holm sich dann die Mühe gemacht, ihn zurückzubringen, warum hatte er nicht einfach Mann und Boot gleich im Fjord versenkt? Rino ging zum Anleger, an dem Holms Kutter lag, aber seine Argumente waren schon gar nicht mehr so geradlinig und überzeugend, und der Fund der Bootsreste kam ihm auf einmal auch nicht mehr so bedeutsam vor.

Es war ein Sturm gewesen, der erfahrene Fischer in den Hafen zurückkehren ließ. Wie wahrscheinlich war es also, dass Eldar Strøm da hinausgefahren war? Immerhin war er ja alleinerziehender Vater zweier Söhne gewesen.

Als Rino ein paar Minuten später auf den Kai hinausging, wo man nur den Mast und ein Stück vom Steuerhäuschen von Holms Kutter erkennen konnte, tat er es mit der ständig wachsenden Gewissheit, dass er irgendetwas übersah.

Er stellte sich an die vorderste Kante des Anlegers und blickte in das alte Schiff hinunter. An Deck stand eine Kiste, in der noch das Blut der vor Kurzem geschlachteten Fische klebte, und ein Eimer für mit Köder bestückte Langleinen; im Bug lag ein Stapel mit aufgerollten Tauen und ein paar Kippen. Diesem Kutter sah man an, dass Holm sein tägliches Brot mit harter Arbeit verdient hatte. Rino warf einen Blick auf eine weiße Bootshütte, ging dann hinüber und fasste nach der Klinke, die ihm selbstgeschmiedet vorkam. Die Tür war verschlossen. Als er sich wieder umdrehte, glaubte er ein Geräusch von drinnen zu hören. Er spähte durch das einzige Fenster hinein, das zur Seeseite wies, aber er konnte nicht mehr erkennen als einen Außenbordmotor und einen Stapel Plastikkübel.

Da klingelte sein Handy. Helene war dran. »Hier geht ganz schön Wind«, sagte sie. »Ich mag Joakim ungern losschicken, wenn sich ein Unwetter zusammenbraut.«

Rino, der gerade den Kai verließ, merkte, dass der Wind tatsächlich merklich auffrischte. »Einer von den Alten im Dorf meint, dass sich hier was zusammenbraut.«

»Dir wäre es also am liebsten, wenn Joakim daheimbleibt?«

»Das hab ich nicht gesagt. Aber die Fahrt über den Vestfjorden könnte ganz schön rau werden. Der Wind ist jetzt schon wieder stärker als noch vor zehn Minuten.«

»Er ist aber ganz wild drauf zu fahren.« Ihre Stimme tropfte vor Verachtung.

»Warte es lieber ab. Hat ja doch keinen Sinn, ihn in den Sturm zu schicken.«

»Stürme gehen vorbei. Vergiss bloß nicht, ihn abzuholen.«

Damit legte sie auf. Ihre Herablassung war wie früher, und sie reizte ihn so sehr wie immer. Aber immerhin erinnerte ihn Helenes säuerlicher Kommentar an etwas, was ihm schon längst hätte einfallen müssen, und wieder einmal machte er sich auf den Weg zum Pflegeheim.

Auf den Korridoren war keine Pflegerin zu sehen, und ihm war auch sofort klar warum: Die Besetzung für diese Schicht war auf ein Minimum heruntergefahren, damit sich so viele wie möglich an der Suche nach Boa beteiligen konnten. Er ging direkt zu Karsten Kroghs Zimmer und öffnete nach einem eher symbolischen Klopfen die Tür.

Krogh saß mit einem Lätzchen um den Hals auf seinem Sessel und glotzte in die Luft. Auf dem Tisch stand das Mittagessen.

»Kann ich ein paar Worte mit Ihnen reden?«

Es schien, als würde Krogh durch ihn hindurchsehen.

»Ich war neulich schon mal bei Ihnen.«

Der glotzende Ausdruck veränderte sich nicht, aber dann verbeugte sich Krogh tief und feierlich.

»Sie hatten mir von Eldar Strøm und seinen Söhnen erzählt.«

»Eldar Strøm war ein Trunkenbold.« Halbgekauter Fischpudding rotierte in seinem Mund.

»Ich möchte noch einmal auf die Sturmnacht zurückkommen.«

Der Gesichtsausdruck des Alten blieb weiterhin unverändert.

»Die Nacht, in der er starb.«

»Den hat niemand vermisst.«

»Können Sie sich an den Sturm erinnern?«

Krogh sah sich verwirrt um, dann griff er nach einem Wasserglas und trank mit großen Schlucken. »Der war stark.«

»Sie können sich also erinnern?«

Erneute Verbeugung. »Ja.«

»Hielt der Sturm die ganze Nacht an?«

Krogh warf einen Blick auf seinen Teller und rülpste. »Gegen zwei, drei Uhr legte er sich so langsam.«

»Wir reden schon von der Nacht, in der Vater und Sohn starben, oder?«

Krogh nickte.

»In der Nacht ist auch ein Boot gesunken.«

Neuerliches Nicken.

Die Angst vor dem Ertrinken hatte Rino ein Leben lang verfolgt. Plötzlich sah er vor seinem inneren Auge Bilder von einem Holzboot, das mit Wasser volllief, Fischer, die sich an die Reling klammerten, während sie um ihr Leben schöpften. Schwere Dünung hob das Boot meterhoch in die Luft, um es in der nächsten Sekunde wieder in ein Wellental zu schicken. Wände aus Wasser ragten ringsum auf. Beinharte Männer, die dem Tod ins Auge blickten, falteten die Hände. Hoffnung, die verzweifelte Hoffnung, dass sich eine Insel aus dem Meer erheben möge.

»Und der Sturm tobte also bis mitten in der Nacht?« Rino schlug sich die Bilder aus dem Kopf.

Wieder schien es, als würde Krogh in seine eigene Welt versinken, doch dann machte er eine bestätigende Geste. Das Gefühl eines direkt bevorstehenden Durchbruchs erfüllte Rino wie ein Prickeln am Rückgrat. »Sie sind also ganz sicher?«

Wieder eine unterwürfige Verbeugung. »Ich hatte Angst um meinen Stall. Ich hab mich nicht getraut, ins Bett zu gehen, bevor der Wind sich nicht gelegt hatte.«

»Und der legte sich gegen zwei, drei Uhr?«

»Der Sturm kam zwar schnell auf, aber er legte sich auch schnell.«

»Wissen Sie übrigens, ob die Familie Strøm ein Boot hatte?«

Der Alte schien angestrengt nachzudenken. »Irgend so ein langes Ruderboot.«

»Sie können sich nicht zufällig entsinnen, ob das im Sturm verschwand?«

»Eldar Strøm war immer sturzbetrunken, wenn Gemeinschaftsarbeit am Anleger anfiel, deswegen hatte er keine Erlaubnis, dort zu ankern. Er hatte sein Boot hinter der Schule liegen, zwischen den Steinen. Aber dem war ja immer alles egal. Er wusste sich sein Recht selbst zu verschaffen, und nicht wenige fanden, dass er dann bekam, was er verdiente. In der Sturmnacht hatte er nämlich sein Boot am Anleger festgemacht.«

»Sie haben das Boot also am nächsten Morgen dort gefunden?«

»Er hatte es wohl zum Anleger gebracht, als er sah, was sich da ankündigte. Man wusste, dass ein Orkan im Anmarsch war.«

Rino bedankte sich für das Gespräch und eilte hinaus. Als er auf die Straße trat, stellte er fest, dass der Wind nur so um die Häuser fegte. Im ersten Moment wollte er eine SMS an Helene schreiben, aber da er befürchtete, sie würde es ihm nur zum Nachteil auslegen, unternahm er stattdessen einen weiteren Versuch, Falch zu erreichen.

Diesmal klingelte es zweimal, bevor er das Besetztzeichen vernahm. Das bedeutete immerhin, dass sein Kollege das Telefon hörte. Rino stand auf dem Parkplatz und war plötzlich unentschlossen, was er als Nächstes tun sollte. Dreyer und sein Team waren wahrscheinlich in einer Stunde vor Ort, und er beschloss, die Konfrontation mit Holm noch aufzuschieben. Denn er war selbstverständlich auch schon auf die Idee gekommen, dass ein junger Holm, der Eldar Strøm umgebracht hatte, auch jederzeit derjenige gewesen sein könnte, der Eldars Sohn Roald jeden Knochen im Leib zerschlagen hatte.

Das Klingeln seines Handys riss ihn aus seinen Gedanken. Eine unbekannte Nummer.

»Bin ich da bei der Polizei?« Die Frauenstimme am anderen Ende der Leitung war das genaue Gegenteil von Helene, vorsichtig und entschuldigend.

»Ja, ganz recht. Wie kann ich Ihnen helfen?«

»Ich heiße Oline Olsen. Sie waren doch neulich bei mir, oder?«

Er brauchte ein paar Sekunden, bis er sich an die Frau erinnerte, die Boa Haus und Garage vermietet hatte. »Das war ich, ja.«

»Tja, also ich wollte bloß wissen … ja, also, es ist nicht eilig, aber ich dachte, dass seine ganzen Sachen …«

»Was für Sachen?«

»Na ja, Sachen von ihm, die immer noch im Haus stehen. Ich weiß ja nicht, wie lange ich die hierbehalten muss. Das ist ein ganzes Zimmer voll, und da ich nächste Woche meinen Enkel zu Besuch habe …«

»Was sind das denn für Sachen?«, fiel er ihr ins Wort.

»Na ja … alles Mögliche. Eher Kleinkram, er hatte das Haus ja möbliert gemietet. Aber hier ist unter anderem ein richtig hübsches kleines Kästchen dabei.«

Der Wind kam in heftigen Stößen und hätte mehrmals fast das Auto von der Straße geblasen. Er ging davon aus, dass Helene ihren Sohn bei diesem Wetter nicht losschickte, machte sich aber eine geistige Notiz, dass er sich später noch einmal telefonisch vergewissern wollte.

Die ganze Fahrt über kreisten seine Gedanken um das, was sich hier vor einem halben Jahrhundert abgespielt hatte. Er hatte lange geglaubt, dass es nur um Rache für die Untaten eines Jungen ging, und sowohl Astrid Kleven als auch Sjur Simskar hatten ein Motiv für erbitterte Vergeltung. Aber nun warf eine gesunkene Yacht ein ganz neues Licht auf die Dinge.

Vielleicht ging es um einen geschickt inszenierten Mord und ein Erbe, das dem Mann zufiel, der durch seinen überstandenen Kampf gegen den Tod Heldenstatus erlangt hatte? Vielleicht wollte es das Schicksal, dass ausgerechnet der meistgehasste Mann von Vindstad entdeckt hatte, was passiert war, sodass er ebenfalls aus dem Weg geräumt werden musste? Gleichzeitig fielen Rino die Worte des Alten vom Kirkefjorden wieder ein, über den Krüppel vom Nachbarort, der immer auf dem Anleger saß und das Leben und Treiben verfolgte. Konnte es nicht sein, dass Roald Strøm auch an jenem Abend dort gesessen hatte? Und war es möglich, dass er beobachtet hatte, was seinem Vater zugestoßen war?

Als er auf dem marmorierten Kies parkte, erdreistete sich Rino, eine vorläufige Schlussfolgerung zu ziehen: Ein geplanter Schiffbruch hatte eine Kette von Ereignissen in Gang gesetzt, die jetzt mit Boas Verschwinden ihren Höhepunkt erreicht hatte.

Er musste die Autotür regelrecht aufstemmen, so stark war der Wind inzwischen geworden. Olav Rist verstand sich offensichtlich auf Wettervorhersagen, wahrscheinlich würde es einen kleinen Sturm geben. Oline Olsen kam ihm auf der Treppe entgegen und führte ihn in ein Zimmer im Untergeschoss, dessen Fläche zur Hälfte von ungefähr zehn Kartons und einem Fernseher bedeckt war.

»Hier haben wir seine Sachen.«

»Haben Sie mit Berger Falch darüber gesprochen?«

Die Frau mit dem Marmorhaar sah ihn fragend an.

»Hätte ich das tun sollen?«

Im gleichen Moment kam Rino jedoch in den Sinn, warum sein Kollege kein Interesse für die Habseligkeiten gezeigt hatte: Der Brand war bis vor ein paar Tagen noch offiziell als Unfall betrachtet worden.

»Hauptsächlich ist Kleidung drin.« Die Frau bückte sich und machte einen Karton auf.

»Sie hatten ein kleines Kästchen erwähnt«, sagte Rino ungeduldig.

»Das Kästchen, ja. Das steht hier.«

Sie schob mit dem Fuß eine kleine Holzkiste zwischen zwei Kartons hervor. Der Deckel – so groß wie eine Pralinenschachtel – war mit eingeschnitzten Dreiecken verziert. Ein goldfarbener Schlüssel steckte im Schloss. »Wissen Sie, was da drin ist?«, fragte er.

»Nein.« Sie zog ihre Strickjacke fester um den Oberkörper. »Ich wühl doch nicht in den Sachen anderer Leute rum.«

Rino hingegen tat das wohl. Er ging in die Hocke, drehte den Schlüssel und machte den Deckel auf. In dem Kästchen lagen zwei Dinge. Ein alter, verrosteter Schlüssel und ein Umschlag. Er nahm den Umschlag heraus und betrachtete die ordentliche Handschrift: *An Aline.*

65. Kapitel

Er stellte das Kästchen auf den Beifahrersitz und ließ den Brief vorerst ungeöffnet. Es kam ihm vor, als hätte er kein Recht, ihn zu öffnen, solange Boa noch am Leben war. Als er rückwärts aus der Ausfahrt fuhr, warf er einen skeptischen Blick übers Meer. Der Horizont war ein einziges grauweißes Flimmern, das mit jeder Sekunde näher zu kriechen schien. Meterhohe Wellen rollten machtvoll in die Bucht.

Er hatte Sørvagen noch nicht ganz hinter sich gelassen, da klingelte sein Handy. Es war Dreyer.

»Wir müssen umkehren.« Seine Stimme klang schnarrend verzerrt.

»Kommen Sie nicht?«

»Nicht, bevor der Sturm sich gelegt hat. Wenn nicht mal ein erfahrener Fischer das Risiko eingehen mag, dann ist es wirklich gefährlich da draußen.«

»Aber hier spitzen sich die Ereignisse zu«, sagte Rino, der kaum glauben konnte, was er da hörte.

»Tut mir leid, Rino.«

»Boa stirbt, wenn wir ihn nicht im Laufe dieses Tages finden.«

»Ich rufe die ganze Zeit auch schon bei Falch an.«

»Mit Falch können wir nicht rechnen.«

»Ich kann nur wiederholen, Rino, es tut mir wirklich leid.«

Er war an einer kleinen Abfahrt stehen geblieben. »Wir haben zwei Vermisste. Drei, wenn man Falch mitrechnet.«

»Ich weiß.«

»Außerdem erkenne ich langsam Zusammenhänge.«

»Wir bleiben hier auf Mølnarodden, und sobald der Sturm abflaut, sind wir bereit, einen neuen Versuch zu starten.«

»Es geht hier um Stunden.«

Erneutes Schnarren, bevor die Stimme des Polizeichefs wieder zu hören war.

»Sie sind mit der Angelegenheit jetzt allein.«

Rino saß nur da und starrte in die Luft, während der Wind an seinem alten 240er-Volvo riss und zerrte. Der Fähranleger, der ungefähr hundert Meter von hier entfernt war, war kaum zu erkennen. Was sollte er jetzt bloß unternehmen? Was war jetzt das Wichtigste?

Er legte die Hände aufs Lenkrad und senkte den Kopf. Wie sicher war er, dass alles mit dem Schiffbruch begonnen hatte, und nicht zuletzt: Wie sicher war er, dass es sich dabei um einen geplanten Schiffbruch und vorsätzlichen Mord handelte? Reidar Holm schien nun wirklich nicht vermögend zu sein, und niemand vermisste ein zerschmettertes Ruderboot. Rino fluchte und versetzte dem Lenkrad einen Faustschlag. Hatte Boa vielleicht denselben Verdacht gehabt und Holm damit konfrontiert? Es deutete jedenfalls viel darauf hin, dass der Brand Holms Werk war und dass er jetzt abschließen wollte, was er begonnen hatte. Das Ganze ergab ein sinnvolles Bild. Nur die Maske störte. Die war wie ein Fremdkörper in der Theorie um Reidar Holm.

Rino griff nach seinem Handy, um Falch noch einmal anzurufen, warf es dann aber auf den Beifahrersitz und schleuderte ihm eine Serie von Flüchen hinterher. In diesem Moment kam eine SMS. Wieder Helene. Verdammt, bekam sie ihren Niederländer langsam über?

Er las die Nachricht und spürte, wie sich seine Kopfhaut zusammenzog. Das war doch nicht zu glauben! Er drückte mit solcher Wut auf die Anruftaste, dass das Gehäuse knackte, und als sich ihre Stimme am anderen Ende meldete, schrie er: »Was zum Teufel denkst du dir eigentlich? Ist dir eigentlich klar, dass du deinen eigenen Sohn ertränkst?«

»Jetzt beruhig dich mal, Mann. Was ist denn los?«

»Was los ist? Du hast Joakim in einen Sturm geschickt.«

»Ach Gott!«

»Was ›ach Gott‹?«

»Ist das Wetter sehr schlimm?«

»Ob das Wetter sehr schlimm ist? Wir haben hier einen ausgewachsenen Herbststurm.«

»Sie haben vor der planmäßigen Abfahrtszeit abgelegt, um dem Sturm zuvorzukommen. Er dürfte demnächst ankommen.«

»Verdammt, verdammt, verdammt!«

»Glaubst du, die Fähre kann gar nicht anlegen?«

Er blickte hinunter zum Fähranleger und zwang sich, seine Katastrophenängste beiseitezuschieben. Freilich, die Sicht war schlecht, aber waren die Wellen wirklich *so* furchterregend? »Ich weiß nicht«, sagte er. »Verdammt, ich weiß es echt nicht.«

Er stieg aus dem Auto, um nach der Fähre Ausschau zu halten, aber innerhalb weniger Sekunden schwammen seine Augen in Tränen, und er sah nur noch einen undurchdringlichen Gürtel aus grauen, wild aufgetürmten Wolken. Seine Knie zitterten. Er hätte nie hier rauskommen sollen, hätte Joakim nie allein lassen sollen. Der Junge war im verletzlichsten Alter, und Rino hatte trotzdem nur zu gern die Gelegenheit ergriffen wegzukommen, hatte Joakim sich selbst überlassen, mit einem zweifelhaften Niederländer als Vaterfigur. *Oh Gott, Joakim, was hab ich getan?* Die Worte verschwanden im Wind, und er sah vor seinem geistigen Auge einen zu Tode verängstigten Joakim, der verzweifelt herauszufinden versuchte, wo sich die Rettungswesten befanden. Die Bilder nahmen ihm fast den Atem, und er setzte sich wieder ins Auto und fuhr zum Fähranleger.

Er bremste vor einem Mann im Overall, der ihm mitteilte, dass die Fähre in einer halben Stunde erwartet wurde. Seiner Miene nach zu urteilen war es für ihn nicht die Frage, *ob* die Fähre kommen würde, sondern nur, *wann* sie kommen würde. Nachdem der Mann ihm versichert hatte, dass die Fähre schon bei schlechterem Wetter unterwegs gewesen war und dass in erster Linie die Windrichtung ausschlaggebend dafür war, ob das Boot umkehren musste, spürte Rino, wie sich die schlimmste Angst erst mal legte. Er schickte Helene eine beruhigende SMS, bevor er wieder aus dem Auto ausstieg.

In der Warteschlange standen fünf Wagen, und Rino nahm an, dass die Lust der Passagiere auf eine Fahrt über den Westfjord gerade rapide in den Keller fiel. Er ging zur Auffahrtsrampe und blickte übers Meer. Die Wogen waren vielleicht doch noch nicht so gewaltig, und er versuchte sich vorzustellen, wie die Fähre sich ganz leicht einen Weg durch die Wellen bahnte. Jetzt, wo sich die schlimmste Angst gelegt hatte, fand er auch wieder Zeit für seine gute alte Helene-Genervtheit. Er steckte hier im schlimmsten Fall seines Lebens, noch dazu ganz allein, und sie hatte nichts Besseres zu tun, als ihm Joakim hierherzuschicken und dabei völlig zu ignorieren, dass ein schwerer Sturm im Anmarsch war. Irgendetwas war offenbar wichtiger, und er hatte den dumpfen Verdacht, dass ein verdammter Niederländer die Liste ihrer Prioritäten anführte.

Nachdem er ein paar Minuten ungeduldig auf und ab gelaufen war, wählte er noch einmal Falchs Nummer und war völlig verblüfft, als er die Stimme seines Kollegen am anderen Ende hörte.

»Berger? Wo sind Sie?« Ein heftiges Brausen verriet ihm, dass auch sein Kollege gerade im Sturm stand.

»Ich bin *hier*. Genau *hier*.«

Rino begriff, dass irgendwas nicht stimmte, aber dies war weder die richtige Zeit noch der richtige Ort, um über den Geisteszustand seines Kollegen nachzudenken. Er brauchte jedes bisschen Hilfe, das er bekommen konnte.

»Ich warte auf meinen Sohn, Joakim«, sagte er. »Er kommt mit der Fähre. Boa ist immer noch nicht wieder aufgetaucht, aber ich glaube, ich weiß, wo er ist. Und wer versucht hat, ihn umzubringen.«

»Sie wissen … alles?«

»Ich glaube schon, Berger, aber ich brauche Ihre Hilfe.«

Am anderen Ende wurde es still. Nur das Brausen des Sturms war zu hören.

»Es war Reidar Holm. Der Schiffbruch, den er damals erlitten hat, war arrangiert. Er hat seine Frau ertränkt, und zwar wegen des Geldes.«

Immer noch hörte er bloß das Rauschen. Dann die Stimme seines Kollegen. »Sie verstehen nichts«, sagte er. »Absolut gar nichts.«

66. Kapitel

Falch saß immer noch am Schauplatz der Grausamkeiten. Tränen der Reue liefen ihm über die Wangen, und im zunehmenden Sturm wurden es immer mehr.

Rino Carlsen. Er war von Bodø gekommen und hatte den Fall mit dem Skelett mit großem Eifer und Enthusiasmus angepackt. Aber in Wirklichkeit kapierte der Kollege gar nichts. Das Schlimmste war nicht draußen auf Vindstad geschehen. Das Schlimmste hatte sich hier ereignet. Genau hier. Und er selbst war daran beteiligt gewesen.

67. Kapitel

Die Fähre schob sich langsam durch die Wand aus schäumenden Wellen und schweren Sturmwolken. Sie lag ruhiger im Wasser, als Rino gedacht hatte, aber brauchte trotzdem relativ lang, um vor der Auffahrtsrampe anzulegen. Ein Besatzungsmitglied ging als Erstes an Land, und Rino las aus seinen Handzeichen, dass die Fähre nicht wieder zurückfahren würde. Dann kamen die ersten Autos, und zu guter Letzt ein leichenblasses Wesen in Baggy-Jeans, das auf wackligen Beinen herausschwankte. Rino umarmte Joakim so fest wie schon seit Jahren nicht mehr. »Geht's dir gut?«

Joakim schüttelte den Kopf.

»Übelkeit?«

»Schrecklich. Ich hab mich viermal übergeben.«

»Jetzt fahren wir erst mal heim und essen was.«

»Bloß nix essen.« Joakim schüttelte heftig den Kopf. »Was ist denn mit dir passiert?«

»Was soll mir passiert sein?«

»Na, deine Haare.«

»Ach, das. Das war bloß eine übereifrige Friseuse.«

Als sie im Auto saßen, schickte er Helene eine Nachricht, dass Joakim wohlbehalten angekommen war. Dann holte ihn die Realität wieder ein.

»Ich stecke mittendrin in einem Mordfall, Joakim.«

»Mittendrin? Ich dachte, das war ein Skelett von achtzehnhundertschlagmichtot.«

»Ein gekidnappter Patient aus dem Pflegeheim liegt sterbend an irgendeinem unbekannten Ort.«

»Machst du Witze?«

»Leider nein, Joakim. Und das bedeutet, dass ich jetzt sofort wieder rausmuss, um ihn zu suchen.«

»No problem. Mir ist sowieso kotzübel.« Joakim musterte mit einem halben Auge das Kästchen, bevor er es auf den Rücksitz warf.

In diesem Moment begannen die Straßenlaternen zu blinken. Die ersten Regentropfen fielen auf die Windschutzscheibe, und wenige Sekunden später hatte sich der Regen in Schneeregen verwandelt.

»Stopp!«

Joakim riss die Tür auf, bevor Rino stehen bleiben konnte, und ein feiner Sprühregen aus Erbrochenem wurde vom Wind zurückgeblasen und ging aufs Armaturenbrett nieder.

»Sorry.« Joakim ließ den Kopf gegen die Kopfstütze fallen und schloss die Augen. Sein Gesicht war kreideweiß, und der Pony, der ihm doch eigentlich ein cooles Aussehen verpassen sollte, ließ ihn jetzt wirken wie einen hilflosen kleinen Jungen.

Rino tätschelte ihm vorsichtig den Kopf. »Schrei einfach gleich, wenn du wieder merkst, dass was kommt.«

Joakim nickte, ohne die Augen zu öffnen.

Wieder flackerten die Straßenlaternen, die jetzt schon bedrohlich im Wind hin und her wankten. Er erreichte die Brücke über den Djupfjord, eine zweihundertfünfzig Meter lange Betonkonstruktion über aufgewühlter See. Schwere Wellen rasten zu beiden Seiten dagegen und schickten sprühende Kaskaden aus Seewasser auf die Brücke, während Rino den Volvo vorsichtig darüberlenkte. »Es hieß, dass eine Orkanmeldung rausgegangen ist«, bemerkte Joakim.

»Eine Orkanmeldung?«

»M-hm. Zwei von der Besatzung haben sich drüber unterhalten.«

Die Sichtverhältnisse verschlechterten sich von Minute zu Minute, die Scheibenwischer wischten immer mehr Schneeregen von der Scheibe, und Rino wurde klar, dass ihm eine Höllennacht bevorstand.

Schließlich wurden die Lichter von Reine sichtbar, wie in einem dunstigen Sonnenaufgang in der Ferne. »Geht's dir gut, Joakim? Jetzt mal abgesehen von der Übelkeit?«

Joakim sah ihn skeptisch an. »Hat Mama sich wieder beschwert?«

»Nicht beschwert. Sie findet nur, dass du in letzter Zeit ein bisschen hochfahrend warst. Liegt es an Ron? Du weißt schon, Niederländer …«

»Ron ist cool.«

»Liegt es vielleicht an mir? War es blöd, dass ich hier rausgezogen bin?«

Joakim strich sich den Pony vor die Augen. »Jetzt bin ich noch keine vier Minuten hier, und schon fängst du damit an.«

»Sorry, Joakim, wollte ich nicht. Jetzt fahren wir erst mal nach Hause.«

Auf der Landenge nach Reine leuchtete ein schlingenförmiges Gedärm aus Licht durch die Schneeregenschauer. Rino war gerade dabei, nach Reine hinunterzufahren, da wurde die Welt schwarz.

»Verdammt noch mal!«

»Voll das Entwicklungsland hier«, meinte Joakim.

Erst totale Dunkelheit, dann ein schwaches Leuchten vom Horizont. Regen und Schneeregen jagten in die Scheinwerferkegel des Autos, wie Leuchtspurgeschosse in einem Kriegsgebiet.

»Ist das deine Bude?« Skeptisch musterte Joakim das Haus der Tante, nachdem sie das Auto abgestellt hatten.

»Ja, das ist meine Bude, und die ist gar nicht mal so schlecht, wirst schon sehen. Ich mach noch den Ofen an, aber ich fürchte, dann muss ich raus und den Vermissten suchen.«

»Hast du nicht gesagt, dass es um Leben und Tod geht?«

»Doch.«

»Ich kann schon selbst einheizen.«

Rino gab Joakim einen kameradschaftlichen Klaps. Als die beiden zum Haus gingen, mussten sie sich gegen den Wind stemmen, wie Skispringer bei einem unruhigen Sprung. Als sie drinnen waren, ging Rino zum Holzofen, wo die Tante ein Feuerzeug liegen hatte. Er machte es an, sah Joakims kreideweißes Gesicht aus dem Dunkel hervortreten wie in einem der Horrorfilme, die er früher so gern angeschaut hatte, und zündete eine halb heruntergebrannte, dicke Kerze an. »Hattest du Angst da draußen?«, fragte er.

»Auf der Fähre?«

»Ja.«

»Nicht so. Die haben doch Rettungsboote, Mann.«

Wieder tauchten Bilder seines Sohnes vor seinem inneren Auge auf, bleich und verängstigt, während die Leute sich um die Rettungsboote scharen. Bei dieser Vorstellung erstarrte er. Leute in Panik. Da denkt keiner rational. In diesem Augenblick ging ihm auf, dass er selbst nicht rational gedacht hatte. Und dass es eiliger war denn je.

68. Kapitel

Die Wände knackten im Wind. Ein leichter Hauch von Fischgeruch verriet ihm, dass er in einem Bootshäuschen lag, und er schätzte, dass an den Wänden rundum Netze und andere Fischereiwerkzeuge hingen. Der Mann, der ihn gerettet hatte, lag neben ihm auf dem Boden. Wahrscheinlich war er gefesselt und geknebelt. Er selbst trug weder einen Knebel noch Fesseln. Er war sowieso schon unschädlich gemacht.

Auf einmal ging die Tür auf. Man hörte die Geräusche eines tobenden Sturms, und ein kalter Luftzug traf seine nackte Haut. Der Mann blieb kurz stehen, dann verriet eine leichte Bewegung in den Dielenbrettern, dass er über den Boden ging. »Jetzt kannst du bereuen, dass du nicht getan hast, was ich dir gesagt habe. Wenn du eben geschluckt hättest, wäre jetzt alles vorbei. Stattdessen musst du dasselbe noch einmal erleben. War es das wert? Niemand ahnt, was damals geschehen ist, und niemand wird es jemals erfahren.«

Wieder bewegten sich die Bodenplanken, dann kam ein kühler Hauch von unten. Der Mann hatte eine Luke geöffnet.

Nach der Sturmnacht wusste ich, dass ich nie wieder einen Fuß auf Vindstad setzen konnte. Ich hatte ein Ruderboot gestohlen, das ans Ufer geworfen worden war – niemand würde je etwas anderes glauben, als dass der Sturm es mitgerissen hat. Obwohl sich der schlimmste Wind gelegt hatte, war immer noch beträchtlicher Wellengang, und ich hatte eine Todesangst, als ich anfing zu rudern. Aber ich sah keine andere Alternative. Denn ich musste fort. Ich war ungefähr fünfzig Meter vom Ufer entfernt, als mir klar wurde, dass ich unmöglich den Fjord überqueren konnte. Verzweifelt stellte ich fest, dass ich hier draußen gefangen war. Doch als das Boot wieder an Land glitt, kam mir ein Gedanke. Es gab noch eine andere Möglichkeit. Mit neugewonnener Energie beschloss ich, dass es für mich noch eine letzte Sache zu tun gab, bevor ich Vindstad adieu sagen konnte.

69. Kapitel

Er musste seine ganze Kraft aufwenden, um die Autotür aufzustemmen, und sie wurde prompt wieder zugeschleudert, bevor er sein linkes Bein ins Auto nachziehen konnte. Obwohl eine dünne Schicht Matsch die Straße überzog, quietschten die Reifen, als er auf die Häuser unten an den Klippen zusteuerte, schräg hinter dem Haus seiner Tante. Die Straße war schmal und hatte badewannengroße Krater, aber das war nicht der richtige Moment, um sich Gedanken um Achsen und Stoßdämpfer zu machen. In rasantem Tempo fuhr er das Labyrinth aus Abfahrten hinunter und hielt schließlich vor einer der größten und feinsten Villen auf Reine, die durch verzinstes Blutgeld finanziert worden war. Wie er schon befürchtet hatte, war sie abgeschlossen. Wie wahrscheinlich war es, dass Boa hier gefangen gehalten wurde? Nicht sehr, aber er durfte sich jetzt keinen Irrtum leisten.

Er ging um die Hausecke, zog den Kopf ein, um sich vor den gewaltigen Windstößen zu schützen, und warf einen Blick durch eines der Wohnzimmerfenster. Kein Kerzenlicht, nichts, was darauf hindeutete, dass sich Menschen im Haus befanden. Er ging um die nächste Ecke und warf einen skeptischen Blick hinunter zum Meer, wo schäumende Wassermassen in aggressiven Wellen gegen die Klippen donnerten. Erst kam er an einem Sprossenfenster vorbei, das vom Boden bis zum Dach ging, dann an einem Fenster, das Einblick in eine geräumige Küche bot. Er schloss seinen Rundgang ums Haus ab und sah hastig noch einmal durch die Fenster ins Hausinnere, bevor er ins Auto sprang und sich eilig davonmachte. Während er Kurs auf den Hafen nahm, sah er Licht in einem Gebäude, das er für das Pflegeheim hielt. Dort verfügte man also über ein Notstromaggregat.

Ein heftiger Knall gegen die Karosserie brachte ihm zu Bewusstsein, dass er die Schlaglöcher vergessen hatte. Rasch riss er das Lenkrad herum und entdeckte im gleichen Augenblick zwei Jungs, die zu Fuß auf der Straße unterwegs waren, dunkel gekleidet und ohne Reflektoren. Er stieß einen Fluch aus, wusste aber sehr gut, dass er derjenige war, der hier Leben in Gefahr brachte, und nicht die Kinder.

Der Hafen sah wüst aus, wie der Schauplatz eines wilden Polterabends, zu dem die Gezeiten geladen hatten. Gartenmöbel waren umgekippt, ein Abfalleimer arbeitete sich in waghalsigen Saltos zum Meer vor, und ein Reklameschild schlitterte über den Asphalt, um dann plötzlich abzuheben und durch die Luft zu schießen wie ein Surfbrett. Das Auto schlingerte heftig unter den Windstößen, und einen Augenblick lang befürchtete er, dass das tausendvierhundert Kilo schwere Fahrzeug umkippen könnte.

Er stieg aus und versuchte, sich vom Wind tragen zu lassen, musste aber jedes Mal ausgleichen, wenn der Sturm mal wieder kurz Luft holte. Der Eingang lag so, dass er vor den schlimmsten Windstößen geschützt war, und Rino fiel fast auf die Treppe, als er um die Ecke bog. Zu seiner Überraschung war die Tür verschlossen. Dabei waren seit dem Stromausfall kaum mehr als zehn Minuten vergangen.

Da entdeckte er Bodil zwischen den Regalen. Sie hatte eine Kerze in der Hand, die wellenförmige Schatten auf ihr Gesicht warf. Rino klopfte mit der flachen Hand gegen die Scheibe, aber Bodil konnte nicht erkennen, wer die Gestalt dort draußen im Sturm war, und blieb verunsichert stehen. Endlich schloss sie auf und ließ ihn herein. Er rief einen Namen, der fast im Lärm unterging, so laut knallte die Tür hinter ihm zu. »Der hat doch auch Bootshäuser, oder?«

»Hä?«

»Antworte mir einfach! Hat er Bootshäuser?«

»Auf Sakrisøy, ja.« Sie starrte ihn mit verschreckten Augen an.

»Das sind diese orangen Hütten, stimmt's?«

»Ja ...« Sie zögerte. »Ich glaube, ihm gehört eine davon, aber ...«

»Welche?«, fiel er ihr ins Wort.

»Herrgott, was ist denn eigentlich los?«

»In Gottes Namen – antworte mir einfach!«

»Ich sehe sie vor mir ...« Sie wedelte hysterisch mit den Händen. »Hinterm Museum, wo ...«

»Welches Museum?«

»Du machst mich nervös«, rief sie. »Bei dem Wetter kannst du da sowieso nicht runter.«

»Ich kann und ich muss. Komm.« Er packte sie bei der Hand und zog sie hinter sich her.

»Bist du wahnsinnig? Ich kann hier nicht so einfach weg.«

»Schließ ab! Und beeil dich! Es geht um Leben und Tod.«

Ein gewaltiger Luftzug blies die Kerze aus, sowie er die Tür öffnete. Als er um die Ecke bog, hielt er ihre Hand immer noch fest, und sie heulte auf, als der Wind sie mit voller Wucht traf. Ein Gartentisch aus Plastik hing mehrere Meter über dem Boden in einem Baum, ein Trampolin hatte auf einem Mercedes der Luxusklasse eine Zwischenlandung gemacht. Rino riss die Beifahrertür auf und kroch von dort auf den Fahrersitz.

»Was willst du denn von ihm?« Das Flirten war ihr vergangen.

»Er hat damals den Schiffbruch überlebt«, sagte er. Als er aufs Gas trat, kam ein Brüllen vom Beifahrersitz her.

»Ja, und?«, fragte sie, als er wieder über dasselbe Schlagloch flog.

»Er hat damals die ertrunkene Frau beerbt.«

»Ich versteh nicht…«

»Du musst mir einfach nur das Bootshaus zeigen. Ich erklär dir alles später.«

Der Schneeregen fiel jetzt noch dichter, dicke Flocken aus nassem Schnee stoben horizontal durch die Luft. Eine weiße Decke überzog die Fahrbahn, und mehrere Male verloren die abgenutzten Sommerreifen den Halt. Doch er fing das Schleudern routiniert ab, jedes Mal begleitet von einem neuerlichen Aufheulen aus dem Beifahrersitz. Der Schneeregen nahm einem fast jede Sicht, man konnte nicht einmal mehr das Meer sehen, das weniger als zehn Meter unter ihnen gegen die Felsen donnerte.

Als sie Andøya erreichten, am Ende der Bucht, blies ihnen der Sturm direkt entgegen. Die Scheibenwischer kamen nicht mehr gegen den nassen Schnee an, und die Sicht ging gegen null. Es sah aus, als hätten es die Schauer auf den armen Volvo abgesehen, als würden sie ihn mit Millionen von weißen Stößen traktieren, und Rino musste das Tempo drosseln. Nur um Haaresbreite wich er einem abgebrochenen Ast aus, der mitten auf der Fahrbahn gelandet war. Wieder stieß Bodil einen Schrei aus, da tanzte plötzlich ein Gegenstand durch die Luft, weniger als fünf Meter vor dem Auto. Er stieg auf die Bremse und entging um ein Haar dem Zusammenstoß mit einem Anhänger.

»Du bringst uns noch um. Es ist lebensgefährlich, jetzt über die Brücke zu fahren.« Bodil stützte sich mit einer Hand am Armaturenbrett ab. Ihre Miene verriet, dass sie überhaupt keine Lust mehr verspürte, Zeit mit dem neuen Polizisten zu verbringen.

Er hielt an, kurbelte sein Fenster herunter und kratzte mit den Händen den nassen Schnee von der Windschutzscheibe. Das Getöse des Sturms schlug ihm entgegen, und bis er das Fenster wieder geschlossen hatte, war er nass bis zum Ellenbogen. Der Wind riss und zerrte an seinem Volvo, und er musste das Lenkrad fest umklammern, um das Auto auf der Straße zu halten. Erst im allerletzten Moment sah er die rote Ampel. Die Brücke, die kaum noch zu erkennen war, schien in zehn Metern Entfernung mitten in der Luft in einem weißen Inferno zu enden.

»Der Teufel soll mich holen, bevor ich da mit rüberfahre.« Bodil starrte nach vorn.

»Du musst mir aber das Bootshaus zeigen.«

Sie schüttelte den Kopf. »Es ist eines von den orangen.«

»Tut mir leid, Bodil.« Er stieg aufs Gas und fuhr auf die Brücke. Es fühlte sich an, als hätte sein Wagen französische Federung, so stark schaukelte er unter den gewaltigen Windböen. Rino wusste, dass die heftigsten Windstöße das Auto problemlos über das meterhohe Geländer schleudern konnten.

»Du bist ja völlig übergeschnaaaaappt!« Bodil stemmte sich in ihren Sitz.

Endlich hatte er den Höhepunkt der Brücke erreicht und wagte es, ein bisschen schneller zu fahren. Die Welt ringsum war immer noch finster, und die Scheinwerfer beleuchteten nichts als hysterische Riesenschneeflocken, die von unten nach oben zu fliegen schienen.

»Hier musst du rechts.« Bodil klang atemlos.

Rino hatte gar nicht gemerkt, dass sie inzwischen wieder festen Boden unter den Rädern hatten, doch jetzt konnte auch er zu beiden Seiten der Straße Häuser ausmachen. Er folgte Bodils Anweisung, bog rechts ab und sah ein Schild mit der Aufschrift SAKRISØY BOOTSHÄUSER an einer Wand. »Ist es hier?«, fragte er.

Sie nickte. »Die Bootshäuser sind direkt da hinten.«

Er hielt an, zog seine Jacke aus und legte sie ihr auf den Schoß. »Zieh sie an. Schnell.« Dann machte er die Tür auf und ging in den Sturm hinaus, und noch bevor er den Kühler umrundet hatte, war er bis auf die Haut durchnässt. Er öffnete die Beifahrertür und hielt sie mit aller Kraft fest, damit sie nicht aus den Angeln gerissen wurde. Nachdem Bodil sich in seine Uniformjacke gehüllt hatte, stieg sie zögernd aus.

»Da lang!«, rief sie, und er machte ihr ein Zeichen, still zu sein. Dann fasste er sie bei der Hand und zog sie hinter sich her zu den Bootshäusern. Das Brausen des Sturms steigerte sich zu einem hohlen Dröhnen, es pfiff und heulte um alle Ecken. Ein Fischtrockengestell zeichnete sich zu seiner Linken in der Dunkelheit ab, Reihen von leeren Holzstangen, wie ein Friedhof aus alten, ausrangierten Vogelscheuchen. Der Weg führte schräg nach oben, wo neue Trockengestelle sichtbar wurden, diesmal zu seiner Rechten. Er hielt sich eine Hand schützend vors Gesicht, musste aber trotzdem noch die Augen halb zukneifen, um sich orientieren zu können. Bald erspähte er eine Reihe von Bootshäusern unten am Hang, wo ein großer Hügel sie ein wenig von Wind und Wetter abschirmte. Er zog Bodil hinter sich her unter eine Fichte und bat sie, ihm das gesuchte Haus zu zeigen.

»Es ist eines von den ganz hinteren.« Ihre Stimme zitterte, und sie sah gelinde gesagt ziemlich verloren aus in der viel zu großen Uniformjacke.

Sie folgten einem Pfad, der sich zwischen dem Berg und der Reihe der Bootshäuser dahinschlängelte. Die Sprossenfenster sahen aus wie die Augen eines Monsterinsekts, und beim Gedanken, dass er vielleicht gerade beobachtet wurde, fühlte Rino sich nackt und verletzlich. Wenn die Dinge so zusammenhingen, wie er glaubte, dann würde der gesuchte Mann nicht zögern, sie beide umzubringen. Wo der Berg steiler wurde, führte eine Treppe zu den Fischtrockengestellen hinauf, wahrscheinlich, um es den pingeligen Touristen leichter zu machen, dachte Rino.

»Das da ist es.« Sie machte eine nickende Kopfbewegung. Die Wimperntusche lief ihr über die Wangen wie dünne schwarze Venen, und er sah, dass sie Angst hatte.

»Bleib hier«, sagte er. Aufgrund des Stromausfalls hatte sein Handy auch keinen Empfang mehr, also bestand die einzige Möglichkeit, Hilfe zu holen, darin, die nächsten Nachbarn zu alarmieren. Zur Sicherheit gab er ihr den Autoschlüssel. Sie starrte ihn nur ungläubig an. Wahrscheinlich wurde ihr klar, dass sie vielleicht gezwungen sein würde, alleine zurückzufahren. Rino schlich geduckt an der Wand des Bootshäuschens entlang und warf einen prüfenden Blick durchs erste Fenster. Er konnte nur undeutliche Konturen erkennen. Bodil war ihm nachgekrochen, und er begriff, dass es zwecklos war, sie wegzuschicken. »Ist das das Bootshaus mit der Luke im Boden?«, fragte er.

Sie nickte.

Wieder blickte er durchs Fenster, dann zuckte er zurück, als er ein schweres Platschen hörte.

»Was war das?« Bodil umklammerte sein Handgelenk. Höchstwahrscheinlich hatte eine besonders hohe Welle die Bodenbretter getroffen, wo sie saßen. Er duckte sich und schlich sich zum Fenster auf der anderen Seite. Dieselben undeutlichen Konturen, aber das Aufblitzen von schäumendem Wasser verriet, wo sich die Luke im Boden befand. Das Platschen. Da begriff er.

Der Wind schlug ihm entgegen, als er um die Ecke bog, und er musste sich breitbeinig vorankämpfen. Das Bootshaus hatte zwei Türen – an jedem Ende eine –, und als er es an der nächsten Tür probierte, ging ein Regen von Seewasser über ihn nieder. Wie er befürchtet hatte, war die Tür verschlossen. Auch die andere stellte sich als verschlossen heraus, und er begriff, dass er nur ins Innere der Hütte gelangen konnte, indem er ein Fenster einschlug.

Er zerrte einer perplexen Bodil die Lederjacke herunter, wickelte sie sich um den Ellbogen und stieß rasch zweimal zu. Als das splitternde Geräusch verklungen war, hatte er auch die Fensterhaken gelöst. Die Bodenluke zeichnete sich jetzt ganz deutlich ab, und er glaubte sogar Seewasser zu sehen, das von unten heraufspritzte. Sowie Rino die Zusammenhänge erkannt hatte, hatte er geahnt, dass Boa hier gefangen gehalten wurde, an dem Ort, wo die Tochter eines Fischereibesitzers mehr als ein halbes Jahrhundert zuvor zum Spaß durch die Falltür ins Meer gesprungen war.

Rino nahm Anlauf und schwang sich durchs offene Fenster. Er blieb in der Hocke auf dem Boden sitzen und konzentrierte sich darauf, ob er in den Schatten eventuelle Bewegungen ausmachen konnte, bevor er zur Luke weiterkroch. War das Platschen, das sie vorhin gehört hatten, ein hilfloser Boa gewesen, der ins Meer geworfen wurde? Und wenn ja – wie viel Zeit war seitdem verstrichen? Eine Minute? Allmählich konnte er die Umgebung immer besser erkennen, und er öffnete die Tür, die in den anderen Raum der Hütte führte. Mit gespannter Wachsamkeit trat er ein. Eine einfache Küchenecke und eine Sitzgruppe waren im Dunkeln zu erkennen. Prüfend fasste er die Klinke der Tür an, die auf den Steg hinausging. Zu seiner Überraschung war sie offen. Vor weniger als einer Minute war sie noch abgeschlossen gewesen. Ihm war sofort klar, was das zu bedeuten hatte: Der Mann, hinter dem er her war, war vor wenigen Sekunden durch diese Tür verschwunden, wahrscheinlich, als er hörte, wie das Fenster eingeschlagen wurde. Das nährte Rinos Befürchtung, dass Boa ertrunken unter der Hütte lag.

Nach einer Sekunde des Zögerns kam er zu dem Schluss, dass es vielleicht noch nicht zu spät war. Er verfluchte sich, weil er keine Taschenlampe von der Tankstelle mitgenommen hatte, und begann stattdessen, im Dunkeln zu suchen. Bodil war ihm ins Bootshaus gefolgt, und er rief ihr zu, dass er versuchen wollte, ein Tau aufzutreiben. Nachdem er über ein umgedrehtes Ruderboot gestolpert war, entdeckte er endlich ein aufgewickeltes Tau an der Wand, das zwischen mehreren Angeln an der Wand hing. Er schlang sich das Seil um den Bauch, schätzte eine Länge von ungefähr zehn Metern ab und befestigte das andere Ende an einem Deckenbalken.

»Was hast du vor?« Bodils Stimme überschlug sich.

»Boa finden.« Er setzte sich an den Rand der Bodenluke, so dass seine Beine ins eiskalte Meerwasser baumelten.

»Bist du wahnsinnig? Du wirst ertrinken.«

»Ich brauche deine Hilfe, um wieder hochzukommen. Eine Minute maximal.«

Die Wellen ließen seine Beine hilflos unter dem Steg tanzen wie bei einer Marionette, aber er atmete einmal tief durch und warf sich dann ins Wasser. Das Meer war ein schäumendes Inferno, und als sein Kopf unter die Oberfläche tauchte, umgab ihn ein Getöse, wie er es noch nie gehört hatte. Er schnappte nach Luft und ruderte mit den Armen, um sich an der Oberfläche zu halten, und ihm wurde klar, dass er schon genug damit zu tun hatte, überhaupt lebend wieder hier rauszukommen. Im nächsten Moment wurde er auch schon vom Sog des Wassers mitgerissen. Die Geräusche wuchsen zu einem bedrohlichen Tosen an, aber dann schob ihn eine Welle zu den Uferfelsen, an denen er sich festklammern konnte.

Er wusste, dass er tauchen musste, um Boa zu finden, doch

noch kämpfte er wie wild darum, den Kopf über Wasser zu halten. Er blieb direkt unter dem Bretterboden liegen, während sein Körper in der Dünung ein Eigenleben zu führen schien. Die Angst vorm Ertrinken verfolgte ihn seit Kindertagen, und in seinen nächtlichen Albträumen war er durch dünnes Eis gebrochen und hatte auf einem Hurtigruten-Dampfer Schiffbruch erlitten – doch das hier überstieg alles. Wie lange war er schon im Wasser? Zehn Sekunden? Schon wenige Sekunden konnten über Leben und Tod entscheiden. Wenn er jetzt aus Feigheit versagte und Boa ertrinken ließ, könnte er nie mehr in den Spiegel sehen, ohne sich vor sich selbst zu schämen. Prüfend zog er am Tau, um sich zu versichern, dass der Knoten hielt. Seine Hände waren jetzt schon taub und gefühllos. Wenn er noch länger zögerte, würde er gar nicht mehr in der Lage sein, überhaupt noch zu tauchen. Hastig holte er ein paarmal Luft und musste seinen ganzen Mut zusammennehmen, doch dann warf er sich kopfüber in die Wellen. Wieder verlor er die Kontrolle und wurde umhergeschleudert wie ein Ertrunkener. Trotzdem zwang er sich hinunter bis zum Grund und tastete sich an großen, glatten Steinen entlang. Die mächtige Strömung hob ihn hoch, und jedes Mal, wenn sein Kopf über die Oberfläche kam, schnappte er rasch nach Luft. Er musste sich blind vortwärtstasten und spürte immer nur ganz kurz den Grund unter sich. Seine Bewegungen waren schon langsamer geworden, und er drohte allmählich, sich ernsthaft zu verkühlen. Als er sich abstieß, um mit dem Kopf wieder über Wasser zu kommen, wurde er jedoch erneut vom Wasser weggesogen. Dann wurde er auf den Grund geschleudert und über eine kompakte Sandfläche geschoben, während er sich vor seinem inneren Auge schon Seewasser schlucken sah. Er krümmte sich krampfhaft, in einer letzten verzweifelten Bemühung, den Atemreflex zu unterdrücken – und gerade als er schon aufgeben wollte, kam er wieder an die Oberfläche.

Er atmete gierig ein, bevor er merkte, dass er sich außerhalb der Kaianlage befand und dass ihn nur noch das Tau hielt. Panisch arbeitete er sich am Seil zurück Richtung Land, da wurde er im nächsten Moment schon wieder von einer ablandigen Strömung gepackt. Mit jeder Sekunde wurden seine Bewegungen schwächer, und ihm war klar, dass er sich jetzt nicht mehr allzu lang im Meer aufhalten durfte.

Eine Welle schob ihn langsam uferwärts, und endlich glitt er wieder unter das Bootshaus. »Zieh mich hoch!« Ein hohles Echo antwortete ihm. Er zitterte unkontrolliert, und es gelang ihm gerade noch, sich das Tau um den Arm zu wickeln. Dann versuchte er, am Seil zu rucken. Kein Widerstand.

Verzweifelt zerrte er an dem Seil. In einem unaufmerksamen Augenblick schluckte er Wasser, das er sofort wieder in einem Schwall erbrach, dann zog er erneut an. Er zerrte wie verrückt, bis er plötzlich ein Tauende in der Hand hatte. Jemand hatte es abgeschnitten.

Seine Zähne klapperten wild, aber auf einmal kam ihm das eisige Wasser gar nicht mehr so beißend kalt vor. Er wusste, dass das ein Zeichen der beginnenden Abstumpfung war, und versuchte, einen klaren Gedanken zu fassen. Die Bodenluke konnte er sich aus dem Kopf schlagen, es war unmöglich, sie von unten zu erreichen. Eine Alternative bestand darin, wieder hinauszuschwimmen und zu versuchen, neben den Bootshäusern an Land zu kommen, aber er bezweifelte, ob seine Kräfte dazu noch ausreichen würden.

Trotzdem riskierte er es. Er hatte keine andere Wahl. Seine Arme waren noch schwerer als eben, und wieder drang ihm Meerwasser in Nase und Mund. Die ersten Wellen warfen ihn wieder zurück, aber zu guter Letzt wurde er vom Ufer weggezogen, und er versuchte zu schwimmen, so gut es ging. Jetzt war er außerhalb des Kais, und ihm fiel eine Treppe ins Auge, die schräg zum Meer herunterführte, weniger als fünf Meter von ihm entfernt. In seiner freudigen Erregung darüber, dass die Rettung so viel näher lag als gedacht, begann er noch eifriger zu paddeln, aber seine Arme blieben einen halben Meter unter der Wasseroberfläche und sein Kopf tauchte immer wieder unter. Endlich, nachdem er mehrere Male danebengegriffen hatte, bekam er die unterste Sprosse zu fassen. Einen Augenblick blieb er schaukelnd so auf dem Wasser liegen, dann nahm er Schwung und ließ sich von der folgenden Welle auf die nächsthöhere Sprosse heben. Dort hielt er sich fest, bis ihn eine neue Welle wieder eine Sprosse höher hob. Schließlich war er so weit oben auf der Leiter, dass er sich sicher fühlte, und er blieb sitzen und holte Luft, während sein Körper heftig schlotterte.

Seine Finger waren in ihrer gekrümmten Stellung wie eingefroren, ebenso seine Ellenbogen, und so wankte er geduckt die Leiter hoch bis zur Tür. Er hatte weder die Zeit noch die Kraft, sich darauf vorzubereiten, was ihn drinnen erwartete, als er die Klinke mit einem Ellenbogen hinunterdrückte. Der Wind ging immer noch in heftigen Stößen, doch als er gerade neuen Anlauf nahm, passte Rino den Moment ab und konnte die Tür weit genug aufziehen, um sich hindurchzuquetschen. Er schwankte in das finstere Bootshäuschen und blieb abwartend stehen. Das Einzige, was er hören konnte, war der Sturm, der an dem alten Gerüst riss. Dann machte er die Tür zum zweiten Raum auf, wieder mit dem Ellenbogen. Er konnte gerade noch einen Fuß hineinsetzen, da wurde es schwarz um ihn.

Der Gegenstand, der durch die Luft sauste, traf ihn an der linken Schläfe, und er ging zu Boden, ohne den Schlag irgendwie abwehren zu können. Ein hysterisches Heulen riss ihn ins

Bewusstsein zurück, und er rollte sich instinktiv zusammen und versuchte, wieder auf die Beine zu kommen, doch ein massiver Tritt in den Bauch schickte ihn wieder auf die Bretter.

Er schnappte nach Luft und kroch blindlings los, bis er mit dem Kopf gegen eine Wand stieß und sich endlich hochziehen konnte. Hinter sich hörte er gewaltiges Rumoren, und er sah zwei schattenhafte Gestalten miteinander ringen. Eine verzweifelt kämpfende Bodil wurde brutal gegen die Wand geschleudert, doch statt zu Boden zu gehen, griff sie erneut an, fauchend wie eine wütende Katze. Der andere wich einfach aus, packte sie am Nacken und bewegte sich in Rinos Richtung. Immer noch benebelt vom ersten Schlag konnte Rino nicht rechtzeitig reagieren, und im nächsten Moment verschwand Bodil mit einem Aufheulen durch die Luke nach unten.

Ein paar Sekunden lang standen sie sich gegenüber und starrten sich an, zwischen sich die offene Bodenluke. Es sah aus, als würde der andere in seinem Wahnsinn Rinos Qualen genießen – das Ringen um die Entscheidung, Bodil zu retten oder den Mann zu packen, der seit fünfzig Jahren ungestraft davongekommen war. Doch bevor Rino überhaupt etwas tun konnte, machte Boas Rachegott eine Bewegung zur Tür, anfänglich zögernd, als wartete er auf eine Reaktion – dann drehte er sich um und rannte.

Rino blieb wie gelähmt stehen, bevor durch den Lärm von Wind und brodelnder See ein verzweifeltes Schluchzen zu ihm drang. Er kniete nieder an den Rand der Luke und erblickte Bodil, die sich an einen der Bodenbalken klammerte. Die schäumenden Wellen ließen ihren Körper in der Dünung mittanzen.

Obwohl seine Hände immer noch halb taub waren, legte er einen Arm um sie, und es fühlte sich so an, als wären die

Taschen seiner Uniformjacke mit Blei gefüllt. Er drehte sich auf die Seite, stützte sich mit den Beinen ab und zerrte aus Leibeskräften. Schließlich kam Bodils Kopf hoch durch die Luke, und zu guter Letzt gelang es ihr, sich ganz heraufzuziehen.

»Alles klar?«

Bodil nickte. Sie zitterte am ganzen Körper.

»Ich komme gleich wieder …« Er torkelte durch den Raum und versuchte die Tür zu öffnen, die auf den Steg hinausführte.

Zuerst konnte er sie kaum bewegen, aber nachdem er sie erst einmal einen schmalen Spalt aufgestemmt hatte, packte der Wind mit an. Die Tür wurde ihm aus den Händen gerissen und gegen die Hüttenwand geschleudert, wo sie schief hängen blieb, gerade noch von einer Angel gehalten.

Der Wind, der seiner Meinung nach inzwischen Orkanstärke erreicht haben musste, nahm ihm fast den Atem, als er hinauswankte. Der Schneeregen hatte sich jetzt in Regen verwandelt, aber die Planken des Landungsstegs waren noch genauso glatt. Er hatte keine Ahnung, wohin der andere gelaufen war, aber er umrundete die Bootshütte und rannte die Treppe zum langgestreckten Bergrücken hoch. Eine Plane, die an einem der Fischtrockengestelle befestigt war, flatterte hysterisch, und es knallte heftig in den Mastodonskeletten. Der Wind kam stoßweise und ging dann regelmäßig wieder in ein fernes Brausen über, als würde er ständig zwischen zwei Frequenzen wechseln.

Ein paar Sekunden blieb Rino unschlüssig stehen, dann hörte er ein Motorengeräusch in der Ferne. Er begriff, dass das Geräusch vom anderen Ende der Bucht kam, und rannte los. Kaum hatte er die Straße erreicht, erkannte er im Chaos aggressiver Wellen und grauweißer Sturmböen einen schwachen Lichtschimmer. Plötzlich wurden die Lichter stärker, und kurz darauf konnte man das Boot erkennen, weniger als dreißig

Meter von ihm entfernt. Der andere war gerade dabei, die Leinen zu werfen. Es ging um Sekunden. Rino rannte, so schnell er konnte, doch seine Beine fühlten sich steif und unbeweglich an, und die Windstöße zwangen ihn mehrmals in die Knie. Als er es endlich bis zum Anleger geschafft hatte, hatte sich das Boot bereits ein paar Meter vom Ufer entfernt. Einen Augenblick lang erwog Rino zu springen, aber er wusste, dass der Wind ihn ins Wasser schleudern würde. Stattdessen musste er zusehen, wie die Fjordfähre sich weiter aufs Meer hinauspflügte, bevor der Mann am Steuerrad sich umdrehte und die Gestalt am Kai entdeckte. Selbst als Flüchtender und im vollen Bewusstsein, dass er aufgeflogen war, leistete er sich ein Lächeln – ohne zu wissen, dass ihn ausgerechnet sein Eigenlob am Ende verraten hatte.

Denn Olav Rist hatte Rino mit unverhohlenem Stolz sein vor über fünfzig Jahren ausgestelltes Patent gezeigt: einen Selbstauslöser, der dafür sorgte, dass sein Rettungsboot niemals auf den Grund gezogen werden konnte. Und 1963 war dieses Rettungsboot ein Ruderboot gewesen, das sein Dasein zerschmettert in einer Felsspalte beschloss. Jetzt wandte Rist den Blick auf die gewaltigen Wogen und war offenbar fest entschlossen, das, was in einem der denkwürdigsten Stürme auf Reine begonnen hatte, nun in einem anderen Sturm zu Ende zu führen.

Ein heftiger Knall drang durch die Windböen, dann legte sich die *Lofotfjord II* schwer auf eine Seite. Anscheinend hatte Rist nicht richtig aufgepasst, ein Brecher hatte ihn von der Seite getroffen. Das Boot war kaum länger als fünfzig Fuß, und in den heftigen Wellen schrumpfte es zu einem hilflosen Kübel. Die *Lofotfjord II* stürzte in tiefe Wellentäler, um sich dann fast senkrecht vor der folgenden Riesenwelle aufzurichten. Rino konnte es nicht fassen, dass Rist sich für diesen Fluchtweg entschieden hatte. Er befand sich immer noch in der Hafeneinfahrt, und wahrscheinlich wurden die Wellen hinter der ersten Landzunge doppelt so hoch.

Langsam, aber sicher verschwand die Fjordfähre außer Sichtweite, während sie gegen eine Übermacht kämpfte, die mit jeder Sekunde stärker wurde. Gerade als die Lichter verschwanden, ertönte ein neuer Knall im Bootsrumpf – ein resignierter metallischer Seufzer –, dann wurde es still, bis auf den lärmenden Wind. Rino schauderte und versuchte, den Gedanken an die sich mit Wasser füllende Lunge von sich wegzuschieben.

Er nahm denselben Weg zurück, wobei er die ganze Zeit auf Motorengeräusche in der Ferne lauschte, aber es war nichts zu hören bis auf das Siegesgebrüll des Sturms.

Nachdem er wieder zu den Bootshäuschen zurückgestolpert war, steuerte er Rists Hütte an, von der die Tür jetzt ganz abgerissen war. Freudengeheul empfing ihn, als er hineintorkelte, und bevor er wusste, wie ihm geschah, hing Bodil an seinem Hals.

»Wo ist er?« Ihre Stimme zitterte.

»Ich glaube, sein Boot ist gesunken.«

»O Gott.«

»Er hat Boa ins Meer geworfen … ist aber selbst ertrunken.«

Sie wich ein Stück zurück, sodass sie sich ansehen konnten. In ihren Augen glühte es. »Boa lebt«, flüsterte sie. »Und Sjur auch. Aber die Zeit drängt.« Sie deutete mit einer nickenden Kopfbewegung auf die Treppe, die zum abgehängten Dach führte. »Ich habe es rumpeln hören. Das war Sjur. Er war gefesselt, aber ich konnte die Fesseln an seinen Beinen durchschneiden.«

Jetzt stand ihm der Ablauf der Geschehnisse klar vor Augen. Rist hatte sie entdeckt, vielleicht schon, als die Lichter des Volvos in der Ferne zu erkennen waren. Das Platschen, das sie gehört hatten, war nur ein Ablenkungsmanöver gewesen. Wahrscheinlich hatte er geplant, wieder zurückzukommen, sobald der Polizist festgestellt hatte, dass die Hütte leer war, aber Rinos tollkühne Rettungsaktion hatte ihm eine Möglichkeit eröffnet, die er sich nicht entgehen lassen konnte: den Mann loszuwerden, der offenbar zu ahnen begonnen hatte, wie alles zusammenhing.

Vorsichtig kletterte Rino die Treppe hoch. Im linken Alkoven lag unbeweglich ein halbnacktes Wesen, und die mangelhafte Beleuchtung verstärkte noch den Eindruck, dass es völlig entstellt war.

»Er lebt.« Bodil blickte zu ihm hoch. »Ich hab seinen Puls gefühlt.«

Er kam nicht umhin, die Ruhe dieser Frau zu bewundern, die vor nicht einmal einer Viertelstunde selbst um ihr Leben gekämpft hatte. Dann ließ er den Blick zu dem anderen Lager wandern, von wo ihn Sjur Simskar verschreckt anstarrte. Seine Hände waren auf dem Bauch gefesselt, ein Knebel verschloss ihm den Mund. Wie Simskar Olav Rist in die Hände gefallen war, war ein Rätsel, aber die Erklärung würde sich hoffentlich bald finden.

Er trug Boa durch den Sturm und legte ihn auf den Rücksitz seines Volvo, wo er ihm den Kopf auf Sjur Simskars Schoß bettete. Diesmal hatte Rino Rückenwind, als er über die Brücke fuhr. Trotzdem verlor der Wagen mehrmals die Bodenhaftung, als er den höchsten Punkt überquerte. Die Schneeschicht war geschmolzen, und er konnte bis zum Pflegeheim ein gutes Tempo halten. Bodil machte ihm die Tür auf, und so stand er in der Empfangshalle, auf dem Arm Boa, in einen Teppich gewickelt, den er in der Bootshütte gefunden hatte.

Im beleuchteten Flur sah er das groteske Gesicht zum ersten Mal komplett. Es erinnerte ihn an das Ultraschallbild eines Embryos. Eine Pflegerin kam ihm entgegen, erst zögernd und skeptisch, bis ihr klar wurde, wen er da auf dem Arm trug.

»Hero? O mein Gott, Hero, du bist das!« Sie streichelte ihm mit der Hand vorsichtig über die Wange, dann rief sie nach ihren Kolleginnen. Wenig später wurde Rino in ein freies Zimmer geführt, wo er Boa auf ein gemachtes Bett legte. Neben dem Bett blieb er stehen, selbst völlig erschöpft, und registrierte nur am Rande das Chaos hektischer Anweisungen rundum.

Plötzlich warf sich ihm eine Frau an den Hals und drückte ihn fest an sich, während sie schluchzend ihren Dank stammelte. Es war Kaspara. Die nötigen Gerätschaften für Boa wurden ins Zimmer gerollt, und es sah aus, als wären sämtliche Pflegerinnen des Hauses zusammengelaufen, um den Patienten willkommen zu heißen, den sie alle so ins Herz geschlossen hatten. Auch die Heimleiterin war gekommen und sprach ihm hektisch gestikulierend ihren herzlichen Dank aus, während Rino sich langsam aus dem Zimmer zurückzog.

Draußen auf dem Gang saßen Bodil und Sjur Simskar Schulter an Schulter auf einem ledernen Zweisitzer, und Rino musste mitten in allem Chaos lächeln. Bodil, die mit ihrem verfilzten Haar und dem schwarz verlaufenen Augenmake-up wie ein Rockstar aussah, bleich und schlotternd in ihrer Statoil-Uniform, und Sjur Simskar, der wahrscheinlich noch unter Schock stand und Schnittverletzungen im Gesicht davongetragen hatte, aber trotzdem so gesittet dasaß wie eine Nonne.

Da merkte Rino, wie ihm die Sinne schwanden. Sein Körper zitterte vor Erschöpfung, und er beschloss, sich trockene Kleider anzuziehen, bevor er versuchte, Sjur Simskar irgendwelche

Erklärungen zu entlocken. Doch auch um Simskar musste sich jemand kümmern, und kaum hatte er den Gedanken zu Ende gedacht, als die Heimleiterin auftauchte.

»Was ist denn bloß *passiert?*« Sie kniete sich vor denjenigen, der am wenigsten in der Lage war zu sprechen, während dieser so tat, als wäre er ganz in seinen eigenen Gedanken verloren.

Rino hob abwehrend eine Hand. »Sorgen Sie einfach dafür, dass B...« Er hielt inne. »Sorgen Sie einfach dafür, dass Hero und Simskar die bestmögliche Pflege bekommen. Ich bin gleich wieder zurück.«

Zuerst fuhr er eine schweigsame Bodil nach Hause. »Bei dir alles in Ordnung?«, fragte er, als er vor einem typischen Siebzigerjahre-Haus stehen blieb, das einen Steinwurf von der Tankstelle entfernt war.

Sie nickte, ohne ihm in die Augen zu sehen.

»Tut mir leid, dass ich dich da mit reingezogen habe.«

»Er hätte mich umbringen können.«

Rino wusste, dass sie recht hatte, und ihm war auch bewusst, dass er sie mehr oder weniger gezwungen hatte, sich in diese Situation zu begeben. »Ich wäre dir hinterhergesprungen«, sagte er und strich ihr vorsichtig über die Wange.

Sie schnappte nach Luft, fing sich aber wieder.

»Ich hatte kein Recht zu tun, was ich getan habe, aber dass Boa und Sjur Simskar noch am Leben sind, ist dein Verdienst.«

Sie senkte den Kopf. »Wer ist Boa?«

»Das ist nur so ein Spitzname. Aber jetzt sieh zu, dass du dir trockene Sachen anziehst.«

Sie machte die Tür auf und ging hinaus in den Sturm. Er hatte so geparkt, dass sie ein bisschen windgeschützt standen, und sie blieb noch einmal kurz stehen, mit der Tür in der Hand. »Können wir ... ein andermal darüber reden?«

Rino lächelte und nickte. Ganz die Alte.

Wenige Minuten später betrat er das Haus seiner Tante, wo ihm ein verstörter Joakim im Flur entgegenkam. »Verdammt noch mal, da bist du ja endlich! Warst du etwa schwimmen?«

»Unfreiwillig.« Er ging ins Wohnzimmer, wo sein Sohn ordentlich eingeheizt hatte.

»Was ist denn los?«

Erst jetzt fiel Rino auf, dass Joakim sich die Haare hatte wachsen lassen. Vielleicht bedeutete das ja, dass er seine Hip-Hop-Phase hinter sich gelassen hatte, insofern also ein gutes Zeichen. »Ich bin da über eine Sache gestolpert.«

»Geht's um das Skelett?«

»Wer hat dir das denn erzählt?« Rino war schon dabei, sich die nassen Sachen vom Leib zu pellen.

»Mama. *By the way…*« Joakim rümpfte die Nase. »Du riechst echt scheiße.«

Rino nahm sich trockene Sachen aus einem seiner Koffer. Hätte er seine Sachen in die Schränke geräumt, hätte er sonst von morgens bis abends nach alter Dame gestunken. »Ich rieche nach Meerwasser. Einfach nur frisch.«

»Kotz. Willst du nicht duschen, Mann?«

»Sorry, aber ich muss gleich wieder los.«

»Von mir aus.« Joakim zuckte mit den Schultern, aber Rino sah ihm an, dass er enttäuscht war.

»Höchstens eine Stunde.«

»Hier gibt's ja 'ne Menge zu tun.« Joakim ließ den Blick durchs Zimmer wandern.

»Bei dem Wetter hätten wir sowieso nicht groß was unternehmen können.«

»Ich begreif ja nicht, wie du in diesem Loch wohnen kannst.«

»Meinst du das Haus?«

»Alles.«

»Du hast Reine doch noch gar nicht gesehen.«

»Gott sei Dank nicht.«

»Hej, Joakim, gib mir eine Chance.«

»Du bist genauso öde wie meine Mutter.« Joakim stapfte aus dem Wohnzimmer.

Rino folgte ihm und fand ihn am Küchentisch, wo er demonstrativ aus dem Fenster starrte.

»Es tut mir furchtbar leid, Joakim.«

»Ach, es ist alles so … beschissen.«

»Alles?«

Joakim nickte.

Rino setzte sich. »Erzähl.«

»Was soll ich erzählen?«

»Was dir auf der Seele liegt.«

»Ach, *Jesus*.« Joakim hielt sich die Ohren zu und starrte auf die Tischplatte.

»Mama sagt, dass du so jähzornig geworden bist.«

Joakim nahm die Hände immer noch nicht von den Ohren.

»Erzähl mal was von Ron«, sagte Rino erwartungsvoll.

»Als ob du scharf drauf wärst, was von Ron zu hören.«

»Ich versuche ja bloß, mich vorzuarbeiten.«

»Wohin?« Endlich hob Joakim den Blick. Ein Pickel spross zwischen seinen Augenbrauen wie ein indisches Segenszeichen.

»Zu dem, was dir auf der Seele liegt.«

»Musstest du nicht gleich wieder los?«

»Leider schon.«

»Viel Glück.« Joakim machte eine müde Geste mit den Händen, und Rino bemerkte im Kerzenlicht, dass sein Sohn sich mit Kugelschreiber etwas auf die Hand geschrieben hatte.

»Wer ist Rebecca?«

Joakim erstarrte, dann ballte er die Faust.

»Ist sie hübsch?«

Wieder blickte Joakim aus dem Fenster.

»Geht ihr in dieselbe Klasse?«

Joakim schien immer noch völlig fasziniert von einem dunklen Reine bei Stromausfall.

»Ist sie blond oder dunkelhaarig?«

»Ich hab mit dem Scheiß aufgehört«, sagte Joakim plötzlich.

»Mit dem Scheiß?«

Joakim wand sich auf seinem Stuhl.

»Mit was für einem Scheiß denn?«

»Mit den Medikamenten, verdammt.« Joakim begann, an einem Nippesfigürchen der Tante herumzufummeln.

Also war Joakims Rückschlag nicht auf den niederländischen Schleimer zurückzuführen. »Warum?«

Joakim zuckte mit den Schultern.

Rino betrachtete seinen Sohn. Er war im letzten halben Jahr sichtlich in die Höhe geschossen, aber es sah aus, als wäre der Wachstumsprozess nicht ganz gleichmäßig verlaufen und bis jetzt erst bei Armen und Hals angelangt. Joakim hatte die schmächtige Faust noch immer geballt, und auf einmal fiel bei Rino der Groschen.

»Es ist wegen Rebecca, oder?«

»Was?«

»Bei der ganzen Sache geht es um Rebecca, oder?«

Wieder sah Joakim aus dem Fenster.

»Okay, Joakim, ich werd dich nicht weiter bedrängen.«

»Verdammt, ich will nicht rumlaufen wie so'n Psychotrottel.«

»Tust du das denn?«

Joakim nickte fast unmerklich.

»Du nimmst Medikamente, Joakim, das ist etwas anderes. Deswegen ist man doch kein Psychotrottel.«

»Glaubst du etwa, das ist cool, oder was? Medikamente nehmen, das ist doch was für Tattergreise.«

Rino musste widerwillig einräumen, dass er das Argument verstand. Es war überhaupt nicht cool, als Vierzehnjähriger auf Medikamente angewiesen zu sein, um die Hyperaktivität einzudämmen. »Hattest du Angst, dass Rebecca es rausfindet?«

Joakim zuckte mit den Schultern.

»Ein Kumpel von mir hat eine Tochter«, sagte Rino und setzte sich bequem auf seinem Stuhl zurecht. »Die wurde am Herzen operiert, als sie gerade mal ein paar Monate alt war.«

»*So what*?«

»Seitdem muss sie Medikamente nehmen. Heute ist sie sechzehn, und die Jungs kippen reihenweise aus den Latschen, wenn sie sie sehen. Viele von denen gehen schon ihr ganzes Leben mit ihr in eine Klasse und wissen, dass sie auf Medikamente angewiesen ist. Sie heißt Vilde.«

Joakims Augen wurden ganz groß. »Vilde aus der Zehnten?«

»Genau. Hättest du nein gesagt, wenn die was von dir gewollt hätte?«

Wieder ließ Joakim sich von einem pechschwarzen Reine faszinieren.

»Hättest du nein gesagt? Gesetzt den Fall, es gäbe Rebecca nicht.«

Joakim versetzte ihm einen lockeren Faustschlag gegen den Oberarm.

»So, ich muss jetzt los. Zwei arme Teufel, die verschwunden waren, sind heute wieder aufgetaucht, und ich muss mal nach ihnen schauen. Danach komm ich nach Hause.«

Fünf Minuten später war er wieder im Pflegeheim. Der Wind wehte immer noch in heftigen Stößen, und Reine war weiterhin ohne Strom und Telefonverbindung. Die Heimleiterin kam ihm entgegengeeilt, sowie er das Gebäude betrat, und streckte ihm schon aus fünf Metern Entfernung die Hand entgegen. »Ich habe mich überhaupt noch nicht richtig bei Ihnen bedankt.«

»Wie geht es den beiden denn?«

»Der Arzt ist gerade bei Hero. Es sieht so aus, als würde er es schaffen.«

»Und Simskar?«

»Der hat was zu essen bekommen und ein sauberes Bett. Physisch scheint es ihm gut zu gehen, aber Sjur spricht ja nicht, also kann man nie ganz sicher sein.«

Die Heimleiterin hatte einen ganz glasigen Blick und Ringe unter den Augen.

»Ich muss ihn irgendwie zum Sprechen kriegen.«

Sie zuckte mit den Schultern, führte ihn nach kurzem Zögern aber zu einem Zimmer am Ende des Korridors.

Sjur Simskar saß mit niedergeschlagenen Augen im Bett. Dünnes gelblich weißes Haar klebte ihm am Schädel, und das bleiche Gesicht war übersät mit verblassenden Sommersprossen.

Rino meinte einen Hauch von dem Geruch wahrzunehmen, der bei Simskar zu Hause in den Wänden hing, und dachte insgeheim, dass dieser Mann eine Dusche wesentlich nötiger hatte als ein Bett.

»Nur um eines klarzustellen.« Rino zog sich einen Stuhl ans Bett und setzte sich. »Ich weiß Bescheid über Ihr Sprachproblem. Aber ich habe ein paar Fragen an Sie. Es reicht, wenn Sie nicken oder den Kopf schütteln. Geht das in Ordnung für Sie?«

Ein rascher Blick von Simskar, dann nickte er.

»Der Mann, der mit starken Verbrennungen ein paar Zimmer weiter liegt … kennen Sie seine wahre Identität?«

Eine Sekunde sah man den Fluchtreflex in seinen Augen, dann nickte er.

»Ist es Boa?«

Wieder ein rascher Blickwechsel und ein neuerliches bestätigendes Nicken. Es war also so, wie Rino gedacht hatte. »Er ist irgendwann im Winter hergezogen. Haben Sie ihn gleich wiedererkannt?«

Simskar wirkte verwirrt, und Rino fügte hinzu: »Sie haben ihn nach einer Weile wiedererkannt?«

Simskar machte den Mund auf, als würde er gerne mehr dazu sagen. Rino reichte ihm einen Stift und ein Notizbuch, das er von zu Hause mitgenommen hatte. Simskar nahm beides vorsichtig entgegen, dann schrieb er in schiefen Blockbuchstaben: ICH HABE ES GESPÜRT.

»Wie haben Sie es gespürt?«

Wieder Blockbuchstaben: »IM HALS. ALLES ZUGESCHNÜRT.«

»Ihr Stottern?«, fragte Rino.

Simskar nickte.

»Bei seinem bloßen Anblick hat es Ihnen den Hals zugeschnürt, wollen Sie sagen?«

Neuerliche Bestätigung.

»Weil er Ihr Stottern erst hervorgerufen hat?«

Simskar senkte den Kopf. Was Antwort genug war.

»Hassen Sie ihn?« Taktisch eine wenig überlegte Frage, und wahrscheinlich hätte er damit noch eine Weile warten sollen, aber wieder griff Simskar nach dem Stift: DAMALS SCHON.

»Heute nicht mehr?«

NEIN.

»Warum nicht?«

Simskar zuckte leicht mit den Schultern.

»Sie waren bei ihm im Zimmer, stimmt's?«

Simskar nickte.

»Warum?«

MICH DER ANGST STELLEN.

»Hat es funktioniert?«

Simskar schüttelte den Kopf.

»Warum nicht?«

WEISS NICHT.

»Sie wissen es nicht?«

Wieder Kopfschütteln.

»Sie wollten also zu ihm reingehen, um Ihre Angst zu überwinden, ja?«

Er nickte.

»Aber daraus wurde nichts?«

Wieder schüttelte er den Kopf.

»Waren Sie das mit dem Brand in der Garage?«

Simskar starrte ihn aufrichtig verblüfft an, dann schüttelte er den Kopf.

»Sicher nicht?«

Stürmisches Kopfschütteln.

»Wissen Sie etwas über den Brand?«

Wieder Verneinung.

»Und die Maske?«

Simskar erstarrte, dann schüttelte er den Kopf.

»Sind Sie sicher?«

Bestätigendes Nicken, aber Rino war keineswegs überzeugt. Simskar wusste von der Maske. »Wir müssen noch über ein paar andere Dinge reden. Ihre Mutter zum Beispiel. Wir wissen, dass Sie keine wirtschaftlichen Motive hatten, als Sie den Todesfall verschwiegen, aber ich möchte trotzdem, dass Sie mir Ihre Version der Dinge aufschreiben.«

Simskar nickte resigniert.

»Noch etwas«, sagte Rino, während er schon aufstand. »Ich

möchte auch, dass Sie etwas über Boa schreiben. Über all die schlimmen Dinge, die er Ihnen und anderen angetan hat.«

Draußen auf dem Flur stand die Heimleiterin und wartete auf ihn. »Der Arzt will kurz ein paar Worte mit Ihnen sprechen«, sagte sie. Dann ging sie zügig zu ihrem eigenen Büro, wo der dänische Arzt saß und einen nachdenklichen Eindruck machte. Er war mindestens einen Kopf kleiner als die Heimleiterin und wog wahrscheinlich kaum mehr als die Hälfte.

»Ich habe den Patienten untersucht«, sagte er und setzte eine ernste Miene auf. »Und es will mir nicht in den Kopf, mit welcher Begründung Haukeland seinen Zustand mit einer Verlegung vereinbaren konnte.«

Rino sah, wie die Heimleiterin betroffen schluckte.

»Die Belastungen, denen er während der letzten vierundzwanzig Stunden ausgesetzt war, haben ihre Spuren hinterlassen, aber ich befürchte, da ist noch mehr als das.« Der Arzt fuhr sich mit der Hand durch die kurzen Haare. Wahrscheinlich war er derselben Friseuse zum Opfer gefallen wie Rino. »Er hat Verletzungen in der Nase und im Rachen, die unmöglich von seinem Brandunfall stammen können.« Er machte eine kurze Pause. »Für heute würde ich sagen, dass diese Verletzungen bedeutend schlimmer für ihn sind als seine Verbrennungen.«

Rino spürte, wie sich ihm die Nackenhaare aufstellten, und er musste an den blutigen Kellerboden denken.

»Ich habe vor, sofort mit Haukeland Kontakt aufzunehmen, sobald wir wieder Strom haben. Wenn die ihn in einem solchen Zustand hierhergeschickt haben, wäre das eine Fehleinschätzung, die ihresgleichen sucht.«

»Sie wollen also andeuten, dass ihm das jemand noch im Nachhinein angetan haben könnte?«

»Das kann ich leider nicht ausschließen. Kein Arzt, der

seine fünf Sinne beisammen hat, hätte ihn in einem solchen Zustand verlegen lassen. Bis ich das untersucht habe, möchte ich, dass alle, die den Raum des Patienten betreten, genau kontrolliert werden.«

»Inklusive Kaspara«, sagte Rino.

»Kaspara?«, flüsterte die Heimleiterin bestürzt.

»In den letzten Tagen sind die Dinge nicht ganz so gelaufen, wie es sich gehört.«

»Gibt es da irgendetwas, was ich nicht weiß?« Der Arzt bedachte die beiden mit einem ungnädigen Blick.

»Der Patient ist in private Pflege überführt worden.«

»Wenn das der Fall ist, möchte ich sofort eine Beschwerde beim Bezirksarzt einreichen.« Der Arzt hob mahnend einen Zeigefinger.

Resigniert setzte sich die Heimleiterin an ihren Schreibtisch. »Wir haben Simskar erlaubt, Hero auf seinem Zimmer zu besuchen«, sagte sie und hob ratlos die Arme. »Wir dachten, die beiden sind alte Bekannte. Hero geriet völlig außer sich, und da haben wir ihn mit den besten Absichten verlegt. Ich sehe jetzt auch ein, dass das unvernünftig war, völlig unvernünftig.«

»Und wo haben Sie ihn hinverlegt?«, fragte Rino.

Die Heimleiterin schlug die Augen nieder. »Kaspara bot sich an. Und es ging sowieso nur um eine Nacht.«

»Ich will, dass Sie und niemand anders als Sie sich um ihn kümmern, bis die ganze Sache überstanden ist.«

Die Heimleiterin antwortete mit resigniertem Nicken.

»Alle Pflegerinnen sind oben, inklusive Kaspara. Selbst die, die gerade keinen Dienst haben, haben alle bei ihm reingeschaut. Alle lieben Hero. Alle, ohne Ausnahme.«

Rino hätte nicht sagen können, ob ein Hauch von Trotz in ihrer Stimme lag, als ob sie Kaspara mit ihrem Kommentar bis zuletzt verteidigen wollte.

Der Arzt klappte seinen Koffer mit einem Knall zu. »So etwas habe ich noch nie gesehen. Teile des Rachens sind weggeätzt. Ich kann es vorerst nur vermuten, aber irgendwie habe ich den Verdacht, dass man ihm Säure verabreicht hat.«

Die Heimleiterin riss erschrocken die Augen auf, und Rino unterstrich noch einmal: »Sorgen Sie einfach dafür, dass Kaspara seinem Zimmer fernbleibt.«

Boa lag mit halb offenem Mund in seinem Bett und schien tief zu schlafen. Eine Pflegerin saß neben ihm, und Rino bedeutete ihr mit einer Geste, dass er gern mit dem Patienten allein sein wollte. Zögernd verließ sie das Zimmer. Keine Reaktion vom Bett. Die Prüfungen der letzten Stunden hatten Boa in tiefen Schlaf fallen lassen.

»Du hast viel leiden müssen«, flüsterte Rino.

Ein schwach gurgelndes Geräusch verriet, dass die Luft sich ihren Weg durch geschädigte Atemwege bahnen musste. Säure, hatte der Arzt angedeutet. Rino schauderte bei dem Gedanken. Konnte Kaspara wirklich etwas so Barbarisches getan haben? War Boas angebliche Beunruhigung nur ein Vorwand gewesen, um ihn verlegen zu lassen? Hatte sie vorgehabt, ihm in ihren eigenen vier Wänden den Rest zu geben? War ihr Olav Rist einfach nur zuvorgekommen, als er sich in den Keller schlich und Boa entführte? Oder war Simskar durch die Falltür ins Zimmer geklettert, um dann von Rist überrascht zu werden?

So viele Fragen und so wenige Antworten. Aber hoffentlich saß Simskar in diesem Moment an der Niederschrift seiner eigenen Version. Ein Windstoß ließ die Wände knacken. Rino lauschte dem unregelmäßigen Atem. Jeder Atemzug klang wie eine gehörige Kraftanstrengung. Die monatelange Pflege in diesem Heim hätte zu Boas langsamem Tod führen können.

Rino befürchtete, dass sich die Vermutungen des Arztes bestätigen würden: Als Boa aus Haukeland entlassen wurde, hatte er diese Verletzungen im Rachen noch nicht gehabt.

Die einzige Lampe im Zimmer begann zu flackern, und Rino hoffte, dass jetzt nicht auch noch das Notstromaggregat anfing, den Geist aufzugeben. Ein Zucken im Bett, ein Ringen um Luft, dann wurde Boa wieder ruhig.

War er vor allem ein verzweifelter Junge gewesen, der sein Aktivitätsniveau nicht kontrollieren konnte, so wie Joakim heute? Hatte er sich darum in diese Spirale von Missetaten hineinmanövriert?

Dessen ungeachtet waren nicht alle bereit, zu vergeben oder zu vergessen. Kaspara wurde Tag für Tag an eine brutale Vergewaltigung erinnert, Simskar hatte sein Sprachvermögen eingebüßt, während Olav Rist plötzlich einen Zeugen hatte, den er loswerden musste. Ab dem Tag, an dem Boa seinen Fuß wieder nach Reine setzte, war es nur noch eine Frage der Zeit gewesen, bis ihn seine Vergangenheit einholte.

Trotzdem stand es für Rino außer Zweifel, dass dem Mann in diesem Bett großes Unrecht geschehen war. »Wer ist Aline?«, flüsterte er. Boa hielt eine Sekunde inne, dann atmete er stoßweise weiter. »Du wolltest, dass Aline alles erfährt, oder?« Ein ersticktes Stöhnen aus dem Bett. »Die Wahrheit hinter der Wahrheit«, fügte Rino hinzu. Dann stand er auf und verließ das Zimmer.

Ich wusste, es würde mich Zeit kosten, die ich im Grunde genommen gar nicht hatte. Trotzdem hatte ich das Gefühl, dass es sich als wichtig erweisen würde. Denn das Grab war nicht besonders tief, und ich hatte die Spuren nur hastig verwischen können. Deswegen kam ich noch einmal zurück, diesmal aber übers Watt, damit mich niemand entdeckte. Auf halbem Wege bereute ich meinen Entschluss und wollte schon umdrehen. Aber ich hatte das Gefühl, dass ich tun musste, was ich mir vorgenommen hatte, also ging ich weiter. Endlich erreichte ich die Stelle, an der ich ihn begraben hatte. Ich kratzte das Moos von den Steinen und versuchte, die frischen Spuren zu verbergen. Aber es war, als würde ich ihn dort unten hören, wie er panisch nach Luft schnappte, und bevor ich wusste, was ich tat, lag ich auf den Knien und fing mit bloßen Händen an zu graben.

70. Kapitel

Berger Falch stapfte voran. Kräftige Windstöße drängten ihn immer weiter bis zu den kantigen, schroffen Felswänden. Jetzt konnte er sich wieder erinnern. Das hysterisch weinende Mädchen in seinen blutigen Kleidern. Der ganze Aufruhr hinterher, die Eltern, die von Tür zu Tür gingen, um den Missetäter zu finden. Der Blick seiner Mutter, als der kleine Berger fieberhaft den Kopf schüttelte, ein Blick, der ihn noch über Wochen verfolgte. Die Angst, Boa könnte die Sache weitererzählen, damit angeben vor dem nächsten Jungen, den er seiner Kameradschaft für würdig befand. Das Mädchen mit dem ungläubigen Blick sollte ihn noch monatelang in seinen Träumen heimsuchen, bis er eines Tages beschloss, dass die Untat nie stattgefunden hatte. Auf diese Art fand er zu guter Letzt seinen Frieden.

Aber jetzt stand ihm alles wieder ganz klar vor Augen. Deswegen ging er dort entlang, weil er den Wunsch hatte, es ein für alle Mal hinter sich zu lassen.

Er konnte den Weg nur vage erkennen. Die Welt um ihn herum war wie weggewischt, und in der regenverhangenen Dunkelheit holte er immer mehr Erinnerungen an die Oberfläche.

Es stellte sich heraus, dass zwei Katzenjunge Boas Massaker überlebt hatten. Nachdem sie sich mehrere Tage versteckt hatten, spähten sie irgendwann doch wieder hervor. Es kostete ihn Wochen, ihr Vertrauen zu gewinnen, aber allmählich wurden sie so zutraulich, dass er sie auf den Arm nehmen durfte, und er spürte einen Beschützerinstinkt, der alles übertraf, was er früher einmal gefühlt hatte.

Es war Abend, und ein Unwetter war im Anzug. Er stand in der Finsternis oben auf dem Felsen, ein Katzenjunges in jeder Hand. Plötzlich hörte er eine Stimme hinter sich. »Lass die Scheißviecher los.« Sein Vater hatte einen dicken Schraubenschlüssel in der Hand.

Er schüttelte den Kopf und drückte die Kätzchen noch fester an die Brust. Sein Vater wiederholte seinen Befehl, doch er gehorchte nicht. »Lass sie los, verdammt!« Sein Vater packte ihn an der linken Hand und drückte zu. Es tat so weh, dass ihm Tränen in die Augen traten. »Lass los, hab ich gesagt.« Die Worte wurden gebrüllt, aber er hielt die verängstigt fauchenden Katzen immer noch fest. Sein Vater zog ihn an sich und drückte noch fester zu. Der Schmerz nahm dem Jungen fast den Atem, aber irgendetwas in ihm gab ihm die Kraft, seinem Vater endlich die Stirn zu bieten, und er weigerte sich nachzugeben. Erst als seine Finger brachen, lockerte sich sein Griff. Der Schock, seine eigenen Fingerknochen brechen zu hören, übertraf noch den Schmerz. Er blieb unbeweglich stehen, während die Kätzchen wieder den Berg hinunterrannten. »Jetzt sind sie weg, die Scheißviecher.« Das war der einzige Kommentar seines Vaters, als er auf dem Absatz kehrtmachte und davonging. Seine Mutter sagte kein Wort, als er hereinkam, und verband seine Finger mit einer Selbstverständlichkeit, als wären es Schürfwunden. Und als sie endlich das Schweigen brach, murmelte sie nur unzusammenhängende Sätze über den stetig zunehmenden Wind und das Bootshäuschen, um das sich der Vater solche Sorgen machte. Seine Mutter und er gingen in den Keller, und er meinte, Katzenschreie im heulenden Wind zu hören. Wenige Minuten später kam der Vater nach Hause, stumm und distanziert.

Sie blieben sitzen, bis sie alle drei eingeschlafen waren,

doch irgendwann mitten in der Nacht weckte ihn ein pochender Schmerz in den Fingern. Er warf einen Blick auf seinen Vater – er hatte sich auf den Tisch gestützt und schlief – und fühlte, wie intensiv er ihn hasste. Auch seine Mutter schlief tief und fest, anscheinend unberührt von den Geschehnissen des Abends. Da tat er, was ihm eigentlich streng verboten war: Er ging in die Küche. Obwohl es stockfinster war, konnte er draußen die weiß schäumende See erkennen. Es knackte in den Wänden und in den kalten Fenstern, aber er konnte nur an eines denken, nämlich an die Katzenjungen, ob sie noch lebten und ob sie eine sichere Zuflucht gefunden hatten. Der Fjord lag in einem grauschwarzen Nebel aus wallenden Wolken und dichtem Regen. Trotzdem konnte er die vertäuten Boote auf Vindstad sehen, wie sie von den Wellen hin und her geworfen wurden. Erst als der Sturm Bäume und Steine in lebendige Personen verwandelte, ging er wieder in den Keller. Dort setzte er sich hin und starrte das Gesicht seines Vaters an, das auf der Tischplatte ruhte. Dann, ohne dass er es hätte erklären können, holte er seine Malsachen und begann zu zeichnen. In Ermangelung richtigen Lichts entwarf er nur eine grobe Skizze …

Ein gewaltiger Windstoß riss Berger zurück in die Gegenwart, aber dann tauchte er sofort in die nächste verdrängte Erinnerung. Nachdem er ungefähr fünf Jahre lang als Polizist gearbeitet hatte, wurde die Verlegung seiner Station beschlossen. Mitten im Chaos hatte er sich die Zeit genommen, ein bisschen in alten Papieren zu blättern, und plötzlich war er da, der Bericht von dem verschwundenen Jungen. Ihm war ganz schwummerig geworden, und bevor er wusste, was er tat, hatte er das Blatt in Stücke gerissen. Danach hatte er, im Alter von einunddreißig Jahren, ein einziges Mal seine Dienstpflicht ignoriert. Er hatte ein Streichholz angerissen und die Flammen den Rest des Schriftstücks verzehren lassen. Und er hatte gehofft, dass Oddvar Strøm damit für immer aus der Erinnerung der Menschen getilgt war.

71. Kapitel

Sjur Simskar dachte an die Zeiten zurück, als er sich immer noch Einkaufszettel schrieb. Dann stand er damit im Laden, verkrampfte jeden einzelnen Muskel und hatte eine Todesangst vor Gegenfragen. *Nein, das haben wir nicht da. Darf es etwas anderes sein?* Er schüttelte den Kopf. *Sicher nicht? Schmecken tun sie gleich. Warum wollen Sie's nicht mal ausprobieren?* Dann war ihm nicht nur die Kehle wie zugeschnürt gewesen, sondern alles bis in den Magen hinunter, sodass er den Atem anhalten musste, bis ihm schwarz vor Augen wurde. Alles wegen diesem verfluchten Boa.

Jetzt schrieb er wieder, fasste in Worte, was am 12. Oktober 1962 geschehen war. Er hatte sich auf die Klippen gesetzt, um wie so oft allem und jedem zu entfliehen. Er war ein Junge ohne Freunde. Es war ein ungewöhnlich milder Herbsttag gewesen, und die Wellen klatschten träge gegen den Fuß der Klippe. Erst hatte er geglaubt, dass der Schrei von einer Elster kam, die in einiger Entfernung kreiste, aber als der Laut zum zweiten und dritten Mal erklang, begriff er, dass da ein Kind in Not schrie. Er hatte sich vorsichtig zum Feuerplatz geschlichen. Erst sah er überhaupt nichts, aber dann entdeckte er ein Stück weiter längs im Gras etwas, was er kaum fassen konnte. Da war sie, das Mädchen, das anders war als alle anderen, und was man da mit ihr machte … er brachte es nicht über sich, es hinzuschreiben. Der Polizist würde es schon verstehen.

Hinterher waren sie davongeradelt, als wäre nichts geschehen. Boa hatte ein Lächeln auf den Lippen, und Berger Falch sah aus, als ginge ihn die ganze Sache nichts an. Simskar faltete das Blatt zusammen und nahm sich ein neues. Es gab noch mehr, was der Polizist nicht wusste.

72. Kapitel

Nachdem er neue Kräfte gesammelt hatte, tobte der Sturm unvermindert weiter. Die Bäume wurden durchgeschüttelt, und lose Gegenstände tanzten über die Straßen. Rino, der im Wohnzimmer seiner Tante saß und versuchte, Joakim zum Sprechen zu bringen, hatte endgültig begriffen, dass Boa überall Feinde hatte. Vieles deutete darauf hin, dass Kaspara den Übergriff auf Astrid Kleven gerächt hatte, indem sie ihm ätzende Säure zwangsverabreichte, und vielleicht war sie auch verantwortlich für den Brand, der ihn überhaupt erst zum Pflegefall gemacht hatte.

Rino erkannte im selben Augenblick, dass ihm eine grobe Fehleinschätzung unterlaufen war. Er hatte mit aller Strenge verlangt, dass Kaspara von Boa ferngehalten werden sollte, aber sie wanderte ja immer noch frei über die Heimkorridore und hatte allen Grund, Boa den Todesstoß zu versetzen. Im Chaos der Ereignisse hatte er irrationale Entscheidungen getroffen.

»Ich muss noch mal zum Pflegeheim.«

Joakim hob den Blick von dem Buch, das er sich aus einem Regal genommen hatte. »Du bist doch grade erst zur Tür reingekommen.«

»Tut mir leid, Joakim, aber da ist noch was, was mir keine Ruhe lässt. Sobald die Funkmasten wieder funktionieren ...« Er hob sein Handy hoch. »Aber bis dahin bin ich noch ganz alleine mit dieser Sache, deswegen ist das jetzt alles ein bisschen hektisch.«

»Passt schon. Ich vergnüge mich in der Zwischenzeit mit ...«

Joakim drehte das Buch um. »... *Moskenes: Eine kleine Heimatkunde.*«

Rino zögerte kurz, weil er nicht recht wusste, was er jetzt tun sollte. Das Büro hatte keine Arrestzelle, die war auf Leknes, und die Straße dorthin war durch einen zweihundert Meter breiten Erdrutsch unbenutzbar geworden. Wo zum Teufel sollte er sie hinbringen?

Ein Windstoß ließ die Wände bedrohlich knarzen, dann gab es plötzlich ein Geräusch, als knallte eine Peitsche gegen das Wohnzimmerfenster.

»*Jesus*!« Joakim klappte das Buch zu und sah aus dem Fenster. »Was war das denn?«

»Irgendwas, was die Nachbarn nicht mehr brauchen konnten. Wenn man hier was loswerden will, wirft man's einfach beim nächsten Sturm vor die Tür.«

»Hä?«

»War bloß ein Scherz.«

»Verdammt noch mal!«, schrie Joakim auf einmal, sprang auf und fiel über den Wohnzimmertisch der Tante. Eine geschmacklose Vase zersprang in tausend Stücke. Am Fenster sah man ein Gesicht, das ins Wohnzimmer hineinspähte. Die Nase gegen die Scheibe gepresst, die Augen weit aufgerissen und das schüttere Haar im Winde flatternd.

»Verdammt noch mal!«, wiederholte Joakim und rieb sich das Bein. »Wer zum Teufel ist das denn?«

»Das ... ist mein Kollege«, antwortete Rino, bevor er hinausstürzte und sich gegen die Windstöße voranarbeitete.

Er legte seinem Kollegen einen Arm um die Schultern. Der sah ihn nur traurig an. Freundlich, aber bestimmt führte Rino ihn um die Ecke ins Haus. Falch schlurfte neben ihm her, als hätte er seine ganze Kraft irgendwo da draußen im Sturm verloren.

»Das ist Joakim. Mein Sohn.«

Joakim bedachte seinen Vater mit einem fragenden Blick, dann reichte er dem Besucher zögernd die Hand.

»Hab ich dich erschreckt?«, fragte Falch.

»Ein bisschen.« Joakims akutes Interesse für Heimatkunde flammte wieder auf, und er griff nach seinem Buch.

»Ich hab dich gesucht.« Rino zeigte einladend aufs Sofa. Erst jetzt merkte er, dass sein Kollege pitschnass war.

»Ich musste da einer Sache nachgehen.« Falch starrte auf die Tischplatte.

»Wegen Boa?«

Falch nickte.

Rino hatte es schon eine ganze Weile im Gespür gehabt, dass es eine Verbindung zwischen Falch und dem Tunichtgut von Vindstad geben musste.

»Ich hab versucht, die Geräusche auszublenden.« Falch saß immer noch mit gesenktem Kopf da.

Rino wechselte einen Blick mit dem verstörten Joakim.

»Sie heulte und heulte.«

»Wie hieß sie?«

Falch vergrub das Gesicht in den Händen. »Astrid«, sagte er.

Es fühlte sich an, als würden ihm Hunderte von kleinen Krabbeltieren aus einem Kokon im Nacken den Rücken hinunterkriechen. »Was ist passiert?«

Falch wand sich. »Oh Gott, sie hat so geblutet.«

Joakim hatte noch nie jemanden so erstarrt angesehen.

»Ich wollte nicht mitmachen … aber ich konnte es nicht stoppen.«

Rino begann zu dämmern, wovon sein Kollege sprach.

»Ich wusste nicht, dass sie dort war.«

»Aber?«, bohrte Rino nach, während Falch sich die geballten Fäuste an die Schläfe presste.

»Ich glaube, ich …« Falch ließ die Hände sinken. »Ich glaube, ich war dabei.«

»Bei der Vergewaltigung?« Es fühlte sich ungut an, die Untat so beim Namen zu nennen.

Falchs Augen füllten sich mit Tränen.

73. Kapitel

Sjur Simskar öffnete die Tür einen Spaltbreit. Auf den Fluren war niemand zu sehen. Er hatte keine Ahnung, wo seine Kleider waren, vielleicht hatte man sie sogar weggeworfen. Er hatte vor, in den Sturm hinauszugehen, aber er musste keine weite Strecke zurücklegen, also würde der Pyjama schon ausreichen. Er schob sich die zusammengefalteten Blätter in die Tasche und lief lautlos auf den geliehenen Sandalen davon. Eine Pflegerin sah ihn durch eine offene Tür fragend an. Das Lächeln, das sie darauf folgen ließ, war reserviert, aber nichts deutete darauf hin, dass sie ihn aufhalten wollte.

Der Wind empfing ihn mit unwirklichen Geräuschen, als er die Haustür öffnete, aber er störte sich nicht daran. Ein paar Hundert Meter würde er schon schaffen. Bereits an der Tür stach ihn die Kälte wie Nadeln in die Zehen, aber da musste er eben durch. Er musste weiter. Mit gesenktem Kopf ging er bis zum Haus. Nach kurzer Bedenkzeit klopfte er an die Tür. Als er hörte, wie sich drinnen jemand bewegte, schob er die Hand in die Schlafanzugtasche. Die Zettel würden alles erklären.

74. Kapitel

Ein Geräusch drang durch den tobenden Sturm. Jemand hämmerte kräftig gegen die Tür. Rino wollte seinen Augen nicht trauen, als er aufmachte. »Was in Gottes Namen …«

Ein zerzauster Sjur Simskar zog eine Hand aus der Tasche, und in der nächsten Sekunde wurde ein Zettel vom Wind davongerissen. Vergeblich versuchte er ihn zu fangen, dann holte er zögernd noch ein zweites Blatt hervor. Da Rino an der Haustür nichts lesen konnte, zog er Simskar mit ins Wohnzimmer.

»Sjur?« Falch sah den Neuankömmling verblüfft an. Ebenso Joakim, der die Augen verdrehte und sich schleunigst wieder hinter seinem Heimatkundebuch versteckte. Rino hielt den Zettel neben eine Kerze und begann die schiefen Buchstaben zu entziffern.

ICH SETZTE MICH ANS MEER. DA HÖRTE ICH DAS SCHREIEN. ES WAR ASTRID. UND BOA. ER HAT SIE VERGEWALTIGT. ICH HABE NICHTS UNTERNOMMEN. SCHAFFTE ES NICHT. BERGER GING IM KREIS UND HIELT SICH DIE OHREN ZU. HINTERHER SIND SIE MIT DEM RAD WEGGEFAHREN. SEITDEM HAB ICH AUF ASTRID AUFGEPASST. WERDE IMMER AUF SIE AUFPASSEN. NACHDEM BOA ZURÜCKGEKOMMEN WAR, HABE ICH AUCH IHN BEOBACHTET. ICH HABE BOA GEHASST. ER HAT MEIN LEBEN ZERSTÖRT. ICH SAH, DASS ER ZU DER PFLEGERIN NACH HAUSE GEBRACHT WURDE. UND ICH WAR DA, ALS OLAV RIST IHN MITNAHM. ICH FOLGTE IHM MIT MEINEM BOOT. BIS NACH VINDSTAD. ICH HABE IHN VOR DEM ERTRINKEN GERETTET. ABER OLAV RIST HAT MICH ÜBERWÄLTIGT.

Rino reichte Falch das Blatt, der den Text mit ungläubigen Augen las.

»Ging im Kreis«, murmelte er. »Ich habe ihr also nichts getan?«

Simskar schüttelte den Kopf.

»Du warst auch da?«

Simskar senkte beschämt den Blick.

»Wir waren beide gleich feige.« Falch ließ sich aufs Sofa fallen. »An mehr kann ich mich nicht mehr erinnern. Dass ich im Kreis ging und mir die Ohren zuhielt. Die ganze Zeit hatte ich Angst vor dem, was mir vielleicht wieder in Erinnerung kommen könnte.« Falch fuhr sich mit beiden Handflächen übers Gesicht. »Aber mehr war nicht, oder?«

Wieder schüttelte Simskar den Kopf.

»Und der Brand?« Rino wandte sich an die Gestalt im Pyjama, der mehrere Nummern zu groß war. »Sind Sie sicher, dass Sie das nicht waren?«

Simskar schüttelte entschieden den Kopf.

»Ich habe mehr oder weniger handfeste Beweise, dass das Motiv mit dem Übergriff auf Astrid Kleven zusammenhängt, der Frau, von der Sie selbst geschrieben haben, dass Sie sich vorgenommen hatten, auf sie aufzupassen. Wie ich sehe, hat Astrid zwei Personen, die ihr gegenüber eine Beschützerrolle übernommen haben: Sie und Kaspara Renheim.«

Simskar, der immer noch vor Kälte schlotterte, machte den Mund auf und schob den Kopf vor, aber es wollte ihm kein Wort über die Lippen kommen.

»Astrid hat eine Schwester.« Falch sprach zu niemand Bestimmtem im Raum. Wahrscheinlich kreisten seine Gedanken um die Frage, warum er damals so gehandelt hatte.

»Eine Schwester?«

»Ja, eine kleine Schwester.«

»Warum hat mir das noch keiner erzählt?«

»Du hast nie gefragt. Sie mag Astrid sehr gern, aber sie schafft es nicht, Astrid bei sich mit im Haus zu haben.«

»Wer ist die Frau?«

»Du hast sie schon kennengelernt.«

In diesem Moment fingen zwei Lampen an zu leuchten, und als Nächstes piepste Rinos Handy. Die Stromversorgung wurde allmählich wieder aufgenommen.

75. Kapitel

Die Frau sah sich um, bevor sie in die Garderobe ging. Die Uniformjacken hingen immer noch in Reih und Glied. Ihre Finger arbeiteten sich bis zur richtigen Jacke vor. Das Schild an der Brust hing ein bisschen schief, sie machte die Nadel los und richtete es wieder gerade. KASPARA. Hier wurden ganz bewusst nur Vornamen benutzt. Das schuf Nähe zwischen Patienten und Pflegerinnen. Sie zwängte sich in die Jacke und strich eine Falte glatt. Dann überprüfte sie noch ein letztes Mal die Flasche und schob sie in die Tasche. Es war wichtig, dass der Deckel richtig saß. Ein vergossener Tropfen hätte sich innerhalb von Sekunden durch Kleidung und Haut geätzt. Sie machte die Tür auf und blickte prüfend auf den Flur. Das ferne Geräusch von klappernden Sandalen. Sie senkte den Blick und huschte hastig zu seinem Zimmer.

76. Kapitel

Im Schlaf durchlebte er noch einmal die Sekunden auf dem Meeresgrund. Im Traum hatte er Kräfte, die er im wirklichen Leben nicht besaß, er konnte sich drehen und mit den Beinen strampeln. Doch er konnte die Oberfläche nicht erreichen, die Lunge nicht mit Luft füllen. Stattdessen musste er schlucken, und auf der Flucht vor diesem Albtraum – seinem eingebildeten Kampf gegen den Ertrinkungstod – roch er ihn plötzlich wieder … den Geruch der Teufelin. Auf einen Schlag war er hellwach. Sie war im Zimmer. Seine unverletzte Haut zog sich zusammen, und er hielt den Atem an. Mit langsamen Schritten näherte sie sich seinem Bett. Er begann schneller zu atmen, sein Herz schlug ihm heftig gegen die Rippen.

»Ich möchte dir gern eine Geschichte erzählen.«

Die Stimme. Das war nicht sie.

»Von einem Mädchen, das anders war als die anderen.«

Sein Puls raste noch immer wie wild.

»Sie hatte keine Freunde, deswegen blieb sie ganz für sich. Mit einer, die für immer auf dem Stand einer Fünfjährigen bleibt, will kein Mädchen befreundet sein.«

Er wand sich auf seinem Bett, hatte eine Todesangst vor dem Tropfen, der jetzt kommen würde.

»Ich glaube, sie wusste damals schon, dass sie nicht wie die anderen war. Dass sie nie wie die anderen werden konnte. Dass sie zu einem Leben in Einsamkeit verdammt war. Als ob das noch nicht gereicht hätte …«

Er hörte, wie sie sich über ihn beugte, und drückte seinen Kopf ins Kissen.

»… wie gesagt, sie war viel allein, und sie war gerne draußen in der Natur. Ich glaube, sie fühlte dort eine Art Zugehörigkeit, wenn sie Blumen pflückte oder Vögel fütterte. Für sie gab es keinen Unterschied zwischen kleinen Singvögeln und Elstern, sie mochte sie alle. Wenn das Wetter gut war, saß sie oft im Gras hinterm Haus. Aber es kam auch vor, dass sie lange Ausflüge machte, so wie am 12. Oktober vor genau … 49 Jahren.«

Er konnte sich nicht erinnern. Der 12. Oktober sagte ihm überhaupt nichts.

»Ich glaube, sie war schrecklich stolz, als sie davontrippelte, denn sie hatte durchgesetzt, dass sie sich einen Rock anziehen durfte. Aber das weißt du ja vielleicht noch, oder?«

In seiner Brust hämmerte es weiter.

»Sie hatte eine Tüte Brotkrümel mitgenommen. Sie fütterte furchtbar gerne die Vögel, obwohl wahrscheinlich die Elstern das meiste davon abstaubten. Und da saß sie nun – alleine, weil all ihre Freundinnen über ihr Entwicklungsstadium hinausgewachsen waren.«

Von allem, was geschehen war, war die Vergewaltigung das Schlimmste.

»Da schuf sie sich also ihre eigene kleine Welt, bis so ein sadistischer Wichser daherkam und alles in Stücke schlug.«

Plötzlich nahm die Stimme einen ganz anderen Klang an.

»Ein kleiner Augenblick perversen Vergnügens, den du in dem Moment vergessen hattest, als du ihr den Rücken zugedreht hast, hm?«

Er wollte nur noch fort. Fort aus seinem Bett, fort von der Teufelin, die über ihm schwebte.

»Aber sie konnte es niemals vergessen. Ich auch nicht. Und weißt du, was am schlimmsten war?« Ihr Atem ging schneller.

»Der Gedanke, dass du damit davongekommen bist. Denn all die Jahre hatte ich geglaubt, dass du tot bist. Trotzdem ist da immer irgendwo ein Zweifel hängengeblieben. Irgendwie war die Art, wie du verschwunden bist, nicht ganz koscher. Als sich um dich herum alles zuspitzte, bist du einfach verschwunden. Deswegen bin ich mehrere Male nach Vindstad rausgefahren, noch bevor die Leute alle weggezogen sind. Ich hab nach dir gefragt und nach den Umständen deines Verschwindens. Denn ich habe die Hoffnung nie aufgegeben, dass ich dir eines Tages wieder begegnen würde – von Angesicht zu Angesicht. Aber als ich plötzlich ganz nichtsahnend auf dich stieß, wünschte ich mir nichts mehr, als dein hässliches Gesicht für immer auszulöschen. Fast ein bisschen schade, dass du dich selbst nicht sehen kannst. Das hättest du verdient.«

Er hörte, wie sie die Hand in ihre Kitteltasche schob, und wusste, was ihn jetzt erwartete.

»Es sind nur noch ein paar Stunden, bis der Tag vorbei ist – und dein Leben gleich mit. Das hab ich nämlich so geplant, weißt du. Vom ersten Moment an hatte ich vor, dass du am 12. Oktober vor deinen Schöpfer trittst. Der Brand hatte nur den einen Zweck: dich zum Pflegefall zu machen. Eine Weile hatte ich schon Angst, dass du mir dabei draufgehst, das hätte mir die halbe Freude verdorben.«

Sie beugte sich über ihn, und er spürte die Wärme ihres Atems.

»Ich war noch ziemlich jung, als Astrid halbnackt und blutverschmiert in die Küche kam. Und seitdem ist kein Tag vergangen, an dem mir nicht Astrids ungläubiger Blick lebhaft vor Augen steht, kein Tag, an dem ich nicht an diesen Moment erinnert werde, in dem ich sie verloren habe. Ich war die Jüngste bei uns zu Hause, aber praktisch war ich die große Schwester, seit ich vier, fünf Jahre alt war. Und von dem Tag an wurde ich auch Mutter und Vater. Ich war allein mit dem Schmerz. Und nach dem Schmerz kam der Hass. Also stirb jetzt, du Kinderschänder, stirb so, wie Astrid an dem Tag gestorben ist, stirb unter erbärmlichen Schmerzen.«

Sie bog ihm den Kiefer auf.

77. Kapitel

Rino stürzte aus der Tür und wurde gleich im nächsten Moment von einem mächtigen Windstoß zu Boden gestreckt. Aber er rappelte sich wieder auf und zwang sich weiterzulaufen. Es war Ironie des Schicksals, dass jetzt alle Lichter wieder brannten ... jetzt, wo alles an den Tag kommen sollte.

Mehrmals hätte der Wind ihn beinahe von der Straße gefegt, aber zu guter Letzt erreichte er das Pflegeheim, wo er auf den Flur stürmte. Eine Pflegerin sah ihn erschrocken an, aber er hatte keine Zeit für Erklärungen und rannte schnurstracks in Boas Zimmer. Als er die Tür aufmachte, erkannte er, dass er zu spät gekommen war. Das Wesen im Bett lag in verdrehter Stellung da. Die Decke war auf den Boden gefallen, sodass der nackte Körper entblößt war, dessen Haut an eine versteinerte Vulkanlandschaft erinnerte. Der Mund war offen, eingefroren in einem verzweifelten Atemzug.

78. Kapitel

Berger Falch saß immer noch auf dem Sofa von Rinos Tante, als sein Handy klingelte. Auf dem Display stand Sandras Name. Sie machte sich sicher Sorgen, weil sie alleine war.

»Hallo Papa! Geht's dir gut?«

»Es geht mir immer besser.«

»Gott sei Dank haben wir wieder Strom. Irgendwie kommen diese Herbststürme jedes Jahr früher.«

»Kann gut sein. Was treiben die Jungs?«

»Die laufen hier rum und sind mit sich selbst beschäftigt. Übrigens hat Tommy mich gestern zu Tode erschreckt.«

»Vielleicht, weil du so leicht zu erschrecken bist?«

»Bestimmt.«

»Was hat er denn gemacht?«

»Er hat mir im Wäschekeller einen kleinen Streich gespielt. Die Maschine läuft hier ja in einer Tour, weißt du, und ich kam grad mit dem nächsten vollen Korb runter und war so in Gedanken versunken, dass ich zu Tode erschrocken bin. Er hatte nämlich so eine grauenvolle Zeichnung an die Wand hinter der Tür gehängt, ein Gesicht, ich sag dir, so richtig zum Fürchten.«

Falch erstarrte. Im nächsten Moment hatte er begriffen. Gerade weil er seine Tochter so vergötterte, konnte man ihn nicht schlimmer strafen als durch sie. Panisch versuchte er, einen klaren Gedanken zu fassen. Das Auto stand immer noch vor der Polizeistation. Und er hatte die Schlüssel in der Tasche.

79. Kapitel

Rino starrte die Gestalt im Bett an und versuchte sich die unmenschlichen Schmerzen vorzustellen, mit denen sie die letzten Monate gelebt hatte. Die Ungerechtigkeit, die diesen Mann getroffen hatte, hätte kaum größer sein können. Die Pflegerinnen hatten ihn Hero getauft, weil er sich ans Leben klammerte, wo andere längst aufgegeben hätten. Sie ahnten ja nicht, dass ihre eigene Chefin ihn so entstellt hatte und dass die Misshandlungen hier im Pflegeheim weitergegangen waren.

Ein schwaches Gurgeln ließ Rino zusammenzucken. Zitternd legte er Boa einen Finger an den Hals, zwischen den Panzerplatten aus verbrannter Haut. Der Puls schlug immer noch. Er stürmte auf den Gang, hätte beinahe eine Pflegerin umgerannt und schrie, dass Hero im Sterben lag. Mehrere Pflegerinnen rannten herbei, jemand rief, dass man die Heimleiterin holen sollte.

Während er so dastand und das Tohuwabohu hin- und hereilender Pflegerinnen beobachtete, fiel sein Blick auf eine Uniformjacke, die jemand hinter der Tür in die Ecke geworfen hatte. Er hob sie hoch, und noch bevor er das Namensschild gelesen hatte, erkannte er den Parfümduft wieder. Die Heimleiterin hatte vorgesorgt für den Fall, dass es Hero irgendwann gelingen sollte, sich doch verständlich zu machen.

80. Kapitel

Falch fuhr wie ein Verrückter und ging nicht mal dann vom Gas, wenn das Auto durch die heftigen Windstöße auf der Straße ins Schlingern kam. Er hatte Astrid Kleven nie wehgetan, aber er war an dem Tag dort gewesen, als Boa seiner sadistischen Initiation die Krone aufgesetzt hatte, und er war im Kreis gelaufen, statt einzugreifen. Also war er beteiligt gewesen, wenn auch wider Willen.

Ihre Schwester hatte Boa auf die schlimmstmögliche Art bestraft, und sie hatte die ganze Zeit gewusst, was Berger Falch schlimmer treffen würde als alle Qualen der Welt: dass seiner Tochter etwas geschah.

Er hatte Sandra gebeten, alle Türen abzuschließen und sich behelfsmäßig zu bewaffnen, denn er wusste, dass Astrids kleine Schwester zu seiner Tochter unterwegs war. Die Angst, Sandra zu verlieren, hatte sich bis ins Unerträgliche gesteigert, als er endlich schleudernd vor ihrem Haus bremste. Die Glasscheibe in der Haustür war zerbrochen, und er heulte Sandras Namen, als er in den Flur stürzte. Er hörte nicht, ob sie antwortete, denn im nächsten Moment wurde er umgerannt. Sekunden in schwarzem Chaos, dann erkannte er langsam seine Umgebung wieder. Eine Gestalt rannte zur Tür hinaus, während das panische Schreien seiner Tochter von den Wänden hallte. »Sandra, wo bist du?«

»Papa, o Gott!«

»Hat sie dir was angetan?« Er versuchte aufzustehen, fiel aber wieder zu Boden.

»O Gott, was ist denn bloß los?«

»Antworte mir! Hat sie dir was getan?«

»Nein. Sie hat unzusammenhängendes Zeug gefaselt, dass du ihrer Schwester das Leben genommen hättest, und dann fing sie an zu weinen.«

»Lass die Tür verschlossen.« Er rappelte sich taumelnd auf die Füße und stolperte hinaus. Da ihm das Blut aus einer Wunde an der Stirn ins Auge lief, konnte er nicht besonders gut sehen, aber ein Stück weiter unten am Abhang konnte er doch eine Silhouette ausmachen. Das war sie. Er hätte bei seiner Tochter bleiben sollen, bis Verstärkung kam, aber ihr Versuch, Sandra etwas anzutun, hatte ihn in so aberwitzige Raserei versetzt, dass er einfach losrannte.

Sie kletterte über einen Zaun und verschwand aus seinem Blickfeld, aber schon wenig später entdeckte er sie wieder, wie sie die Straße überquerte, nicht weit vom *Coop*. Der Wind zwang ihn mehrmals fast in die Knie, aber er merkte, dass er mit jedem Meter aufholte, und kämpfte sich weiter voran. Durch eine Wand aus peitschendem Regen sah er, wie sie über die unwegsamen Felsen nach unten lief. Auf einem kleinen Stein blieb sie breitbeinig stehen, während um sie herum die schweren Brecher schäumten. Es lagen nur noch fünf, sechs Meter zwischen ihnen, aber ihre Gesichtszüge ließen sich nur mit Mühe erkennen.

»Du hättest es stoppen können!«, rief sie. Ein Windstoß hätte sie beinahe von den Füßen gerissen.

Er schüttelte den Kopf, aber es wollten ihm keine Worte über die Lippen kommen. Hätte er es stoppen können?

»Du warst da, und du hast zugelassen, dass er sie auf Lebenszeit zerstört hat.«

»Ich wusste nicht …« Die Worte gingen im Wind unter.

»Du hast es geschehen lassen.«

Wieder schüttelte er den Kopf.

»Du wusstest es!«

»Es ist jetzt vorbei.« Er setzte sich und stützte sich dabei mit einem Knie auf dem glatten Stein ab.

»Es geht nie vorbei, Berger. Nie.«

»Ich wusste das nicht.«

»Sie hatte es so schlecht …« Sie schluchzte die Worte hervor, da verlor sie erneut das Gleichgewicht.

»Setz dich hin!«, rief er, aber es war zu spät. Ingrid Eide ruderte wild mit den Armen, dann stürzte sie zwischen zwei Felsen und verschwand aus dem Blickfeld.

Er überquerte den rutschigen Felsen, so schnell er konnte, und beobachtete dabei, wie sie darum kämpfte, sich wieder hochzuziehen. Als er nur noch ein paar Schritte entfernt war, wurde sie nach unten gesogen. Er sah ihren Kopf in den mächtigen Wogen auf und ab tanzen wie den Schwimmer einer Angel, dann schleuderte die Dünung sie wieder landwärts. Nachdem die Strömung sie mehrmals von ihm weggezogen hatte, bekam er endlich ihre Jacke zu fassen. Er zog aus Leibeskräften, während die Heimleiterin versuchte, sich am Stein festzukrallen. Endlich konnte er sie auf sicheren Boden ziehen. Sie blieb auf dem Bauch liegen, während sie immer noch verzweifelt weinte. »Es ist mir nicht gelungen«, schluchzte sie.

»Was ist Ihnen nicht gelungen?«

»Sie zu schützen.«

Er hätte etwas sagen sollen, aber er fand nicht die richtigen Worte.

»Ich habe sie im Stich gelassen. Ich habe versagt.«

»Wir haben alle versagt«, sagte er und zog sie hoch.

81. Kapitel

Sein Atem ging ungleichmäßig und stoßweise. Die neuen Tropfen hatten neue Krater in seine Schleimhäute geätzt, aber er hatte sich trotzdem nicht in die Knie zwingen lassen.

»Hören Sie mich?«, flüsterte Rino.

Die Änderung im Atemrhythmus war so gut wie eine Antwort.

»Sie werden in ein Krankenhaus überführt, sobald sich der schlimmste Sturm gelegt hat. Der Albtraum ist jetzt vorbei.« Rino zog sich einen Stuhl ans Bett und setzte sich. »Ich weiß alles«, sagte er.

Das Wesen im Bett versuchte, ihm den Kopf zuzuwenden.

»Wir haben das Skelett Ihres Bruders auf Vindstad gefunden.«

Der Atem ging immer noch stoßweise.

»Wir haben es analysieren lassen, weil die Verletzungen so umfassend waren. Aber irgendetwas im Bericht hat mich stutzen lassen. Denn Roald wurde über viele Jahre hinweg misshandelt, und heute kann man noch die kleinste Fraktur genau datieren. Da alles darauf hindeutete, dass sich das Opfer die Brüche alle zur selben Zeit zuzog, habe ich mit dem Rechtsmediziner Kontakt aufgenommen und ihm erzählt, dass Roald Strøm stark unter Kinderrheuma litt. Er konnte mir bestätigen, dass das Skelett keinerlei Spuren dieser Krankheit trug.«

Aus dem Bett kam ein Wimmern.

»Die Frau, von der Sie das Haus gemietet haben, fand, dass Sie sich irgendwie vorsichtig bewegten. Ich schätze, diese Langsamkeit war auf die Rheumakrankheit in Ihrer Kindheit zurückzuführen.«

Die Gestalt hob eine Hand, als würde sie darauf brennen, alles selbst zu erzählen.

»Sie sind nicht Boa. Aber Gott weiß, Sie haben für seine Sünden gebüßt. Sie sind Roald Strøm – der Junge im Rollstuhl.«

Das Geräusch von kurzen, halb erstickten Hicksern machte Rino Angst, aber der Atem des Patienten beruhigte sich schnell wieder. »Sie sind ein Risiko eingegangen, als Sie hierher zurückgekommen sind. Wahrscheinlich dachten Sie, dass Sie keiner wiedererkennt, und das war ja so weit auch richtig. Aber Sie wurden als Boa wiedererkannt … denn der war es ja, der offiziell verschwunden ist.« Rino blickte auf seinen Schoß. »Der Brand muss Sie überrumpelt haben, weil es Ihnen nicht mehr gelang, Ihre wahre Identität zu lüften. Das hätte Ihnen das hier erspart. Über Roald wussten alle nur Gutes zu sagen. Über Boa dagegen …« Rino stand auf und wandte den Blick vom Bett ab. Die Gewissheit, dass hier wirklich Roald Strøm lag, der von Kindesbeinen an in so vielerlei Hinsicht hatte leiden müssen, machte es noch schlimmer zu sehen, was ihm die Flammen angetan hatten. »Ich habe hier einen Brief«, sagte er und räusperte sich. »Möchten Sie, dass ich den Aline überbringe?«

Obwohl das Gesicht verbrannt und unfähig zu jeglicher Art von Mimik war, glaubte Rino einen Schimmer von fieberhaftem Eifer zu erkennen.

»Ich weiß, wer sie ist«, sagte er und klopfte Roald Strøm vorsichtig auf die Schulter.

Obwohl sich der schlimmste Wind gelegt hatte, gingen immer noch schwere Regenschauer nieder, und als ich ihn ausgegraben hatte, war ich schon längst bis auf die Haut durchnässt. Er lag noch genauso da, wie ich ihn zwei Wochen zuvor verlassen hatte. Aus irgendeinem Grund hatte ich fast erwartet, dass er sich da unten umgedreht haben müsste und nun dalag und wartete, dass ihn der Spaten von der Erde befreite, die auf ihm lag. Ich blieb stehen und starrte auf die Gestalt im Grab. Wann hatte der Hass so in ihm Wurzeln geschlagen? Ich hatte das Gefühl, dass er mich ein Leben lang gern tot gesehen hätte, ein Wunsch, der bald in Erfüllung gehen würde. Denn von diesem Tag an würde man Roald Strøm auf die Liste derer setzen, die ihr Grab im Fjord gefunden hatten.

Bevor ich ihn erneut mit Erde zudeckte, ging ich neben dem Grab in die Hocke und dachte an die Nacht zurück. Oddvar hatte tief geschlafen. Der erste Schlag traf ihn auf den Hinterkopf, und ich hörte, wie sein Atem ein wenig leiser wurde. Dann holte ich den größten Eimer, den wir im Hause hatten, füllte ihn mit Wasser und stellte ihn neben das Bett. Er kam mir schon leblos vor, als ich ihm den Kopf in den Eimer drückte. Keine Zuckungen, kein Widerstand. Ich ließ ihn noch eine ganze Weile so liegen, und als ich seinen Kopf wieder aus dem Eimer zog, atmete er nicht mehr. Jahre der Misshandlungen waren vorbei. Denn was mein Vater anfing, brachte Oddvar insgeheim zu Ende. Papa war meistens betrunken, wenn er mich schlug, und wusste hinterher nie, in welcher Verfassung er mich zurückgelassen hatte. Ich wusste, dass ihn die Reue plagte, wenn er am nächsten Tag meine blauen Flecken sah, aber er wusste nicht, dass die meisten davon auf Oddvars Konto gingen. Ich traute mich nie, es zu verraten, denn mein Bruder hatte mir gedroht, mich vollends lahm zu schlagen, wenn ich es erzählte. Ich war gefangen. Mein Gelenkrheuma riss und zerrte, manchmal so schlimm, dass ich im Rollstuhl sitzen musste. Und wenn nicht, dann stand Oddvar schon bereit, als könnte er es nicht ertragen, dass ich auch solche Tage erleben könnte wie er. In meinem tiefsten Inneren wusste ich, dass er nicht aufgeben würde, bis ich für immer an den Rollstuhl gefesselt war.

Zuerst glaubte Papa, dass Oddvar für ein, zwei Tage weggegangen war, aber nach einer Weile begann er mir fragende Blicke zuzuwerfen. Drei Tage nach seinem Verschwinden fand ich meinen Vater an seinem Bett sitzen. Er hatte die Matratze umgedreht, sodass der Blutfleck zu sehen war. Ich versuchte es mit einer Lüge, aber er durchschaute mich, und bevor ich recht wusste, was ich tat, hatte ich alles zugegeben.

Er nahm es besser auf, als ich gedacht hätte, aber er war der Meinung, dass er Oddvar wieder ausgraben musste. Irgendwas hielt ihn jedoch vorerst zurück. Wenn die Wahrheit an den Tag kam, hätte er damit beide Söhne verloren, und ich merkte, dass er nicht wusste, was er tun sollte. Er ging das provisorische Grab oft besuchen, und oft konnte ich ihm ansehen, dass er geweint hatte. Aber eines Tages meinte er, es führe kein Weg dran vorbei, er müsse dem Polizeichef berichten, was passiert war.

In den nächsten Tagen wartete ich gespannt auf das Unausweichliche, und jedes Mal, wenn die Fähre ankam, machte ich mich auf den Anblick des Polizeichefs gefasst, wie er über den Anleger eilte. Papas Blick war der gleiche, eine Mischung aus Resignation und Entschlossenheit, aber ob er mich wirklich angezeigt hatte, sollte ich nie erfahren. Denn am selben Abend kam der Sturm …

Ich warf einen letzten Blick auf meinen Bruder, als ich an seinem Grab kniete. Es hatte mich meine ganze Kraft gekostet, ihn die ganze Strecke in der Schubkarre zu transportieren. Ich hatte zu diesem Zeitpunkt zwar nicht so schlimm unter meinem Rheuma zu leiden, aber trotzdem musste ich alle zehn Meter stehen bleiben. Wohl wissend, dass ich immer noch nicht in Sicherheit war, schaufelte ich erneut Erde über ihn. Am Ende war nur noch sein Kopf zu sehen. Da lag er, alleine und verlassen, und zum ersten Mal spürte ich einen Hauch von Mitleid. Deswegen ließ ich ihm zur Gesellschaft auch das Liebste da, was ich besaß: Ich legte ihm das Stofftier, das Mama mir einmal genäht hatte, mit ins Grab.

82. Kapitel

Draußen konnte Roald Strøm die Rotorblätter des Hubschraubers hören. Jeden Augenblick konnte es so weit sein, dass sie ihn aus dem Krankenwagen herausrollten, um ihn ins Krankenhaus Tromsø zu bringen. Gøril saß neben ihm, wie schon den ganzen Morgen. Er spürte eine Ruhe, wie er sie schon seit Jahren nicht mehr gespürt hatte, und die Erkenntnis, dass das, was ihm geschehen war, vom Schicksal bestimmt war, aber auch, dass er für immer im Pflegeheim bleiben würde.

Doch er hatte seinen Bruder ermordet, und zur Strafe hatte er für dessen Untaten büßen müssen. Zu Anfang hatte er nicht geahnt, was ihm widerfahren war oder warum, aber nach einer Weile war ihm das Offensichtliche aufgegangen: Da offiziell ja Boa verschwunden war, konnte es auch nur Boa sein, der zurückgekehrt war. Beide hatten sie das Aussehen ihrer Mutter geerbt, daher hatten sie sich zu einem gewissen Grad ähnlich gesehen. Selbstverständlich hatte er gewusst, dass Oddvar überall verhasst gewesen war, und als die Vergewaltigung ruchbar wurde, war ihm sofort klar gewesen, wer dahintersteckte. Der Blick, den Oddvar ihm später zuwarf, bekräftigte seine Vermutung nur. Es war ein wortloses Geständnis von Bruder zu Bruder, ein Geständnis, das vor perversem Stolz triefte.

»Sie sind jetzt bereit.« Gørils Stimme zitterte von unterdrückten Tränen.

Er hätte ihr so gerne gesagt, wie sehr er sie schätzte, und wie sie für ihn der einzige Lichtblick gewesen war, als die Schmerzen unerträglich schienen, aber er konnte es nicht. Stattdessen hob er einfach nur eine Hand. Sie fasste sie und strich ihm behutsam über den verbrannten Handrücken. »Ich komm dich im Krankenhaus besuchen. Und ich werde dafür sorgen, dass du die denkbar beste Behandlung bekommst.« Sie legte ihm einen Finger auf den lippenlosen Mund. »Eines Tages werden wir zwei uns unterhalten. Das verspreche ich dir.«

Die Türen des Wagens gingen auf, und ein Schwall kalter Luft schlug ihm entgegen. Er sah vor seinem inneren Auge, wie sie dasaß. Das goldene halblange Haar flatterte leicht im Luftzug. Sie lächelte ihn mit tränennassen hellblauen Augen an, ein Lächeln, das ihm sagen sollte, dass sie ihr Versprechen halten wollte. Eines Tages würden sie sich über das unterhalten, was geschehen war.

83. Kapitel

Berger Falch saß auf demselben Stein, gegen den Kristines Mazda geprallt war. Sie war zwischen Sitz und Lenkrad zerquetscht worden, und der Arzt hatte festgestellt, dass der Tod unmittelbar beim Aufprall eingetreten sein musste. Das hatte ihn in seinem Kummer ein wenig getröstet. Aber das Gefühl, dass an diesem Unfall irgendetwas faul war, ließ ihm keine Ruhe, und in seinen dunkelsten Stunden hatte er gedacht, dass Kristine es bewusst getan hatte, dass sie vor der Kurve aufs Gas ging und dann einfach stur auf den Abhang zugehalten hatte. Deswegen hatte er eine Obduktion durchgesetzt, in der Hoffnung, man könnte irgendetwas entdecken, was ihn von seinen Selbstanklagen befreite.

Doch die Obduktion hatte nur das Offensichtliche bestätigen können: Kristine war infolge der schweren Verletzungen mehrerer innerer Organe gestorben. Irgendwie hatte er das Gefühl, dass Kristine Ingrid Eides erstes Opfer war, wie die Heimleiterin ja auch geplant hatte, dass Sandra die nächste sein sollte. Als Rache dafür, dass er nicht eingegriffen hatte, als ihre große Schwester vergewaltigt wurde.

Er hob den Blick zum Horizont. Wenn sein Vater sein schlechtes Gewissen nicht mit Geld hätte erleichtern wollen und wenn er sich diese Flasche Cola nie gekauft hätte… er schob den Gedanken energisch beiseite und stand auf. Er wollte wieder zurück ins Leben. Und sei es auch nur für Sandra. Er kletterte von seinem Felsen und ging den Abhang an seiner flachsten Stelle hoch. Kurz bevor er die Straße erreichte, entdeckte er im Gras zwischen zwei Steinen einen Zettel. Er war völlig durchweicht und zerfiel ihm fast zwischen den Fingern, aber den Text konnte man noch entziffern.

ES IST NICHT BOA. ICH SPÜRE ES. ES MUSS ROALD SEIN.

84. Kapitel

Das Altenheim lag im Schein der dunstigen Herbstsonne. Ein Bewohner schlenderte leicht vornübergebeugt über den Rasen. Sobald er den türkisen Volvo bemerkte, folgte er dem Wagen mit den Augen, bis Rino parkte und ausstieg. Ein diskretes Nicken, dann konzentrierte er sich wieder auf die Unebenheiten des Bodens.

Auf dem Flur roch es nach gekochtem Kohl. Wahrscheinlich gab es heute Hammeleintopf, dachte Rino, der annahm, dass der Alte draußen auf das Mittagessen wartete. Eine Pflegerin, Mitte zwanzig, stark geschminkt und mit pechschwarzem Haar, kam ihm lächelnd entgegen. »Kann ich Ihnen behilflich sein?«

»Ich würde gerne mit Sølvi Unstad reden.«

Ein Anflug von Verunsicherung. »Sølvi …«

»Ich weiß, dass ihr das Sprechen sehr schwer fällt. Aber ich muss ihr etwas erzählen.«

Die Pflegerin warf einen Blick auf die Uhr. »Wir essen in einer halben Stunde.«

»Eine halbe Stunde reicht dicke.«

»Wen soll ich ihr melden?«

»Den Polizisten aus Reine.«

Wenig später wurde er in Sølvi Unstads Zimmer geführt. Die Pflegerin beugte sich über die Schlaganfallpatientin, der man das Kopfteil des Bettes hochgestellt hatte, damit sie bequem sitzen konnte. »Möchten Sie, dass jemand von uns dabei ist?«

Sølvi Unstad warf einen Blick auf ihren Besucher, dann

schüttelte sie den Kopf. Die Pflegerin erinnerte noch einmal ans baldige Mittagessen und verließ das Zimmer.

Rino setzte sich in den Sessel und lächelte die alte Lehrerin an, die ihn abwartend ansah. »Ich habe einen Brief für Sie«, sagte er und zog das Kuvert aus der Innentasche. »Er hat ihn niemals abschicken können …«

Ihre Augen wurden glasig.

»… weil er nämlich einen Unfall hatte.« Er wollte die Wahrheit nicht unterschlagen, hatte aber beschlossen, ihr die schlimmsten Details zu ersparen.

»Er liegt momentan im Krankenhaus Tromsø, aber er hofft, dass er Sie eines Tages besuchen kann.«

Sie machte den Mund auf und setzte zu ein paar Worten an, die aber in unverständlichen Silben untergingen.

»Wegen dieses Unfalls haben Sie auch nichts mehr von ihm gehört. Er wurde bei einem Brand schwer verletzt und kann sich im Augenblick noch nicht verständlich machen.«

Eine Träne rann Sølvi Unstad über die linke Wange.

»Aber vor dem Brand hat er wie gesagt einen Brief geschrieben. An wen er gerichtet war, habe ich zunächst nicht geahnt, aber nachdem sich in mir der Verdacht festgesetzt hatte, dass Boa das Opfer war und Roald der Täter, wanderten meine Gedanken schon bald zur sanften, fürsorglichen Lehrerin … der plötzlich einfiel, dass es ihr da draußen doch zu einsam wurde. Aber ich musste mir erst noch von einer alten Volkssage ein wenig auf die Sprünge helfen lassen, um zu begreifen, wie die Dinge zusammenhingen. Eine Sage, erfunden von Menschen in Not für Menschen in Not, von einer Insel, die aus dem Meer aufsteigen konnte, um die Schiffbrüchigen zu bergen.« Sein Blick fiel auf die Zeichnung an der Wand. »Auf Utrøst waren es die Söhne des Großbauern, die ihre Erwählten retteten, nachdem sie sich vorher in Kormorane verwandelt hatten. Ich schätze, dass er sich damals so fühlte … dass Sie ihn gerettet haben, als die Not am größten war.«

Sølvi Unstad schlug die Augen nieder.

»An Aline«, sagte er und drehte den Umschlag um. »Um meine Annahmen bestätigen zu lassen, habe ich Halvard Toften angerufen, der mir verriet, dass die heißgeliebte Sølvi Unstad einen zweiten Vornamen hatte. Nachdem er ein wenig in alten Klassenbüchern gewühlt hatte, fand er ihn schließlich: Aline.«

Die alte Lehrerin wischte sich eine Träne ab.

»Zu Ihnen ist er geflohen, weil Sie wussten, unter welchen Verhältnissen er lebte. Und ich glaube, dass Sie deswegen auch aus Vindstad weggezogen sind und er dann unter einem anderen Namen bei Ihnen wohnte. Wenn jemand einen guten Grund hat, ist es reine Formsache, dass er die Identität wechseln und seinen neuen Namen aus den öffentlich zugänglichen Registern heraushalten kann. Sie entschieden sich, Roald Strøm da draußen ertrinken zu lassen. Nur so konnte er ungeschoren davonkommen. Wen Sie für eine Weile wiederauferstehen ließen, kann ich nur raten.«

»Wusste …«

Rino zog seinen Sessel näher ans Bett. »Sie wussten?«

Die alte Lehrerin nickte.

»Von den häuslichen Verhältnissen?«

Wieder nickte sie.

»Und auch, was er zum Schluss getan hat?«

Sølvi Unstad versuchte, die Tränen zurückzuhalten, dann murmelte sie etwas, was er nicht verstand. Er beugte sich näher zu ihr hin, und sie nahm einen neuen Anlauf. Diesmal glaubte er, die Worte zu verstehen, und wiederholte: »Oddvar war grausam zu ihm.«

Sie nickte.

»Starb Oddvar in jener Nacht?«

Neuerliches Gemurmel.

»Ein paar Wochen zuvor?«

Boa war also schon tot, als der Sturm über den Fjord tobte. Rino war klar, dass es viel gab, was er über die Geschehnisse jener Nacht nicht wusste, aber alles deutete darauf hin, dass Roald der Geduldsfaden gerissen war. Nachdem er seinen Bruder getötet hatte, hatte er später seinen eigenen Tod inszeniert und sich zu der einzigen Person geflüchtet, der er vertraute.

»Und er zog deswegen zurück nach Reine, weil Sie pflegebedürftig wurden und nicht mehr zu Hause wohnen konnten?«

Ein trauriger Zug erschien auf dem bleichen Gesicht. Eine deutliche Antwort.

»Er hat darauf gezählt, dass ihn niemand wiedererkennen würde, oder?«

Sie nickte.

»Der Einzige, als der er wiedererkannt werden konnte, war Oddvar. Roald war ja offiziell tot.«

Wieder machte Sølvi Unstad einen Versuch, Worte zu bilden, und er glaubte, *Krebs* und *Olav Rist* herauszuhören.

»Er hat es riskiert zurückzuziehen, weil er gehört hatte, dass Olav Rist Krebs hatte … und im Sterben lag?«

Bestätigendes Nicken.

»Dann hat er also gesehen, was in jener Nacht geschehen ist … dass Olav Rist seinen Vater getötet hat?«

Wieder nickte sie.

»Er kam zu Ihnen als ein kränkliches, misshandeltes Kind, aber es lagen wahrscheinlich nicht allzu viele Jahre zwischen Ihnen …« Er legte den Umschlag aufs Bett. »Roald hat mir gegenüber nichts zugegeben, genauso wenig wie Sie. Aber ich glaube nicht, dass er als Oddvar weiterleben möchte. Das war eine Erfahrung, die er teuer bezahlt hat.«

Wieder rannen Sølvi Unstad Tränen über die Wange.

»Ich hoffe, Sie bekommen Gelegenheit, sich wiederzusehen.«

Sie sah ihm in die Augen.

»Ihre Liebe hat es verdient«, sagte er und verließ das Zimmer.

EPILOG

Sein Vater hatte ihm schon am frühen Morgen auffällig schwermütige Blicke zugeworfen, und Roald kam zu dem Schluss, dass er seine Drohung wahrgemacht und den Polizeichef von dem Mord in Kenntnis gesetzt hatte. Da er befürchtete, dass dies vielleicht sein letzter Abend in Freiheit war, bat er um Erlaubnis, auf dem Anleger sitzen zu dürfen, obwohl ein relativ kräftiger Wind blies. Sein Vater blieb eine Weile bei ihm, aber als er gerade in bestimmtem Ton erklärte, jetzt sei es wirklich an der Zeit, nach Hause zu gehen, entdeckte er irgendetwas draußen auf dem Fjord. Er blieb stehen und spähte zu dem Objekt hinaus, das er für ein Boot hielt, aber der Regen prasselte in dichten Schauern herunter, und die Sicht war schlecht. »Ich muss kurz auf den Berg, zu meinem Ausguck«, meinte er.

»Ich will hier sitzen bleiben, Papa.« Zum ersten Mal seit vielen Jahren hatte er seinen Vater »Papa« genannt. Zu seiner großen Überraschung wurde ihm sein Wunsch gewährt. Nachdem er sich vergewissert hatte, dass der Rollstuhl sicher stand, machte sich der Vater auf den Weg zu seinem festen Aussichtspunkt, wo er oft stand und die Boote im Fjord beobachtete.

Der Wind nahm stetig zu, und er musste den Stuhl gegen den beginnenden Sturm richten. Es dauerte eine ganze Weile, bis sein Vater zurück war, und Roald sah ihm sofort an, dass etwas passiert sein musste. »Da draußen ist ein Boot gesunken, ich glaube, es wurde ein Rettungsboot zu Wasser gelassen.« Der Vater ging ruhelos auf und ab, dann fasste er einen Entschluss: »Ich rudere raus«, sagte er.

Roald blieb auf dem Anleger sitzen und hielt Ausschau nach

seinem Vater, und nach einer gefühlten Ewigkeit entdeckte er endlich das alte Boot, mit einem Ruderboot im Schlepptau. Als das Boot noch ungefähr fünfzig Meter vom Ufer entfernt war, merkte er, dass etwas nicht stimmte. Der Rücken des Ruderers wirkte breiter als der seines Vaters, das Haar dicker und länger, und er begriff, dass da ein anderer Mann an den Riemen saß. Während das Boot unter ihm durchfuhr und zwischen die Steine unter dem Anleger fuhr, entdeckte er seinen Vater, der leblos zwischen zwei Duchten lag. Er wendete den Rollstuhl und begann zu fahren, so schnell er konnte, aber er wusste, dass er schneller sein würde, wenn er zu Fuß weiterging. Als er gerade aufstehen wollte, kam ihm ein Gedanke, ein Reflex, der ihm – wie sich später herausstellte – das Leben retten sollte. Er blieb sitzen, als wäre er tatsächlich der hilflose Junge, nach dem er aussah. Er hatte gerade den Anleger hinter sich gelassen, da packte der Mann von hinten die Griffe des Rollstuhls.

»Was ist mit Papa passiert?«, stieß Roald hervor.

Der Fremde, dessen Gesicht er immer noch nicht gesehen hatte, zog ihn bis an den Rand des Anlegers, bevor er antwortete.

»Papa ist von einer Klippe gefallen.«

Bei diesen Worten lief es ihm kalt den Rücken hinunter. Er saß so, dass er ins Boot hinunterblicken konnte. Sein Vater lag immer noch reglos darin. »Sie haben ihn umgebracht.«

»Dein Papa hätte seine Nase nicht in die Angelegenheiten anderer Leute stecken sollen.«

Der Stuhl wurde ganz leicht nach hinten gekippt, damit die Räder leichter über den Rand rollen konnten.

»Ich hab von dir gehört – von dem Krüppel aus Vindstad. Du kannst nicht gehen, sagen die Leute. Dann kannst du wohl auch nicht schwimmen.«

Er konnte gerade noch denken, dass diese Stimme gröber

und rauer klang als alle, die er je gehört hatte, dann wurde der Stuhl über die Kante geschoben. Während er auf den Meeresgrund sank, schoss ihm zweierlei durch den Kopf: Er musste sein Schmusetier vom Rollstuhl losmachen und dann so weit wegschwimmen, wie er nur konnte.

Als er wieder an die Oberfläche kam, war der Fremde zu seinem Boot gewatet und hatte sich den Vater über die Schulter geworfen, und nun erkannte Roald ihn auch wieder: Es war der neue Kapitän der Fjordfähre. Der Mann, der ungefähr Mitte zwanzig sein mochte, sah sich rasch um, bevor er den Vater an Land trug, zwischen die Felsen. Restlos erschöpft rettete Roald sich an Land, und er wusste, dass er nur heil aus dieser ganzen Sache rauskommen konnte, wenn er die Leute glauben ließ, was der Rollstuhl ihnen sagte: dass er ertrunken und von den Gezeiten davongetragen worden war.

Anmerkung des Verfassers

Meinen Redakteurinnen – Karen Forberg und Annette Orre – möchte ich meinen großen Dank für ihre guten Ratschläge und ihr enormes Engagement aussprechen. Außerdem fühle ich mich verpflichtet, den Leser darauf aufmerksam zu machen, dass ich mir bei meinen Beschreibungen von Reine und der Umgebung gewisse topographische Freiheiten herausgenommen habe. Unter anderem habe ich den einen oder anderen Felsen breiter gemacht, als er in Wirklichkeit ist, und die Polizeistation auf Reine gibt es auch nicht. Im Übrigen habe ich mich bemüht, Natur und Orte mit Respekt zu schildern, auch wenn Worte niemals vollkommene Schilderungen dieser einzigartigen Naturlandschaft geben können.

Camilla Grebe · Åsa Träff

Siri Bergman, Psychotherapeutin aus Stockholm, ermittelt …

Die Therapeutin

Roman, 432 Seiten, Broschur, *btb* 74183

Als Psychotherapeutin ist Siri Bergman an den Umgang mit seelischen Abgründen und schmerzhaften Geheimnissen gewöhnt. Doch seit ihr Mann tödlich verunglückt ist, kämpft sie mit sich selbst. Trotz panischer Angst vor der Dunkelheit lebt sie abgeschieden am Meer. Als sie eines Morgens auf die Leiche einer Patientin stößt, nimmt ihr Alptraum Gestalt an.

Das Trauma

Roman, 448 Seiten, Broschur, *btb* 74489

Psychotherapeutin Siri Bergman trifft fünf Frauen, die sich zu einer Selbsthilfegruppe zusammengeschlossen haben. Alle Frauen sind das Opfer männlicher Gewalt, haben Schreckliches durchgemacht. Verratene Liebe, Schläge, Erniedrigungen. Doch kann Siri ihren Geschichten glauben?

Bevor du stirbst

Roman, 448 Seiten, Broschur, *btb* 74496

Siri Bergman will endlich mit ihrer Vergangenheit abschließen. In den alten Kisten ihres ersten Mannes Stefan findet sie jedoch eine Notiz, die auf ein fünf Jahre zurückliegendes Verbrechen hinweist. Gibt es etwa einen Zusammenhang zwischen der grauenhaften Tat und Stefans Selbstmord, der nur wenige Wochen danach Siris Leben erschütterte? Hat sie ihren Mann jemals wirklich gekannt?